위민 투 드라이브

DARING TO DRIVE
: A Saudi Woman's Awakening by Manal al-Sharif

This Korean edition was published by Hyeumteo Publisher in 2021
by arrangement with the original publisher, Simon & Schuster, Inc.
through KCC(Korea Copyright Center Inc.), Seoul.

이 책은 (주)한국저작권센터(KCC)를 통한 저작권자와의 독점계약으로
도서출판 혜윰터에서 출간되었습니다. 저작권법에 따라 한국 내에서 보호를 받는
저작물이므로 무단전재와 복제를 금합니다.

위민 투 드라이브

초판 1쇄 인쇄   2021년 03월 26일
초판 1쇄 발행   2021년 04월 02일

지은이   마날 알 샤리프 | **옮긴이**   김희숙
펴낸이   이세연
편 집   송미란
디자인   신혜림

펴낸곳   도서출판 혜윰터
주 소   (06242) 서울특별시 강남구 강남대로 354 혜천빌딩 11층
이메일   hyeumteo@gmail.com / 팩스 02-3474-3885

ISBN   979-11-967252-5-9 03840

이 도서의 국립도서관 출판예정도서목록(CIP)은 서지정보유통지원시스템 홈페이지(http://seoji.nl.go.kr)와
국가자료종합목록시스템(http://www.nl.go.kr/kolisnet)에서 이용하실 수 있습니다.

파본은 구입하신 서점에서 교환해 드립니다.

위민 투 드라이브

위민 투 드라이브

스스로 결정하기로 한 사우디아라비아 여성의 성장 에세이

마날 알 샤리프 지음 **김희숙** 옮김

혜윰터

엄마와 아빠께

두 분이 우리에게 물려주고 가르쳐준 모든 것에
고마움을 표현하지 못해 죄송해요.
그 모두가 당신들께서 가진 전부인 줄 몰랐어요..

압둘라와 함자에게

자신을 의심하지 말고 규칙에 의문을 품어라.

1990년의 47명의 여성 운전자에게

당신들은 나의 우상입니다.

"두려움은 죽음을 예방하는 것이 아니라 삶을 방해한다."

- 나기브 마흐푸즈, 노벨문학상 수상자

차례

◆

1

한 명의 왕과 수백만 명의 여왕이 사는 나라

새벽 두 시, 비밀경찰이 우리 집으로 왔다. 문 두드리는 소리가 급하게 두 번 이어졌다. 거친 소리와 함께 문이 흔들렸다. 다섯 살 난 아들은 잠들어 있었지만, 나는 남동생과 나란히 앉아 있었다.

놀란 동생은 벌떡 일어나 현관으로 달려갔다. 동생이 문을 열자 조금 뒤에 서 있었던 내게도 밤공기가 밀려왔다. 5월이라 더운 공기여도 아직 상쾌했다. 한증막 같은 더위는 아니었다. 밖은 캄캄했다. 몇 주 전에 망가진 현관 조명을 여태 교체하지 않고 그냥 두었던 것이다. 나는 조명을 생각하며, 갑작스러운 소음으로 아들이 깨진 않았을까 염려했다. 짧은 몇 초 동안 여러 자잘한 생각이 스쳤다. 그리고 모든 것이 바뀌었다.

어둠 속에서 남자들이 보였다. 우리 집 현관 계단 주변에 모여 있던 남자들이 앞으로 다가오고 있었다. 제복도 입지 않았고 누군지 알아볼 아무런 표식이 없었다. 동생이 누구냐고 묻자 침묵이 흘렀다. 그러다 한 사람이 말문을 열었다.

"여기가 마날 알 샤리프 씨 댁인가요?"

"네."

동생이 망설이지 않고 단호하게 대답했다.

"마날 알 샤리프 씨는 지금 바로 우리와 다란^{Dhahran} 경찰서까지 가셔야겠습니다."

동생은 왜냐고 물어볼 필요가 없었다.

어제 오후 나는 동생의 차를 운전했다는 '죄'로 교통경찰에게 걸렸다. 구체적 죄목은 '여성운전'이었다. 내가 운전하는 동안 앞자리 보조석에 나란히 앉아 있었던 동생은 투크바Thuqbah 교통경찰서에서도 다섯 시간 동안 내 옆자리에 앉아 있어야 했다. 사방으로 견고한 울타리가 둘러쳐진 간판 없는 2층짜리 콘크리트 공기관 건물 안에는 운전자들을 몇 시간, 아니 며칠이라도 감금할 수 있는 유치장이 있었다. 투크바 경찰서의 유일한 유치장은 남성들을 가두는 곳이었다. 그때의 내가 투크바 경찰서에 들어간 최초의 여성이었을 것이라고 확신한다. 덕분에 경찰은 여성인 내가 서명할 서류를 만드느라 서장에게 전화하고 주지사 사무실을 방문하면서 몇 시간을 보냈다. 서류에는 사우디 영토에서 두 번 다시 운전하지 않겠다는 약속이 들어있었다. 서명을 거부했지만, 경찰은 계속 밀어붙였다. 서류를 읽어본 동생은 내가 사우디 풍속을 해쳤다는 것만 인정하면 된다는 걸 알게 되었다. 사우디의 교통 관련 법규에는 여성의 운전을 금지하는 구체적 조항이 없으므로 법규위반이 될 수 없었다. 그들이 나를 고소할 수 있는 죄목이라고는 오르프Orf, 즉 풍속을 해쳤다는 것밖에 없었다. 서류에 서명한 후 우리는 풀려났다. 택시를 타고 집에 오면서 동생과 나는 사건이 마무리된 줄 알았다. 시스템에 이의를 걸었고, 작은 부분이지만 우리가 이겼다고 생각했다.

집으로 돌아오니 텔레비전이 켜져 있었다. 커피 테이블에는 피자 상자들이 쌓여 있었고 작은 거실에는 친구 세 명이 각자 노트북과 스마트폰을 켠 채 모여 있었다. 내가 거실에 들어서자 올케가 울음을 터뜨렸다. 친구들은 우르르 다가와 나를 끌어안으며 경찰이 나를 놓아준 게 믿어지지 않는다고 큰 소리로 떠들었다. 내가 처음 경찰에게 끌려가면서 차에서 문자를 보냈던 친구는 벌써 '#프리마날#FreeManal'이라는 트위터 해시태그를 달고 있었다. 다들 서로 동시에 말하기 시작했다. '저 페이스북 페이지를 봐봐.' '여기 이런 뉴스가 실렸어.' 내가 체포되었다는 뉴스가 여섯 시간 만에 온라인에 다 퍼져 있었다. 하지만 나는 아무것도 볼 수 없었다. 몸도 마음도 감정도 모두 지칠 대로 지친 상태였다. 그냥 바로 샤워하고 침대에 눕고만 싶었다. 하지만 손님들에게 돌아가 달라고 하는 건 사우디 풍습에 완전히 반하는 일이어서 나는 함께 자리에 앉았다. 우리는 오늘 거둔 첫 전투의 승리를 논하며 여성의 운전을 명시적으로 금지하는 교통법규는 어디에도 없음을 증명했다고 즐거워했다. 친구들은 자리를 뜰 때까지도 기쁘고 신나서 어쩔 줄 몰랐다. 나 역시 그랬다. '자, 이제 누구도 우릴 막을 수 없어.'라고 생각했다.

그러나 새벽 두 시, 집 앞으로 남자들이 찾아오자 어제의 의기양양함은 모두 사라져버렸다. '다란 경찰서'란 말을 듣자 덜컥 겁이 났다. 동생이 문을 쾅 닫고 빗장을 걸었다. 잠시 정적이 흘렀다. 그러나 다시 문 두드리는 소리가 났다.

❖

내가 사는 타운하우스는 성도聖都 메카에 있지 않았다. 어린 시절 고향 메카는 구불구불한 골목길에 순례자들이 무리 지어 다니고 이슬람 신자가 아닌 사람에게는 출입이 금지된 곳이었다. 사막 고원 한가운데에 높이 솟은 사우디아라비아의 수도 리야드처럼 빛나는 고층건물과 구름다리들 사이에 자리 잡은 것도 아니었다. 우리 집은 사우디 왕국 전체에서 가장 서구적인 지역인 동부의 초기 아람코(사우디아라비아 정유회사Saudi Arabian Oil Company) 단지에 숨어 있었다. 원래는 아람코 설립을 도왔던 존 D. 록펠러의 회사, 스탠다드 오일Standard Oil에서 일하는 미국인들이 설계한 단지였다. 오늘날 아람코는 사우디 국영 정유회사로 1일 석유 수출량이 세계 1위이며 석유 매장량이 최고 2천 6백억 배럴에 달하는 회사다. 또한 세계에서 가장 부유한 회사로 순 자산이 최고 2조 5천억 달러로 추정된다. 그런 회사가 나를 고용했다. 1970년대와 1980년대에 미국인들이 아람코를 사우디인들에게 팔면서 여성을 계속 고용해야 한다는 조항을 계약서에 넣었던 덕분이다.

아람코 단지는 오랫동안 그 자체로 하나의 세계였다. 푸릇푸릇한 골프장과 잔디밭, 야자나무, 공원, 수영장 등이 갖춰진 이곳은 흡사 캘리포니아 남부의 여느 마을처럼 보인다. 아람코 단지 문을 열고 들어가면 그 내부에서는 사우디아라비아의 규칙이 적용되지 않는다. 남성과 여성은 함께 섞인다. 여성은 머리카락을 가리거나 얼굴을 덮지 않아도 된다. 핼러윈이 되면 다들 핼러윈 분장을 하고 축하했다. 또한 사우디아라비아의 다른 지역들과 달리, 아람코 단지 안에서는 여성이 운전해도 된다. 어떤 금지사항도 제약도 없다. 그저 차를 타고 시동을 걸기만 하면 된다. 게다가 보호도 받는다. 지역 경찰이나 종교경찰도 아람코 구역에는 들어올 수 없다. 아람코는 자체 경비부와 소방부가 있다. 사우디 왕국에서 분리된 독립국처럼 단지 내 문제는 내부적으로 해결한다. 그러나 그날 밤 나는 사우디 비밀경찰이 단지에도 들어올 수 있다는 것을 알게 되었다.

나는 거실의 통유리창 쪽으로 고개를 돌렸다. 전통적으로 사우디인들은 집집마다 여성을 가리듯 집도 내부가 보이지 않도록 가리지만, 나는 커튼을 좋아하지 않는다. 항상 집 안으로 빛이 흘러들기를 바랐다. 통유리창의 맨 유리에 얼굴을 대고 서 있는 한 남자가 보였다. 남자의 축축한 숨결이 건조한 사막의 공기 속으로 퍼지는 안개처럼 유리 위로 번졌다가 사라졌다. 그는 미동도 없이 가만히 서 있었다. 오직 눈동자만 천천히 움직이며 내 방을 훑어보고 있었다. 그날 밤 남자는 통유리창에 얼굴을 대고 한 발짝도 물러서지 않았다. 다른 이들처럼 그도 민간인 복장을 하고 있었다. 하지만 그게 바로 비밀경찰이라는 표시다. 그들은 제복을 입지 않는다. 자신이 경찰이라고 말하지도 않는다. 그들은 다른 직업, 다른 신원을 댄다. 그러면서 사회 각계각층을 꿰뚫고 다니는데, 비밀경찰의 유일한 목적은 사찰하는 것이다. 이들은 시민을 감찰하고 규정을 강화하기 위해 왕실이 고용한 기구다.

동생이 잠긴 현관문을 사이에 두고 항의하기 시작했다.

"지금이 새벽 두 시란 걸 모릅니까? 여기 사람들 다 자고 있어요. 우리는 투크바 교통경찰서에서 지금 막 돌아왔다고요."

동생은 문제가 이미 잘 해결됐다는 걸 넌지시 알려주고 싶어 했다. 그러나 아무 대답이 없었다. 잠시 멈칫하던 동생이 목소리를 살짝 더 높였다.

"당신들 누구요? 체포영장 없으면 우린 한 발짝도 움직이지 않겠소. 원하는 게 있으면 아침에 다시 오도록 하시오. 한밤중에 이렇게 나타나서 경찰서로 가자고 하면 안 되지."

어림잡아서 하는 말이었다. 사우디아라비아에서는 법령을 '법'이라고 부르지 않는다. 독실한 사우디 무슬림들은 오직 알라만이 '법'을 내려줄 수 있다고 믿기 때문이다. 사우디에서는 영어로 옮기자면 '시스템system' 정도가 될 다른 단어를 사용한다. 시스템에 따르면 경범죄의 경우 일몰에서 일출 사이의 밤에는 누구도 체포할 수 없다. 또한 정부가 국가안보에 위협이 된다고 간주한 사람이 아닌 이상 누구도 법원 영장 없이 체포할 수 없다. 그러나 밖에 서 있는 남자들은 아무 말이 없었다. 3~4분 정도 지나자 이들은 다시 문을 두드리기 시작했다.

나는 운동복 바지에 미키마우스 티셔츠 차림으로 거실에 서 있었다. 달리 갈 곳이 없었다. 우리 집은 거실, 좁은 주방, 침실과 발코니가 하나씩 있는 작은 집이었다. 모두 합쳐 70.6㎡로 다섯 살배기 아들과 둘이 살기에는 충분했다. 나는 이혼했기 때문에 사우디 법령에 따르면 남편 대신 친정아버지가 공식적인 남성 후견인이었다. 아버지 동의 없이는 일할 수도, 학교에 갈 수도, 여행할 수도 없었다. 그러나 지금 아버지는 내가 사는 곳 반대편에 있는 제다Jeddah에 살고 있었다.

저 남자들이 강제로 문을 열고 들어와 나를 잡아갈지 도무지 알 수가 없었다. '저들'이 과연 누구인지도 정확히 알지 못했다. 하지만 지금 일어나고 있는 일을 누군가에게 말해야만 한다는 생각이 들었다. 나는 사우디 여성 기자에게 전화를 걸었다. 내가 사우디 여성도 법적으로 운전할 수 있음을 증명하려고 처음 관심을 가졌을 때 연락했던 기자였다. 한밤중이었지만 그는 내 전화를 받았고 변호사를 구해주겠다고 했다. 내게 전화할 변호사의 번호도 알려주었다. 몇 분 후 전화벨이 울렸다. 수화기 저편에서 수아드 알 샤마리Suad al Shammari라는 여성이 변호사라고 신분을 밝혔다. 우선 통화내용을 녹음하라고 해서 나는 우리의 대화를 아이폰에 녹음했다.

"누가 온 거죠?"

수아드가 물었다.

"종교경찰이에요? 교통 경찰국에서 온 사람들인가요? 영장은 가지고 왔어요?"

나는 모른다고 했다.

"계속 밖에서 문을 두드리고 있어요."

수아드는 거의 20분 동안 나와 이야기했다. 내가 테러리스트로 수배라도 되어서 국가보안국 사람들이 찾아온 게 아니라면 이렇게 한밤중에 와서 가자고 하면 안 된다고 했다. 또 지역 경찰에 전화해서 내 앞으로 체포영장이 발부되었는지 물어보라고 제안했다. 영장이 없다면 그들을 따라가서는 안 된다고 했다. 수아드는 단호했다.

"그 사람들 보내버려요. 따라가면 안 돼요."

남자들이 주먹으로 현관문을 두드리는 소리를 들으며 999에 전화를 걸었다. 수화기 저편의 경찰은 내 앞으로 발부된 체포영장은 없다고 확인해주었다.

전화를 끊자마자 다시 벨이 울렸다. 이번에는 어제 오후에 내가 체포되었던 일을 트위터에 올리고 있던 여성인권활동가 콜라우드Kohloud의 전화였다. 갑작스러운 일로 경황이 없던 나는 아람코 동료 오마르 알 조하니Omar al Johani가 지금 우리 집 앞 덤불 속에 숨어 있는지도 모르고 있었다. 내가 체포됐다는 콜라우드의 트윗을 읽고 오마르는 내가 사는 거리를 알게 됐다. 그는 차를 몰고 주변을 돌다가 자동차 여러 대와 경비원들을 발견했다. 이제는 오마르가 우리 집 문 앞에 서 있는 남자들 이야기를 트위터에 올리고 있었다. 콜라우드는 온라인에서 오마르를 팔로잉하고 있었다. 콜라우드가 차분하게 말했다.

"마날, 나는 당신이 뭔가 했으면 좋겠어요. 그 사람들과 같이 가보면 어떨까요? 한밤중에 당신 집에 와서 당신을 끌고 갔다고 우리가 발표하면, 그 사람들 톡톡히 망신당할 겁니다. 이건 당신 인권을 침해한 거니까요. 그들을 폭로하자고요."

이 사람들과 **어딘가**를 간다는 생각은 별로 내키지 않았다. 아들을 두고 가고 싶지도 않았고 밖에 있는 사람들이 누군지 아직 확실히 알지도 못했다. 그러나 콜라우드가 한 말이 계속 떠올랐다. 기도하기로 마음먹고 위층으로 올라갔다.

작은 침실로 이어지는 복도에서 기도를 시작했다. 나는 라카Rak'ah(코란 문구를 외우며 읽고, 엎드리고, 일어서기를 반복하는 이슬람 기도 형식)를 두 번 하면서 신께 길을 알려달라고 간절히 빌었다. 이제 거의 새벽 네 시였다. 한 시간 정도만 지나면 하늘에는 사막을 비추는 여명이 깃들 것이다. 무언가 내 안에서 이렇게 말하는 게 느껴졌다.

'가려무나, 마날. 넌 괜찮을 거야.'

마음을 진정시키고 계단으로 내려와 현관문을 열었다. 바깥에 모르는 사람만 있는 것은 아니었다. 얼굴을 아는 아람코 사무국의 파하드도 있었다. 그도 아람코 신분증을 들어서 보여주었다. 파하드는 설명을 시작했지만 말하는 내내 눈동자와 얼굴을 다른 쪽으로 돌리고 있었다. 그러다 보니 동생을 바라보며 내게 말하는 격이 됐다.

"다란 경찰서까지만 가셨으면 좋겠어요. 몇 가지 서류에 서명만 하면 풀려날 겁니다. 나는 회사 동료니까 믿으셔도 돼요. 내가 당신과 함께 있을 거고 당신 곁을 떠나지 않을 겁니다. 집까지 다시 모시고 올게요."

믿을 수 없었다. 아람코 경비대에 전화해보았다. 수화기 저편의 남자가 확인해줬다. "우리 회사에서 일하는 사람 맞아요. 경찰서까지 당신과 동행해줄 겁니다." 밖에 서 있던 남자들이 나 혼자서만 가는 게 좋겠다고 했지만, 동생은 자기도 함께 가겠다고 고집부렸다. 뭔가 잘못되고 있는 게 분명했다. 사우디 사회에서 여성은 공적인 업무를 보려면 공식적인 후견인(대개는 아버지나 남편)이나 마흐람Mahram(보호자. 해당 여성이 결혼할 수 없는 가까운 남성 가족·친척 구성원으로 아버지, 오빠, 남동생, 삼촌, 심지어 아들이 보호자가 되기도 한다)이 동행해야 한다.

산모라 해도 후견인이나 마흐람이 없으면 병원에 들어갈 수 없다. 마흐람 없이 여성만 집 안에 있으면 강도가 들어도 경찰이 들어갈 수 없고, 불이 나거나 의료적 응급상황이 벌어져도 소방관이 그 집에 들어가는 게 금지된다. 2014년 킹 사우드 대학King Saud University 캠퍼스에서 심장병으로 쓰러졌던 암나 바와지이르는 학교 관계자들이 여성만 다니는 학교에 남성 구급의료원이 들어올 수 없다고 막는 바람에 죽었다. 2016년 쿠아심 대학Qaseem University에서도 똑같은 일이 벌어졌다. 남성 구급의료원이 두하 알마네라는 여학생을 치료하러 캠퍼스에 들어가지 못하는 바람에 결국 두하 알마네는 죽고 말았다. 사우디 사회는 남성 후견인과 마흐람이라는 엄격한 규칙을 깨느니 여학생이 죽는 편이 낫다고 본 것이다. 이는 과장해서 하는 말이 아니다.

나는 집 안으로 들어와 손과 발끝만 빼고 몸 전체를 휘감는 검은 아바야Abaya(아라비아반도의 이슬람권 여성들이 입는 전통 의상. 대개 검은색이며 긴 소매가 달린 길이가 긴 로브이거나 망토형 겉옷으로 사우디아라비아에서는 여성이 외출할 때 의무적으로 입어야 한다:역주)를 입고 히잡을 썼다. 히잡은 얼굴만 빼고 머리칼과 양쪽 귀, 목을 모두 다 가리는 머리 스카프다. 그런 다음 마지막으로 CNN 런던지국 기자인 아티카 슈베르트에게 전화했다. 아티카는 일주일 전에 나를 인터뷰했던 여성 기자였다. 아티카는 내가 집에서 잡혀갔다는 뉴스를 CNN 국제뉴스 웹사이트에 올리겠다고 약속했다. 아티카가 그렇게만 해준다면 내가 그냥 사라지지는 않을 것이라는 확신이 들었다.

나는 동생의 팔짱을 끼고 밖으로 나왔다. 자는 아들을 들여다보거나 다녀오겠다는 키스도 하지 않고 나왔다. 이건 그냥 형식적인 절차일 뿐이고, 아이가 깨기 전에 돌아올 거라 믿고 싶었다. 돌아와서 아이를 깨워 아침을 먹이고 학교에 데려다주고 직장에 일하러 나갈 것이다. 그래 봤자 두세 시간 후면 돌아올 것으로 생각했다. 이런 밤에는 아람코 단지에서 다란 경찰서까지 10분도 채 안 걸렸다.

집 밖으로 나오면서 거기 모인 사람들을 세어보았다. 모두 아홉 명이었다. 일곱 명은 남자, 두 명은 여자. 그리고 차가 다섯 대. 현관 밖으로 나오자 두 여자가 내 양옆으로 바싹 붙었다. 이들은 아람코 여성경비대원들로 둘 다 눈만 살짝 내놓은 채 온몸을 가리고 있었다. 가슴에 커다란 배지가 달린 카키색 회사 유니폼 코트를 아바야 위에 입고 있어서 아람코 직원이란 걸 금세 알 수 있었다. 아람코 단지의 여성 출입구 검문소에 배치된 여성경비대 일원이 틀림없었다. 여성들이 얼굴을 가리고 아람코 단지에 들어오면 여성경비대는 베일을 걷어서 얼굴을 보고 신분을 확인했다. 이들은 자신들의 얼굴은 절대로 드러내지 않으면서 다른 여성들의 얼굴은 자세히 볼 수 있었고, 신분도 알 수 있었다.

두 여자는 걷기 불편할 정도로 내게 바싹 붙었다. 내가 도망치려 들면 당장이라도 붙잡고 막을 것처럼 말이다. 경찰차를 지나 아람코 회사 차량으로 가서 뒷좌석에 올랐다. 여성경비대원들은 같이 타지 않았다. 차 안에는 두 남자를 제외하면 여자는 나 혼자였다. 아람코 직원인 파하드가 운전석에 있었고, 동생이 그 옆 좌석에 앉았다. 아무도 말하지 않았다. 나는 캄캄한 창밖을 바라보며 도로를 쌩쌩 달리는 차량의 속도감을 느끼고 있었다. 5분이 지나고 10분이 지났지만, 낯익은 다란의 고층건물들이 보이지 않았다. 다란으로 가고 있는 게 아니었다. 차는 동쪽으로 가고 있었다. 모든 생각이 사라지면서 단 하나의 질문만 떠올랐다.

'우리를 어디로 데려가는 거지?'

나는 활동가 기질을 타고난 사람은 아니었다. 오히려 메카에서 나고 자란 종교적인 소녀였다. 그저 종교 선생님들을 따라 하면서 선생님들을 기쁘게 하고 싶은 마음에 주변에서 요구하기도 전에 내가 먼저 아바야와 니캅으로 내 몸을 가리기 시작했다. 게다가 매우 근본주의적 형태의 이슬람을 믿었다. 수년간 동생의 팝 음악 카세트테이프를 오븐에 넣어 녹여버리곤 했는데, 근본주의 이슬람에서는 음악을 하람Haram, 즉 금기禁忌로 여겼기 때문이다. 그러던 내가 스무 살 때 처음으로 백스트리트 보이즈의 〈외롭다는 게 무슨 뜻인지 보여줘요Show Me the Meaning of Being Lonely〉라는 노래를 들었다. 지금도 가사를 거의 다 기억한다.

젊은 시절 그나마 반항이라고 할 만한 유일한 행동은 직업을 가진 것이었다. 컴퓨터공학 학사였던 나는 아람코에 정보보안 전문가로 취직했고, 스물네 살에 좀 일찍 결혼해서 아들이 하나 있었다. 그러다 이혼했는데, 사우디아라비아의 이혼율이 60%에 육박한다는 통계자료도 있는 것을 보면 대단한 일탈도 아니었다. 우리 부모님도 결혼할 때 두 분 다 이혼 전력이 있었다. 그러나 서른을 기점으로 나는 생일을 맞을 때마다 대담한 행동을 하기 시작했다. 미국 뉴햄프셔에서 일할 때 맞은 서른 번째 생일에는 스카이다이빙을 하러 갔다. 그다음 해인 서른한 번째 생일에는 푸에르토리코행 표를 사서 36시간 동안 혼자 여행을 했다. 그리고 2011년 사우디아라비아로 돌아와 서른두 살이 되던 날, 운전을 시작하기로 마음먹었다.

미국에서 일할 때, 나는 올바른 운전규칙을 배울 수 있었다. 뉴햄프셔주와 매사추세츠주의 운전면허증도 취득했다. 그러나 사우디아라비아에서는 아람코 단지 외에 어디에서도 운전석에 앉을 수 없었다. 사우디 여성들은 대개 외국인 기사가 운전하는 차로 여기저기 이동한다. 기사들 중 일부는 운전면허시험을 본 적도 없거나 어떤 전문교습도 받지 않았는데도 그들에게 의지해야 한다. 일부 넉넉한 집에서는 개인 기사를 고용하지만 그렇지 못한 많은 여성은 불법으로 승객을 태우고 다니는 차량소유자들의 비공식 네트워크에 의존하고 있다. 여성들은 전화기에 개인적으로 영업하는 기사들 명단을 저장해두고 운전이 가능한 사람이 나타날 때까지 전화하고 또 한다. 그도 어려울 때는 택시를 탄다. 택시와 택시 기사들은 그래도 교통경찰서에 등록되어 있고 면허가 있는 사람들이다. 그러나 낡은 택시를 운전하는 기사들 다수는 목욕을 하지 않아 종종 악취가 진동한다. 친구들은 어쩌다 깨끗한 택시 기사를 만나게 되면 내게 문자로 알려주었고, 나 역시 친구들에게 그렇게 했다.

내가 아는 거의 모든 여성이 기사에게 추행당한 적이 있다. 그들은 우리의 외모를 두고 한마디씩 하거나 대화를 엿듣다가 끼어든다. 택시비를 더 요구하거나 부적절하게 우리 몸에 손을 댄다. 어떤 여성들은 성폭행을 당하기도 했다. 휴대전화로 통화할 때면 온갖 부적절한 말을 하거나 자신의 통화를 녹음하는 택시 기사들을 내버려 둬야 한다. 아랍어가 아닌 다른 언어로 그런 행동을 하는 기사들을 만나면 나를 협박하거나 갈취하려는 건가 싶을 때도 있다. 심지어 아이들의 통학 기사로 고용된 운전사가 아이들을 성희롱하는 경우도 있다.

놀라운 모순이다. 여성이 남성 없이 외출하면 눈살을 찌푸리는 사회, 여성이 대학과 은행, 레스토랑, 사원에 들어갈 때면 남성과 분리된 여성 전용 입구로 들어가야 하는 사회, 레스토랑에서 친인척이 아닌 남녀는 함께 앉지 못하도록 칸막이로 구분하는 사회. 그런 사회가 여성에게 친척이 아닌, 전혀 모르는 남자가 운전하는 차를 혼자서 타라고 하는 것이다. 여성 혼자 밀폐된 차를 타고 모르는 남자에게 목적지로 데려다 달라고 해야 한다. 개인 기사를 둔 여성들도 자신의 피고용인들을 믿을 수 없다. 어떤 이들은 결근하고, 어떤 이들은 아예 사라져버린다. 사우디 남성들은 여성을 '여왕'이라 부르며 여왕은 운전하지 않는 법이라고 한다. 여성들은 종종 사우디는 '한 명의 왕과 수백만 명의 여왕이 사는 왕국'이라며 '여왕'이라는 호칭을 조롱한다. 그런 의미에서 엘리자베스 2세 영국 여왕이 재규어를 운전하는 사진을 게시하며 '진짜 여왕들은 직접 자신의 차를 운전한다.'고 말하기도 한다.

2011년 어느 날 밤, 퇴근 후 아람코 단지 밖인 코바르^{Khobar}에서 의사와 진료 약속이 있었다. 밤 아홉 시경 병원을 나오면서 내가 아는 모든 기사에게 전화해서 집까지 태워달라고 요청했지만, 시간이 맞는 사람이 아무도 없었다. 다들 비번이거나 다른 사우디 여왕을 모시고 다니느라 바빴다. 병원도 문을 닫아 나는 길을 따라 내려가기 시작했다. 차를 타고 거리를 지나가는 많은 남자가 얼굴을 가리지 않은 채 혼자 걷고 있는 나를 쳐다보았다(대부분의 사우디 여성들은 얼굴을 가리고 다닌다). 그 남자들에게 여성의 이런 모습은 나를 희롱하라는 초대장이었고, 실제로 그들은 그렇게 했다. 어떤 차량은 휙 지나갔으나 어떤 차량은 천천히 기어갔다. 후자의 운전자들은 경적을 울리면서 욕을 내뱉고 끔찍하고 상스러운 말을 떠들어 댔다. 나는 꼿꼿하게 앞만 보며 걸었지만 정말 무서웠다. 동생에게 전화를 걸었으나 하필이면 동생 전화기가 꺼져있었다.

느리게 움직이던 차 한 대가 나를 따라왔다. 거리에 줄지어 있는 상가들은 이미 모두 닫혀있었다. 게다가 상가들은 넓은 주차장을 앞에 두고 있어 도로에서 멀찌감치 안쪽으로 들어가 있었다. 남자는 주차장 한쪽에 천천히 차를 세우면서 차창을 내리고 자기 차를 타라는 듯 나를 바라보았다. 내가 계속 걸어가자 남자는 다음 가게 주차장으로 따라오면서 내게서 시선을 떼지 않았다. 정말 화가 났다. 단지 운전사를 찾지 못해서 이런 모욕을 겪어야 하다니, 남자는 직접 운전해서 집으로 갈 수 있는데 나는 여자라서 이런 일을 겪어야 하다니. 공사장 앞을 지나면서 나는 바닥에 떨어진 돌멩이 하나를 주워 손에 꼭 쥐었다. 남자는 돌멩이를 쥔 나를 성난 눈빛으로 쏘아보더니 끼익 타이어 소리를 내며 서둘러 달아났다. 그래도 도망가는 남자의 차 꽁무니를 향해 있는 힘껏 돌멩이를 던졌다. 그런 다음 도로에 그대로 서서 꼬마처럼 엉엉 울었다. 나는 아이가 아니다. 나는 어른이고, 어머니고, 교육받은 여성이다. 제대로 달려보지는 못했지만, 우리 집 주차장에는 4년 할부로 마련한 내 차도 있었다. 하지만 나는 여전히 이런 일이 벌어지는 것을 피할 수가 없었다.

사우디아라비아에서 성희롱은 범법행위가 아니다. 정부기관, 특히 종교경찰은 항상 여성을 비난한다. 이들은 여성의 외모가 어떠했기 때문에, 걸음걸이가 어떠했기 때문에, 혹은 향수를 뿌렸기 때문에 희롱당했다고 말한다. 이들은 여성을 범죄자로 만든다.

그날 밤 집에 도착한 나는 페이스북에 불평을 쏟아냈다. 운전기사를 찾아야만 하는 수모, 항상 늦지나 않을까, 어딘가에 혼자 남겨질까 염려해야 하는 수모, 휴대전화에 전화번호가 저장된 운전사들과 친척들 차량을 끌어모아 이리저리 연결하며 다녀야 하는 수모에 대해 쏟아부었다. 끝으로 돌아오는 내 생일에는 아람코단지 바깥으로 차를 몰고 나가서 동영상을 찍어 유튜브에 올리겠다고 약속하며 글을 맺었다. 뉴햄프셔에 사는 미국인 친구 데이비드가 내 페이스북 담벼락에 '말썽쟁이Trouble-Maker'라고 썼길래 나는 '아니지, 역사의 창조자History-Maker야.'라고 응수해 줬다. 하지만 그렇게 말하면서도 내가 진짜 그렇게 하리라고는 나조차도 믿지 않았다. 나도 내가 허풍을 치고 있다고 생각했다.

아람코 사무국의 파하드는 일이 끝나면 나를 집으로 데려다주겠다고 약속했고 다란 교통경찰국으로 가는 거라고 계속 말했지만, 결국 거짓말이었다. 하지만 그의 면전에 대고 거짓말쟁이라 할 수는 없었다. 대신 나는 침착한 목소리를 내려고 애쓰면서 지금 우리가 어디로 가는 중이냐고, 아까 다란 교통경찰서로 간다고 하지 않았냐고 물었다.

파하드는 내 질문을 자르며 대답했다.

"그래요, 그래. 그런데 다란 경찰서에서 아무리 기다려도 당신이 안 오니까 이제는 코바르 경찰서로 가라고 하네요."

그는 종교경찰보다는 친근하고 부드러웠다. 과거에 곤봉을 들고 다니며 때리던 종교경찰들이 요즘은 여성들에게 그냥 소리를 지르거나 윽박지른다. 그러나 메시지는 같았다. 아바야와 가방을 똑바로 챙기지 않은 것도 내 잘못이고, 새벽 두 시에 정체불명의 낯선 남자들을 따라 집을 나선 것도 여자인 내 잘못이라 할 것이다.

코바르는 거의 100만 명가량이 사는 도시로 지금도 그 규모가 점점 더 커지고 있다. 최근의 많은 사우디 도시들과 마찬가지로 마천루와 쇼핑몰이 모여 있고, 우리나라 사람들이 아라비아만이라고 부르는 페르시아만과 맞닿아 있는 고대 항구에 자리 잡은 도시다. 서구에는 아마 1996년 코바르 타워 미군기지 폭발사건으로 많이 알려져 있을 것이다. 극단주의자들이 유조선 트럭에 거대한 폭탄을 숨기고 코바르 타워 미군기지로 돌진하여 미군 열아홉 명이 죽은 사건이었다.

우리가 경찰서에 도착했을 때는 분홍빛 햇살이 이제 막 여명을 밝히고 있었다. 경찰서는 바닷가 근처 킹 압둘라^{King Abdullah} 거리에 있는 커다란 콘크리트 블록 건물이었다. 이틀 전에 나는 차를 몰고 가다가 바로 이 경찰서 앞을 지나갔다. 그 날은 내가 사우디 왕국의 공공도로에서 딱 한 번 운전했던 날이었다.

경찰서 안에 들어서니 처음에는 모든 이들이 내게 친절했고 심지어 걱정까지 해주었다. 경찰들은 동생과 내게 주스나 물, 커피 중에서 뭘 마시고 싶은지 물었다. 이른 시간에 우리를 데려온 것을 사과하며 이렇게 말했다.

"서류 작성을 마쳐야 하거든요. 서류 작성만 끝나면 바로 보내드리겠습니다."

동생과 나는 창문이 하나 달린 작은 방으로 안내받았다. 방에는 책상 하나와 의자 몇 개가 놓여있었고, 벽에는 압둘라 왕의 초상화가 큼직하게 걸려 있었다. 그림 속의 왕은 우리를 내려다보는 듯했다.

경찰서 사람은 내게 겁을 주려는 의도는 전혀 없다고 말문을 열더니 가장 간단한 질문으로 심문을 시작했다.

"마날 알 샤리프 씨인가요?"

내가 고개를 끄덕이자 경찰은 동생 쪽을 바라보며 동생에게도 몇 가지 질문을 던졌다.

시간이 얼마나 흘렀는지 감을 잡기 어려웠다. 젊은 경찰이 들어와 내게 샌드위치와 오렌지 주스를 권했지만 거절했다. 경찰이 원하는 답을 듣고 얼른 나를 아들이 기다리는 집으로 돌려보내 주기를 바라면서 할 수 있는 한 최선을 다해 심문에 협조하려고 애썼다.

그 방에는 책상 뒤에 다른 남자가 한 명 더 앉아 있었다. 그도 질문을 시작했다. 두 번째 남자는 내가 공개 회원이자 리더 중 한 사람으로 있는 위민투드라이브^{Women2Drive}(Women to drive movement, 사우디아라비아 여성들의 운전할 권리를 위한 캠페인:역주) 그룹의 배후가 누구인지 알고 싶어 했다. 그리고 내가 어떤 외신 기자와 대화했는지도 알고 싶어 했다. 내가 운전할 때 옆에서 촬영한 와제하 알 후와이더^{Wajeha al Huwaider}

와 어떤 관계인지도 물었다. 와제하는 사우디아라비아에서 유명한 활동가였다. 하지만 나로서는 그가 정부와 빚고 있는 갈등이 어느 정도였는지 알 도리가 없었다. 두 번째 남자가 몇 가지 질문을 하고 나자 다시 첫 번째 남자가 질문했다. 두 사람의 질문은 계속 반복되며 이어졌다. 그러는 내내 나는 미소를 짓고 있었다.

갑자기 책상 뒤에 있던 두 번째 남자가 심문 파일을 덮고는 나를 바라보면서 다음과 비슷한 말을 했다.

"이봐요, 마날. 지금 폐하께서 '아랍의 봄Arab Spring'(2010년 12월 18일 튀니지에서 노점상 청년의 항의 분신으로 시작된 대규모 시위가 이집트, 리비아, 시리아 등 아랍세계로 번진 민주화 운동. 일부 국가에서는 독재자들이 하야하는 계기가 됐다:역주)과 그 지역에서 일어나는 모든 일 때문에 아주 힘든 시간을 보내고 계신 거 알죠. 왜 폐하께 짐을 더 지우려는 겁니까? 당신은 우리 압둘라 폐하를 사랑하지 않나요?"

그때 정면에 걸려 있는 압둘라 왕의 초상화가 눈에 들어왔다. 그림 속의 왕은 반쯤 미소 지은 채 나를 지긋이 내려다보고 있었다.

사우디아라비아에서는 왕에 대한 사랑이 어느 정도인지를 기준으로 애국심을 평가한다. 왕은 아버지처럼 존경받으며 우리는 왕의 아들딸처럼 여겨진다. 게다가 압둘라 왕이었다. 나는 다른 사우디 왕들은 좀 무섭게 생각했지만, 압둘라 왕은 사랑했다. 그는 여성에게 문호를 열어주기 시작한 최초의 왕이고, 여성의 입장을 강력하게 대변하고 표현의 자유와 언론의 자유를 더 많이 허용하려고 하는 유일한 왕이다. 그러니 심문관에게 쉽게 대답할 수 있었다.

"아니요, 그럴 리가요, 저는 압둘라 왕을 정말 사랑합니다. 폐하께 짐을 지우는 일은 조금도 하고 싶지 않아요."

심문관은 고개를 끄덕이더니 내가 운전한 건 그리 큰 문제가 아니라고 했다. 문제는 동영상을 유튜브에 올리고 외신에 발언하면서 큰 소동을 일으킨 것이라고 했다. 나는 그의 의중대로 따라가려고 노력하면서 사과했다. 내가 위민투드라이브 캠페인에 참여한 게 이 모든 문제가 생긴 원인이라면 당장 그만두겠다고 말했다. 나는 공무원들과 이런 문제가 생길 줄은 꿈에도 생각하지 못했지만, 정말 미안하다고 말했다. 내 목적은 '그 누구에게도 폐를 끼치지 않는 것이었다는 말도 덧붙였다. 그는 고개를 끄덕이더니 자리를 떴다. 방에는 동생과 나만 남았다. 아람코 직원인 파하드는 벌써 오래전에 떠나고 없었다. 첫 번째 심문관이 심문을 마쳤을 때, 잠깐 방에 얼굴을 들이밀고는 이렇게 말했다.

"별문제 없을 것 같아요. 미안해요, 출근해야 해서요. 지금 아침 일곱 시인데, 회사에 보고해야 해요."

그러면서 우리에게 택시를 타고 돌아오거나 자신에게 전화하면 우리를 데리러 오겠다고 말했다.

나는 동생과 조용히 앉아 트위터에 글을 올리고 있는 친구들에게 문자를 보냈다. 더는 주목받고 싶지 않으니 내가 체포되었다는 소식을 트윗에 올리지 말아 달라고 부탁했다. 그냥 사소한 일이었고 문제가 된 건 그저 동영상이었다고 덧붙였다. 나는 곧 풀려날 것이었다.

약 30분 정도 지나자 다른 남자가 들어왔다. 그는 들어오자마자 동생에게 나가라고 명령했다. 동생은 바로 끌려나갔고 그 대신 한 여성이 안내를 받으며 들어왔다. 교도관이라고 했다. 이름은 따로 없이 그냥 '교도관'이었다. 여자는 검은 아바야와 니캅으로 몸과 얼굴 전체를 다 덮은 채 검은 양말과 검은 신발을 신고 검은 장갑을 끼고 있었다. 가방도 검은색이었다. 여자의 얼굴을 조금도 볼 수 없었다. 그저 눈동자의 흰자위만이 니캅의 가는 틈 사이로 하얗게 빛날 뿐이었다. 여자는 아무 말 없이 내 곁에 앉았다. 낡은 검은 장갑은 구멍이 여러 개 나 있었고, 솔기의 실밥이 풀어져 있었다. 그 사이로 여자의 검은 피부가 보였다. 너무 오래되고 후줄근한 가방의 가죽끈은 금방이라도 떨어질 것 같았다. 마침 새로 들어온 심문관이 심문을 시작해서 그 교도관을 더는 살펴보지 못했다.

심문관은 지갑과 휴대전화, 그 밖의 모든 소지품이 들어있는 내 가방을 가져갔다. 서류와 신분증이 사라져버렸다. 방에는 시계가 없어서 몇 시인지 알 수도 없었다. 평소 아침이라면 이웃들이 집에서 돌아다니면서 내는 소리로 몇 시쯤인지 알 수 있었고, 아람코 버스가 단지 안의 매끄러운 아스팔트 도로를 따라 돌기 시작하면 몇 시쯤인지 짐작할 수 있었다. 다섯 살 아들이 언제쯤 일어나는지도 알 수 있었다. 그러나 오늘 아침은 아들이 눈을 뜨면 엄마가 사라져버린 걸 알게 될 것이다.

이제는 정말 겁이 났다.

❖

새로운 심문관도 똑같은 질문을 했다. 이름이 무엇인지, 나이가 어떻게 되는지, 어디서 일하는지. 그리고 내가 대화했던 외신 기자들이 누군지 계속 물었다. 좀 더 거친 어투로 질문했다는 것만 제외하면 앞선 심문관들이 물어본 것과 모두 같은 내용이었다. 심문관이 나가자 방 안에는 아무 말 없이 앉아 있는 교도관과 나, 둘만 남았다. 그때 다른 남자가 들어왔다. 이번 심문관은 내 바로 앞에 앉아 걱정 어린 목소리로 말문을 열었다.

"당신 이야기를 해줄래요?"

그래서 나는 내 이야기를 다시 시작했다. 경청하던 심문관은 내 이야기가 끝나자 밖으로 나갔다. 이 모든 것이 전형적인 심문 기법이라는 것을 나중에서야 알게 되었다. 여러 명의 심문관이 서로 다른 역할을 맡아 누구는 감언이설로 따뜻하게 질문하고, 누구는 엄격하고 거칠게 질문하는 식으로 번갈아 가며 똑같은 질문을 반복하면서 구류자를 계속 기다리게 하는 것이다. 심문할 때마다 그들은 내가 말을 바꾸지 않는지 알아내려고 애쓰고 있었다. 혹시 앞뒤가 안 맞는 대목은 없는지? 내가 답변하다 무심코 실수하거나 누설하는 건 없는지?

24시간이 넘도록 잠도 못 자고 음식도 거의 못 먹, 게다가 어제 오후 차를 운전할 때나 교통경찰서에 붙잡혀 있을 때 아드레날린을 너무 많이 써버려서인지 이제는 절로 침착하고 논리적인 상태가 되었다. 내 이야기는 그대로였다. 여러 번 말해도 바뀌지 않았다.

심문관 중 한 명이 알 야움Al Yaum 신문 한 부를 들고 들어왔다. 왼손에 든 신문을 다섯 손가락으로 힘껏 그러쥐어 신문지 가장자리가 구겨질 정도였다. 아무것도 들지 않은 오른손으로 일 면에 실린 내 사진과 내가 체포되었다는 머리기사를 가리켰다. 그러더니 책상 위로 신문을 집어 던졌다. 그는 운전 캠페인에 관여한 사람

26

들의 이름을 알고 싶어 했다. 나는 이미 그가 알고 있는 두 명의 이름을 댔다. 바히야 알 만수르와 와제하 알 후와이더. 바히야는 위민투드라이브 페이스북 이벤트를 처음 시작한 소녀였고, 와제하는 활동가였다(이후 둘 다 잡혀 와 심문을 당했다). 나는 계속 간결하게 대답했다. 초상화 속 안경을 쓴 압둘라 왕이 나를 지긋이 내려다보고 있었다. 다시 교도관과 나, 둘만 남게 되었다. 의자에 계속 앉아 있는 것도 고역이었다. 앉아 있는 일이 이렇게 피곤해 보긴 처음이었다. 그러나 반듯하게 앉아 있으려고, 졸다가 괜히 머리를 허벅지로 떨구지 않으려고 온몸의 근육에 힘을 주며 애를 썼다. 아직 화장실도 안 가고 있었는데, 정오 기도시간이 가까워지고 있다는 느낌이 들었다. 나는 여자 교도관에게 볼일을 보러 갈 장소가 있는지 계속 물었다.

갑자기 침묵이 깨지고, 커다란 동요가 일어났다. 문이 열리자 사람들이 일상적인 농담이나 인사도 없이 약모음을 생략한 아랍어로 빠르게 말하면서 움직였다.

"이쪽으로 오세요."

그들이 안내한 장소에 다다르자 여러 명의 남자가 나를 둘러쌌다. 아무 말 없이 따라오던 여성 교도관을 제외하면 얼굴을 가리지 않은 내가 유일한 여성이었다. 나는 말문을 열고 물어보았다.

"내 동생은 어디에 있죠? 내 가방은요? 대체 무슨 일이죠?"

철문까지 인도된 우리는 안으로 떠밀려 들어갔다. 등 뒤에서 철문이 굳게 닫히는 소리가 들렸다. 교도관에게 물었다.

"우리 여기 왜 온 거죠? 대체 무슨 일인가요?"

교도관도 나만큼이나 겁에 질려 있었다.

"나도 몰라요"

대답하는 그의 목소리가 떨리고 있었다.

그곳은 내가 본 장소 중 가장 더러운 곳이었다. 딱딱한 껍질을 뒤집어쓴 바퀴벌레들이 바닥과 벽을 가로지르며 마구 기어 다니고 있었고, 종종거리는 다리에서는 칫칫 소리가 낮게 울렸다. 지린내와 땀 냄새 그리고 상상할 수 있는 모든 종류의 고약한 악취가 코를 찔렀다. 손으로 코를 막고 짧게 숨을 쉬자 불쾌함에 위장이 조여들었다. 구석에 문이 없는 작은 방이 하나 붙어 있었다. 화장실이 틀림없었다. 변기도 없이 구멍만 하나 뚫려 있었고, 바닥은 온통 인분투성이였다.

방바닥 가운데에는 기어 다니는 바퀴벌레들 사이로 스펀지 매트리스가 하나 깔려 있었다. 유목 아랍인들은 일반적인 침대 대신 이렇게 둘둘 말 수 있는 매트리스를 사용한다. 요즘도 한 집에 여러 명이 살 때는 종종 이런 매트리스를 두고 밤에는 펼쳐서 자고 낮에는 말아서 세워둔다. 매트리스는 작고 더러웠다. 덮개는 땀과 먼지 때가 배어 번들거렸다. 하지만 달리 앉을 자리가 없었다. 결국 코바르 경찰서 유치장까지 왔는데, 앞으로 얼마나 더 오래 이곳에 머물게 될지 알 수 없다. 눈물이 가득 고였으나 흘러내리지 않도록 두 눈을 크게 떴다. 이런 유치장에서는 울지 않을 참이었다. 이 여인 앞에서는 더더욱 울지 않겠다고 다짐했다.

마침내 여인은 내게 자신의 이름을 말해줬다. 할리마Halimah. 나는 할리마에게 계속 같은 말을 반복했다.

"할리마, 내가 뭘 어쨌나요? 내 동생은 어디에 있죠? 어떻게 된 거예요? 그 사람들이 내 가방은 왜 가져간 거죠?"

이번에는 내가 심문관들처럼 묻고 있었지만 어디까지나 반대되는 처지에서 묻는 것이었다. 할리마는 모른다고만 했다. 나는 주먹으로 철제문을 두드리기 시작했다. 연이어 두드려대니 주먹이 얼얼했다.

"여보세요, 제발요, 동생은 어디에 있나요?"

그리고 소리쳤다.

"변호사와 잠깐 이야기할 수 없을까요? 아들과 통화할 수 없을까요?"

계속 버티고 서 있긴 했어도 너무나 피곤했다. 거의 이틀 내내 한숨도 자지 못했다. 머리도 욱신거려서 그 더러운 매트리스에 앉을 수밖에 없었다. 눈을 붙여야만 했다. 그러나 나는 잠을 쫓으며 할리마에게 말을 걸었다. 남편에 관해 묻고, 아이가 있는지 물었다. 할리마는 남편이 보안요원이라고 했다. 대체로 보안요원은 사우디 남자들이 가질 수 있는 직업 중에서 가장 하층의 직업이었다. 경비원 대부분은 장시간 근무하는 대가로 한 달에 1,500리얄 정도의 낮은 임금을 받는다. 1,500리얄은 400달러에 해당하는 액수로 대부분 집세만 내기에도 벅차다. 할리마는 아이가 둘 있다고 했다. 아이들의 이름도 말해줬지만, 기진맥진해있던 나는 듣고도 잊어버렸다. 다른 사람의 일에 신경을 쓰면서 자신의 처지를 잊으려고 애쓰는 사람처럼 할리마에게 묻고 또 물었다.

할리마의 이야기를 듣고 있는데 나의 고급스러운 구두와 아바야가 새삼스럽게 눈에 들어왔다. 이 둘을 합치면 할리마 남편의 한 달 월급과 맞먹는 금액이었다. 저들이 가져간 내 가방은 할리마 남편의 3개월 치 임금일 것이다. 할리마의 휴대전화는 메시지가 열 통 정도만 저장되는 흑백화면의 구형 전화기였다. 나는 할리마를 바라보며 생각했다. '여기서 일하는 것 외에 다른 선택의 여지가 없었을 것이다. 무엇 때문에 이런 직업을 갖게 되었을까.' 유치장에 갇힌 나 자신보다 할리마가 더 불쌍하게 느껴졌다.

갑자기 문이 벌컥 열렸다. 두 명의 교도관이 내게 나오라고 했다. 문으로 나가자 손을 보여 달라고 했다. 그중 한 명이 푸른 잉크가 묻은 커다란 롤러로 내 양손 바닥이 진하게 물들 때까지 문질렀다. 그러더니 일련의 서류를 내밀며 열 손가락과 양 손바닥을 종이에 찍으라고 지시했다. 처음에는 엄지손가락, 다음엔 나머지 손가락들, 그다음엔 손바닥 전체. 여성인 내 피부를 만지는 게 금기였기 때문에 그는 말로만 지시했다. 나는 지시를 차분히 따랐다. 양 손바닥까지 서류에 찍고 고개를 드니 방에 있는 사람 중에 아는 얼굴이 보였다. 코바르 경찰서 서장이었다. 그는 내가 어제 투크바 경찰서에 억류되었을 때도 그 자리에 있었다. 나는 그를 똑바로 바라보며 말했다.

"무슨 일이죠? 왜 이러시는 건가요?"

"본인이 더 잘 알 텐데요, 마날 알 샤리프. 당신이 자초한 일이잖소!"

2

바퀴벌레와 교도소 철창

경찰서 유치장에서 내가 양손에 끈적한 잉크를 묻힌 채 오래 있었는지 잠깐 있었는지, 수십 분이 걸렸는지조차 말할 수가 없다. 시간 감각이 통째로 사라져버렸으니까. 마침내 다른 남자가 들어와 위층으로 올라가자고 했다. 그는 내 손바닥 도장이 찍힌 서류뭉치를 들고 서서 문장을 끊지 않고 빠르게 줄줄 이어갔다. 딱히 내게 말하는 게 아니라 누가 들어도 상관없는 행정지시와 기록을 늘어놓고 있었다. 그건 마치 아는 단어가 몇 개밖에 없는 외국어 대화에 갑자기 떠밀려 들어간 느낌이었다. 나는 알아들을 수 있는 말이 하나라도 나올까 싶어 귀를 기울였다.

"당신 서류를 주지사님 사무실로 보내야 합니다. 우리 손을 떠난 일이라 우리도 할 수 있는 게 없어요. 거기서 그분들이 당신 서류를 살펴볼 겁니다. 우리는 당신을 그곳으로 보내야 해요."

나는 집으로 가는 게 아니었다.

사복을 입은 두 남자가 경찰차가 아닌 직물 시트의 하얀 도요타 캠리 옆에서 나를 기다리고 있었다. 제복을 입은 남자는 두 사람에게 내 서류를 넘겨주면서 차 안에서 읽어보라고 했다. 두 남자는 서두르듯 잽싸게 차에 올라 정면을 바라보았다. 머리에는 검은 밴드로 고정한 전통적인 사우디 셰마그shemagh를 쓰고 있었다.

사우디 남성을 뜻하는 빨강과 흰색 체크무늬 천의 셰마그였다. 자신들의 얼굴을 볼 수 없도록 셰마그로 얼굴을 가리고 있었다. 나중에 내가 거리나 복도 어딘가에서 혹시 이들을 지나치게 되더라도 알아볼 수 없을 터였다.

할리마는 다 떨어져 가는 끈이 달린 가방을 들고 해진 장갑을 낀 채 내 뒤를 따라왔다. 그는 숨을 죽이고 무릎 위에 놓은 가방을 손에 꼭 쥔 채 내 옆에 앉아 있었다. 남자들은 내 휴대전화와 신분증을 할리마에게 맡기고, 가방은 내게 돌려주었다. 밝은 햇빛에서 보니 할리마의 아바야가 지저분한 게 눈에 들어왔다. 그는 경찰서 안에서 보았던 것보다 훨씬 더 가난해 보였다.

오후 기도를 할 수 있는지 물었지만, 남자들은 내 말을 무시했다. 내가 거듭 물어보자 매우 퉁명스럽게 '우리가 거기에 도착하면' 기도할 수 있을 거라고 했다. 경찰서에 있던 내내 나는 범죄자가 아니라 일반 시민으로 조사받으러 온 것뿐이라고 자신했다. 사람들이 '교도관'이라고 부르는 여성 옆에 이렇게 앉아 있게 될 줄은 생각지도 못했다. 그러나 이제 이토록 조용한 차 안에서 계속 현실을 부정하기란 힘든 일이었다.

5월 오후의 날씨는 덥지도 춥지도 않았다. 사우디아라비아 동부지역의 봄날은 정말 아름답다. 푸르고 촉촉한 자리마다 꽃들이 활짝 피어나고 있었다. 모든 공무원이 일과를 마치고 사무실에서 줄지어 나오는 것을 보니 오후 두 시쯤인 듯했다. 거리는 붐볐다. 우리는 퇴근길 행렬에 끼어든 또 하나의 퇴근 차량일 뿐이었다. 그 틈에 섞이니 눈에 띄지도 않았다.

나는 차를 탈 때면 보통 책을 읽는다. 열정적인 독서가다. 침대 옆 탁자에도 사무실에도 심지어 욕실에도 책을 놓아둔다. 그런데 지금은 책이 없었다. 그래서 교도소에서 온 남자가 운전하는 동안 나는 차창 밖으로 눈을 돌리고 보이는 것마다 읽기 시작했다. 거리의 상점과 매장 이름들을 읽었다. 광고판을 읽고 도로표지판을 읽었다. 차가 담맘Dammam시로 들어가는 동안에도 계속 간판을 읽었다. 담맘시는 내가 결혼하고 처음 4년 동안 살았던 도시다. 간판들을 계속 읽어 가던 중에 '담맘중앙교도소Dammam Central Prison'라고 쓰여 있는 간판 앞에서 차가 멈추었다. 견고한 콘크리트 벽과 검문소가 우리 앞에 우뚝 서 있었다. 감옥으로 호송되는 중이었다.

이들은 새벽 네 시에 집에서 나를 끌고 나왔다. 경고도 없이 변호사에게 전화도 못 하게 하고 영장도 없이 말이다. 아들에게 전화하도록 해달라고 심문하던 남자들에게 애원했지만, 그들은 내가 누구에게도 전화하지 못하도록 막았다. 나는 실종된 것이나 다름없었다. 게다가 이들은 나를 무한정 붙잡아둘 수 있었다. 다 끝난 일이었다. 사우디아라비아에는 재판이나 판결 없이 여러 해 동안 감옥에 비참하게 갇혀 있는 사람들이 있다. 여성들도 예외는 아니었다.

나는 앞자리의 두 남자에게 소리 지르기 시작했다.

"날 어디로 데려가는 거죠? 부탁합니다, 말씀 좀 해주세요. 나를 어디로 데려가는 건가요? 나를 어디로 데려가는지 아는 건 내 권리예요."

두 사람은 계속 침묵했다.

"이럴 수 없어요, 난 범죄자가 아니라고요!"

나는 절규했다.

"어떻게 서류도 없이, 판결도 없이, 법정에서 재판을 받은 것도 아닌데 이렇게 나를 감옥으로 데려갈 수 있나요?"

한마디의 답변도 들을 수 없었다. 나는 할리마를 바라보았다.

"할리마, 뭐라고 말 좀 해봐요, 뭐든 해봐요."

나는 애원했다. 그러나 할리마는 아무 말 없이 그저 무릎 위에 반듯하게 놓인 가방만 꼭 쥐고 있었다.

그들 중 누구라도 내게 고함을 지르며 맞받아쳤더라면 차라리 그게 더 자비로운 반응이었을 것이다. 나는 한 번도 감옥에 가본 적이 없었다. 그저 내가 그 안에 들어가면 다시는 밖으로 나오지 못할 거라는 생각만 들었다. 아들 생각이 났다. 아이를 다시 볼 수 있을까? 내 직업도 떠올랐다. 이번 일이 지나면 틀림없이 일자리를 잃을 것이다. 그토록 열심히 싸워서 얻어내고 지켰던 일자리인데. 나는 그 많은 남자들 속에서 일하는 유일한 여성이었다. 남자들과 동등하게 일하는 정도가 아니라 그들보다 뛰어나다는 걸 증명해 보인 여성이었다. 내가 감옥에 갔다는 소문이 가족에게 전해질 거란 생각이 들었다.

차가 멈췄다. 운전자는 차창을 내리고 초소에 서 있는 경비원에게 여성교도소가 어디 있는지 물었다. 나는 정신을 차리려고 애썼다. 할리마에게 메시지를 전해야만 했다. 새벽에 그 난리를 치면서 집을 나오는 바람에 가방을 제대로 챙기지 못했다. 메시지를 쓸 종이나 펜이 하나도 없었다. 그러다 문득 가방에 종이 한 장이 있다는 사실이 떠올랐다. 그 날 여성 활동가 중 한 명과 함께 운전면허증을 신청할 계획이었지만, 운전면허 사무국까지 데려다줄 택시를 잡을 수 없었다. 그래서 퇴근한 동생을 차에 태우고 거리로 나갔다. 투크바 경찰서에 도착한 뒤 어떤 경찰이 나를 사우디 면허증 없이 운전한다고 기소했을 때, 나는 신청서를 꺼내 들고 이렇게 말했다.

"봐요, 이게 제 신청서예요. 제 운전면허증을 만들어주세요."

아이러니하게도 지금 그 서류가 아직 내 가방에 있었다. 그러니 이젠 펜만 있으면 된다. 가방을 뒤져보니 눈썹연필 한 자루가 있었다. 이거면 충분했다. 나는 운전면허 신청서에 이렇게 썼다.

"도와줘요. 제 휴대전화기에서 무니라^Muneera의 번호를 찾아 알려주세요."

무니라는 내 올케다. 차가 달리는 동안 나는 손을 뻗어 할리마의 손을 찾아 꼭 쥐고는 메모를 보여주었다. 조심해야만 했다. 두 남자가 뒷거울로 우리를 볼 수 있었다. 우리가 하는 말은 다 들렸다. 그러나 할리마에게 내 쪽지를 보여줘야만 했다. 할리마는 아무 말도 하지 않았고, 나를 쳐다보지도 않았다.

또 다른 정문이 보였고, 입구 너머로 주차장과 건물이 이어져 있었다. 운전자는 주차장에 차를 세우지 않고 좀 더 안쪽으로 들어가 건물 바로 앞에 차를 세웠다. 두 남자는 내 서류를 들고 차에서 내려 건물 안으로 들어갔다. 지금이 기회였다. 누군가와 연락을 해야만 했다. 동생은 어디에 있는지 알 수 없었고, 기억나는 유일한 전화번호는 아버지 번호였지만 아버지에게 전화할 수는 없었다. 아버지는 여성들이 직접 운전하자는 캠페인이 있는지도 모르고 계신다. 하지만 올케라면 연락할 수 있다. 나는 할리마를 바라보았다. 이번에는 손을 뻗어 할리마의 두 손을 붙잡고 말했다.

"할리마, 당신 도움이 필요해요. 우리 가족에게 전화해야만 돼요."

나는 이어서 말했다.

"부탁이에요, 할리마. 저 사람들이 건물 안으로 들어갔잖아요. 아무도 모를 거예요. 내 전화기로 전화 한 통만 할게요, 아니면 우리 올케에게 문자 한 통만 보낼게요. 내가 어디에 있는지 우리 가족이 알기만 하면 돼요. 부탁할게요."

할리마는 아바야의 가는 틈 사이로 나를 바라보며 말했다.

"정말, 정말 미안해요."

몹시 고통스러운 듯한 목소리였다. 저 사람들이 나를 여기까지 데려올 줄 몰랐다고 했다. 할리마는 내가 두 남자하고만 있지 않도록 동행하라는 말을 들은 게 전부였다. 그러나 결론은 바뀌지 않았다.

"당신에게 전화기를 줄 순 없어요."

나는 계속 애원했다.

"난 아이가 있어요, 당신도 두 아이가 있다고 했죠, 나는 하나예요. 할리마, 당신도 내 마음 아시잖아요, 그렇죠?"

하지만 할리마는 만약 내게 전화기를 주면 자신은 해고될 거라고 했다. 그에겐 어겨서는 안 되는 규칙이 있었다.

"만약 그 규칙을 깨면 난 정말 곤란해질 거예요. 일자리를 잃으면 먹고 사는 게 힘들어져요."

남자들을 기다리는 내내 애원하며 매달렸지만, 할리마는 굽히지 않았다. 마침내 남자들이 돌아와 차 문을 열더니 내게 함께 가야 한다고 말했다. 나는 저항하려 애쓰며 말했다.

"싫어요, 같이 가지 않겠습니다. 변호사에게 전화하겠어요. 아무 혐의 없이 이렇게 나를 감옥에 집어넣을 순 없어요."

그러나 그들은 내가 함께 가야 한다고 했다. 만약 내가 계속 버틴다면 '우리는 억지로라도 당신을 끌고 들어가야만 합니다.'라고 남자들이 말했다.

나는 건물 안으로 들어가 아주 널찍한 방에 도착할 때까지 내내 다리를 질질 끌며 갔다. 큰 방 한쪽 끝에 집무실이 있었다. 바닥에 깔린 타일이 가장 먼저 눈에 띄었다. 옛날에 내가 메카에서 학교 다닐 때 보았던 바닥 타일과 똑같은 흑백 패

턴의 타일이었다. 수십 년 전 왕국에서 관공서와 학교 건물들을 한꺼번에 지을 때 모든 바닥에 이와 똑같은 타일을 깔았던 게 틀림없다. 당시에는 새 타일이었겠지만 지금은 그저 낡은 구식 타일이었다.

방 입구에 나란히 놓인 의자에 두 남자가 앉아 있었다. 공항에서 흔히 볼 수 있는 좌석이 연결된 의자였다. 이들은 서류를 들고 있었다. 나는 집무실 쪽으로 가서 책상 맞은편 소파에 앉아 있으라는 지시를 받았다. 잠시 후 입구에 앉아 있던 두 남자가 나를 안으로 안내했다.

내 서류는 책상 안쪽에 제복 차림으로 앉아 있는 남자에게 전해졌다. 무사드라는 이름이 작은 나무 명패에 새겨져 있었다. 나중에 알고 보니 그는 교도소의 부소장이었다. 감옥의 책임자인 소장이 휴가 중이어서 부소장인 무사드의 집무실로 안내된 것이다. 짧은 턱수염에 구레나룻이 있는 그는 머리에 아무것도 쓰지 않고 있었다. 내 서류를 보는 그의 얼굴에 경멸이 스쳐 갔다. 무사드는 고개를 들어 나를 바라보았다. 그 서류에 대체 뭐라고 적혀 있는지 궁금했다.

"당신이 그 악명 높은 마날 알 샤리프로군요."

부소장은 책상 뒤편에서 나를 빤히 쳐다보며 말했다.

"자신이 한 행동이 부끄럽지도 않소?"

"자동차를 운전한 것이 부끄러울 일인가요?"

나도 대꾸해주었다.

앞서 심문관이 내게 보여줬던 것과 똑같은 사우디 신문이 부소장 앞에 펼쳐져 있었다. 무사드는 신문을 치켜들더니, 화려한 히잡을 쓴 채 얼굴을 가리지 않은 내 사진을 손가락으로 가리키며 언성을 높였다.

"어떻게 이런 모습으로 밖을 나다닐 수 있습니까? 얼굴을 가리지 않고, 검은 히잡도 쓰지 않은 채 말이오."

그는 마이크 없이 청중 앞에 선 사람처럼 더욱 언성을 높였다. 덕분에 그의 목소리는 작은 집무실을 넘어 타일이 깔린 넓은 로비로 울려 퍼졌다.

"당신은 우리 종교의 수치고, 전통의 수치고, 나라의 수치요. 이런 일을 당하는 게 마땅합니다."

"부소장님, 착오가 있는 게 틀림없어요. 저를 감옥에 보내시면 안 됩니다."

하지만 그는 내가 당연히 감옥에 가야 한다는 표정을 짓고 있었다.

"제 아들과 통화만이라도 할 수 없을까요?"

나는 부탁했다.

"아이는 제가 여기 있는지 모르고 있어요."

"지금 아들 일을 물어보는 거요? 그럼 차를 운전할 때는 아들 생각을 안 했소? 위민투드라이브 그룹을 시작할 땐 아들 생각을 하지 않았단 말이오?"

그는 내가 서 있는 동안 계속 앉아 있었다. 나는 소신에 따라 얼굴을 가리지 않은 채 서 있었다. 그래서 내가 그의 선명한 표정을 봐야 하는 것처럼 그 역시 내 선명한 표정을 볼 수밖에 없었다. 지금 생각해보면 다른 무엇보다도 감히 여자가 자기 앞에서 얼굴도 가리지 않고 서 있었던 것이 더 화를 돋운 것 같다.

그는 잘못한 아이를 꾸짖듯 30분은 족히 더 나를 나무랐다. 그러나 나는 화를 내지도 않았고 공격적으로 대하지도 않았다. 오히려 존경하는 태도로 정중하게 대했다. 모든 심문과정 내내 협조적인 태도로 원하는 정보를 주었다. 모든 남자들에게 맞서 봤자 내가 질 게 뻔하니 화를 내거나 저항할 수도 없었다. 나는 계속 말을 이어 나갔다.

"부소장님, 부탁합니다. 제 변호사나 가족에게 전화라도 하게 해주세요. 저를 이렇게 감옥에 넣을 순 없어요. 저는 그 사람들이 제 동생을 어디로 데려갔는지도 몰라요. 왜 제가 여기 있는지도 모르겠어요. 우리 가족은 제가 어디에 있는지조차 모르고 있습니다."

그는 계속 고성을 질러댔다.

"안 돼요, 안 돼, 안 됩니다. 나중에 말하게 될 거요. 지금은 안 됩니다."

책상에 전화기가 있었는데도 소용이 없었다.

기진맥진해도 반듯하게 서 있으려 애쓰다가 문득 친구가 해준 말이 생각났다. 활동가인 그 친구는 여러 번 붙잡혔지만 한 번도 감옥에 간 적은 없었다. 언젠가 내가 비결이 뭐냐고 물었을 때 이렇게 알려줬다.

"간단해, 우린 여자잖아."

그러더니 시범을 보여줬다. 친구는 어깨를 떨기 시작하다가 이내 눈물을 글썽였다.

"죄송하다고 말하면서 눈물 두 방울만 흘려봐. 그러면 그 사람들은 네가 딱해서 그냥 가라고 할 거야."

친구의 말을 계속 되뇌었지만, 당최 눈물이 나오지 않았다. 원래 남자들 앞에서는 눈물이 잘 안 나온다. 아람코에서 처음 일을 시작한 2002년부터 6년 동안 내 동료들은 모두 남자였다. 2008년에 우리 부서에 새로 합류한 여성은 항상 울었다. 사소한 지적이나 언급에도 마음이 상하면 눈물부터 흘렸다. 당시 부서장이 내게 한 말이 떠오른다.

"저 친구가 마날의 십 분의 일만 닮아도 좋겠어. 마날이 우는 건 본 적이 없다니까."

그 말은 사실이다. 남자 앞에서 우는 모습을 보이는 건 끔찍한 일이다. 심지어 전남편도 이런 말을 한 적이 있다.

"당신 우는 모습이라도 보면 내가 더 자상해질 수 있을 텐데."

그러나 나는 울고 싶으면 혼자 있을 때 운다. 아니 여자들 앞에서는 울 수 있다. 여자들은 내 마음을 이해할 테니까. 여자들이 내 눈물을 보는 건 괜찮다. 그렇지만 지금 이 순간만큼은 나도 울어보려고 온갖 애를 썼다. 내가 조금이라도 울먹이면서 '부소장님, 제발요, 우리 아들하고 통화 좀 하면 안 될까요?'라고 말한다면, 그도 연민을 느껴 전화를 하게 해줄지도 모를 일 아닌가.

부소장에게 하고 싶은 말이 너무나 많았다.

"저는 범죄자가 아닙니다. 선량한 사람이에요. 우리나라는 저 같은 사람을 자랑스러워해야 마땅해요. 저는 국영 정유회사 정보보안 업무를 맡아 일하는 최초의 여성이라고요. 매우 민감하고 중요한 부서에 배치되어 일했어요. 우리 회사는 저를 많이 자랑스러워해요. 신문에도 제 업무에 관한 기사가 여러 번 나왔고, 잡지 인터뷰도 여러 번 했어요. 여기서 이렇게 당신에게 큰 소리로 욕먹으면서 서 있을 사람이 아니라고요."

마침내 눈물 몇 방울이 겨우 나왔다. 할리마에겐 이 정도로 충분했는지 한쪽으로 좀 떨어져 말없이 서 있던 그가 내게 다가와 한쪽 손을 감싸 쥐었다. 할리마는 괴로움에 몸부림치는 아이의 머리카락을 쓰다듬어 주는 어머니처럼 내 손을 쓰다듬어 주었다. 그러나 부소장은 그렁그렁한 내 눈물을 보더니 더 비열하게 나왔다. 그는 계속 상처가 되는 심술궂은 말을 근처에 있는 누구나 다 들으라는 듯이 큰 소리로 떠들어댔다. 집무실의 군인 두 명, 교도관, 교도소로 나를 데려온 이들, 모두에게 다 들렸을 것이다. 부소장이 잔뜩 장광설을 늘어놓는 와중에 전화벨이 울렸다. 수화기 저편으로 코바르 경찰서 서장의 이름이 들렸다. 다 내가 자초한 일이라고 했던 바로 그 사람이었다. 통화가 끝나자 무사드는 집무실 문을 닫았다. 그리고 나를 바라보더니 이렇게 말했다.

"걱정하지 말아요, 당신은 이삼일 여기 있게 될 거요."

그러더니 '단지 네 귀를 꼬집을 뿐이야.'라는 뜻의 아랍 표현을 사용했다. 학교에서 숙제를 까먹고 오거나 행실을 잘못하면 선생님은 당신의 귀를 꼬집을 것이다. 아랍어로 '귀를 꼬집는다'라는 말은 기본적으로 누군가에게 교훈을 준다는 뜻이다.

나는 다시 그에게 매달려 애원하기 시작했다.

"부탁이에요, 제 전화기 주소록에서 올케 번호만이라도 알 수 없을까요?"

그런데 이번에는 그가 승낙했다.

"그러시죠, 당신 전화기를 열어봐도 좋아요."

할리마가 내게 전화기를 건네주었다. 다른 사람들이 이야기하고 있는 동안(나는 문자를 매우 빠르게 보내는 편이다) 문자를 두 통 보냈다. 첫 번째 문자는 위민투드라이브 트위터 계정을 담당하고 있는 친구이자 동료인 아흐메드에게 보냈다. '나는 지금 담맘 여성교도소에 있어요. 트위터에 올려주세요.' 두 번째 문자는 아들과 함께 있는 올케에게 보냈다. 올케에게도 내가 교도소에 있다고 말했다. 그리고 변호사를 찾아달라고 부탁했다. 이곳으로 잡혀 오기 전에 전화로 여성 변호사에게 말해두긴 했지만, 당시 사우디아라비아에서는 여성 변호사에게는 개업할 수 있는 면허를 발급해주지 않았다(2014년에 최초로 여성 변호사에게 면허가 발급됐다). 내가 담맘 여성교도소에서 나가려면 남성 변호사가 필요했다.

바로 그때 모든 이들이 나를 돌아보는 가운데 부소장이 물었다.

"지금 뭐 하고 있는 거요?"

"번호를 찾고 있어요."

"다 찾았나요?"

나는 그렇다고 대답하며 전화기를 끄고 할리마에게 돌려주었다. 전화기에 비밀번호를 걸어 두기 때문에 이 사람들이 열어보지 못할 것으로 생각했다.

그러고 나서 전화기도 신분증도 없이 가방만 든 채 나는 할리마와 함께 남성 보안요원을 따라 교도소 안으로 들어갔다. 높은 벽이 둘러쳐진 오래된 장소였다. 교도소 본 건물까지 가려면 사방이 더러운 커다란 운동장을 가로질러야만 했다. 타일도 깔려있지 않고 통로도 없는 그냥 맨땅이었다. 운동장 건너편에는 거대한 철문이 있었는데, 철문 옆으로 폐쇄된 작은 공간이 보였다. 그곳에는 무기를 든 경비원이 있었다. 게다가 높은 탑들이 교도소를 빙 둘러싸고 있었다.

나는 다른 건물로 들어갔다. 문은 거의 부서져 있었고, 창문은 하나도 없었으며, 의자는 하나같이 더러웠다. 누군가 내게 앉으라고 말했다. 나는 계속 전화 한 통만 하겠다고 주장했다. 아까 무사드는 경비원에게 내가 여성 감옥에 들어가면 감옥 안의 전화기를 사용할 수는 있지만, 내 전화기로 통화하는 건 안 된다고 말했다. 감옥 안에서 10리얄이나 20리얄짜리 전화카드를 살 수 있었다(흥미롭게도 사우디 남성 일부는 구류상태에서도 전화기를 소지하는 게 허용된다).

내가 전화카드를 한 장 구매하자 경비원은 내게 식권이 몇 장 필요한지 물었다. 나는 이렇게 대답했다.

"난 내일 나갈 거예요. 아무것도 필요 없어요."

경비원은 계속 아니라고 하면서 감옥 안에 들어가면 식권이 필요할 거라고 했다. 그래서 100리얄을 주고 작은 쿠폰북을 하나 샀다. 학교 다닐 때 아침 식대로 내려가 샀던 소책자와 비슷했다. 노란 카드로 꽉 찬 쿠폰북을 받아서 가방 안에 쑤셔 넣었다.

우리는 출입실에서 나와 감옥 쪽으로 걸어가면서 두 개의 문을 거쳤다. 좀 더 작은 두 번째 문 앞에서 남성 경비원과 헤어져야 했다. 이제 여성들만 통과할 수 있는 장소로 들어가고 있었기 때문이었다.

작은 문 너머에는 복도가 있었다. 복도로 한 발 들어서자마자 진동하는 대소변 악취가 코와 입을 막았다. 거대한 화장실처럼 냄새가 지독했다. 복도의 한쪽 벽은 두껍고 투명한 아크릴판이었다. 아크릴 벽 너머가 면회객들이 들어올 수 있는 장소라고 했다. 앉을 의자가 하나도 없어 면회객들은 다들 투명 아크릴 벽에 기대고 서 있었다. 아크릴 벽에는 양쪽으로 작은 구멍들이 나 있었지만 서로 통하는 구멍이 하나도 없었다. 소리를 지르며 대화는 할 수 있었지만, 양쪽의 말이 쉽게 전달되지는 않았다.

할리마는 해어져 구멍이 난 장갑을 낀 손으로 내 한쪽 손을 잡았다. 그러더니 교도소 내부의 교도관에게 내 서류와 전화기를 넘겼다. 할리마는 나를 바라보며 말했다.

"하나님께서 당신을 보호해주시기를."

그리고 이렇게 덧붙였다.

"괜찮을 거예요."

할리마는 뒤돌아서서 출입구를 통해 다시 바깥세상으로 걸어 나갔다. '교도관'이라 불렀던 할리마도 감옥 내부의 실제 교도관은 아니었다. 할리마가 나가고 문이 닫히자 문 하나가 닫히는 것 이상의 느낌이 들었다. 마치 바깥세상이나 그곳에서 온 사람을 이제 두 번 다시 보지 못할 것 같은 느낌이었다. 문이 닫히면서 내 희망도 함께 닫혀버렸다.

감옥에서는 기본적으로 휴대전화 서비스가 안 된다는 것을 나는 몰랐다. 무선 전파가 매우 약해서 연결됐다가 끊어지곤 했던 것이다. 내가 보낸 문자 두 통은 전해지지도 않았다. 그때 그 사실을 알았더라면 진짜로 울었을지도 모른다.

이제 내 곁에는 새로운 여성 교도관이 있었다. 소녀라기엔 좀 나이 들어 보였지만 나보다 젊은 여성인 건 확실했다. 이번 여성 교도관은 아바야 대신 긴 치마에 긴소매 블라우스를 입고 있었다. 머리칼은 촘촘하게 땋아서 동그랗게 뒷머리에

빙 둘러 올러붙였다. 교도관은 내 서류를 보여주며 서명해야 할 지점을 가리켰다. 코바르 경찰서에서부터 나를 따라온 서류였다. 서류에는 죄목을 쓰는 칸이 있었다. 빈칸에 누군가가 이렇게 써두었다. '여성 운전자'

내가 서명을 마치자 교도관은 내 서류를 보며 물었다.

"왜 이 감옥으로 오신 거예요?"

나는 그를 바라보며 말했다.

"맞춰보세요."

"당신이 마날 알 샤리프인가요?"

그는 이미 내 이름을 알고 있었다. 그러더니 이렇게 덧붙였다.

"당신을 여기로 보냈다고요? 차를 운전했다고?"

교도관은 믿을 수 없다는 듯이 하나하나 물었다. 내가 지금 여기 있는 것이, 자동차를 운전했다는 이유로 이 감옥으로 보내진 것이 믿을 수 없다는 듯이 말이다. 바로 지금이 말을 꺼낼 적기로 보였다. 나는 여성 교도관에게 감옥으로 들어가기 전에 전화를 한 통 해도 된다는 허락을 받았다고 했다. 그는 나를 바라보며 말했다.

"안 돼요, 누가 그런 말을 했어요?"

나는 무사드가 감옥에 들어가면 교도관에게 요청하라 했다고 설명했다. 그래서 전화카드도 벌써 사 들고 왔다고 보여주었다.

감옥에는 죄수용 구형 유선전화기가 한 대 있는 작은 방이 있었다. 모든 여성은 한 달에 한 번 전화할 수 있다. 나는 계속 전화해도 된다는 허락을 받았다고 주장했다. 결국 교도관은 본부에 전화를 걸어 확인했는데, 거기서 누군가가 괜찮다고 말해준 게 분명했다. 나는 전화카드로 올케에게 전화할 수 있었다. 올케는 화를 내면서 동시에 안도했다. 그러면서 어디에 있는지 묻고 또 물었다. 나는 올케에게 괜찮다고, 지금 담맘중앙교도소에 있는데 내 친구 아흐메드가 이 일을 트위터에 올릴 수 있게 전해달라고 말했다.

"트위터가 뭐죠?"

올케는 트위터가 뭔지 전혀 몰랐다. 서로 몇 마디를 주고받다가 결국 올케에게 이렇게 말했다.

"그냥 아흐메드에게 트위터에 올려달라고 해줘. 그럼 무슨 말인지 알 거야."

그리고 변호사를 구해달라고 했다. 그때 전화가 끊겼다. 나는 기다란 코드가 달린 수화기를 내려놓았다. 내가 할 수 있는 일은 이제 아무것도 없었다. 더 이상의 특별한 호의는 부탁하지 않을 참이었다. 교도관은 내 가방을 보더니 가지고 들어가면 안 된다고 했다. 그는 내 신분증과 전화기에 이어 가방까지 가져가면서 뒷문으로 나가자고 했다. 그러고는 미안해하는 목소리로 말했다.

"당신은 이런 거 싫어하시겠죠."

나는 그 말의 뜻을 이해하지 못했다. 고약한 냄새가 가득한 다른 장소로 나를 데려간 교도관이 말했다.

"옷을 벗으세요."

나는 잘못 들은 줄 알고 되물었다.

"뭐라고요?"

교도관은 다시 옷을 벗고 상체를 굽히라고 다시 말했다.

"옷을 전부 다요? 속옷도요?"

나는 물었다.

"네, 속옷까지 다 벗으세요."

이게 얼마나 끔찍한 모욕인지는 말로 표현하기 힘들다. 전통적인 사우디 여성으로 성장한 사람이라면 누구나 자신의 몸이 노출되는 것을 견디지 못한다. 이는 세상에서 가장 수치스러운 일이다. 사우디 여성은 의사 앞에서도 옷을 벗지 않는다. 내가 아들을 낳으러 병원에 갔을 때 딱 한 번 당황스럽고 불쾌한 순간이 있었는데, 의사 앞에서 속옷을 벗어야만 했던 순간이었다. 의사도 여성이었고 나는 분만 중이었는데도 몹시 불편했다. 그런데 이런 검사에 복종하며 낯선 교도관이 장갑을 낀 손으로 나의 가장 내밀한 신체 부위를 확인하도록 상체를 숙여야 하다니, 이는 내 인생에서 가장 수치스러운 일이었다. 검사를 마친 그가 내게 옷을 입으라고 했다. 좌절과 분노가 솟구쳤다. 이건 있을 수 없는 일이라고 교도관에게 소리지르면서 당신이 이런 짓을 했다는 걸 폭로할 거라고 맹세했다. 교도관은 나를 웅시하며 매우 침착하게 말했다.

"우선 교도소에서 나가셔야죠. 나가셔야만 우리를 폭로하겠다고 협박하실 수 있죠."

그 말을 듣자 말문이 막혔다.

우리는 다른 여성이 기다리고 있는 사무실로 돌아갔다. 그 여성의 이름은 자흐라였는데, 아랍어로 '꽃'이라는 뜻이다. 자흐라도 교도관들의 제복인 듯한 동일한 치마를 입고 있었다. 키가 작고 몸집이 큰 자흐라는 거대한 열쇠꾸러미를 들고 있었다. 나를 감방으로 데려갈 사람이었다.

우리는 여러 사무실과 구식 전화기가 있는 조그만 방, 재봉틀이 여러 대 놓인 작업실처럼 보이는 방, 기도하는 이들을 위해 별도로 마련된 기도실을 뒤로하고 관리구역을 벗어났다. 그리고 아주 작은 마당을 통과했다. 활짝 열려서 타는 듯한 사막의 오후 햇살로 가득 차 있어야 할 마당 위의 하늘이 이리저리 겹쳐진 두 겹의 철망으로 덮여 있었다. 사방팔방 위아래가 모두 울타리로 막힌 셈이었다. 그곳을 지나 다른 방으로 건너왔지만, 이곳도 천장이 철망이었다. 그러나 이곳의 철망에는 양쪽 벽을 잇는 줄이 걸려 있었다. 빨랫줄이었다. 여자들은 욕실에서 변기로도 사용하는 개수통에 옷을 빤 다음 손으로 꼭 짜서 이곳 천장 빨랫줄에 걸어 말릴 수 있었다. 이 방은 하루에 한 시간만 열렸다.

마침내 감방 건물에 도착하여 육중한 문을 열자 큰 소리가 났다. 창살로 가로막힌 감방들이 복도를 따라 줄지어 있었다. 복도에 한 발 들어서자 창살 사이로 내미는 얼굴들이 보였다. 감옥에선 특별히 할 일이 없다. 마치 당신의 일과를 느린 화면으로 시청하는 것과 같다. 권태와 공허함에 자살 충동이 생길 정도다. 그러다 보니 그 공백을 채울 어떤 생각이든 하게 된다. 새로 나타난 바퀴벌레가 벽을 기어가는 것조차 이야깃거리가 될 것이다. 그런 곳에 문 열리는 소리가 났으니 모든 수감자가 창살로 몰려나와 처다보는 것도 당연했다. 엄청나게 시끄러웠다. 서로 밀치면서 창살에 얼굴을 들이미는 소리, '자디드, 자디드'라고 다들 동시에 내지르는 날카로운 소리. 자디드는 아랍어로 신참자란 말이다.

내 얼굴을 가리고 싶은 마음이 간절했다. 거의 10년 이상 나는 얼굴을 가리지

43

않겠다고 가족과 싸우고 전남편과 싸우고 사회와 싸웠다. 내 얼굴은 곧 나의 정체성이다. 아무도 내 얼굴을 가릴 수 없다. 나는 내 얼굴이 자랑스럽다. 만약 내 얼굴이 당신에게 거슬린다면 쳐다보지 마라. 당신 얼굴을 내게서 돌리고 시선을 거두어라. 내 얼굴을 보는 것만으로 유혹을 느낀다면 그건 당신 문제다. 그러니 내게 얼굴을 가리라고 말하지 마라. 단지 당신이 자신을 통제할 수 없다는 이유로 나를 처벌할 수는 없다. 이렇게 생각했다.

그러나 지금 이 여성들 틈바구니를 비집고 지나가자니 얼굴을 가리면 좋았을 텐데 하는 후회가 밀려왔다. 보여주고 싶지 않았다. 이런 장소에서는 더더욱 싫었다. 나는 범죄자가 아니었다. 아무것도 잘못한 게 없었다. 그저 고개를 뒤로 젖히고 비명을 지르고만 싶었다. 견딜 수 없는 고통이 덮쳐왔다. 아랍어에 이런 말이 있다. '그는 나의 존엄성으로 마룻바닥을 쓸었다.' 사람들이 내 존엄성으로 고약한 냄새가 나는 딱딱한 콘크리트 바닥을 닦고 있는 것 같은 느낌이었다.

자흐라는 꾸러미에서 열쇠 하나를 골라 들고 한 감방문으로 걸어가 자물쇠를 열었다. 내가 들어서자 창살문을 닫았고 그것으로 끝이었다.

감방은 엉터리 아랍어를 하는 여자들로 붐볐다. "당신 사우디 사람이에요? 사우디 사람?" 그들이 물었다. 대부분 스리랑카나 필리핀, 인도네시아, 소말리아, 인도에서 온 가정부나 가사노동자들이었다. 다들 서로 어떤 말이든 하고 있었다. 마치 모든 종류의 새들이 커다란 새장 속에 갇혀서 끽끽거리는 소리로 서로를 부르며 날개를 퍼덕이는 듯했다. 168명의 수감자 중에서 겨우 일곱 명만이 사우디 사람이었는데, 그중 네 명은 수감자가 아니라 잠시 구류 중인 사람들이었다. 여성구치소가 없다는 이유로 정부는 여성 구류자들을 구치소 대신 교도소로 보낸다.

검은 히잡을 쓴 여인이 내게 다가왔다. 그는 사우디 여성들이 가정에서 입는 방식으로 옷을 입었고 말할 때는 사우디 억양이 느껴졌다.

"나를 따라와요."

그가 내 손을 잡으며 말했다.

우리는 천장에서 형광등이 깜박이는 방으로 이동했다. 이층 침대 열두 개와 옷을 묶어 축 늘어뜨린 노끈들이 사방에 걸려 있었다. 마치 옷장 속에 서 있는 기분이었다. 벽은 온통 먹다 남은 빵과 플라스틱 숟가락과 여벌옷이 가득 든 비닐봉지들로 뒤덮여 있었다. 침대 밑에도 다른 옷들이 잔뜩 쑤셔 박혀 있었다. 침대는 일종의 커튼 역할을 하는 천으로 덮여 있었다. 머리 위에서 희미하게 윙윙대는 등을 아무도 끄지 않아서 천으로 얼굴을 덮어야만 잠들 수 있기 때문이다. 형광등은 밤낮으로 켜져 있었다. 감방 꼭대기에는 쇠창살로 촘촘하게 막혀 있는 아주 작은 창이 하나 있었다. 가느다란 빛이 겨우 조금 스며들 뿐 신선한 공기는 전혀 들어오지 못했다. 감방에서는 축축한 냄새가 났다. 물에 흠뻑 젖은 카펫 냄새, 음식 냄새, 신생아가 사용한 기저귀 냄새, 머리카락 오일과 크림 냄새, 땀 냄새, 그것도 오랫동안 씻지 못해서 절은 땀 냄새가 습기를 머금고 코끝에 전해졌다. 게다가 사방이 바퀴벌레투성이였다. 수천 아니 수만 마리의 바퀴벌레들이 바닥을 휘젓고 벽을 내달리고 있었다. 침대에도 바닥에도 음식에도 바퀴벌레가 득실거렸다.

내게 말을 건넨 사우디 여성의 이름은 누와이예였다. 오른편에서 첫 번째 침대가 그의 침대였다. 누와이예는 자신의 침대를 가리키며 내게 앉으라고 말했다. 그를 믿어도 될지 알 수 없었지만 일단 앉았다. 눈이 작은 누와이예는 나보다 나이가 조금 더 많은 듯했다. 꽃무늬가 있는 검정 드레스를 입고 있었고 얼굴에는 큰 상처가 있었다. 나는 누와이예에게 어쩌다 그런 상처가 생겼는지 절대 묻지 않았다. 나에게도 어릴 때 생긴 흉터가 여러 개 있어서 다른 사람들의 상처를 보면 절대로 묻지 않는다.

누와이예가 내게 질문하기 시작했다.

"어쩌다 여기에 왔어요? 무슨 일이 있었죠?"

내가 자동차를 운전한 것 때문에 교도소에 왔다고 하니 믿을 수 없다고 했다. 내 말을 믿으려 하지 않았다. 대화가 조금 더 이어졌지만, 나로서는 더 할 말이 없었다. 내가 거짓말하는 게 아니라는 걸 어떻게 증명할 수 있겠는가? 마침내 나는 그를 바라보며 이렇게 말했다.

"누와이예, 난 지금 너무 피곤해요. 이틀 동안 잠을 한숨도 못 잤어요."

먹는 건 이제 아무래도 상관없었다. 누와이예가 말했다.

"괜찮아요, 내 침대에서 자요."

사방에서 바퀴벌레가 기어 다니는 게 보였다. 바깥세상에서 살 때는 바퀴벌레가 한 마리만 보여도 어떻게든 잡아 죽이고, 기어 다닌 모든 곳을 살균제와 표백제로 닦아냈다. 바퀴벌레라면 그 정도로 질색이었다. 바퀴벌레 역시 불을 켜거나 사람을 보면 대개는 어두운 구석으로 허둥지둥 달아난다. 그러나 감옥의 바퀴벌레들은 불빛 따윈 상관하지 않고 어디든 그냥 기어 다녔다. 누와이예와 대화하는 중에도 바퀴벌레가 내 머리 꼭대기에서 기어 다니는 게 느껴졌고, 아바야의 밑단 자락을 따라 기어 올라오려고 애쓰는 게 느껴졌다. 나는 계속 '바퀴벌레야! 욱, 바퀴벌레!'라고 비명을 지르며 바퀴벌레들을 털어냈다.

누와이예는 매우 친절했고 더없이 침착했다. 내게 바퀴벌레에 익숙해질 거라고 말해주었다. 누와이예는 아바야를 벗으라고 했지만 나는 계속 입고 있겠다고 고집을 부렸다. 난 여전히 여기서 곧 나가게 되리라는 희망을 품고 있었다. 오늘 나가지 못한다면 내일이라도 나갈 것이다. 그러나 우선 잠을 자야 했다. 나는 누와이예의 침대에서 한마디로 기절했음이 틀림없다. 정말 시끄러웠다. 여자들, 아이들, 앙앙 울어대는 아기, 바닥에서 벽에서 비닐봉지 위에서 기어 다니는 바퀴벌레들이 내는 츳츳거리는 소리. 그러나 나는 잠들었다. 평화롭게 잠들 수는 없었지만. 마치 바다에서 너무 오래 수영한 날, 밤에 자려고 누우면 온몸이 다시 바닷속에 들어간 듯 파도에 부딪히며 일렁이던 느낌과 비슷했다. 잠결에도 나는 그날 하루를 온몸으로 다시 느꼈다. 고통, 모멸감, 모욕. 아무 관심도 없는 남자 앞에서 엉엉 우는 꿈을 꾸었다. 어떤 젊은 여자가 장갑을 낀 거친 손으로 나를 밀치고 내 몸속에 그의 손을 넣는 꿈을 꾸었다. 자면서도 이런 생각들을 떨쳐내려고 애썼다. 아들 생각을 하려고 애썼다. 올케가 내게 전화로 아들은 괜찮다고, 아이 아빠가 와서 아들을 데려갔다고 말하는 걸 떠올리려고 애썼다.

알고 보니 내가 어디로 사라졌는지 가족에게 굳이 전화해서 알려줄 필요가 없었다. 신문과 텔레비전, 라디오, 인터넷을 통해 이미 내 소식이 세상에 다 퍼진 것이다. 내가 잠들 무렵에는 모든 사우디아라비아 사람들이 자동차를 운전한 여자 마날 알 샤리프가 감옥에 있다는 사실을 벌써 다 알고 있었다.

3

더러운 여자아이들

나는 1979년 4월 25일 메카시의 비좁은 아파트 바닥에서 태어났다. 내가 태어날 때 엄마 곁에는 이제 막 젖먹이에서 벗어난 우리 언니밖에 없었다. 아버지가 집에 없을 때 산통이 왔지만, 엄마는 사우디 규범과 관습에 따라 동행할 남성 후견인이나 마흐람이 없었기 때문에 병원에 갈 수 없었다. 예외는 없었다. 우리 집에는 전화기가 없었기 때문에 엄마는 전화로 도움을 요청할 수도 없었다.

다행히 나는 엄마가 낳은 다섯 번째 아이였고, 그중에서 살아남은 세 번째 아이였던지라 엄마의 몸은 어떻게 아이를 낳아야 하는지 잘 알고 있었다. 나의 첫 울음소리를 들은 엄마는 언니에게 물었다.

"엄마가 뭘 낳았니?"

한 살 무렵부터 말할 줄 알았던 무나 언니는 태반과 피로 뒤덮인 채 수건 위에 놓인 나를 바라보며 짧게 말했다.

"니아마Ne'ama."

니아마는 외가 쪽 사촌의 이름으로 뜻은 '축복'이다. 언니는 내가 여자아이인 걸 알고 이름을 지어 준 것이다. 그러나 친가 쪽 사촌 언니 사아디야가 내 이름을 마날로 바꿨다. 사촌 언니는 니아마가 사우디에서는 흔치 않은 이름이라 아이들이 놀릴 거라고 주의를 줬다. 그 말이 맞았다. 사촌 언니는 내가 학교에서 심하게 놀림 받을 뻔한 일을 미리 막아준 셈이다. 그리하여 우리 부모님은 무나, 마날, 무하마드라는 각자에게 잘 어울리는 이름의 삼 남매를 갖게 되었다. 하지만 부모님은 항상 나를 니아마라고 불렀다.

우리 엄마는 리비아 사람이었다. 1947년에 이집트 알렉산드리아 병원에서 태어났는데, 외할아버지가 이탈리아 식민지였던 시대에 가족을 데리고 이집트로 이주했기 때문이다. 그러나 엄마는 자신을 항상 리비아 사람이라 여겼다. 외가 쪽 사람들은 명문가 집안으로 자부심이 강하며 부유했다. 외가 어른들은 한때 북아프리카에서 오토만 제국의 방대한 재산을 감독하는 책임자들이었다. 외가 쪽 성인 바이트 알 말Bayt al mal은 당시 오토만 제국 사람들이 재무장관을 부르는 호칭이었다. 외할아버지는 성공한 상인으로 리비아에서 이집트에 걸친 방대한 토지를 소유하고 있었다. 외할아버지가 이집트로 이주한 후 마가레바의 셰이크Sheikh of the Maghareba, 즉 '모로코인들의 수장'이라는 경칭이 붙었다. 모로코인은 이집트 서부에 사는 북아프리카의 여러 민족을 광범위하게 일컫는 말이었다. 엄마는 항구도시의 호화로운 저택에서 자랐다. 하인과 시종들이 있었고, 그 시절에 살았던 여자아이가 상상할 수 있는 모든 종류의 물질적 풍요를 아낌없이 누렸다. 사랑을 제외한 모든 것이 그곳에 있었다.

아버지는 메카에서 32km쯤 떨어져 있는 와디 파티마Wadi Fatima 골짜기의 타르파Tarfa'a라는 마을에서 가난하게 태어났다. 아버지가 태어난 날짜는 누구도 정확하게 기록하지 않았지만, 우리 가족은 아버지 나이가 정부 공식기록에 적힌 나이보다 열 살 더 많다고 알고 있다. 나라에서는 아버지에게 신분증과 운전면허증을 발급하면서 아버지 생일을 간단히 라자브Rajab(7월. 이슬람력에서 성스러운 네 개의 달 중 하나로 여겨져 전쟁이 금지됨:역주) 1일로 지정해버렸다. 출생신고서가 없는 사람들은 대부분 그 날이 법적 생일이어서 라자브 1일에는 사우디 국민 절반에게 생일축하 인사를 해도 된다는 농담이 있을 정도다. 내 친구들의 부모님들도 다들 성장하면서 라자브 1일이 서류상의 생일로 등재되었다. 이는 마치 미국인 절반에게 이제부터 당신 생일은 7월 1일이라고 정해주는 것과 비슷한 일이다.

아버지는 친할아버지에 대해 전혀 모른다. 아버지가 태어나기 전에 돌아가셨기 때문이다. 친가 쪽도 훌륭한 가문이었지만, 아버지는 친할아버지나 자신의 가계家系에 대해 한 번도 언급한 적이 없다. 파티마 골짜기의 주민 대부분은 아슈라프

Ashraf(알 샤리프의 복수형)라는 단일 부족의 일원이었다. 우리 부족의 혈통은 예언자 무하마드(Peace Be Upon Him, 이후 PBUH로 표기)까지 거슬러 올라갈 수 있다. 우리는 예언자 무하마드(PBUH)의 막내딸 파티마Fatima와 4대 칼리프로 유명한 무하마드의 사촌이자 파티마의 남편인 알리 빈 아비 탈레브Ali bin Abi Taleb의 아들, 즉 무하마드의 손자인 하산의 후손이다(Peace Be Upon Them). 알 샤리프 부족의 영향력은 아랍 세계 전역에서 볼 수 있다. 20세기만 보더라도 알 샤리프 가문은 사우디 왕국 헤자즈Hejaz 지역을 통치하고, 이라크, 예멘, 요르단, 모로코, 시리아, 팔레스타인에서 왕위에 올라 국가를 다스리고 있다.

아버지는 평생 학교 근처에도 가보지 못했다. 우리는 아버지를 항상 아부야Abouya라고 불렀는데 아버지 고향인 헤자즈 지역 방언으로 '나의 아버지'란 뜻이다. 아버지는 기도문의 주요 구문을 모두 암송하지만 문맹이다. 그러나 호기심이 많은 분이다. 종종 라디오를 듣다가 정치와 스포츠에 관한 이야기가 나오면 논쟁을 벌이기도 했다. 글을 알게 된 후로 나는 아버지에게 신문을 읽어드리곤 했다. 읽고 쓰는 법을 가르쳐 드리려고 몇 차례 시도한 적도 있었다. 엄마는 4학년까지 학교에 다녀서 각종 신청서 등 우리의 학교 서류를 직접 읽고 작성할 수 있었고, 이런 일에 매우 적극적으로 나서서 결정했다.

부모님은 이슬람 신자가 아니었다면 결코 만나지 못했을 것이다. 젊은 시절에 아버지는 형인 사드 삼촌과 함께 메카에 와서 일했다. 아버지는 차를 한 대 장만해서 번잡한 항구도시 제다 외곽에 있는 공항과 메카의 여러 성지 사이를 오가며 독실한 무슬림들을 태워다주는 일을 했다. 하즈Hajj가 있는 마지막 달이 가장 바빴다. 하즈는 신체적으로나 재정적으로 가능한 무슬림이라면 누구든지 평생에 한 번은 해야 하는 메카 순례를 말한다. 무슬림 세계에서 가장 성스러운 장소인 메카의 그랜드 모스크와 모스크 내부에 세워진 말 그대로 '큐브(정육면체)' 형태의 검은 대리석 카바Kaaba를 방문해야 한다. 이슬람교에서 카바는 예언자 이브라힘Ibrahim(PBUH), 기독교인과 유대교인에게는 아브라함으로 알려진 그분이 세운 최초의 성전聖殿으로 추앙받는다. 모든 무슬림은 하루 다섯 번 카바가 있는 곳을 향해 기도한다. 무슬림이 죽은 뒤 장례를 지낼 때는 죽은 자의 얼굴이 카바를 향하도록 두어야 하는 것도 이슬람 전통이다. 아버지는 하즈를 제외한 나머지 기간에는 종교의식을 덜 엄격하게 지키며 메카를 여행하는 다른 순례자들을 택시에 태웠다. 독실한 무슬림들은 카바가 있는 곳에서 한 번 기도하는 것이 다른 장소에서 십만 번 기도하는 것과 같다고 믿기 때문에 순례자들은 늘 있었다.

부모님 중에서 아버지 마수드 알 샤리프Massoud al Sharif가 이집트에서 가족과 함께 하즈 순례를 하러 온 엄마를 먼저 발견했다. 두 분은 마치 운명처럼 만났다. 아버지는 이혼한 상태였고, 엄마 역시 이혼한 후였다. 엄마가 고향으로 돌아가자 아버지는 알렉산드리아행 비행기를 타고 외갓집에 가서 외할아버지에게 결혼을 허락해달라고 요청했다. 외할아버지는 승낙했다.

여러 해가 지난 후 아부야는 엄마가 예뻐서 결혼했다고 말하곤 했는데, 실제로 엄마는 정말 아름다웠다. 한편 겨우 네 살 때 친어머니가 돌아가셨던 엄마는 싫어했던 계모로부터 벗어나고파 아버지와 결혼했다고 했다. 그러나 엄마는 어쩌면 모든 것에서 벗어나고 싶었는지도 모른다. 이슬람 종교와 전통에 따르면 부모를 여읜 사람은 부모의 영혼을 축복해달라는 기원을 해야 하는데, 나는 엄마가 외할아버지의 영혼을 축복해달라고 비는 걸 한 번도 들은 적이 없다.

"하나님도 외할아버지에겐 자비를 베풀고 싶지 않으실 거야."

엄마는 외할아버지 이름이 언급될 때마다 이렇게 말했다.

"우리 아버지는 내 아들을 빼앗았고 내가 교육받을 기회도 뺏어갔지."

엄마는 첫 결혼에서 에삼이라는 아들을 낳았다. 그러나 이혼할 때 아들을 두고 나와야만 했다. 외할아버지가 아이를 데리고 친정으로 돌아오는 것을 허락하지 않았기 때문이다. 이후 엄마는 살면서 큰아들 에삼을 딱 한 번 보았다. 1990년 엄마가 리비아를 방문했을 때였는데 당시 에삼은 스물한 살이었다.

외할아버지는 엄마가 4학년을 마치자 더는 학교에 다니지 못하게 했다. 이집트 학교는 남녀공학이었는데, 열 살이 된 딸이 남자아이들과 함께 공부하는 것을 용납할 수 없었기 때문이다.

그래서 엄마는 알렉산드리아의 안락하고 화려하기까지 했던 삶을 뒤로하고, 교육도 받지 못하고 단순직에 종사하는 사우디 남자와 결혼하여, 수돗물도 안 나오고 전화기도 없고 엘리베이터도 없는 아파트에서 살았다. 그러나 엄마는 전형적인 다른 사우디 여성들처럼 살지 않았다. 엄마는 아파트 안에서 쥐 죽은 듯이 사는 것을 거부했다. 엄마는 후견인이나 마흐람 없이 혼자서 밖에 나가곤 했다. 아무런 직업 없이 사는 것을 거부하고 어린 시절 취미였던 바느질을 시작했다. 언니와 나를 위해 원피스를 지어 주었고, 엄마 친구들과 지인들에게 옷을 만들어주면서 아버지 수입과는 별도로 적은 돈이지만 엄마가 직접 벌었다. 우리를 진료소에 데려가 백신 예방접종을 맞힌 사람도 엄마였다. 우리가 어디에 갈 수 있는지, 무엇을 할 수 있는지, 무엇이 안전한지를 결정하는 사람도 엄마였다. 세 명의 아이들 모두 교육하겠다고 결심한 사람도 엄마였고, 우리를 입학시키려고 직접 학교에 찾아갔던 사람도 엄마였다. 초등학교도 중학교도 고등학교도 모두 엄마가 입학시켰다. 심지어 남동생을 남학교에 입학시키는 일도 엄마가 했다. 여성인 엄마로서는 들어보지도 못한 낯선 일이었을 텐데 말이다. 남자 초등학교 경비 아저씨가 교문에서 엄마를 들어가지 못하게 막았던 일이 기억난다. 엄마가 계속 버티자 결국 교무부장 선생님이 직접 나와서 엄마를 만났다. 선생님은 엄마의 말을 일축하며 돌려보내려고 애를 썼다. 혀를 쯧쯧 차며 남동생을 등록하려면 아버지가 직접 와야 한다는 말만 반복했다. 그래도 엄마는 꼼짝도 하지 않고 버텼고 결국 선생님도 마음이 약해졌다. 거의 25년이 지나 엄마의 장례식에 왔던 선생님은 동생에게 당시 입학해서 교육을 받을 수 있었던 건 모두 엄마 덕분이었다고 말했다. 이 이야기를 처음 들은 동생은 눈물을 쏟았다. 엄마의 고집 덕분에 우리 삼 남매는 셋 다 학과 수석으로 대학을 졸업할 수 있었다. 현재, 언니는 의사, 동생은 석유 지질학자, 나는 컴퓨터 공학 학사다.

엄마는 그 외 다른 면에서는 사우디 여자들보다 더 전형적인 사우디 여자가 되었다. 이집트에서 착용했던 밝은색 옷이나 화려한 머리 스카프를 포기하고 시커먼 아바야로 몸 전체를 가리고 다녔다. 게다가 대다수의 사우디 여인들이 겪어야만 했던 가정폭력도 참아냈다. 아버지는 아무 때고 엄마를 때렸다. 물론 모든 사우디 부인들이 다 맞고 사는 건 아니다. 내가 알기로는 우리 숙모 중 누구도 남편에게 맞지 않았다. 그러나 그건 엄연히 남의 집 사정이고 우리 집은 달랐다. 사우디아라비아에는 수십 년 동안 여성이나 아이들을 보호하는 법률이 없었는데 2012년이 되어서야 가정폭력 관련법이 생겼다. 그 말은 부모도 아이들을 때릴 수 있었다는 뜻이다.

나는 아부야의 대나무 회초리를 우리 집에 사는 여섯 번째 구성원쯤으로 여겼다. 회초리는 메카의 거의 모든 집에서 볼 수 있는 익숙한 풍경이었다. 친구 중에서 회초리가 얼마나 아픈지 안 맞아봐서 모른다는 운 좋은 아이는 거의 없었다. 해마다 가을이 오면 아부야는 새 학년 시작에 맞추어 대나무 회초리도 새것으로 바꿨다. 우리가 새 학년 학교 공책에 종이로 책가위를 입히는 동안 아버지는 새 회초리를 밝은색 크롬테이프로 감아서 모두 볼 수 있도록 높이 걸어놓고 겁을 주었다. 아버지는 우리가 학교 공부에 게으르다고 때린 게 아니었다. 우리 삼 남매는 학급이나 학교에서뿐 아니라 메카시 전체에서 최고 우등생이었다. 나는 학교에서 받은 상장과 트로피로 한 상자를 가득 채웠지만, 규칙적으로 매를 맞았다. 지금도 왜 맞았는지 이유를 모르겠다. 처음에는 우리 중 누구라도 매 맞을 분위기가 느껴지면 회초리부터 숨겼으나 이런 꼼수가 아부야에게는 통하지 않았다. 아버지는 회초리가 안 보이면 화장실의 물 호스를 들고 나왔다. 우리는 딱딱하고 두꺼운 고무호스로 맞는 게 대나무로 맞는 것보다 훨씬 더 아프다는 것을 곧 알게 되었다.

엄마는 우리를 때릴 때 맨손으로 그냥 때렸다. 뺨을 때리거나 허벅지 안쪽을 꼬집기도 했다. 우리가 달아나거나 엄마에게서 가까스로 빠져나오면 손에 잡히는 대로 아무거나 집어 던졌다. 슬리퍼, 접시, 심지어 날카롭고 끝이 뾰족한 재봉용 가위까지도. 나는 이마에 두 개, 왼쪽 눈 아래에 상처가 하나 있는데 이 상처들을 볼 때마다 엄마의 잔인한 매질이 평생 떠오를 것이다. 언젠가 얼굴 상처 세 개를 포토샵으로 감춰보자는 사진사의 제안을 거절한 적이 있다. 사진사는 이해할 수 없다는 표정으로 부드럽게 말했다.

"이상하네요. 여자분들은 대개 얼굴의 홈을 감춰달라고 하는데, 손님은 반대로 요청하네요!"

사진사는 내가 왜 그렇게 단호했는지 지금도 이해하지 못할 것이다. 어떤 상처는 다칠 때의 육체적 고통보다 그 상처에 담긴 영혼과 정신적 고통이 훨씬 더 커서 숨기고 싶지만, 어떤 상처는 거울을 볼 때마다 확인하고픈 상처가 되기도 한다. 후자의 상처는 과거를 상기시켜주는 소중한 흔적이기 때문이다. 내 얼굴의 상처는 그때 겪은 폭력보다 나 자신이 더 강한 존재라는 걸 알려주는 상처다. 내 얼굴의 상처를 볼 때마다 나는 내 아이들은 행복한 삶, 사랑과 용기로 가득한 삶, 비명과 꾸지람, 그리고 무시당하는 일이 없는 삶을 살도록 하겠다는 각오를 새롭게 다진다. 내 아이들만큼은 신체적 폭력 따윈 단 한 번도 겪지 않도록 할 것이다.

내가 매우 좋아하는 아랍 동화 중에 어린 왕자가 스승에게 수업을 받는 이야기가 있다. 왕자가 왕위에 오를 때를 대비해 문학과 학문, 정사政事를 가르치는 수업이었다. 하루는 스승이 수업을 시작하면서 아무 이유도 없이 갑자기 어린 왕자의 뺨을 세게 올려붙였다. 여러 해가 지나 왕자는 왕이 되었다. 왕위에 오른 날 새로 등극한 왕은 옛 스승을 불러오라고 명했다. 왕은 스승에게 화를 내며 물었다.

"당신은 아무 이유 없이 내 뺨을 때렸던 그 날을 기억하는가?"

왕은 계속 말했다.

"나는 하루도 그 날을 잊은 적이 없네. 이제 내가 복수할 차례군. 하지만 먼저 내게 말해주시게, 왜 그런 행동을 했는가?"

스승은 대답했다.

"폐하, 소신은 언젠가 폐하가 왕이 되실 것을 알고 있었사옵니다. 그래서 폐하가 어릴 때 부당함을 겪어보시기를 원했사옵니다. 자신이 직접 부당함을 겪어본 사람은 절대로 다른 사람에게 그런 부당함을 가하지 않을 것이기 때문이옵니다."

이야기는 왕이 권력을 사용해 억압적으로 통치할 일이 생길 때마다 스승에게 뺨 맞은 일을 떠올리며 항상 정의롭게 다스렸다는 맺음말로 끝난다. 우리 세대는 자라면서 체벌, 언어폭력, 일반적인 학대를 직접 겪었다. 그 결과로 우리 세대 중 과연 얼마나 많은 이들이 불의를 멸시하게 되었을지는 아직 판단할 수 없다. 그러나 적어도 나는 그것을 배웠고, 이 교훈을 끝까지 간직하며 살아갈 것이다.

아부야, 엄마, 무나, 무하마드와 나. 우리 다섯 식구는 메카 도심 옆에 있는 알우타비야^Al Utaibiyyah에서 살았다. 메카 외곽 근처에는 예언자 무하마드(PBUH)가 장차 코란이 될 말씀을 첫 번째 계시로 받았다는 동굴이 있다. 무슬림에게 코란은 하나님의 최종적인 말씀이다. 이슬람 세계의 사람들은 만약 당신이 메카에서 왔다고 하면 다들 "하나님 처소 이웃에 사시는군요."라며 감탄할 것이다. 심지어 이들은 그랜드 모스크 안의 잠잠^Zamzam샘에서 퐁퐁 올라오는 샘물조차도 천국에서 메카로 바로 내려온 물이라고 한다. 우리 동네는 그런 그랜드 모스크에서 빠르게 걸으면 20분, 버스를 타면 5분밖에 안 걸린다. 그러나 우리 동네에 살고 싶어 하는 사람은 거의 없었다. 메카시에서 우리 구역은 빈민가로 빙 둘러싸여 있었는데, 그곳에서 욕설, 불량한 행동, 싸움 등이 벌어지면 곧 우리 구역으로 흘러넘치곤 했다. 처음에는 모욕하는 말이 들리다가 이어서 치고받고 물어뜯고 머리카락을 잡아당기는 광란이 벌어지기 일쑤였다. 빈민가 내부에서는 더 심각한 싸움이 순식간에 불붙기도 했다. 잠깐의 언쟁이 무기의 섬광으로 이어지고, 사람이 수시로 지나다니는 곳에서도 누군가는 타인에게 치명상을 입혔다. 그러다 보니 부모님은 언니와 내가 거리에 나가 돌아다니는 것을 절대로 허락하지 않았다. 동생은 식료품 심부름을 할 때만 나갈 수 있었는데 그나마도 얼른 돌아와야 했다. 동생이 나가면 엄마는 내내 창가에 서서 동생이 돌아오기만을 마음 졸이며 기다렸다.

내가 자랄 때 메카에는 약 66개의 빈민가가 있었다. 그러나 그곳에는 아무것도 없었다. 기본적인 생활 제반 시설과 수도는 물론 제대로 된 위생시설도 학교도 없었고, 그저 코란을 공부하는 임시 장소들만 있었다. 친한 학교 친구 중 한 명이 그런 빈민가 변두리에서 살고 있었다. 나 혼자 그 아이 집에 놀러 가는 건 절대 금지였다. 대신 엄마와 동행하면 친구와 교과서나 과제를 서로 교환할 수는 있었다. 엄마와 같이 친구가 사는 동네로 가다 보면 배수로에 찬 쓰레기와 공동화장실에서 풍기는 끔찍한 악취가 코를 찔렀다. 친구는 아주 예의 바른 아이였지만 길거리의 아이들과 10대 청소년들은 온갖 상스러운 말을 해댔다. 거리의 많은 10대는 작은 병에 든 향수를 5리얄 정도에 사서 술 대신 마셨고 마약도 했다. 친구네 집에 갈 때마다 엄마는 아주 빠르게 걸어서 끔찍한 장면, 소리, 악취가 가득한 길을 최대한 서둘러 지나쳤다. 때로는 우리 집에서 만든 음식을 들고 친구네 집에 갔는데, 대추야자 철이 되면 친구네 가족은 이따금 우리에게 통을 가져오라고 해서 농장에서 직접 따온 통통하게 잘 여문 대추야자를 가득 채워줬다. 그러나 우리가 그 집에 머문 적은 한 번도 없었다.

무슬림이 아닌 사람들은 메카에 들어올 수 없음에도 불구하고 메카는 사우디 왕국을 통틀어 최대의 다민족 도시다. 합법이나 불법으로 들어온 수많은 무슬림 이민자들이 메카를 안식처로 삼아 살아가고 있다. 아랍어가 한 마디도 안 들리는 구역도 여럿 있다. 여러 민족이 각자 자신들만의 공동체를 이루고 사는데, 메카에 머무는 이유도 다양하다. 처음에는 이집트인과 일부 시리아인이 건물을 짓고 코란을 공부하기 위해 왔다. 상인으로 온 사람들도 있고, 심지어 난민으로 온 사람들도 있다. 이집트, 시리아, 나이지리아, 인도네시아, 방글라데시, 파키스탄, 인도, 미얀마, 터키, 예멘에서 온 사람들이 각자의 거주 지역에 머물며 다들 살아남으려 애쓰고 있다. 메카 구석구석에서 나이지리아 남자들은 세차하고, 나이지리아 여자들은 말린 씨앗들을 담은 커다란 터번을 머리에 이고 다니며 팔거나 푼돈을 받고 가사도우미로 일한다. 우리 집에도 나이지리아 출신의 가사도우미가 한 달에 400리얄, 즉 105달러 정도를 받으면서 청소와 설거지와 다림질을 해줬다. 우리 집은 수돗물도 나오지 않는 집이었는데 말이다.

상당수의 이민자는 일름ᴵˡᵐ(이슬람의 핵심개념으로 '종교적 지식'으로 번역할 수 있다)과 코란이 시작된 메카에서 제대로 공부하고 싶어 온 사람들이었다. 수 세대 전, 사우디 왕국이 건설되기 전에는 이렇게 공부하러 온 이들이 계속 남을 수 있었고 그러다 자연스럽게 사우디 시민이 되었다. 그러나 최근 수십 년 동안 매년 하즈 순례에 참여하거나 공부하러 메카에 온 수십만 명은 법적 시민권 없이 그냥 남아서 도시에 녹아들고 있다. 같은 나라에서 이주해 온 가족들일지라도, 일찍 온 가족은 사우디 시민권을 받고 나중에 온 가족은 원래 국적을 유지해야만 하는 일도 일어난다. 많은 순례자들은 여전히 메카에 머물고 싶어 한다. 심지어 추방당했던 이들도 되

돌아올 방법을 찾는 듯하다. 내가 어릴 때 메카에서는 한 집에 40명까지 북적대며 살기도 했다. 어떤 면에서 보면 담맘 여성교도소는 작고 단일한 공간 속에 무수한 언어와 민족이 뒤섞여 있는 메카 밑바닥의 소우주였다.

우리 가족은 좀 더 나은 구역으로 이사 갈 형편이 못 되었다. 그런 구역의 집세는 우리가 살던 곳보다 적어도 두 세배는 비쌌기 때문이다. 그래서 그냥 그곳에서 계속 살면서 밖에 나가지 않고 집 안에만 머물렀다. 우리는 항상 작은 아파트에서만 살았다. 거실에서 다 같이 먹고 공부하고 TV도 보다가 밤이 오면 낮 동안 벽에 세워두었던 매트리스를 바닥에 깔고 잠을 청했다. 우리가 지내던 한 아파트에서는 우리 삼 남매가 거실 바닥에서, 아빠는 거실 침대에서, 엄마는 복도에서 자기도 했다. 다른 아파트에서 살 때는 아버지가 침실 침대에서, 동생과 나는 침실 바닥에서, 엄마는 이번에도 복도에서 자고 언니는 손님방에서 잤다. 그러나 다른 가족들과 비교하면 우리 집의 공간은 제법 여유 있는 편에 속했다. 우리 아버지보다 부자였던 삼촌 댁은 아홉 명의 아이들이 모두 함께 잤다. 영화에서처럼 아이들이 각자 자기 방을 가지고 사는 곳이 세상 어딘가에 있다는 건 우리로서는 믿을 수 없는 일이었다. '개인 공간'이란 말은 거의 들어보지 못하고 살았다. 우리는 형제끼리 싸워도 문 닫고 들어가 버릴 수 있는 자기 방이 없었다. 나는 혼자 있고 싶을 때면 발코니로 나갔다. 조금 더 자라면서부터 휴대용 플라스틱 수납장을 활용했다. 거실 한쪽에 이 플라스틱 수납장을 세워놓고 얇은 천으로 꼭대기부터 덮어서 커튼처럼 내려뜨리고는 거실 일부를 내 방처럼 쓰기도 했다. 그 안에서 글도 쓰고 책도 읽으며 개인 공간으로 사용했는데, 동생이 같이 어울리기 시작하면서 그런 공간도 허물어져 버렸다.

사우디의 주택과 아파트들은 대개 사람들로 붐빈다. 아이들, 이모 삼촌들, 다양한 친구들과 친척들. 이웃은 문을 두드리고 들어와 음식을 주고 가기도 하고 아이들을 서로 놀러 보내기도 한다. 엄마는 북아프리카 전통요리인 쿠스쿠스를 맛있게 하기로 유명했다. 사촌들이 엄마의 요리를 너무 좋아해서 쿠스쿠스를 하면 두 냄비를 했다. 그리고 사드 삼촌의 큰아들인 압둘라 오빠를 불러서 하나를 가져가도록 했다. 삼촌 댁도 항상 붐볐는데, 찾아오는 손님들에게 대접할 커피와 차와 간식이 끝도 없이 이어졌다. 종종 우리가 너무 시끄럽게 떠들면 어른들은 우리를 방에서 내몰았다. 축구나 하라고 옥상으로 내쫓았고 때로는 거리에 나가서 놀기도 했다. 우리 부모님이 알았더라면 나가지 못하게 말렸겠지만, 그때는 부모님이 그 사실을 전혀 몰랐다. 거리에서 뛰어다닌 기억은 그럴 때가 전부였다.

그러나 삼촌과 숙모는 몇 년 동안 우리 집 길 건너 바로 맞은편에 살면서도 좀처럼 우리 집에 놀러 오지 않았다. 우리 엄마도 삼촌 댁에 놀러 가지 않았다. 엄마는 삼촌 댁에 쿠스쿠스 냄비만 보냈다. 아버지 친척 중에서 엄마가 편안하게 여겼던 손님은 아빠의 큰 누나인 자인Zein고모가 유일했는데, 고모의 이름은 알 샤리프 여왕의 이름을 따서 지었고 별명이 '평화의 비둘기'였다. 그럼에도 엄마는 고모 댁에 고모부나 다른 가족이 있겠다 싶으면 놀러 가지 않았다.

해마다 한 달 동안 동틀 무렵부터 해 질 녘까지 금식하는 라마단 단식은 '이드 알 피트르Eid al Fitr 축제'로 행복하게 마무리된다. 이드 축제에서는 가족을 가장 중요하게 여긴다. 또 이드 축제일은 내가 가장 좋아하는 명절이기도 했다. 이날은 해 질 무렵 새 옷을 만들 옷감이나 신발을 사는 밤 쇼핑으로 시작하지만 늘 샤랄 알 할라위야트Shara'a al Halawiyyat 거리에서 끝났다. 샤랄 알 할라위야트는 과자 노점들로 꽉 찬 도둑시장Thieves' Market 주변에 있는 한 거리에 붙여진 별명인데, 글자 그대로 '과자 거리'라는 뜻이다. 우리는 흰 로브와 화려한 조끼를 입고 반짝이는 불빛 아래로 화려하게 장식된 진열대가 줄줄이 늘어선 거리를 걸었다. 그러면 알레포 터번을 쓴 상인들이 우리에게 저마다 자신들의 과자가 세상에서 가장 부드럽고 달콤하다고 장담하곤 했다. '세상 어디에도 없는 터키 과자예요. 다른 과자를 먹는 사람은 이가 부러질 겁니다!' 사카saqa'라는 물장수들은 소란스러운 시장통을 어슬렁대며 금식 기간에는 먹지도 마시지도 않았던 사람들의 갈증을 해소해 줄 찬물을 구리 컵에 담아 권했다.

쫄깃쫄깃한 터키 과자 가게 옆을 지날 때면 군침이 돌게 하는 온갖 종류의 과자와 사탕들이 축제용으로 진열되어 있었다. 가운데에 아몬드가 하나씩 박힌 색색의 설탕 사탕 알 리모니야, 아몬드를 노릇하게 구워 설탕을 씌운 알 로지야. 내가 가장 좋아하는 매킨토시 초콜릿은 제일 비싼 간식이었는데, 가장자리가 분홍색인 흰색 알루미늄 깡통에 들어있었다. 깡통 뚜껑에는 영국 여왕근위대의 그 유명한 붉은 제복과 검정 모자를 쓴 남자가 말쑥하게 차려입은 여성의 손을 꼭 쥐고 반짝거리는 눈빛으로 우리를 바라보는 그림이 있었다. 매킨토시 초콜릿은 오직 손님 접대용이어서 먹으면 안 된다고 들었지만, 우리는 엄마가 다른 데 신경 쓰는 틈을 타서 기를 쓰고 한두 개 정도 슬쩍 꺼내 먹었다.

이드 축제일은 집을 아름답게 꾸미느라 매트리스와 솜 쿠션을 실내장식업자에게 가져가 새것처럼 손질하고 커튼을 뜯어서 세탁하는 시간이었다. 엄마는 찻잔과 커피잔을 준비하고 방마다 침향나무 향수를 뿌렸는데, 이 향수는 너무 값이 비싸서 이드 기간 외에는 사용하지 않았다. 이드 날 밤이면 항상 견과류로 속을 채운 만주 쿠키 마아물과 버터 쿠키 구리바를 구웠다. 지금도 갓 구운 케이크와 쿠키 냄새를 맡으면 내 마음은 어린 시절 이드 축제일로 돌아간다. 과자를 다 굽고 나면 엄마는 나와 언니가 잠들기 전에 우리 손바닥을 헤나로 물들이고 비닐봉지로 싸주었다. 우리는 이드 기도를 할 때까지 그 봉지를 풀지 않았다.

사우디아라비아에서 메카는 성스러운 라마단 기간과 이드 알 피트르를 맞이할 때 유일하게 스물한 번의 예포를 쏘는 도시다. 이는 오토만 제국 시절부터 내려오는 풍습으로, 이슬람에 대한 근본주의적 재해석을 강화했던 와하비-살라피파가 교전중인 때에도 행해진 몇 안 되는 메카의 전통 중 하나다. 명절 당일에 아버지는 메카의 그랜드 모스크, 즉 마시드 알 하람으로 우리를 데려가 이드 기도회인 알 마슈하드에 함께 참석했다. 우리는 특별한 이드 명절빔을 입었고, 엄마는 기도를 마치고 모스크를 떠날 때 만나는 아이들에게 나눠주기 위해 할라와 과자와 잔돈 한 뭉치를 꼭 챙겨갔다. 집에 도착하면 엄마는 우리 가족의 할라와를 접시에 담고 우리 집에 들르는 손님들이 마실 수 있게 카르다몸Cardamom(생강과 향료식물:역주)이 들어간 아라비아 커피와 차를 준비했다. 이웃들에게는 갓 구운 쿠키를 나눠주었다.

그 날 우리는 자인 고모 댁에서 문자 그대로 '금식을 깬다'는 의미인 이프타르 만찬을 즐기며 공식적인 명절 축하를 시작했다. 둘째 날은 사드 삼촌 댁에 갔고 셋째 날은 우리 아파트에 모였다. 그러나 첫날과 둘째 날, 고모와 삼촌 댁이 방마다 사촌과 친척들로 붐벼도 우리 엄마의 모습은 어디에도 보이지 않았다. 셋째 날에는 친구들과 이웃들이 우리 집에 들렀지만, 친척들은 한 명도 우리 아파트에 오지 않았다. 아버지 쪽 친척들은 단 한 사람도 우리 집 문을 두드리지 않았다. 그 이유에 대해 아부야에게 절대 묻지 않았지만, 엄마의 눈동자에는 상처받은 눈빛이 어려 있었다. 마침내 나는 엄마에게 물었다.

"왜 우리 집에는 아무도 놀러 오지 않아요?"

"내가 가리바^{ghariba}(외국인)라서 그래."

엄마는 퉁명스럽게 대답했다.

당시 나는 아이였기 때문에 이 특수한 상황의 복잡함을 이해하지 못했다. 엄마는 소외감을 느꼈지만, 사실 아버지 가족이 엄마를 거부했던 것은 아니다. 아버지는 엄마와 결혼하기 전에 형수인 숙모의 자매와 결혼한 적이 있었다. 엄마가 느꼈던 불화는 주로 그런 얽히고설킨 관계가 끊어지면서 생긴 분위기가 원인이었다. 한편으로는 엄마가 자신을 스스로 고립시킨 면도 있었다. 친가 쪽 친척들은 대부분 엄마의 관대함과 다재다능함과 완벽한 예의범절을 칭찬했음에도 말이다. 엄마가 돌아가시고 나서 친가 쪽의 대가족이 조의를 표하러 왔을 때, 그러니까 내가 어른이 되고 나서야 비로소 이런 사정이 조금씩 이해되기 시작했다. 어린 시절에는 늘 내가 따돌림받는 느낌이었다.

이드 둘째 날이 되면, 아부야와 우리는 엄마의 반대에도 아랑곳하지 않고 매번 아빠의 형이자 유일한 형제인 사드 삼촌 댁에 가서 아침과 점심을 먹었다. 삼촌 댁의 분위기는 자인 고모 댁 분위기와 아주 달랐다. 우리 집은 사정이 빠듯했기 때문에 엄마는 언니와 내게 이드에 입을 원피스를 한 벌씩만 사주셨다. 사실 사주시기도 했지만 대부분 손수 바느질해서 지어 주셨다. 이후 일 년 내내 특별한 행사가 있는 날은 이 드레스를 입었는데, 다음 해 이드가 오면 내가 자란 만큼 옷이 작아져 있었다. 내가 사드 삼촌 댁에 들어서면 언제나 사촌 언니 중 한 명이 빈정대곤 했다.

"어머나, 마날 봐. 어제와 똑같은 옷을 입었네!"

사드 삼촌 댁 자매 중에 막내인 아말은 나와 동갑이었다. 아말은 이드 둘째 날이면 늘 새 드레스를 입었지만 '어제와 똑같은' 내 드레스에 대해 한마디도 하지 않았고 유년기 내내 친구가 되어주었다. 명절이면 대개 어린아이들은 옥상에 올라가 놀았는데, 이곳에서 여자아이들은 새로운 드레스를 뽐내곤 했다. 아말의 드레스는 항상 다른 아이들 옷보다 조금 더 화려했다. 여자아이들과 남자아이들은 함께 어울려 아랍어로 샤랏Shar'at이라고 하는 술래잡기 놀이를 하기도 했다. 술래인 한 아이가 다른 아이들을 쫓아다니면서 아직 '안전한 벽'에 찜하지 못한 사람을 잡는 놀이다. 술래에게 잡힌 사람은 다음 판이 시작될 때까지 그어놓은 금 밖에서 기다려야 한다. 술래잡기를 하지 않을 때는 아말과 둘이서 조용히 앉아 그림을 그리고 색칠 놀이를 하고 만화책을 읽었다.

삼촌 댁에서는 명절 맞이가 끝날 무렵에 이디얏을 나눠주었는데, 이디얏은 이드 선물로 아이들에게 주는 돈이다. 이와 달리 자인 고모 댁은 나와 동생이 문을 열고 들어가면 고모가 우리 손바닥에 작은 이디얏 주머니부터 먼저 쥐어 주었다. (이디얏은 5리얄부터 100리얄 이상까지 액수가 다양하다. 친척들에게 귀여움받는 아이들은 이디얏을 더 많이 받았다. 자인 고모는 늘 내게 인심이 아주 후한 편이었다.)

처음에는 삼촌 댁에 갈 때 선물을 받으면 담아오려고 끈 달린 작은 지갑을 어깨에 메고 갔다. 그곳에 가면 사촌 언니들이 아이들을 둥글게 불러 모은 다음, 앞다퉈 내미는 손바닥 하나하나에 이디얏을 쥐어 주었다. 아이들 이름을 한 명씩 부르면서 나눠줬는데 이상하게도 우리 삼 남매 이름은 부르지 않았다. 처음에는 그냥 실수라고 생각했다. 하지만 해마다 그런 일이 반복되면서 나중에는 지갑을 들고 가지 않게 되었다. 그러던 어느 해 나는 그 이유를 마침내 알게 됐다. 언니는 엄마처럼 매끄러운 우윳빛 피부였는데, 친가 쪽 친척들에게는 보기 힘든 특징이었다. 아버지 친족들은 대부분 갈색 피부다. 그 해, 우리는 삼촌 댁에 들어서다가 다른 여자들이 의심스러운 목소리로 묻는 말을 들었다.

"이 여자애들은 누구예요?"

누군가 여자아이건 남자아이건 아이에 관해 물어보면 아버지와 연관 지어 말해주는 게 사우디의 풍습이다. 아이들을 무시하고 싶을 때만 외가 쪽을 언급한다. '이 여자애들은 누구예요?'라는 질문에 사촌들이 "마수드 삼촌의 딸들이에요."라고 대답할 줄 알았다.

그러나 사촌 언니들은

"이집트 여자의 딸들이에요."

라고 대답했다. 사촌 언니들은 우리 엄마 이름을 당연히 알고 있었고, 이집트 사람이 아니라 리비아 사람이라는 것 역시 알고 있었다. 그러나 언니와 나를 '이집트 여자의 딸'이라고 하는 어른들의 말을 듣고 배운 것이다.

사우디 가정은 대부분 과도한 친밀함, 극단적인 분리, 완고한 사생활이 모순되게 섞여 있다. 가족들끼리 같은 방에서 함께 자고 서로의 아파트를 스스럼없이 드나든다. 그러나 대부분 창문을 가리고, 사실 바깥세상과 마주하는 창문 자체가 없는 경우도 흔하다. 많은 가정에서 남성과 여성은 구역을 구분해서 살고, 드나드는 문 역시 다르다. 우리는 엿보는 문화가 있는데 여자들이 창문이나 문 뒤편에서 누가 찾아왔는지 숨어서 내다본다. 우리나라 아파트에도 발코니는 있지만 그런 아파트는 지중해 문화권에서 온 이집트 엔지니어나 다른 나라 사람들이 설계한 것이다. 그 나라 사람들은 발코니에 모여 진하고 향기로운 커피를 천천히 마시며 친구든 채소 장수든 지나가는 사람을 부른다. 사우디 아파트에 발코니를 설계한 외국인들은 사우디 왕국의 자욱한 먼지와 타는 듯이 뜨겁고 건조한 사막의 열기 속에서 살아보지 않은 사람들일 것이다. 메카 사람들은 발코니에 앉아 있지 않는다. 여성들이 발코니에 나가 자동차나 자전거, 오토바이 등을 살펴보면서 주변 거리를 감시할 수야 있겠지만, 일반적으로 발코니에서 사교활동을 하지는 않았다. 우리는 발코니에서 무언가를 마시지도 않았고, 그 아래로 지나가는 사람을 부르지도 않았다. 우리 집 발코니에는 예비 물탱크가 있었다. 나는 때때로 물탱크 옆에 바싹 붙어서 길에서 아이들이 노는 것을 지켜보았다. 그러나 나 같은 아이의 눈에도 발코니는 쓸데없는 공간 낭비인 것처럼 보였다.

삶의 규칙은 대개 배워서 안다기보다 그냥 몸에 배는 것이었다. 이드의 첫날이면 항상 자인 고모 댁에 가듯이, 아버지가 항상 메카에서 가장 유명한 할라와 상점인 '아부나르'에서 작년과 똑같은 튀긴 도넛볼(할와 알 잘라비야)과 참깨 과자(할와 타히니야)를 사 오듯이, 고모가 항상 설탕과 카르다몸을 넣은 달콤한 버미셀리 국수를 준비하고 흰 치즈와 올리브, 인도 스타일의 망고 피클을 담은 접시를 차리고 데비야자와 풀 마바케르, 코브즈 알 슈릭 빵으로 똑같은 메카 요리를 내놓듯이, 우리는 항상 같은 자리에 앉았다.

자인 고모는 2층 주택의 1층에서 하메드 고모부와 여섯 아이와 함께 살았다. 이슬람학 교수인 고모의 장남은 2층에서 자신의 아내, 그리고 아이들과 함께 살고 있었다. 교수인 큰 오빠에게는 하맘과 호삼이라는 두 아들이 있었는데, 우리 남매와 나이가 비슷했다. 자인 고모의 막내딸 하난과 사드 삼촌의 막내딸 아말도 같은 또래였다. 꼬마였던 우리는 소풍이라도 나간 것처럼 플라스틱판을 소프라(식탁, 밥상:역주)대신 깔고 다 같이 둘러앉아 열심히 이프타르를 먹었다. 사드 삼촌의 딸들인 사촌 언니들은 우리와 절대 함께하지 않았고, 우리들의 소프라에서 함께 먹고 싶어 하지도 않았다. 언니들은 따로 다른 자리에 앉아서 자신들이 나중에 결혼할 수도 있는 남자 사촌, 또는 10대이거나 어른인 자인 고모 댁 오빠들과 섞여 앉지 않도록 별도의 소프라를 놓고 먹었다. 꼬마 여자아이였던 나는 이런 광경에 화가 났고 왜 모든 사촌이 함께 둘러앉아 식사를 하지 않는지 그 이유를 알 수 없었다. 나는 앞으로도 좋아하는 사촌들과 절대 따로 앉지 않을 것이며, 고모 댁에 가면 계속 함께 축구를 하고 자전거를 타겠다고 혼자 다짐했다.

그러나 내가 열두 살이 되자, 하맘과 호삼은 아무런 설명도 없이 내 삶에서 금지됐다. 우리는 서로 '안녕'이라거나 '잘 가'라는 인사도 하지 못했다. 이제는 내가 길에서 그들을 마주친다 해도 어떤 모습으로 자랐는지를 모르니 서로 알아볼 수도 없을 것이다.

사우디의 불문율은 명절 축하 방식을 결정하는 정도가 아니라 아예 내 유년기 대부분에 그늘을 드리웠다.

우리가 살던 알 우타비야의 아파트 이웃집에는 열두 살 난 남자아이가 살고 있었다. 그 아이는 종종 엄마와 누이들을 따라 우리 집에 놀러 오곤 했다. 그런데 어느 날엔가 양쪽 집안의 어머니들이 집에 없을 때 그 아이가 혼자 놀러 와서는 내게 속옷을 벗어보라고 했다. 당시 여섯 살이었던 나는 옆집 오빠가 무서워졌다. 나는 이런 일을 엄마에게 말할 만큼 어리석지는 않았지만, 그 날 이후로 그 오빠가 우리 집에 놀러 오면 그가 돌아갈 때까지 엄마 옆에 찰싹 붙어 다니며 떨어지지 않았다. 그러다 결국 옆집 오빠는 언니에게까지 속옷을 벗어보라고 요구하는 실수를 저질렀다. 나와 달리 무나 언니는 바로 엄마에게 말했다. 엄마는 언니와 내게 무슨 일이 있었는지 자세히 물었다. 나는 너무 충격을 받아 제대로 말할 수 없었고, 그 오빠가 내게 요구했던 일로 인해 엄마가 나를 때릴까 봐 겁이 났다. 나는 옆집 오빠가 내게 속옷을 벗으라고 한 적이 없다고 부인했다.

평소에는 퇴근하고 집으로 돌아온 아버지가 문제들을 해결하도록 했지만, 엄마는 이날만큼은 그때까지 참고 있을 수 없었다. 엄마는 아바야를 급히 차려입은 뒤 언니와 내 손을 잡고 옆집으로 향했다. 엄마는 옆집 오빠를 보더니 고함을 지르기 시작했다. 그 오빠도 큰소리로 맞받아쳤다. 두 사람은 소리만 지르고 있었을 뿐인데 그 자리에 있던 나는 금방이라도 몸싸움이 일어날 것 같아 겁이 났다.

"하나님께 맹세하지,"

엄마가 그 소년에게 경고했다.

"우리 딸 중 누구에게라도 아파트 건물 안에서든 길에서든 다시 접근했다간, 네 고추를 잘라서 목에 걸어주마!"

사실 옆집 오빠는 우리를 만지지는 않고 그냥 말로만 접근했을 뿐이다. 하지만 엄마는 알라신이 우리에게 베푼 보호막인 시트르가 없었다면 훨씬 더 나쁜 일이 일어날 수도 있었다고 말했다. 이후 엄마는 하나님과 약속했다. 하나님께서 우리

자매를 안전하게 지켜주셔서 우리의 가장 소중하고 중요한 처녀성을 지키도록 허락해주셨다고 믿은 엄마는 남은 평생 매주 월요일과 목요일에는 금식하겠다고 하늘에 맹세했다. 그리고 실제로 월요일과 목요일 금식을 단 한 번도 빼먹지 않고 지켰다. 나는 엄마의 맹세를 듣고서야 비로소 사우디 사회에서 처녀성이란 것이 한 소녀의 운명을 어디까지 결정하는지 온전히 이해하게 되었다.

엄마는 우리에게 무슨 일이 있었는지 아버지에게는 절대 말하지 않았지만, 언니와 나는 남은 유년기 내내 일종의 가택연금과 비슷한 상태로 지냈다. 우리는 두 번 다시 아파트 복도나 옥상에서 이웃집 아이들과 놀 수 없었다. 우리에게 허용된 최고의 놀이는 현관문에 달린 작은 창문인 샤라를 여는 정도였다. 샤라를 열면 다른 아이들이 밖에서 노는 모습을 구경할 수 있었고 때로는 좁은 창문 뒤에서 직접 물총을 쏠 수도 있었다. 아부야는 이웃집 사건을 아는지 모르는지 그저 한결같이 엄격했다. 언니와 나는 아버지의 허락 아래 메카에서 단 두 집만 방문할 수 있었는데, 바로 자인 고모 댁과 사드 삼촌 댁이었다.

우리 가족이 다른 아파트로 이사한 후에도 사정은 달라지지 않았다. 어디에서 살던지 정해진 규칙은 항상 동일하고 절대적이었다. 물론 이런 규칙은 무나 언니와 나에게만 적용됐다. 엄마는 자유롭게 다닐 수 있었고 남동생 무하마드 역시 좀 더 자란 후에는 아무 곳이나 다닐 수 있었다. 결국 무나 언니와 나만 오랫동안 집 안에 갇혀 지냈다.

우리는 온갖 심한 장난을 쳤다. 우리 아파트는 물이 항상 나오지는 않았다. 엄마는 물이 나올 때마다 우리에게 발코니에 있는 물탱크에 물을 가득 채우고 다 차면 수돗물을 잠그라고 했다. 한 번은 우리가 수돗물을 제때 잠그지 않아서 물탱크가 흘러넘쳐 발코니가 온통 물바다가 됐다. 우리는 제대로만 준비하면 우리만의 실외 수영장을 만들 수 있다는 걸 깨달았다. 수건으로 배수구를 막아 물이 빠지지 않도록 한 다음 속옷만 남기고 훌훌 다 벗었다. 그리고 인어공주처럼 발코니 바닥에 들어찬 물 위에서 수상스키를 탔다. 언젠가 샤워를 마친 후 긴 곱슬머리가 젖어있을 때였다. 우리 집 발코니에는 일종의 창문과 같은 작은 환기구가 있었다. 나는 그 틈 사이로 머리를 내밀고 지상을 향해 내 머리칼을 늘어뜨렸다. 그 아래에서

위를 올려다본 사람들은 발코니에 시체가 매달려 있다고 생각했을 것이다.

우리는 많은 시간, 많은 날을 이렇게 둘이서만 보냈다. 특히 학교 수업도 없고 딱히 할 일도 없는 여름이면 더욱 그랬다. 엄마는 적어도 일주일에 한 번은 서원^誓^願을 실천하기 위해 그랜드 모스크로 갔다. 알라신께 '우리를 안전하게 지켜주셔서 감사하다'는 표시로 단식을 하고 그랜드 모스크에 봉헌물을 올렸다. 집에 아무도 없을 때면 우리는 장난삼아 작고 비싼 담배를 피우며 놀았다. 삼촌이 아버지에게 선물한 것으로 아버지가 즐겨 피우는 브랜드가 아니어서 엄마가 감춰놓은 담배였다. 한 번은 머리에 오일을 잔뜩 바르고 우리가 직접 만든 게임을 했다. 나는 촛불을 들고 언니 주위를 빙빙 돌며 생일축하 노래를 부르며 춤을 췄다. 그러다 내가 들고 있던 양초가 그만 오일을 바른 언니 머리 위로 미끄러졌다. 우리는 둘 다 비명을 지르기 시작했다. TV 안전 프로그램에서 사람들이 스프레이로 불을 끄던 장면이 떠올랐다. 나는 스프레이를 찾으러 온 집안을 뛰어다녔다. 그러다 레이드^{Raid}통을 찾아서 재빨리 불이 붙은 언니의 머리카락에 뿌렸다. 곤충용 살충제인 레이드 스프레이가 불을 꺼줄 리 만무했다. 언니의 머리칼이 전부 타버렸다. 이에 엄마는 불같이 화를 냈고, 나는 엄마에게 거의 죽을 만큼 맞았다.

아마도 우리가 벌인 가장 심각했던 사건은 무나 언니가 묘기를 보여주겠다고 큰 소리를 쳤을 때일 것이다. 언니는 문 위로 기어오르더니 내게 빗자루를 건네 달라고 했다. 빗자루를 받자마자 바로 문에서 미끄러지는 바람에 빗자루 막대가 언니 입천장을 뚫고 코로 들어가 버렸다. 집에는 우리 둘밖에 없었다. 사방이 언니가 흘린 피로 범벅이 되었지만, 전화기도 없이 집안에 갇혀 있던 우리로서는 그냥 기다리는 일 외에는 달리 방법이 없었다. 무나 언니는 엄마가 집에 올 때까지 계속 피를 흘렸다. 엄마가 돌아온 뒤 언니는 바로 병원으로 실려 가 입천장을 꿰맸지만, 하마터면 큰일 날 뻔했다. 그때도 나는 엄마에게 흠씬 두들겨 맞았다.

여러 해 동안 둘이 집에 갇혀 지냈다는 것은, 언니와 내가 종종 서로 싸웠다는 말이기도 하다. 우리는 집에서든 학교에서든 언제 어디서나 싸웠다. 무나 언니는 몹시 힘이 셌고 나는 아주 말라깽이였던 터라 싸움이 나면 언제나 언니가 유리했다. 언젠가 한 번은 학교에서 아침을 먹고 있을 때, 무나 언니가 친구들과 수채화를 그린 후 붓을 빨고 있었다. 언니는 갑자기 친구들에게 "잘 봐."라고 말하더니 내게 다가와서 붓에 묻어있던 더러운 물을 내 얼굴에 뿌렸다. 나는 마시고 있던 주황색 음료수를 언니 얼굴에 뿌리며 맞대응했다. 그러자 무나 언니는 내 머리채를 잡아서 의자에 앉아 있던 나를 흙바닥으로 질질 끌고 가 주먹질을 해댔다. 아무도 언니를 말리지 않았다. 나를 실컷 때리고 난 언니가 물러나자 내 친구의 언니가 나를 화장실로 데려가 얼굴을 씻겨줬다. 나는 친언니였기 때문에 무슨 일이 있었는지 선생님께 말할 수도 없었다. 엄마에게는 더더욱 말할 수 없었다. 그랬다면 엄마는 또 내게 매질을 했을 테고, 그 매는 언니가 때린 것보다 훨씬 더 아플 것이 틀림없었기 때문이다. 나는 이렇게 입을 다물고 무슨 일이건 닥치는 대로 받아들이는 법을 배웠다.

❖

언니와 내가 함께 나눈 고통도 있었다. 평생토록 아물지 않을 흉터를 얻은 깊은 상처의 순간이었다. 이야기는 내 단벌 원피스와 '이집트' 엄마를 흉본 사촌 언니들로부터 시작한다. 사촌 언니들은 우리 자매에게 이렇게 말했다.

"더러운 계집애들, 아직도 할례를 안 받았어."

나는 **할례**가 무슨 뜻인지 정확히 몰랐지만, 분위기상 무서운 말이라는 정도는 알고 있었다. 삼촌 댁에서 하사네야라는 나이 든 여자를 본 적이 있는데, 사촌들 말로는 소녀들에게 할례를 해주는 사람이라고 했다. 언니나 내가 삼촌 댁에서 좀 잘못된 행동이라도 하면 '조심해, 안 그러면 하사네야 아줌마를 불러서 할례를 해주라고 할 거야.'라는 말을 듣곤 했다. 지금도 그 사람 이름을 말하려니 몸이 움츠러든다.

어느 날 아침부터 언니가 문 닫힌 화장실 앞에 서서 우는 바람에 잠이 깼다. 언니는 화장실 안에 있는 아버지에게 슬픈 목소리로 무언가를 호소하고 있었다. 내가 다가가자 언니는 흐느끼며 이렇게 말했다.

"거실에 엄마랑 아줌마 두 분이 있어. 우리에게 할례를 해주러 오셨대."

할례가 무엇인지 여전히 몰랐지만, 어린 마음에도 언니가 울고불고 통곡하는 것과 관련이 있다는 것쯤은 눈치챌 수 있었다. 언니 옆에서 나도 함께 울기 시작했다. 아버지가 화장실에서 나오자 극도의 공포에 사로잡힌 우리는 길고 헐렁한 아버지의 로브를 붙잡고 매달렸다. 아부야는 우리를 끌고 거실로 갔다. 거실에는 엄마가 갈색 피부의 두 아주머니와 함께 앉아 있었다. 검은 천을 온몸에 휘감고 있는 두 사람에게서 강한 침향나무 향기가 났다. 뺨에는 깊은 상처가 길게 나 있었고 눈 주위에는 액상 콜kohl(중동지역에서 눈꺼풀 등을 칠하는 데 사용하는 검은 가루:역주)을 발랐다. 정체 모를 검은 상자가 두 사람 앞에 놓여있었다. 어린 내 생각에 할례를 받으면 얼굴에 저렇게 움푹 팬 상처가 생기는 건가 싶었다. 아버지가 두 여자에게 그만 돌아가 달라고 조용히 부탁했다. 엄마가 말렸지만 두 사람은 돌아갔다. 그러나 그 아줌마들을 그냥 돌려보냈다고 해서 우리가 할례를 받아야 한다는 부모님의 생각이 사라진 건 아니었다. 이번에는 남자들이 찾아왔다.

여덟 살 때였다. 여름방학 초반의 평범한 아침이었다. 당시 나는 붉은 장미와 푸른 나뭇잎들이 수 놓인 노란색 잘라비야(소맷부리가 넓은 이집트 전통 의상:역주)를 입고 있었다고 기억한다. 자인 고모가 내게 선물해준 옷이었다. 나는 동화책과 색칠공부책을 꺼내놓고 텔레비전 앞 거실 바닥에 앉아 있었다. 가을이 오면 이제 곧 3학년이었다.

초인종 소리가 나서 동생과 함께 네, 하고 대답하며 현관으로 달려갔다. 문밖에는 두 남자와 한 여자가 서 있었다. 두 남자는 아버지 친구인 이집트 이발사 압둘라임과 이발사의 아들이었다. 함께 온 여자는 내가 한 번도 보지 못한 사람이었다.

그다음에 내게 무슨 일이 벌어졌는지 지금도 어제 일처럼 생생하기만 하다. 고통스럽고 모욕적이었으며, 평생 이날이 잊히지 않을 만큼 추한 흉터를 내 몸에 남기고 말았다.

실제 할례는 신속하게 끝났다. 언니는 아무도 자신을 찾을 수 없을 거라 생각한 장소에 숨어버렸다. 엄마가 동생을 다른 방으로 데려갔다. 나는 두 남자와 한 여자 그리고 아버지, 이 네 명의 어른들과 남게 되었다. 무슨 일이 일어날지 금세 알

아차렸다. 내게 할례가 실제로 시작될 참이었다. 그 방에 앉아서 지금까지 할례에 대해 알고 있었던 모든 것을 떠올렸다. 언니의 통곡, 사촌 언니들의 위협, 검은 옷을 휘감은 여자들의 얼굴에 깊게 패 있던 상처들.

순식간에 이발사의 아들이 내 어깨를 붙잡고 함께 있던 여자가 내 다리를 벌렸다. 나는 비명을 지르며 울부짖기 시작했다. 아버지가 화장실에서 물 호스를 들고 왔다. 우리를 때릴 때 사용하는 대나무 회초리가 안 보이면 그 대신 사용하던 그 물 호스였다. 아버지는 내 앞에 서서 순순히 할례를 받지 않으면 호스로 때릴 거라고 위협했다. 그 말에 나는 발버둥을 멈췄다.

'수술'은 마취제도 없이 몇 번의 가위질로 끝이 났다. 붉은 피가 흘러 내 다리를 적셨다. 그 순간 아니 그 후로도 나는 계속 소리를 지르고 발버둥을 치는 편이 나았겠다고 생각했다. 그날 아침에 내가 당했던 고통을 겪느니 차라리 아버지에게 물 호스로 맞는 편이 훨씬 덜 아팠을 것이다.

내 차례가 끝나자 어른들은 언니를 찾아내 데려왔다. 나를 수술할 때는 가위의 날이 무디고 약간 둔해서 음핵Clitoris의 윗부분만 겨우 잘라냈지만, 언니를 수술할 때는 날카로운 면도날을 사용해서 전부 다 잘라냈다.

땀과 눈물에 푹 젖어 수치심과 타는 듯한 고통으로 녹초가 된 나는 이불 속에 얼굴을 묻고 무의식에 빠진 것처럼 잠이 들었다. 어느 순간 이불 아래로 낯선 손길이 느껴졌다. 그 손이 내 상처를 향해 점점 다가왔다. 나는 공포감에 침대에서 화들짝 뛰쳐나왔다. 이발사가 연고를 손에 쥐고 있었다. 벌떡 일어나 도망치는데 허벅지 사이로 따뜻한 피가 흘러내리는 것이 느껴졌다. 그러다 바로 의식을 잃고 말았다.

사흘 내내 출혈이 계속되었다. 내 얼굴이 노래졌다고 나중에 언니가 말해주었다. 어른들은 차마 나를 의사에게 데려갈 수 없었다. 공식적으로 여성 할례를 금지하는 법은 없지만, 사우디의 많은 병원에서 이를 범죄로 여겼기 때문이다. 내가 할례를 받았다는 게 보고되면, 이발사가 고발당할 수도 있었다.

사흘 동안의 심한 출혈 끝에 나의 충격적인 경험은 일단락되었다. 부모님이 안 계실 때 이발사와 나이 많은 부인이 다시 우리 집에 찾아왔다. 이번에는 부인이 내 머리맡에 앉았다. 이발사는 언니에게 엄마의 재봉틀에서 바늘과 실을 가져다 달라고 했다(언니가 나중에 말해주기를 이발사의 의도를 알아차리고는 바늘을 모두 숨기고 실만 가져다줬다고 한다). 이발사는 내 가장 은밀한 부분 여기저기에 실을 사용하여 다섯 군데 매듭을 묶었다. 나는 거의 정신을 놓았던지라 아팠는지 어땠는지 기억조차 나지 않는다. 나중에 언니 이야기를 듣고 나서야 무슨 일이 있었는지 알게 되었다. 매듭 때문인지 그저 시간이 지나서인지, 아니면 그 두 가지 모두 작용했던 덕분인지 출혈이 멈췄다. 그리고 서서히 건강을 회복하기 시작했다. 그러나 이후 아무도 그 실을 제거해주지 않았다. 그날 이발사가 묶었던 매듭은 내 몸에서 가장 은밀한 부분을 평생 흉측한 모습으로 바꾸어 놓았다. 나와 언니는 육체적 고통은 그렇다 치더라도, 그보다 더한 이유로 여전히 할례에 대해서 부모님을 용서하지 못하고 있다. 내 친구들 대부분은 할례를 받지 않았다. 엄마와 아부야는 무나 언니와 나를 어느 소녀들과 다른 모습으로 만들어 놓았다.

가끔은 엄마가 집에 데려왔던 갈색 피부의 여자들이 제 임무를 마쳤더라면 일이 어떻게 되었을까 상상해본다. 그랬더라면 언니와 나는 파라오식 할례를 받았을 터이고, 이 방식은 우리가 감내했던 고통보다 훨씬 더 끔찍했을 것이다. 파라오식 할례는 이집트에서 파라오 시대부터 내려오던 여성 할례로, 지금도 예멘과 이라크 내 쿠르드족 지역을 비롯해 아프리카 27개국에서 일반적으로 이루어진다. 이는 여자아이의 음핵과 소음순, 대음순을 완전히 제거하는 방식이다. 이후 생리혈이 나올 수 있도록 작은 구멍만 남겨두고 질 입구를 꿰매어버린다. 활동가 대부분이 이 수술을 '여성 성기 훼손Female genital mutilation'이라 부르는데, 이편이 훨씬 더 정확한 표현이다.

여러 해가 지난 후 나는 사촌 아말에게 하사네야 아주머니가 아말과 사촌 언니들에게도 할례를 행했는지 물었다. 아말은 그런 일이 없었다고 대답했고 그 말에 나는 충격을 받았다. 그럼 대체 왜 하사네야 아주머니는 아말네 집에 와 있었는지 의아했다. 그렇다면 사촌 언니들은 왜 나를 '더럽다'고 했단 말인가? 왠지 속은 느낌이었다. 어쩌면 그들도 실제로는 할례를 받았지만, 부끄럽기도 하고 화가 나서 아니면 고통스러워서 차마 말을 하지 못했을지도 모른다.

강제로 할례를 당하는 소녀들의 숫자가 최근 늘어가는 추세이긴 하지만, 사우디 아라비아에서 여성 할례는 통상적인 일이 아니다. 여성 할례는 주로 남부 사우디 아라비아와 메카, 알 쿤푸다, 리트 같은 특정 지역에서만 일어난다. 사우디의 셰이크Sheikh(이슬람 지식인층의 지도자. 이후 지도자Sheikh로 표기)들은 여성 할례를 강제하지도 않고 금지하지도 않는다. 무슬림들은 대개 예언자 무하마드(PBUH)의 삶을 통해서 일상생활의 지침을 찾는데, 무하마드의 딸들은 할례를 받지 않았다. 여성 할례를 주창하는 사람들은 종교적 자료에 근거하기보다는 사회풍습과 과학적으로 증명되지 않은 믿음을 고수하는 편이다. 그들은 할례가 소녀의 성욕을 제거함으로써 '성적性的 일탈' 행위를 방지한다고 믿는다. 또 그들은 무하마드(PBUH)의 언행록인 하디스Hadiths를 보면 메디나의 한 여성이 소녀들에게 할례를 행했다는 이야기가 나오는데, 예언자 무하마드(PBUH)가 그 여성의 행위를 딱히 금지하지 않았다는 점을 지적한다. 그러나 내가 하디스의 이 대목을 직접 찾아서 공부해보니 실제 그 근거가 너무 빈약해서 여성에게 할례를 행해야한다는 가혹한 결론에 다다르는 것은 무리가 있었다.

어쨌든 어느 여름날 아침, 자동차 문을 열고 운전석에 앉아 안전띠를 매고 시동을 걸고 거리로 나가는 데 걸리는 시간만큼이나 짧은 몇 분 만에 어린 두 소녀의 삶은 영원히 바뀌고 말았다.

4

접거당한 메카

무슬림 명절 중에서 가장 경건한 날인 이드 알 아드하^{Eid al Adha}, 희생의 축제일이
었다. 이날은 이브라힘(PBUH)이 자신의 큰아들 이스마일을 하나님의 명령에 순종
하여 기꺼이 제물로 바쳤던 신앙심을 기리는 날이다. 이드 알 아드하는 하즈 기간
에 포함되어 있는데, 하즈는 이슬람 신앙의 다섯 기둥(이슬람의 다섯 가지 기본적 의식
과 의무:역주) 중 하나로 신체적, 경제적으로 가능한 모든 무슬림 성인에게 요구되는
신성한 메카 순례를 뜻한다. 우리는 이미 메카에 살고 있었지만, 그 날 엄마는 다
른 순례자들처럼 대리석 카바 주위를 돌고 있었다. 엄마의 하얀 이흐람^{Ihram} 옷자
락을 붙잡고 바싹 매달려 있었던 기억이 난다. 카바 주위를 일곱 바퀴 도는 동안
엄마는 얼굴을 드러내고 있었다. 군중 속에서도 엄마의 맑고 하얀 피부와 환하게
드러난 긴 얼굴, 큰 키와 체격은 단연 눈에 띄었다. 엄마의 뺨은 열기로 붉게 상기
되었고 몸은 땀으로 흠뻑 젖어있었다. 나는 긴 원피스 위에 히잡을 쓰고 있었는
데, 아마 여덟 살이나 아홉 살 때였을 것이다. 흰옷을 입은 사람들이 맨발로 차가
운 대리석 성전 바닥을 빙빙 돌면서 거칠게 밀쳐대는 인파의 바닷속에서 엄마와
나는 두 개의 물방울처럼 느껴졌다. 땀 냄새가 코를 찔렀고, 지구촌 곳곳의 억양
으로 '알라후 아크바르^{Allahu Akbar}(신은 가장 위대하다)'라고 외치는 소리가 귓전을 가득
메웠다. 타오르는 태양 아래에서 일부 순례자들은 시원한 잠잠 샘물을 머리에 부
으며 마룻바닥에 물방울의 흔적을 남겼다.

카바 북쪽 부근에는 카바를 둥글게 감싸는 하얀 대리석 벽이 있는데, 이를 히즈

르 이스마일Hijr Ismail이라고 부른다. 엄마는 내 작은 손을 히즈르 이스마일 쪽으로 잡아당겨 그 벽에 내 손을 갖다 댔다. 무슬림들은 이브라힘(PBUH)의 이집트인 아내 하갈과 그들의 아들인 이스마일이 여기에 묻혀 있다고 믿는다.

하즈 기간에는 '순결함'을 매우 중요하게 여긴다. 남자들은 봉제선이 없는 하얀 면으로 된 천 두 장을 걸쳐야만 한다. 첫 번째 천인 이자르로 허리를 감싸고, 두 번째 천으로는 한쪽 어깨를 드러낸 채 상체를 감싼다. 머리는 따로 가리지 않고 있다가 양을 제물로 바치는 제사가 끝나면 깨끗하게 깎는다. 여자들도 동일한 순결함의 기준에 따라 대개는 단순한 흰색 로브를 입고 하얀 천으로 머리를 가린다. 검은 석상의 카바 역시 평소 보호용으로 덮여 있던 검은 천(키스와kiswah)을 걷어내고 원래의 순수한 모습으로 돌아간다.

엄마와 나는 '히즈르 이스마일의 라카'를 두 번 할 수 있는 자리를 찾고 있었다. 이는 고대 카바 앞에서 우리를 낮추고 엎드려 절하면서 코란 문구를 암송하는 의식이다. 주위 사람들은 모두 검은 천이 걷힌 카바에 다가가 손을 대고 하나님의 은총을 빌었다. 매일 인도 알로에와 장미 오일을 카바에 바르는 덕에 독특한 향이 우리를 휘감았다. 엄마는 카바에 난 구멍을 손가락으로 가리키며 우리 옆에서 기도하고 있는 여자에게 이렇게 말했다. "알 무크부르 주하이만al Mukboor Juhayman 이후로 그렇게 됐어요."(무크부르는 '무덤 속에 집어넣는다'라는 뜻으로, 죽은 사람에 대한 매우 거친 욕설이다) 나는 엄마가 무슨 말을 하는지 이해할 수 없었지만, 주하이만이란 단어는 어렴풋이 알고 있었다. 이 말은 어른들이 나누는 대화에서 여러 번 들었는데, 다들 '주하이만'이란 단어가 욕설이나 위험한 말인 것처럼 항상 귓속말로 주고받았다.

나중에 카바에 난 그 구멍이 총알 자국이었다는 걸 알게 됐다. 실제 구멍은 작았지만, 그로 인한 고통과 그것이 표상하는 모든 것에서 기인한 고통은 훨씬 더 크다고 할 수 있다. 그 고통이 시작된 것은 내가 태어난 해로 거슬러 올라간다. 1979년 11월, 주하이만 알 오타이비Juhayman al Otaybi는 메카의 그랜드 모스크를 2주 동안 점거했다. 당시 나는 겨우 7개월 된 아기였다. '주하이만 알 오타이비'라는 이름은 아랍어로 '성난 얼굴'이란 뜻인데, 그는 이슬람 투사이자 급진적인 근본주의자들의 조직인 '알 자마 알 살라피야 알 무흐타시바^{Al Jamaa Al Salafiya Al muhtasiba}', 즉 '올바른 것을 명령하고 잘못된 것을 금지하는 살라피 그룹'의 걸출한 멤버였다.

점거사건이 일어났을 때 사우디아라비아는 47년밖에 되지 않은 신생국이었고 네 번째 군주인 칼리드 빈 압둘 아지즈^{Khalid bin Abdul Aziz}의 통치하에 있었다. 공격은 11월 20일에 시작됐다. 이슬람 달력으로 1400년의 첫날이던 그 날 새벽, 아침이 밝아올 무렵 주하이만과 추종자들이 그랜드 모스크를 점거했다. 추종자 중의 일부는 사우디인들이었고, 일부는 지구촌 각지의 사람들로 그중에는 미국인도 있었다. 평화를 기원하는 하루의 첫 기도가 막 끝난 오전 5시 30분 직전이었다. 많은 무슬림들은 죽은 친족의 관을 그랜드 모스크로 가져와야 가장 자비로운 장례식 기도를 드릴 수 있다고 믿는다. 그랜드 모스크에서 하는 한 번의 기도가 다른 곳에서 하는 십만 번의 기도와 같다고 여긴다. 습격자들은 이런 풍습을 이용해 대량의 소총과 권총, 단검들을 관에 몰래 숨겨서 모스크 안으로 반입했다. 그리고 무기를 꺼내 휘두르며 그랜드 모스크의 문 51개를 모두 걸어 잠그고 일곱 개의 첨탑 꼭대기로 올라갔다. 주하이만의 부하들은 거의 91.5m에 달하는 첨탑 위에서 아래를 내려다보며, 도시 전경이 거의 완벽하게 보이는 최적의 사격 장소를 확보했다.

주하이만은 베두인족으로 태어났다. 베두인 부족은 유목민들로 수 천 년 동안 아라비아 사막에서 터전을 잡고 살았다. 그는 또한 이슬람 설교자였다. 18년 동안 사우디 국경수비대에서 근무하면서 하사까지밖에 진급하지 못했지만, 시간이 넉넉했던 덕분에 이슬람 강의를 들을 수 있었다. 그의 아버지는 무하마드 이븐 압델 와하브가 1700년대 중반에 설립한 수니파의 매우 독실한 추종자였다. 와하브는 이슬람이 부패하고 이교도화, 유럽화되고 있다고 설파했다. 와하브는 비단옷, 담배, 남성용 금 장신구, 음악과 춤 등의 개인적인 사치품뿐만 아니라 세련된 문화처럼 보이는 것은 모두 거부했다. 그는 무하마드(PBUH)가 처음 행한 순수한 형태의 이슬람으로 돌아가 이슬람 율법을 아주 사소한 것까지도 철저하게 일상생활에 적용하고 싶어 했다. 이븐 압델 와하브가 무하마드 빈 사우드와 동맹을 맺게 되고, 이 무하마드 빈 사우드의 자손들이 바로 사우드 왕족, 즉 나중에 사우디아라비아의 왕이 된다. 그러나 20세기 들어 이들의 동맹은 부분적으로 무너졌다. 압델 와하브 가문은 강력한 종교적 세력으로 남게 되긴 하지만 사우디 왕이 서구주의자들의 입국을 허락하자 와하비파와 사우디왕가 양쪽을 모두 지지하던 종교민병대가 사우디 왕 쪽으로 기울었다. 1929년 사우디왕가의 압둘 아지즈 왕은 과거의 동맹군과 전투를 벌여 승리를 거두었다. 당시의 패배에서 살아남은 와하비파 생존자 중 한 사람이 바로 주하이만의 아버지였다!

1979년경의 주하이만은 매우 철저하고도 근본주의적인 와하비-살라피파의 설교에 깊이 경도되어 있었다. 와하비-살라피파는 근대의 영향을 거부하며 이슬람을 엄격하게 해석하는 원조 와하비 신앙과 당시 극단적인 학자들 사이에서 형성되고 있던 매우 급진적이고 청교도적인 살라피주의가 결합한 것이다. 그 결과 인간의 사상과 과학기술의 근대적 발전에 관해 비판적이면서 철저하게 적대적인 일련의 극단적 살라피주의 신앙이 등장하게 된다. 주하이만 역시 무슬림 세계에 운명적인 최후의 날이 다가오고 있으며, 지구는 대격변으로 인해 멸망에 이르고 결국 가장 신실한 신자들만 살아남게 될 거라고 점점 더 확신하게 되었다. 무슬림은 그 최후의 날이 오기 전에 세상에서 악을 물리칠 구세주 마흐디Mahdi가 세상에 온다고 믿는다. 주하이만은 그랜드 모스크를 습격할 때 자신과 함께했던 처남이 바로 지상에 내려온 마흐디라고 확신했다.

주하이만이 모스크와 그 일대를 탈취하자 심각한 혼란이 일어났다. 초기에 언론은 모스크를 습격한 자들이 이란인이라고 보도했다. 바로 16일 전인 11월 4일에 이란 민병대원들이 테헤란에 있는 미국대사관을 점거하여 60명 이상을 인질로 삼은 사건이 있었기 때문이다. 그랜드 모스크 내부 상황에 대한 정보는 베트남전에 참전했던 미국인 헬리콥터 조종사가 모스크 상공을 두 번 통과하며 그 상황을 촬영하고 나서야 비로소 공개되기 시작했다. (조종사와 승무원은 모스크 상공을 비행하기 위해서 '알라 외에 다른 신은 없으며 무하마드는 알라의 사자**입니다'라는 이슬람교의 신앙고백을 한 후 개종해야만 했다. 무슬림이 아닌 사람은 모스크 상공을 비행할 수 없었기 때문이다. 당시 사우디 정부에는 그 임무를 수행할 수 있는 자국 조종사가 한 명도 없었다) 사우디 사람들은 억류되었다가 풀려난 지 채 2년도 안 된 사람들이 주를 이룬 극단주의 그룹의 일부가 모스크를 장악했다는 사실을 곧 알게 됐다. 주하이만의 신앙적 순수성에 대해서는 다른 이도 아닌 압둘 아지즈 빈 압둘라 빈 바즈(사우디의 주요 이슬람 학자이자 성장하는 극단주의 살라피 이념의 강력한 지지자)가 이미 보증한 바 있었다. 빈 바즈는 예언자 무하마드(PBUH)의 두 번째 고향인 메디나에서 실제로 주하이만에게 설교를 통해 가르친 적이 있다.*

점거가 계속되자 사우디 왕국은 외부세계로 연결되는 전화와 전보 통신선까지 자르고 정보를 통제했다. 심지어 점거가 끝났다는 허위 주장을 여러 차례 내놓기도 했다. 프랑스 특공대를 투입해 2주 동안 엄청난 화력을 퍼부으며 총격전을 벌였다. 일곱 개의 첨탑 중 다섯 개에 포격을 가했고, 모스크 지하의 거대한 터널에 화학 가스를 살포하여 결국 이들을 진압했다. 빈 바즈는 사우디 군대의 그랜드 모스크 무장공격을 정당화하는 파트와Fatwa(율법해석, 이슬람의 권위 있는 기관이나 학자들이 제시하는 법적 견해. 이하 율법해석Fatwa으로 표기)를 직접 썼다.

점거 사건으로 야기된 혼란은 메카 외부로까지 퍼지기 시작했다. 파키스탄의 수도 이슬라마바드와 리비아의 수도 트리폴리에 있는 미국대사관이 현지 폭도들에게 무장공격을 당했다. 그랜드 모스크에 가해진 신성모독의 배후에는 미국인들이 있다는 주장에 선동된 이들이 벌인 일이었다. 파키스탄의 미국대사관은 완전히 파괴됐다. 대사관 안에 있던 137명의 미국인은 요란한 총성에 포위된 채 몇 시간 동안 건물 금고실에 숨어 있다가 간신히 살아남았다. 그 와중에 해병대원 한 명이 살해됐다. 또, 자신의 휴무일에 대사관 단지에 있는 관사아파트에서 잠들어 있던 미군 준위 한 명을 폭도들이 살해하고 그의 주검을 불태웠다.

이 사건으로 메카에서 최종 집계된 사망자 수는 훨씬 더 많았다. 사우디 왕국

---

* 1993년 빈 바즈는 사우디 왕국의 그랜드 무프티가 됐다. 아이러니하게도, 그의 가장 유명한 율법 해석Fatwa 중 하나는 여성의 운전에 반대하는 내용이었다. 빈 바즈는 이렇게 썼다. '결백하고 순결한 여성들이 퇴폐풍조 때문에 상스럽다는 혐의로 기소된다. 알라는 사회를 보호하기 위해 퇴폐의 원인이 퍼지지 않도록 그런 행위에 가장 가혹한 형벌 중 하나를 내린다. 그런데, 여성이 차를 운전하는 것은 그런 퇴폐풍조가 퍼지도록 하는 원인 중 하나다.' 그러나 그 역시 걸프전 때 이라크 군대로부터 사우디 왕국을 지키기 위해 사우디 땅에 비무슬림 군대가 배치되는 것을 허용하는 판결을 내리면서 극단주의자들의 지지를 잃었다. 그의 판결은 기독교 십자가를 목에 건 비무슬림 병사들이 신약성서를 들고 다른 무슬림들과 전투를 치르도록 허용한 것으로 비쳤다. 그 판결은 오늘날 사우디 사회 내부에서 커다란 논쟁점으로 남아있다. 어느 과격한 성직자는 빈 바즈가 카피르Kafir, 즉 이교도이자 이슬람 배교자라고 선언하기도 했다.

75

군인과 반란군, 점거될 당시 모스크에 갇혔던 순례자들을 포함한 공식 사망자 수는 270명으로 집계된다. 그러나 무고한 순례자들 다수를 포함하면 사망자 수가 1,000명 혹은 그 이상이라는 다른 추정들도 있다.

소련군이 아프가니스탄을 침공한 지 일주일이 조금 지난 1980년 1월 8일, 사우디 정부는 그랜드 모스크를 점령했던 반란군 63명을 공개적으로 참수했다. 사우디의 여덟 개 도시에서 각각 사형이 집행됐다. 주하이만은 메카에서 가장 먼저 참수됐다. 그러나 그의 이념은 죽지 않고 살아남아 현대 이슬람 극단주의의 활발한 분파 중 하나가 되었다. 18개월 후 이집트에서 안와르 사다트 대통령을 암살한 이집트군 장교는 주하이만에게 영향을 받은 사람이었다. 그랜드 모스크가 점거되었을 때 마침 그의 형이 그곳을 순례 중이었다고 한다. 오사마 빈 라덴의 알카에다, ISIS, 나이지리아의 보코하람 같은 그룹들까지 모두 과거 주하이만이 설파했던 근본주의 이념에 뿌리를 두고 있다. 이들은 모두 코란의 엄격한 해석을 옹호하며 가혹한 이슬람 율법을 실생활에 그대로 적용하고, 이교도, 특히 기독교인, 유대교인들을 상대로 지하드Jihad(성스러운 전쟁, 성전聖戰, 이후 성전Jihad으로 표기:역주)를 벌여야 한다고 주장한다.

메카에서는 지금도 당시 점거사태를 '주하이만 시절'이라고 말하는데, 그때까지만 해도 사우디아라비아는 세계적인 석유 붐에 힘입어 점점 더 부유해지면서 현대화되고 있었다. 석유 붐 덕분에 사우디아라비아는 가난에서 벗어나 풍요로운 땅이 되었다. 그러나 '주하이만 시절' 이후 급진적인 이슬람 조류에 대한 두려움이 온 나라에 퍼지기 시작하자 이를 염려한 왕족들은 고위 종교 성직자와 사회 원로들을 만나 이 새로운 극단주의를 어떻게 해결할 수 있을지 논의했다. 사우디 정부는 이러한 이념에 경도된 사람들을 달래려는 노력의 일환으로 이들의 교리 일부를 포용하기로 했다. 주하이만과 그의 추종자들은 그랜드 모스크에서 끌려 나왔을지 모르지만, 이들의 극단적인 신념은 이제 내부에서 시작하여 사우디아라비아 전체를 장악하게 된다.

이에 가장 큰 영향을 받은 집단은 여성이었다. 봉기가 일어나고 몇 주가 지나자 여성 아나운서들의 텔레비전 출연이 금지됐다. 신문에서는 여성들의 사진을 검열했고, 정부는 여성고용을 단속했다. 살라피파의 강경노선을 사우디 학교에서만 소개하고 가르치는 것이 아니라 사우디가 후원하는 선교사들을 통해 세계 곳곳으로 전파했다. 빈 바즈는 아프가니스탄에서 벌어진 반소련 성전Jihad이 모든 무슬림의 개인적 의무라고 선언하는 율법 해석Fatwa을 발표했다. 당시 아프가니스탄 전투에 참전하기 위해 사우디를 떠났던 사람들 중 한 명이 바로 오사마 빈 라덴이었다.

나는 메카에서 자라면서 주하이만 시절에 대해 모호하게 들었을 뿐이다. 학교에서는 그랜드 모스크 점거에 대해 가르쳐주지 않았고, 공식적으로도 전혀 언급되지 않았다. 오늘날 그 사건은 사우디의 공식기록에서 거의 삭제됐고, 카바에 난 구멍마저 천으로 덮어버렸다. 그러나 주하이만의 유산과 그가 수용한 극단적 살라피주의는 사우디 왕국에서 살아가는 내 일상의 아주 소소한 부분까지 영향을 주게 된다.

1964년 사우디 최초의 공립 여학교가 문을 열었는데, 왕이 공식적으로 노예제도를 금지한 2년 후였다. 당시 사람들이 이 결정을 보편적으로 지지한 것은 아니었다. 여자아이들도 교육을 받아야 한다고 주장했던 최초의 남성인 압둘카렘 알주하이만Abdulkareem Aljuhayman은 자신의 견해 때문에 6개월 동안 징역을 살았다. 어느 유명한 사우디 학자는 동시대의 시민들에게 이렇게 호소했다. "오, 무슬림들이여, 이 위험한 상황에 주의를 기울이시오. 대열을 정비하고 단결하여 현대적 관점으로 소녀들을 교육하려는 학교들을 폐쇄하십시오. 이런 학교들은 겉으로야 연민의 모양새를 띠고 있지만, 속으로는 전염병과 같은 고통과 분열이 잠재되어 있습니다. 이러한 여학교 교육의 최종 결과는 부도덕성과 종교에 대한 존중심 결여로 나타날 것입니다. 미래에 여학교들을 폐쇄하기 어려울 것 같다면, 아예 지금 여학교를 열지 못하도록 막아야 합니다." 그럼에도 최초의 여학교는 문을 열었고, 파이잘Faisal 왕자(당시 왕세자로 이후 국왕이 된다)는 학생들을 보호하기 위해 군인들을 파견

해야 했다. 미국 남부 학교에서 흑백분리정책을 철폐했을 때 일어났던 일과 유사하다. 변화를 일으킨다는 건 매우 어려운 일이고 오랜 고정관념을 뒤집는다는 건 더없이 힘든 일일 것이다.

여학교와 남학교는 쉽게 구별할 수 있었다. 여학교의 외관은 견고한 정문과 주름 잡힌 철판(선박용 컨테이너가 조각조각 나뉜 모습을 상상해보라)으로 만든 높고 견고한 벽 뒤에 굳게 닫혀있는 구치소 같았다. 학교에서 볼 수 있는 유일한 남자라고는 입구를 지키는 경비 아저씨뿐이었다. 학교 창문은 빗장을 걸어 잠갔고 밖에서 내부를 들여다보지 못하도록 가려져 있었다. 학교 한가운데에 널찍한 안뜰이 있긴 했지만, 운동장은 없었다. 여학생들은 달리기나 점프를 하면 안 되기 때문이다.

학교 교문은 아침이면 학생들과 교사들이 학교에 들어갈 수 있도록 열렸다가 그들이 모두 들어가면 하나밖에 없는 열쇠로 굳게 잠겼다. 교문은 여자 교장 선생님이 허락하지 않는 한 다시 열 수 없었다. 물론 비상구도 없었다.

2002년에 메카의 31번 중학교 교내에서 화재가 일어나 열다섯 명의 소녀가 사망한 사건이 있었다. 당시 메카의 종교경찰들은 올바른 이슬람 복장 규범에 어긋난다는 이유로 아바야를 입지 않은 여학생들이 현관 밖으로 나오지 못하게 막았다. 마침내 교문이 열리고 학생들이 실려 나왔을 때는 이미 불탄 주검이 되어있었다. 31번 중학교와 마찬가지로 많은 여학교 교사는 주택을 개조한 건물이었다. 남학교와 달리 여학교는 고유의 이름을 붙이지 않고 번호로만 구분했다. 내가 다닌 학교는 21번 초등학교, 16번 중학교, 13번 고등학교였다. 여학생들도 여학교처럼 눈에 띄지 않는 존재였다. 일과가 끝나면 학생들과 선생님들을 집으로 데려가기 위해 승용차들이 학교로 모여들었다. 그러면 경비 아저씨는 해당 여학생과 여선생님의 이름 대신 그들의 아버지 이름을 불렀다.

학교 일과는 아침 일곱 시에 시작해서 정오 즈음에 끝났다. 우리 아파트는 학교와 가까웠기 때문에 많은 학생들과 달리 무나 언니와 나는 학교까지 걸어갔다. 학교 앞에 도착한 학생들은 종소리가 날 때까지 줄을 서 있다가 종소리가 나면 옆사람 손을 잡고 줄 맞춰 교사 안으로 들어갔다. 당시 학급당 학생 수가 40명이었는데, 우리는 한 교실에서 모든 수업을 받았다. 모든 학교는 3층 건물이었다. 교실은 에어컨이 오래됐거나 고장이 나서 열기로 숨이 막힐 것 같았다. 에어컨을 틀면 낡고 힘없는 기기에서 뜨뜻한 바람이 나왔다. 화장실은 더럽고 냄새가 났다. 모든 거울은 치워졌거나 깨져서 아무도 얼굴을 비춰볼 수 없었다. 중학생인 사춘기 소녀들은 니캅으로 얼굴을 완전히 가렸다. 니캅을 쓰기 전에 자신의 모습을 잠깐이라도 보려면 반짝이는 금속 냉수기 주변에 모여야만 했다.

언니가 다섯 살에 입학허가를 받자마자 입학 규정이 일곱 살 이상으로 바뀌었다. 그래서 나는 언니와 두 살 차이지만 네 개 학년 차이가 났다. 내가 처음으로 학교 가던 날 엄마는 나를 하얀 머리띠, 하얀 원피스, 하얀 신발로 온통 하얗게 꾸며주었다. 학교 서류에는 입학하기 전에 특정한 예방접종을 해야 한다는 공지가 있었다. 엄마는 우리 집 건너편에 있는 병원으로 나를 데려가 학교에서 요구한 예방주사를 맞혔다. 당시 우리 도시는 이제 막 도로포장을 끝낸 터라 거리는 축축한 검은 타르로 덮여 있었다. 나는 걷다가 땅에 걸려 철퍼덕 넘어지고 말았다. 그 바람에 하얀 원피스 대신 시커멓게 더러워진 원피스를 입고 입학해야 한다는 게 몹시 부끄러웠다.

해마다 엄마는 교복 원피스를 두 벌 지어주었다. 나는 두 벌을 매일 번갈아 가며 옷이 닳아 해지기 직전까지 입고 다녔다. 스타일과 색상은 여학생 교육행정총국에서 지정했다. 초등학생은 짙은 녹색, 중학생은 짙은 갈색, 고등학생은 짙은 청색. 학생들이 학교를 졸업하기 전에, 행정총국은 다음 해 교복 양식을 정해 학부모들에게 사진과 함께 가정통신문을 보냈다. 엄마는 그 사진을 곧이곧대로 따르는 몇 안 되는 학부모 중 한 사람이었다. 사진과 똑같은 칙칙한 녹색 옷감으로 보기 싫은 옷깃이 달린 교복 원피스를 지어주었다. 다른 친구들은 대부분 엄마나 재봉사가 같은 녹색이라도 더 예쁜 색감의 녹색 천에 더 멋진 옷깃을 달아 나름대로 디자인해준 예쁜 원피스를 입었다. 초등학교 시절 엄마는 아침마다 내게 볼품없는 원피스를 입히고 양 갈래로 땋은 머리끝에 하얀 리본을 달아주면서 학교로 보냈다.

매일 아침이면 모든 학급이 반별로 줄을 서서 확성기를 통해 들리는 조회 방송을 들으며 하루를 시작했다. 방송은 코란과 하디스 낭독으로 시작해서 '오늘의 지

혜로운 말씀'이나 그날의 새로운 공지사항으로 넘어갔다. 이후 다 함께 코란의 첫 장章인 '수라 알 파티하Surat alFatiha'를 낭송하고 국가인 '국왕을 찬양하라The Royal Salute'를 불러야 했다. 그런 다음 선생님이 각 줄을 오가며 학생들의 용모를 검사했다. 손톱에 금지된 매니큐어를 칠했는지, 단정하게 자르는 걸 잊었는지, 장식이 달린 머리띠를 하거나 색깔 있는 구두를 신고 온 사람은 없는지. 혹은 반지나 팔찌처럼 금지된 액세서리로 치장하고 온 학생이 나올 수도 있었다. 초등 여학교에서는 흰색이나 검은색 머리띠, 검정 신발, 흰 양말을 허용했는데, 누구든 다른 것을 착용하려면 위험을 무릅써야 했다. 중학교와 고등학교에서는 흰색이 금지됐다. 고등학교에 다닐 때 하루는 하얀 머리띠를 한 채 학교에 갔다가 약 한 시간 후에 교무처장 선생님이 강제로 내 머리띠를 벗기는 바람에 머리칼이 한 줌 빠지기도 했다. 또한 우리는 불시에 벌어지는 가방과 소지품 검사에도 익숙해졌다. 교과서와 공책 외에 다른 물건을 학교에 가져가는 것은 금지였다. 립스틱이나 빗, 거울, 외부에서 들여온 책, 학년이 올라간 뒤에는 카세트테이프와 사진 등도 학교에 가져갈 수 없었다. 검사를 하다가 그런 것들이 발각되면 학교 측은 물건을 압수하고 학생의 어머니를 학교로 호출하고 학생의 후견인에게도 경고장을 보냈다.

여학교는 학과수업과 직접적인 관련이 없는 활동은 모두 금지되었다. 이는 무프티Mufti(이슬람 고위 성직자이자 최고위 법률 학자:역주)의 명령이었다. 스포츠도 연극도 음악도 없었고, 미술작품 감상이나 박물관 관람, 유적지 탐방도 없었다. 연말 졸업식 축하도 물론 없었다. 여학교에는 도서관이 들어설 공간조차 없었다. 유일하게 허용되는 특별활동은 그림과 바느질, 가정 관리였다. 우리는 다양한 바느질과 코바늘뜨기, 케이크와 피클 만들기를 배웠다. 학교에 다닌다 해도 여학생들의 궁극적인 목적지는 '가정'이라 보았던 것이다.

나는 그림 수업을 매우 좋아했다. 식물과 정물 이외의 살아있는 생명체를 그리는 건 허용되지 않지만 그래도 좋았다. 사우디 성직자들의 이슬람 율법해석에 따르면 사람을 그리는 등의 재현예술은 금지된다. 나는 이런 금기의 한계를 시험해보려 했다. 과일을 그릴 때면 미소 짓는 과일을 그리면서 종종 사람의 손과 발을 붙였다. 그러나 이런 그림은 대개 선생님에게 압수당한 후 북북 찢겨 쓰레기통에 버려지는 신세가 됐다. 그래서 미술 스케치북에 사람을 그리는 것은 그만두었다. 대신 집에 와서 개인 공책에 웃는 얼굴과 껑충껑충 뛰어다니는 동물 그림을 잔뜩 그렸다.

교실의 수업 분위기는 매우 엄격했다. 그러나 수업이 끝나고 식사시간이 되면 난장판이 벌어졌다. 학교에는 앉아서 식사할 만한 장소가 따로 없었고 음식을 살 때는 아무도 줄을 서지 않았다. 처음에 나는 도시락을 싸갔다. 엄마가 아침마다 치즈 샌드위치와 음료수를 싸줬다. 그러던 어느 날 어떤 선생님이 나를 한쪽으로 데려가더니 집에서 식구들이 다들 잘 지내는지 물었다. 나는 그렇다고 대답했다. 선생님은 왜 아침 사 먹을 용돈 대신 도시락을 들고 오냐고 물었다. 학교에 도시락을 들고 오는 아이들은 아침 식사비를 내기 어려운 가난한 아이들뿐이었다. 내 얼굴은 홍당무가 됐다. 학교에서 누군가 나를 가난한 아이라고 여겼을 거로 생각하니 너무 민망했다. 이후 엄마에게 용돈을 달라고 해서 챙겨갔다. 그러나 날마다 작은 상자에 든 샌드위치를 사기 위해 백 명 정도 되는 아이들과 서로 밀치며 몸싸움을 벌여야 했다. 작고 마른 체격이었던 나는 아이들을 밀치고 앞으로 나가려다가 머리채를 잡혀 밀려났고 결국 아침 식사를 걸러야 했다. 우리 언니는 내가 제대로 싸워보려고 하지도 않는다며 도와주지 않았지만 내 친구의 언니 파틴은 나를 딱하게 여겼다. 파틴 언니는 내게 돈을 받아서 대신 샌드위치를 사다 줬다. 그러나 학교 식당 샌드위치는 항상 엉망이었다. 한 번은 석유통 바로 옆에 음식을 두었는지 샌드위치가 석유에 젖은 것 같았다. 냄새도 고약하고 씹을 때마다 석유맛이 나는데도 그걸 그냥 우리에게 팔았다. 지금 생각해도 그런 끔찍한 음식을 사기 위해 우리가 싸움을 벌였다는 게 놀랍기만 하다. 하지만 각자 마실 물만큼은 따로 가져왔다. 학교의 금속 냉수기는 오래되고 녹이 슬어 뜨뜻한 갈색 물이 나왔기 때문이다.

학교에서는 실력별로 반을 나누지 않고 이름의 알파벳순으로 반을 편성했다. 우리 반에서 정말 좋은 친구 두 사람, 나와 이름이 같은 마날과 말락이라는 친구를 만난 것은 엄청난 행운이었다. 교실 공간이 넉넉하지 않아서 따로 책상이 없었던 나는 매일 마날과 말락의 사이에 끼어 앉았다. 두 친구는 정말 예뻤고, 그렇게 예뻔 아이들은 늘 선생님들의 관심을 받았다. 말락은 항상 머리띠를 하고 아름다운 옷차림으로 학교에 왔다. 말락의 어머니는 양말까지 다리미로 다려줬다. 선생님들은 예쁜 아이들에게 사탕을 주곤 했다. 예쁜 아이들에게는 다정하게 말을 건넸고, 우리에게는 금지된 일도 그 아이들에게는 허락해줬다. 예쁜 아이들이 화장실에 가겠다고 하면 항상 가도록 허락해줬다. 그러나 다른 아이들이 화장실에 가려고 하면 선생님들은 그때그때 기분에 따라서 그냥 자리에 앉아 있으라고 하기도 했다. 한 번은 평범한 아이 중 한 명이 자리로 돌아가라는 말을 듣고 앉아 있다가 실수를 했는데, 선생님은 훌쩍이는 아이에게 고함을 질러댔다.

나는 예쁜 아이들 축에 들지는 못했다. 미술 시간이면 선생님에게 칭찬받고 싶어서 할 수 있는 한 가장 아름다운 그림을 그리려고 공을 들였다. 내가 설명 도중에 끼어들거나 질문을 해서 좋아하지 않는 선생님들도 더러 있었지만, 똑똑한 학생이었던 건 그나마 행운이었다. 성적이 좋았던 덕분에 여러 번 가혹한 매질을 피할 수 있었으니 말이다. 그러나 항상 운이 좋았던 건 아니다.

매질에 관해서라면 사우디아라비아는 학교나 가정이나 다를 게 없었다. 나는 많은 사우디 부모들이 아이들을 입학시키면서 하던 말을 기억한다. 문자 그대로 옮기자면 이런 말이다. '피부는 선생님의 것이고 뼈는 부모님의 것이다.' 이 말은 선생님이 필요하다고 여기면 언제든지 아이를 때려도 된다는 뜻이었다. 우리 학교 교무부장 선생님은 50㎝ 길이의 나무 자를 항상 들고 다녔고, 다른 선생님들 역시 30㎝ 길이의 전통적인 나무 자를 들고 교실에 들어왔다. 여학생이 체벌 받을 때는 손바닥을 내밀고 자로 맞도록 정해져 있었다. 그러나 체벌은 여기서 그치지 않았다. 선생님들은 귀를 꼬집거나 뺨과 뒤통수를 때리고 머리칼을 잡아당기기도 했다. 쉬는 시간에 놀지 못하게 하거나 아침에 줄 서 있는 전교생 앞에서 공개적으로 야단을 치는 '정신적' 체벌도 있었다.

학교에서 처음으로 매를 맞았던 일이 기억난다. 1학년 1학기의 첫 주였다. 우리 엄마처럼 화를 잘 내는 일함 선생님이 교사책상에서 바삐 일하다가 껌을 씹고 있던 나를 발견했다. 선생님은 큰 소리로 나를 앞으로 불러냈다. 나는 무엇 때문에 지목됐는지 의아해하며 자리에서 일어나 잠자코 선생님 앞으로 갔다. 껌을 씹으면 안 된다는 것을 아무도 내게 설명해주지 않았던 탓이다. 어리둥절하게 서 있는 내 오른쪽 뺨으로 강한 따귀가 날아왔다. 얼마나 세게 때렸는지 옆에 있던 초록색 칠판에 얼굴이 부딪쳐 왼쪽 뺨에 분필 자국이 났을 정도였다. 선생님은 내게 소리를 지르기 시작했다.

"껌! 껌을? 예의라곤 어디에다 둔 거야?!"

선생님은 손가락으로 휴지통을 가리켰다. 훌쩍훌쩍 우는 동안 입에서 떨어진 껌은 흑백 타일이 일정하게 깔린 교실 바닥에 마치 유죄의 증거처럼 붙어있었다. 겁먹은 채 휴지통으로 걸어가다가 되돌아온 나는 곧이어 두 번째 따귀를 맞았다.

"눈을 어디에다 둔 거야!"

일함 선생님은 날카롭게 소리쳤다.

"껌이 아직 바닥에 있잖아, 이 거짓말쟁이야!"

두 번째로 맞은 건 과학 시간이었다. 사우디 교육은 기본적으로 질문과 대답이 아닌 암기와 암송으로 이루어진다. 과학 선생님은 흑판에 '하늘은 푸르고 구름은 하얗다.'라고 썼다. 그리고 학생들에게 따라 읽으라고 했다. 내 차례가 왔을 때 나는 읽지 않겠다고 대답했다. 내 생각은 달랐기 때문이었다.

"하지만 하늘은 하얗고 구름은 파랗잖아요."

내가 문장을 다르게 말하자 선생님은 자로 내 손을 때렸다. 두 번째에도 그렇게 읽자 선생님은 또다시 때렸다. 그러다 결국 나는

"하늘은 푸르고 구름은 하얗다."

라고 읽게 되었다.

그 일을 통해 나는 규칙에 대해서는 질문하지 않고 그냥 따르는 법을 배우게 됐다. 정답을 맞추지 못해서 매를 맞는 일은 비일비재했다. 집에서도 엄마가 코란암송을 가르치면서 교습 방법으로 매질을 했다. 내가 연습하지 않겠다고 하면 엄마는 나를 심하게 때렸다. 코란의 1장을 가르쳐줄 때도 내가 정확하게 암송하지 못하자 엄마는 내가 실수할 때마다 뺨을 때렸다. 나는 외우려고 애를 쓰는 동시에 엉엉 울었다. 때리면서 가르치면 누구나 배우는 것을 싫어하게 된다. 자신이 무엇을 잘못했는지 너무 어려서 이해하지 못하는 어린아이들은 더욱 그렇다.

6학년 초에 우리 반은 아랍어 선생님이 없어서 지리와 역사를 가르치는 선생님이 아랍어를 대신 가르쳤다. 그런데 글씨 쓰는 법을 정확하게 가르쳐주지 않아서 우리 반 아이들의 공책은 어처구니없는 실수로 가득했다. 그러던 어느 날 아랍어 선생님이 새로 부임했다. 새로 온 선생님은 우리 공책을 걷어가더니 큰 충격을 받았다. 보통 숙제를 안 해온다거나 잘못을 하면 자로 손을 두 대 맞았다. 그러나 아랍어 선생님은 각자 잘못한 개수만큼 때리겠다고 했다. 한 페이지에 여덟 문장씩 매일 반복해서 쓴 공책들을 상상해보라. 각각의 페이지마다 얼마나 많은 실수를 저질렀을지. 전교에서 선두를 달리는 학생 중 한 명이었음에도 나는 40개를 잘못 썼다. 자로 40대를 맞아 아팠던 일이 지금도 생생하다. 선생님은 때리는 내내 내게 소리를 지르며 야단쳤다. 그 날 우리 반 학생 40명은 모두 매를 맞았다. 다들 울었다. 더 억울한 것은 우리가 마땅히 배워야 하는 것을 다른 선생님이 제대로 가르치지 않은 탓에 체벌을 받았다는 점이다. 우리가 과제를 잘못해서가 아니라 제대로 수업을 받지 못해 일어난 일이었다.

남학생들도 매를 맞았는데, 여러 면에서 여학생들보다 훨씬 더 고약했다. 남자 아이들은 밖으로 끌려가 신발을 벗으라는 지시를 받는다. 그리고 바닥에 누운 채 '팔라카'라는 긴 막대기에 두 발이 꽁꽁 묶였다. 다른 두 학생이 팔라카 양쪽 끝을 잡고 발이 묶인 학생의 다리를 들어 올리면 선생님이 대나무 회초리로 학생의 발바닥을 때렸다. 내 동생은 여섯 살 때 처음으로 팔라카 체벌을 받았다. 정식 학생도 아니었고 초등 예비단계의 학생, 즉 청강생이었다. 팔라카 체벌을 받은 날 종일 울던 동생은 다음 날 아침에 학교에 가지 않겠다고 버텼다. 아부야는 자신도 예전에 쿠타브^{kutab}(사우디 시골 마을 전역에 산재해 있는 비공식 종교학교)를 다닐 때 선생님에게 걷지도 못할 만큼 심하게 팔라카 체벌을 받은 후 더 이상 출석하지 않았다고 내게 말해주었다. 1990년대 중반 사우디에서 한 남학생이 선생님에게 너무 가혹한 체벌을 당해 그 후유증으로 사망하는 사건이 일어났다. 그 후에야 비로소 사우디 학교에서 공식적 체벌이 금지됐다.

그러나 한편으로 학교가 고마웠다. 학교는 내게 읽기를 가르쳐주었고, 나는 읽기를 정말 좋아했다. 나는 책에 빠져버렸다. 입학하기 전부터 언니를 졸졸 따라다니며 글자나 단어를 배우려고 애썼다. 언니는 늘 가르쳐주려 하지 않았다. 내가 학교에 다니게 되자 이번에는 몰래 언니 가방에서 교과서를 꺼내 읽었다. 교과서라는 점은 중요하지 않았다. 새로운 읽을거리가 너무나 간절했기 때문이다. 결국 언니는 내게 자기 책을 읽지 못하도록 아예 감춰버렸다.

새로운 책을 구할 수 없었기 때문에 나는 종종 같은 책을 여러 번 읽었고 새 책을 사고 싶은 마음에 점심값을 아꼈다. 메카에 단 하나뿐인 공립도서관에는 여성과 소녀의 출입이 허용되지 않았다. 그래서 아빠는 여름이 오면 할인가격으로 종교 서적을 파는 서점에 나를 데려갔다. 나는 사우디 텔레비전 2번 채널에서 하는 〈세서미 스트리트Sesame Street〉를 보며 알파벳 A, B, C를 배웠다. 언니는 영어로 된 책을 갖고 있었지만 내게 보여주지 않았다. 한 번은 문구점에서 교과서와 함께 주소록을 같이 산 적이 있었다. 딱히 필요하진 않았지만 A부터 Z까지 알파벳으로 구성된 게 좋아서 골랐다.

심지어 내가 좋아하는 영웅들도 책 속의 인물들이었다. 그중에서 가장 좋아하는 주인공은 루이자 메이 올콧의 『작은 아씨들』에 나오는 조였다. 조는 정말 멋진 사람으로 보였다. 작가였고 반항적이었으며 독립적인 삶을 꿈꿨다. 남자아이들이 하는 일도 조는 너끈히 해냈다. 긴 드레스 차림으로는 자전거를 타지 못하게 했지만, 조는 상관하지 않고 자전거를 타고 달렸다. 당시 나는 길게 기른 내 머리를 조처럼 자르고 싶었는데, 부모님이 절대로 짧게 자르지 못하게 하는 바람에 속상했다.

또 다른 영웅은 루디어드 키플링의 작품에 나오는 정글 소년 모글리였다. 텔레비전 만화영화를 보면 모글리는 '벽 없는 세상에서 사는 게 얼마나 아름다운지요.'라고 노래를 불렀다. 나는 이 대목이 정말 좋았다. 그것은 마치 내가 아버지 고향 계곡에 있는 할머니 댁을 방문할 때의 느낌이었다. 할머니 동네는 집집마다 널찍한 마당이 있었고 곳곳에 태양이 가득했다. 옹색하고 항상 어두운 메카의 아파트들과는 달리, 모든 것이 활짝 열려 있었다. 메카에서는 집에 창문이 있어도 바깥사람들이 내부를 볼 수 없도록 겹겹이 가리개를 쳐야 했다. 우리는 세상에서 햇빛이 가장 강하게 쏟아지는 나라 중 한 곳에 살지만, 삶의 대부분을 실내에서, 일종의 어둠 속에서 보낸다.

나는 신드바드에게도 사로잡혔다. 신드바드는 세상을 여행하는 모험가여서 좋았다. 내가 사는 세상에서는 처녀성을 잃을 수 있다는 이유로 소녀들에게 달리기, 점프, 등산 등 육체적 활동을 금지했다. 여학생들이 할 수 있는 건 그저 손을 잡고 함께 노래 부르는 그런 게임들뿐이었다. 그중에서 열린 길과 닫힌 길에 대한 노래를 부르며 하는 게임이 있었다. 닫힌 길에 이르면 서로서로 손을 꼭 잡고 양손을 높이 올렸다. 땅바닥에 네모를 그리는 게임을 만들어낸 기억도 난다. 그 외에 달리 할 수 있는 게 아무것도 없었다. 그러나 독서와 공부는 해도 되는 일이었다. 학교에 있을 때나 책을 읽을 때면 골치 아픈 우리 집과 가족 그리고 모든 문젯거리로부터 멀리 달아날 수 있었다. 엄마와 아부야가 부부싸움이라도 하면 한 귀로 듣고 한 귀로 흘리면서 내 일에 집중하고 공부에 열중했다.

독서로 열렸던 마음은 몇 년 동안 형식적인 공교육을 받으면서 오히려 닫혀버렸다. 중학교에 입학할 때쯤 체벌이 금지되긴 했다. 그러나 방식이 바뀌었을 뿐 우리의 모든 생각과 행동은 일일이 엄격하게 통제받았다. 사우디 교육, 특히 여학생 교육은 이슬람 신학자들의 영역이 됐다.

사우드 왕은 여학생 교육을 '여학생 교육행정총국'이라는 독립교육기구가 따로 관장하도록 했다. 왕은 또한 별도의 감독기구를 설립하여 나라의 최고 종교지도자 '그랜드 무프티'에게 여성 교육을 계획하고 교과과정을 개발하고 여학교 상황을 감시하는 직무를 맡겼다. 그리하여 수염을 길게 기른 종교 지도자Sheikh가 우리 공교육의 책임자가 되었다. 그 또한 종교기관의 산물이었다.

이렇게 종교와 교육이 밀접하게 연결되면서 빚어진 최악의 결과는 바로 '학과목의 급진적인 이슬람화'였다. 이는 여학생은 물론 남학생에게도 같은 영향을 미쳤다. 이집트나 이라크에서 권력을 잡은 범아랍 민족주의자들을 거부하고 싶었던 사우디아라비아는 이슬람주의자들 중에서도 가장 급진적인 사람들과 손을 잡기로 했다. 이들은 이집트 등 다른 나라에서 폭력적인 이념을 가졌다는 이유로 징역을 산 사람들이었다. 이런 급진주의자들에게 사우디 왕국은 일종의 피난처가 돼주었다. 이제 이들은 사우디 교육 제도권에서 아주 중요한 지위를 차지하게 되었다. 모든 학교 전 학년의 교과과정을 입안하는 임무가 '무슬림형제단Muslim Brotherhood' 같은 조직의 지도자들에게 위임됐다. 그리하여 우리 교과서에는 급진적 이슬람 사상가인 하산 알바나와 사이드 압둘 알라 마우두디 등의 글을 비롯하여 사이드 쿠틉의「알라를 위한 지하드」같은 작품들이 수록됐다. 하나의 진정한 이슬람을 위해 폭력적인 성전Jihad이 필요하다는 이들의 이념은 알카에다와 ISIS의 종교적 해석 중 많은 부분의 기초가 되고 있다. 교육부는 이들의 책을 제작하여 공립학교에 배부하였고 이를 통해 엄격한 이슬람주의의 교리를 교육하고 그들과 다른 것들을 증오하도록 가르쳤다.

모든 것이 숨 막히게 통제됐다. 독립적인 생각은 억눌렸다. 시각, 청각, 인쇄 미디어의 자유는 모조리 사라지고 있었다. 검열에 살아남는 책은 거의 없었다. 정치적인 글, 역사서, 심지어 로맨스 소설에 이르기까지, 극단적 살라피주의 교리에 어긋나 보이면 어떤 종류의 책이건 모두 금지됐다. 다른 나라 학생들이라면 이런 비상식적인 상황에 저항했을지도 모르겠다. 그러나 집에서는 대부분 문맹인 부모님과 지내고 학교에서는 일방적인 받아쓰기와 반복되는 암기 교육을 받는 우리는 이런 상황에 대해 분석과 비판을 할 수 없도록 길들여졌다. 우리는 싸울 의지를 잃은 갇혀 있는 동물들 같았다. 심지어 어른들이 우리에게 지운 여러 제약을 지키려고 노력했다. 친구들과 나는 비이슬람 세계와 덜 엄격한 일부 무슬림 세계가 우리들의 진정한 이슬람을 타도하려는 음모를 꾸미고 있다고 믿었다. 나는 사우디 왕국의 주요 살라피 성직자 중 한 사람이 우리의 이슬람은 '진리와 덕성의 마지막 보루'라고 한 말을 믿었다. 그리고 차츰 그러한 원칙에 따라 내 삶을 살아야겠다고 결심하게 됐다.

5

베일 뒤에서

아버지에게 마지막으로 맞았던 일이 지금도 기억난다. 고등학교 3학년 때였다. 손바닥으로 내 옆머리를 어찌나 세게 쳤던지 맞은쪽 귀의 청력을 잠시 잃었을 정도다. 몇 시간 동안 맞은쪽 귀에서는 아무것도 들리지 않았다. 나는 지금도 아버지가 나를 왜 때렸는지 그 이유를 모른다.

집과 학교에서 끊임없이 반복되는 비이성적인 폭력은 형제자매 관계에서도 그대로 드러났다. 우리는 주먹질로 서로를 대하면서 강한 사람이 약한 사람을 때렸다. 언니가 나를 때리고 물고 머리칼을 잡아당기면 어쩔 수 없이 당했고, 나도 동생을 때렸다. 그러다 동생이 성장하면서 점점 더 힘이 세어지자 이번에는 동생이 나를 때렸다. 우리의 이런 폭력적 행동은 그저 배운 대로 한 것일 뿐이었다. 부모님과의 관계는 공포가 지배적이었다. 신체적 폭력이 없으면 언어폭력, 짜증, 구박, 반복되는 모욕, 아니면 그저 총체적 무관심이 끝없이 이어졌다.

나는 현실을 잊기 위해 공부와 책 속으로 도망쳤지만, 항상 성공적인 것은 아니었다. 내가 열두 살이었을 때, 언니의 로맨스 소설을 슬쩍 꺼내 읽은 적이 있었다. 이집트 작가 이산 압델 쿠도스가 쓴 『텅 빈 베개The Empty Pillow』라는 소설이었다. 『텅 빈 베개』나 아랍어로 번역되어 레바논에서 출간된 외국 로맨스 모음집 『아비르Abeer』 시리즈 같은 선정적인 로맨스 소설은 사우디아라비아에서 금서였다. 그러나 우리는 이집트에 있는 외가댁에 자주 놀러 갔기 때문에, 처음에는 언니가, 나중에는 내가 그런 종류의 책을 우리나라에 몰래 들고 올 수 있었다. 한 번은 언니의 책을 갖고 있다가 들킨 일이 있었다. 무나 언니는 나를 때리고는 내가 보는 앞에서 책을 태워버렸다. 그래서 끝까지 다 읽지 못했다. 나는 결말이 궁금해서 안달이 날 지경이었다. 젊은 연인들은 과연 행복을 찾았을까, 못 찾았을까? 이집트 외할아버지댁에 갔을 때 그 책이 영화로 나온 걸 보고서야 내 마음을 사로잡았던 등장인물들이 어떤 결말을 맞게 되었는지 알 수 있었다.

독서를 좋아하다 보니 자연스럽게 글쓰기도 좋아하게 됐는데, 그런 점에서 이집트 외갓집 방문은 내게 매우 소중한 기회였다. 우리는 한동안 할아버지 댁에 머물렀는데, 당시에는 오마르 삼촌도 함께 살고 있었다. 삼촌 딸 중에서 가장 큰 언니는 우리가 아블라(큰 언니) 에프타이마라고 부르던 아가씨였다. 큰 언니는 나무 화덕에서 빵을 구워주었다. 하루는 언니 옆에 다 닳아빠진 이야기책 한 뭉치가 보였는데, 그 위에는 표지가 안 보일 정도로 겹겹이 먼지가 쌓여 있었다. 한 권을 집어 먼지를 털어보니 『알 무가미룬 알크함사AlMughamiron Alkhamsa』, 즉 『다섯 명의 탐험가들』이란 책이었다. 사촌 언니는 책들을 화덕에 넣어 불을 지피고 있었다. 우리의 배를 채워줄 빵은 우리 마음을 채워줬을 책을 희생하는 대가로 구워졌다.

나는 아블라 에프타이마에게 책을 좀 가져가도 되는지 물었다. 한 권만 준다고 해도 뛸 듯이 기뻤을 것이다. 그러니 큰 언니가 고개를 끄덕이면서 책 뭉치 전체를 내게 밀어주면서 모두 가져가라고 말했을 때 내가 얼마나 기뻤겠는가. 나는 여름방학을 다섯 명의 탐험가와 함께 보냈다. 암호를 해독하고, 위험을 무릅쓰며 악명 높은 악당을 꾀로 앞지르고, 지명 수배된 탈주자를 경찰에 넘겼다. 책을 읽으면서 나도 나만의 모험 이야기를 쓰기로 결심했다. 내 이야기에는 현실에서 내가 좋아하는 사람들(동생 무하마드, 사촌 아말, 아흐메드, 하난, 하맘, 호샴)과 내가 주인공으로 등장한다.

당시에는 내 이야기를 입력할 개인용 컴퓨터와 출력할 수 있는 프린터가 없었다. 1년 내내 아껴 모은 용돈은 전부 책을 사는데 써버려서 새 공책을 살 돈도 없었다. 그래서 예전에 쓰던 헌 공책들을 훑으면서 깨끗한 페이지들을 골라 뜯어내기 시작했다. 나는 각 페이지 상단에 있는 제목과 날짜 적는 줄을 조심스럽게 잘라냈다. 그리고 연필로 내 마음에 들 때까지 각 장의 초고를 고쳐가며 쓴 다음, 그 위에 파란색 펜으로 정성스럽게 겹쳐 썼다. 그림 그리기를 워낙 좋아했던지라 내 이야기에 나오는 사람과 사건들을 소재로 만화도 그리기 시작했다. 원고 마지막에 '끝'이라 쓰고 펜을 내려놓았을 때 내가 느꼈던 뿌듯함은 이루 다 말할 수 없다.

여름방학이 끝나고 6학년 새 학기가 시작되기를 손꼽아 기다렸다. 내가 정말 좋아하는 아랍어 담당 마크불라 선생님에게 직접 쓴 이야기를 빨리 보여드리고 싶었기 때문이다. 새 학년이 시작되고 하루 이틀쯤 지났을 때, 나는 숙제검사를 하고 있는 선생님 책상 앞에 다가가서 빨리 끝내시기를 기다리며 뿌듯한 마음으로 서 있었다. 선생님은 안경 너머로 나를 올려다보며 미소 지었다. 나는 직접 쓴 이야기를 건네 드렸다. 여름방학 때 쓴 이야기라고 말씀드리면서 선생님이 읽어주시면 얼마나 좋을까 생각했다.

하루가 지나고 이틀이 지나고 일주일이 지났다. 마크불라 선생님이 교실에 들어올 때마다 나는 기대에 찬 눈빛으로 선생님을 바라보았지만, 선생님은 그저 침묵할 뿐 아무런 반응이 없었다. 2주일째였다. 수업이 끝날 때쯤 나는 망설이며 선생님에게 다가가 일전에 드렸던 내 이야기가 어땠는지 여쭤보았다.

"마크불라 선생님, 제 이야기 읽어보셨나요?"

선생님은 대뜸 화를 냈다.

"네 이야기라고? 거짓말쟁이 같으니. 네 이야기가 아니잖아. 다른 사람들 이야기를 베껴서 네 이야기라고 주장하다니."

학급 친구들 모두가 듣고 있었던 터라 두 뺨이 발갛게 달아올랐다.

"제 글을 돌려주실 수 있을까요?"

나는 금방이라도 떨어질 것 같은 눈물을 참으며 떨리는 목소리로 물었다.

"네가 훔친 이야기는 이미 찢어버렸어!"

나는 자리로 돌아갈 수가 없어서 그냥 자리에 선 채 눈물을 삼켰다. 목으로 짠 눈물이 넘어갔지만, 마크불라 선생님이 노려보는 통에 얼어붙은 두 눈으로 울지도 못했다.

그 날 이후, 내가 쓴 거의 모든 이야기들을 숨겼다. 두 번 다시 내 원고를 잃고 싶지 않았다.

나의 유년기 동안 가장 평화로웠던 시기는 전쟁 기간이었다. 1990년 여름 이라크 대통령 사담 후세인은 이웃 나라이자 산유국인 쿠웨이트를 침공했다. 사우디아라비아 북동쪽에 광대하게 펼쳐진 국경선은 이라크와 쿠웨이트 양국에 걸쳐 있다.

사우디 왕국에서 전시상태 선포를 할 때 나는 그곳에 있지 않았다. 우리는 이집트와 리비아의 외가 쪽 친척들을 방문하는 중이었는데, 그 당시에는 리비아의 벤가지시에 있는 무하마드 큰외삼촌 댁에 머무르고 있었다. 리비아 언론은 사우디아라비아에 반대하는 매우 편파적인 보도를 하고 있었다. 미국이 그랜드 모스크를 침공했다는 신문 기사에는 조지 H. W. 부시 대통령의 캐리커처가 실렸던 게 기억난다. 부시 대통령이 당시 사우디의 파드 왕이 이끄는 낙타를 타고 카바 주위를 돌고 있는 장면이었다. 우리는 걱정이 되어 아버지에게 전화했다. 아버지는 미군 침략자들은 한 명도 보이지도 않으니 런던의 BBC 라디오 뉴스를 들어보라고 했다.

사우디가 전시상태였을 때 나는 성이 다른 이복 오빠를 처음 만나기도 했다. 우리 삼 남매는 사촌 조카들과 함께 미끄럼틀과 사다리라는 보드게임을 하고 있었다(엄마는 막내이고 무하마드 삼촌은 장남이다 보니 삼촌의 자식들과 엄마가 비슷한 연배였고 삼촌의 손주들이 우리 또래였다). 자동차 한 대가 대문으로 들어와 멈추는 소리가 들렸다. 엄마와 사촌들이 문을 향해 달려가고 있었다. 햇빛에 그은 피부에 키가 큰 청년이 걸어 들어오다가 우리 엄마를 보더니 환한 미소를 지으며 멈춰 섰다. 엄마가 울기 시작하자 다른 사촌들도 함께 울었다. 삼촌의 아들인 아부 바크르 오빠는 엄마 뒤를 따라가다가 엄마가 그 청년을 끌어안자 울음을 터뜨렸다.

동생과 언니와 나는 멍하니 이 장면을 바라보면서 누구라도 좋으니 이 상황에 대해 설명해주기를 기다리며 앉아 있었다. 오촌 조카 콜라우드에게 저 사람이 누구인지 물었다.

"에삼Essam이야."

91

콜라우드가 대답했다.

그 대답만으로는 아무것도 이해할 수 없었다. 왜 모든 사람이 에삼을 보면서 울고 있을까? 그때 엄마는 에삼의 손을 잡은 채 우리에게 큰 소리로 말했다.

"너희들 오빠고 형이야."

엄마는 에삼 오빠가 겨우 두 살일 때 이혼하게 되면서 오빠 곁을 떠나 이집트의 외할아버지댁으로 와야만 했다. 지금 엄마는 헤어진 이후 처음으로 청년이 된 에삼을 만나게 된 것이다. 엄마의 키가 에삼의 어깨에 닿을락 말락 했다.

그해 여름 인상 깊은 사건이 하나 더 있었다. 비록 내 여행용 가방에 들어갈 만큼 작은 일이었지만 말이다.

사우디아라비아에서 나를 진심으로 환영한다고 느끼게 해주는 집은 자인 고모댁이 유일했다. 고모는 예전 방식을 고집하는 사우디 여성으로 집에서는 헤자즈 부족의 전통 의상을 입었다. 헐렁한 검은색 아바야가 아니라 가슴 부분이 파인 밝은 하늘색 드레스를 입고 그 안에 목깃이 높고 은단추가 달린 하얀 조끼를 받쳐 입었다. 머리를 감싼 하얀 스카프 속으로 가르마가 희미하게 비쳤다. 고모는 보석으로 치장하는 것을 좋아했다. 고모는 손목에 금 팔찌를 겹겹이 차고 있었는데, 팔찌들이 짤랑대는 소리가 들리면 고모가 온 것을 알아챌 정도였다. 마치 고양이 방울 소리처럼 말이다. 그뿐 아니라 고모는 손바닥과 손톱을 헤나로 영구 염색했다.

고모 딸인 사촌 하난은 여러 개의 인형을 가지고 있었다. 당시 메카에서 인형 대부분은 판매 금지 품목이었다. 유일하게 살 수 있는 인형은 얼굴도 형체도 없는, 인형이라기보다는 핀쿠션처럼 보이는 헝겊 장난감뿐이었다. 일부 서구 양식의 인형들이 있긴 했지만, 그런 인형들은 밀수품처럼 거래되었기 때문에 상점 주인과 잘 아는 사이여야만 살 수 있었다. 한 번은 엄마가 5리얄을 주고 서구 양식의 인형을 사준 적이 있는데, 상점 주인은 인형의 모습을 가리느라 신문지로 겹겹이 싸줬다. 하난의 인형은 내가 처음 본 것이었다. 이름은 바비였는데, 길고 풍성한 금발에 아름다운 옷을 입고 높은 구두까지 신고 있었다. 바비의 자동차와 자전거도 있었고 분홍과 흰색으로 꾸며진 드림 하우스라는 인형집도 있었다. 바비 인형은 앉을 때 무릎도 구부릴 수 있었다. 내 인형은 금발은 커녕 짧게 부풀린 검은 머리로 아름다운 드레스도 입지 않았고 무릎도 구부러지지 않았다.

"바비를 어디서 샀어?"

하난에게 물었다.

"오빠가 외국에서 사다 줬어."

그러면 그렇지. 우리나라에서는 절대 바비 인형을 구할 수 없을 터였다.

그런데 어느 날 이집트에서 바로 그 바비 인형을 발견한 것이다. 걸프전이 일어난 그해 여름 엄마는 내게 아름다운 금발 인형을 사주었는데 스케이트 선수처럼 옷을 입은 인형이었다. 작고 하얀 스케이트를 신고, 연한 분홍색과 하늘색이 섞인 드레스를 입고 있었는데 속이 비치는 치맛자락 속으로 다리 윤곽이 드러나 보였다. 나는 인형 옷을 입히고 머리를 손질해 주었다. 바비는 지금까지 내가 본 것 중에서 가장 사랑스러운 존재였다. 나는 바비와 다섯 탐험가의 이야기책을 가방 깊숙이 집어넣어 사우디로 몰래 가져 왔다.

집으로 돌아왔으나 학교엔 갈 수 없었다. 쿠웨이트에서 벌어질 전쟁이 임박했다. 쿠웨이트를 침공한 이라크 군대를 몰아낼 때까지 앞으로 6개월간 학교는 휴교할 예정이었다. '시티 알와'라고 부르는 친할머니가 편찮으셔서 아지자 숙모와 자인 고모가 번갈아 가며 할머니를 돌보고 있었다. 나는 할머니와 함께 지내면서 자인 고모를 돕겠다고 부모님에게 허락받았다.

타르파Tarfa'a는 사막 지역에서 자라는 타마리스크 나무(성경에는 '에셀나무'로 나온다: 역주)의 아랍어 이름이다. 그러나 내게 타르파는 와디 파티마Wadi Fatima 지역 산맥의 두 봉우리 사이에 자리한 작고 조용한 마을로 남아있다. 하지만 내 기억 속의 타르파는 시간이 흐르면서 이제는 거의 잊힌 장소가 됐다. 모랫길을 따라 나무 천장을 얹은 붉은 벽돌집이 띄엄띄엄 자리한 마을, 일가친척이어서 서로 잘 아는 마을 사람들, 방대하게 연결된 사막의 나무뿌리들처럼 얽히고설킨 혈연관계. 그때는 전기도 수도도 하수도 시설도 없었고, 전화는 물론 생필품을 파는 잡화점도 없었다. 마을에서 유일한 전기 공급원은 시끄러운 디젤 모터뿐이었다. 이 모터는 어두워지면 털털대기 시작해서 동틀 무렵에야 잠잠해졌다. 메카에서 32km

밖에 떨어지지 않은 마을이었지만, 사람들의 억양은 좀처럼 이해하기 어려웠다. 할머니 말도 거의 알아듣기 힘들었다. 그래도 나는 사투리를 흉내 내면서 적응하려고 애썼다.

할머니 댁은 타르파 마을 입구에 있었다. 벽돌 벽에 달린 녹색 철대문을 열면 조약돌이 깔린 너른 안마당이 나왔다. 대문 오른쪽으로 물탱크가 있었는데, 한 달에 한 번 급수 트럭이 와서 물을 채워주고 갔다. 대문 왼쪽으로는 메마른 작은 시드르 나무(코란에 언급된 수종이다)와 각종 선인장이 있었다. 집 동쪽 벽에 딸린 작은 공간이 화장실로 사용되었다. 바닥에 커다란 구덩이를 파고 좁은 구멍만 남긴 채 윗부분을 덮은 재래식 화장실이었다. 화장실을 사용한 후에는 콘크리트 석판으로 구멍을 덮어야 했다.

안마당 안쪽 끝에 자리 잡은 본채에는 할머니 방과 부엌, 골방이 있었다. 할머니 방은 물로 가동되는 사막 지역 특유의 에어컨이 설치되어 있었다. 골방은 여러 개의 매트리스와 아랍어로 하나빌이라 부르는 묵직하고 다양한 수제 울 러그들을 보관했다. 안채 뒤로 염소우리와 닭장이 있었다. 고모는 아침이면 염소젖을 직접 짜서 끓인 맛있는 염소 밀크티를 만들었다. 아이들은 아침마다 오믈렛을 만들 달걀을 모아 고모에게 가져다준 다음 할머니 주위에 둘러앉아 라디오 뉴스를 들었다.

시골 생활은 내가 메카에서 겪었던 세상과 너무나도 달랐다. 마을의 모든 소녀가 염소젖 짜는 법이나 약간 시큼한 갈색 카비즈 빵을 굽는 법 그리고 아라비아 커피와 차를 내는 법을 알고 있었다. 아무도 아바야를 입고 다니지 않았고 그 대신 어른이든 아이든 여자들은 쿠르타를 입었다. 허리가 잘록하고 긴 소매가 달린 밝은 색상의 긴 드레스였다. 머리에는 흰색이나 분홍색 샤르샤프를 썼는데, 스카프의 일종이다. 샤르샤프로 얼굴과 가르마를 탄 머리 앞부분이 보이도록 묶었다. 나는 마을 소녀들처럼 샤르샤프 쓰는 걸 좋아했다. 이들과 얼마나 어울리고 싶었던지 코 피어싱까지 따라 할 뻔했다. 나도 고모나 다른 마을 여자들, 소녀들처럼 코를 뚫어 장식을 걸고 싶었다.

사촌 아말이 우리와 함께 다녔고, 자인 고모의 딸 하난도 이따금 찾아왔다. 마을 여자들은 날마다 오후에 아스르 기도를 올린 후 우리 할머니 댁에 모였다. 이들은 안마당에서 러그의 먼지를 솔로 빗어내고 벽을 따라 매트리스를 깔고 등받이나 팔걸이로 사용할 미라키(크고 딱딱한 베개)도 여러 개 꺼냈다. 여자들이 자리를 정리하는 동안 고모는 생강을 넣은 커피, 허브향이 나는 차, 접시에 담긴 짭짤한 비스킷과 대추야자 등 간식을 준비하느라 바빴다.

아이들은 어른들이 모인 곳에 함께 있을 수 없었다. 대신 엄마를 따라온 다른 아이들과 밖으로 나가 놀았다. 이럴 때면 늘 할머니 댁 뒤편의 시아브에 갔다. 시아브는 지역 사투리로 '산 등 사이의 장소'라는 뜻이다. 마른 강바닥을 따라 자리한 이곳은 우기에는 산에서 쏟아지는 물로 가득 차올랐다. 밋밋한 갈색 풍경을 생동감 넘치는 초록빛으로 바꾸어주는 강물이었다. 우리는 평지를 가로지르며 달리다가 산등성이를 타고 오르며 사막식물인 하르말 꽃을 땄다. 메뚜기와 딱정벌레들을 잡고, 조약돌을 누가 더 멀리 던지는지 내기하고, 아락 나무에서 마사위크 가지를 꺾어 다발을 만들었다. 마사위크 가지는 칫솔로 쓰는 나뭇가지였다.

때로는 농부들의 너른 들판으로 나가 놀았다. 타르파 주민들은 알빌라드라고 하는 큰 농장을 경작했는데, 인근 샘에서 흘러오는 물로 자연 관개가 되는 땅이었다. 농장에는 여러 가지 맛있는 작물이 풍부하게 자랐다. 아욱, 알팔파, 바나나, 망고, 플라타너스, 라임, 키위와 비슷한 아바나 열매가 자라고 있었다. 우리는 알팔파밭에서 술래잡기를 하고 키 큰 플라타너스를 타고 놀았으며 샘물을 마셨다.

벽도 천장도 그리고 아무런 규제도 없는 곳, 특히 엄마의 악쓰는 소리와 아버지의 회초리가 없는 곳에서 사는 건 멋진 일이었다. 타르파에서 영원히 살았으면 좋겠다고 생각하며 잠드는 날이 많았다. 나에게 메카란 자동차로 붐비는 비좁은 거리를 의미했다. 곳곳이 부서지고 더러운 길이었으며 우리 집이든 길거리든 빈민가의 상스러운 비속어가 끝없이 들리고 항상 다툼이 일어나는 곳이었다. 고모는 조용한 성품에 잘 참아주고 늘 미소 짓는 분이었다. 나는 고모가 우리 엄마라면 얼마나 좋을까 생각했다.

내 기억 속에 와디 파티마는 샘물과 농장이 있는 황홀한 푸른 풍경으로 영원히 남아있을 것이다. 그러나 오늘날 타르파의 모습은 완전히 다르다. 와디 파티마의 샘물은 1990년대 후반 인구가 급증하는 제다시에 물을 공급하기 위해 댐으로 물줄기를 돌리면서 모두 말라붙었다. 작물은 시들고 나무는 말라버렸다. 토지는 안타까우리만치 황폐해졌다.

1991년 2월 28일 걸프전이 끝났다. 사우디아라비아와 전 세계의 많은 사람이 축하했지만, 나만은 그럴 수 없었다. 나는 슬픔을 안고 메카로 돌아왔다. 어두운 아파트와 성난 가족들이 있는 메카로.

어린 시절을 떠올려보면 부모님과 형제자매의 거친 말과 점점 높아지는 고성에 가르랑대는 고양이 소리와 지저귀는 새들의 소리가 뒤섞여서 들린다. 우리 집에는 부드럽고 윤기 나는 털을 가진 여러 종류의 고양이들이 한가롭게 지내고 있었다. 이슬람에서 개는 하람으로 금지되지만, 고양이는 허용된다(예언자PBUH의 동료이자 이슬람의 종교 인사 중 한 사람인 아부 후라이라는 고양이를 로브 소매에 넣어 데리고 다녔다). 나는 우리 집 고양이들에게 카나바로, 디 마테오, 바지오 등 이탈리아 축구선수들의 이름을 붙여줬다. 낭랑하게 지저귀는 밝은 깃털의 카나리아는 새장 속에 갇혀 지냈다. 아침마다 아버지는 새장에서 새들을 꺼내 물로 깃털을 씻겨주고, 집 안에 고여 있는 더운 공기라도 가르며 날 수 있도록 잠시 풀어줬다.

우리 집만 새를 기르는 건 아니었다. 사드 삼촌의 아들 중 한 명인 사촌 오빠 무하마드는 자기 집 옥상에 비둘기 둥지를 두고 보살폈다. 나보다 두 살 많은 무하마드는 그 옥상에서 우리와 축구를 하기도 했다. 오빠는 아말과 내게 보드게임도 가르쳐줬다. 우리는 오빠와 미끄럼틀과 사다리 게임과 우노UNO를 하며 놀았다. 한 번은 오빠네 엄마인 아지자 숙모가 짐 나르는 걸 도와달라고 오빠를 불렀을 때 아말과 나는 오빠 몰래 게임 보드 하나를 꺼내서 놀았다. 무하마드는 그런 우리의 모습을 보더니 자기 물건을 몰래 만졌다고 소리 지르기 시작했다. 매를 피할 때면 늘 그랬듯이 나는 지붕으로 도망쳤다. 삼촌 집에서 아말 혼자 오빠와 실랑이하게 내버려 두고 말이다. 그러나 아지자 숙모도 나름대로 계획이 있었다.

숙모는 슬리퍼를 무하마드 오빠 등에 세게 던지더니 내친김에 게임 보드까지 부숴버렸다.

이따금 삼촌 댁에서 놀다 보면 깜깜한 밤이 됐다. 그러면 동생과 나는 아말과 무하마드 오빠, 마흐메드와 같이 방바닥에 흩어져서 잤다. 어느 날 밤엔가 무하마드 오빠가 다른 사람들보다 먼저 일어나 나만 깨웠던 일이 생각난다. "너한테 보여줄게 있어." 오빠가 말했다.

오빠는 조용히 나를 지붕으로 데려가 막 부화하려는 비둘기 알을 보여주었다. 우리는 알을 지켜보다가 털 하나 없는 새끼 비둘기가 눈을 감은 채 작은 부리로 껍질을 뚫고 나오는 순간을 목격할 수 있었다. 무하마드 오빠는 양손을 모아 새끼 새를 품었다. 투명한 피부의 작은 새가 오빠의 손안에서 떨고 있었다. 오빠가 내 손바닥에 새끼 비둘기를 조심스럽게 올려놓았다. 나는 손바닥을 통해 갓 부화한 새끼 비둘기의 체온과 피부의 감촉 그리고 파닥대는 심장을 느꼈다.

그러나 그 후, 아무런 예고도 없이 무하마드 오빠는 갑자기 내 삶에서 사라져버렸다.

왜 그랬을까? 첫 번째 실마리는 여느 때와 다름없던 초등학교 4학년이나 5학년의 어느 날 아침 우연히 찾아왔다. 종교 과목 담당인 사나 선생님이 교실에 들어왔다. 선생님은 늘 그렇듯 밝은색 머리칼을 땋아서 둥글게 말아 올리고 수업교재를 팔에 끼고 들어왔다. 사나 선생님은 하얗고 둥근 얼굴에 눈썹이 짙고 미소가 아름다웠다. 학생들에게 쉽게 화를 내지 않고 잘 참아주는 몇 안 되는 선생님 중한 명이었다. 다른 선생님들처럼 나무 줄자를 가지고 다니지도 않았고 학생들에게 고함을 지르지도 않았다. 어느 선생님을 좋아하냐고 물어보면 학생들 대부분 사나 선생님이 제일 좋다고 대답했을 것이다.

선생님이 교실 앞으로 걸어오는 동안 우리는 모두 일어서서 평소처럼 선생님 인사에 한 목소리로 대답했다. "하나님의 평화가 함께 하시길, 하나님의 자비와 축복이 선생님과 함께하시길." 그 날 아침 사나 선생님은 먼저 유스라를 가만히 바라보더니 그다음에는 나를 쳐다보았다. 유스라와 나는 궁금한 게 많아서 끝없이 질문하는 학생들이었다. 우리는 궁금하면 뭐든지 물어봤다. 그러나 이날은 질문이 허용되지 않았다. 사나 선생님은 말했다.

"새로운 내용으로 수업할 거예요. 설명 중에도, 설명을 마쳤을 때도 아무도 질문하지 않았으면 좋겠어요. 특히 마날과 유스라, 두 사람. 오늘은 질문하고 싶어도 참도록."

유스라와 나는 휘둥그레져서 얼른 서로를 쳐다보았다. 갑자기 어느 때 보다 더 궁금해졌다.

수업 제목은 '생리와 출산 후'였다. 사나 선생님은 모든 내용을 모호하게 말해서 아직 어린 우리는 대부분 이해하기 어려웠다. 엄마는 내가 엄마 배꼽을 통해 세상에 태어났다고 했다. 그게 우리가 알고 있는 수준이었다. 그런데 사나 선생님은 아무 설명 없이 칠판에 수업내용을 쓰더니, 마치 교실에 학생이 한 명도 없는 것처럼 무표정한 얼굴로 필기 내용을 큰 소리로 읽었다. 선생님의 이야기는 마치 새로운 언어처럼 들렸다. 아는 글자지만 무슨 의미인지 도무지 이해할 수 없는 새로운 언어 말이다. 필기를 다 읽은 선생님은 숙제 공지를 칠판에 쓰고 자리에 앉아 수업 종이 울릴 때까지 서류만 들여다보았다.

서구와 달리 사나 선생님의 수업시간은 '사춘기'와 '출산'이라는 단순한 생물학적 지식을 가르쳐 줄 여지가 없었다. 생물학과 신체적 변화는 내가 학교에서도 집에서도 전혀 접하지 못한 내용이었다. 모스크나 쇼핑몰, 시장, 학교, 심지어 공항 터미널 등 우리가 가는 곳마다 나눠주던 그 흔한 종교 팸플릿이나 안내 책자에서도 보지 못했다. 그러나 '여성이 되는 것'이 사회적으로 어떤 의미인지는 확실하게 알고 있었다. 막 10대가 되는 우리는 이렇게 야단을 맞곤 했다.

"부끄러운 줄 알아야지. 너도 이제 여자야!"

사나 선생님은 "생리와 산후조리 기간에는 기도나 금식을 하면 안 돼요! 피가 멎으면 몸을 씻은 후 다시 기도합니다." 등의 말씀을 전하며, 곧 여성이 되고 이후 어머니가 될 우리에게 이슬람 의무를 가르쳐주려 했다. 이 피는 도대체 어디에서 오는 것일까? 우리들 대부분은 여전히 생리와 산후에 대한 기본적인 정보도 알지 못했고, 머릿속에서는 계속 의문이 생겼지만 두려운 마음에 차마 물어보지 못했다. 다만 나는 이런 피에 대해서 한 가지 정도는 알고 있었다. 이웃집 남자아이가 언니와 내게 옳지 못한 제안을 했다는 걸 알게 된 날 엄마가 한 말이 있었다. 만약 우리 속옷에 피라도 묻었더라면 우리가 망가졌을 거라는 말이었다. "엄마, 장난감이 망가지면 우리가 더 가지고 놀지 못하는 것과 비슷한 건가요?" 엄마에게 물었다. 엄마는 손으로 내게 조용히 하라는 신호를 건넸다.

언니와 나는 높은 곳에서 뛰어내릴 수 없었고, 옥상에서 동생과 자전거도 탈 수 없었다. 신체 활동을 하면 피가 나와서 못하게 한 걸까? 그러나 엄마가 주방에서 일하느라 바쁠 때면 몰래 옥상에 올라가 동생과 놀곤 했다. 그리고 밤이 되면 속옷을 빨래 바구니에 넣기 전에 혹시 피가 묻었는지 확인해보았다.

내가 생리를 시작한 건 열세 살, 그러니까 중학생 때였다. 당시 친구들과 서로 누가 제일 높은 계단에서 넘어지지 않고 점프할 수 있는지 겨루면서 놀았다. 그날따라 내가 제일 높은 계단에서 뛰어내리는 데 성공해서 하늘을 날듯이 기분이 좋았다. 그런데 집에 돌아와 보니 팬티에 핏자국이 묻어있는 게 아닌가. 나는 엄마가 보기 전에 얼른 핏자국을 씻은 다음 팬티를 숨겨두었다. 그러고는 발코니에 혼자 앉아서 점프 놀이를 하지 말라던 엄마 말을 듣지 않은 것을 후회하며 훌쩍였다. 내 몸이 망가져 버렸다는 걸 엄마에게 어떻게 말한단 말인가?

며칠이 지나도 피가 멈추지 않았다. 너무 두려운 나머지 부끄러움을 무릅쓰고 이 끔찍한 비밀을 아말에게 털어놓기로 했다. 아말을 찾아간 나는 최근 내게 벌어진 사건에 대해 털어놓았다.

"피가 계속 나왔어? 아니면 몇 방울만 나왔어?"

아말이 물었다.

"다음 날에도 피가 묻어있고, 그다음 날에도 묻어있었어."

내 말에 아말은 웃음을 터뜨렸다.

"축하해! 이제 넌 여자가 된 거야! 생리를 시작한 거라고."

나는 아말의 말을 듣고 너무나 혼란스러웠다. 눈물로 보낸 지난 며칠을 어떻게 행복한 순간이라 말할 수 있을까? 나는 아말에게 부탁했다.

"아말, 제발 도와줘, 생리가 뭔지 좀 설명해줘."

아말은 언니들이 생리에 관해 이야기하는 것을 엿들었다고 했다. 그러다 결국 여자들은 한 달에 한 번 생리한다는 사실을 알게 됐다. 아말은 언니들 소지품에서 생리대라는 걸 발견하고는 생리가 시작되자 스스로 사용법을 터득했다. 나는 아말에게 또 물었다.

"너도 '여자'인 거야? 그런데 어떻게 나한테 말을 안 했어? 나한테 다 설명해줬어야지. 그러면 며칠 동안 내가 이렇게 힘들지 않았을 거 아냐!"

이제 다른 고민거리가 생겼다. 엄마에게 비밀로 하고 생리대를 구하려면 어떻게 해야 하지? 그러나 생리대를 구하는 것과 엄마에게 생리가 시작됐다는 걸 말하는 것 따위는 앞으로 벌어질 일에 비하면 그리 큰 문제도 아니었다.

아말은 내가 털어놓은 비밀을 언니들에게 전했다. 사촌 언니들은 내가 더는 남자 사촌들과 어울리면 안 되는 것은 물론이고, 이들에게 말을 걸어서도 안 된다고 주의를 줬다. 남자 사촌 중 누구라도 내 앞을 지나가려고 하거나 내가 집에 있을 때 들어오려고 하면 우선 눈에 띄지 않도록 숨어야만 했다. 자인 고모 댁 역시 이런 분위기로 바뀌었다. 고모의 장남인 사촌 오빠는 내 친구인 하맘과 호삼이 나와 접촉하는 것을 아예 금지했다. 우리는 더 이상 안마당에서 달리기 시합을 하거나 좋아하는 책을 함께 읽을 수 없었다. 이제 더는 함께 레고 블록을 조립하거나 아타리 비디오 게임도 할 수 없었다. 무하마드와 비둘기 둥지도 내 일상에서 사라져버렸고, 서로 작별인사를 할 기회조차 없었다. 어느 날 복도에서 우연히 무하마드와 마주쳤는데 너무 반가운 마음에 인사를 건네고 싶었지만, 감히 엄두를 내지 못했다. 무하마드 역시 내게 말을 걸지 않았다. 나는 점점 삼촌 댁과 고모 댁을 찾아가지 않게 되었다. 혼자라는 느낌이 들어 무척 외로웠다. 오빠 동생 사이로 가깝게 지내던 사람들이 내게서 갑자기 사라져버린 게 화도 나고 혼란스러웠다. 그들이 어떤 모습으로 성장해가고 있는지는 더는 알 수 없었다. 사랑하는 사람이 죽으면 경험하는 텅 빈 슬픔이 바로 이런 느낌이었을지도 모른다. 알고 지내던 사람들의 절반과 관계가 단절된다는 건 죽음과 비슷한 일일지도 모른다.

예전에는 사우디아라비아의 가정과 학교, 사무실, 공공장소에서 남성과 여성을 지금처럼 엄격하게 구분하지 않았다. 내가 알고 지내는 사촌오빠의 부인은 얼굴을 가리지 않고 시동생들과 함께 앉아 식사를 하기도 했다. 사우디 사회에서 여성이 여행, 특히 외국 여행을 포함한 가장 기본적인 활동을 할 때는 아버지나 남편, 형제, 삼촌, 아들 등 지정된 남성 보호자와 함께 움직여야 한다는 조항도 비교적 최근에 생겼다. 오히려 내 사촌들처럼 젊은 세대가 앞장서서 지금과 같은 수준의 강력한 남녀분리와 엄격한 종교적 규칙을 부모들과 연장자에게 강요했다. 나는 고모가 "우리 아이들이 내게 이슬람에 대해 가르쳐주니 정말 고맙구나"라고 말한 걸 기억한다.

메카의 그랜드 모스크가 습격당한 1979년 이후 우리 세대는 세뇌되었다. 학교에서는 우리에게 집으로 돌아가면 부모님께 기도와 죄에 대해 설명해드리라고 가르쳤는데 이는 대부분 여성의 행실에 관한 내용이었다. 현재 사우디 사회에서 태어난 여성의 인생은 두 단계를 거치게 된다. 1단계인 어린 소녀 때는 감독과 감시를 받는다. 2단계인 성인 여성 시기에는 통제와 평가를 받는다. 초경은 사춘기라는 과도기없이 1단계에서 2단계로 급작스럽게 넘어가는 삶의 전환점을 의미한다. 사우디아라비아의 젊은 여성들은 도전하고 모험하고 실수도 하면서 배우는 '십대 시절'의 경험이 없는 셈이다. 가슴이 봉긋해지기 시작하는 사춘기가 되면 소녀들은 바로 아랍어로 키드르^{khidr}(무감각)라고 하는 세계에 갇혀버린다. 감정이나 느낌을 겉으로 드러내선 안 되고 사람들 앞에서는 베일을 써서 엿보고 싶어 하는 주변의 시선으로부터 자신을 감춰야 한다. 말을 삼가야만 하고, 셀 수 없을 정도로 많은 종교적, 사회적 금기 사항들을 지켜야만 한다.

고등학생이 되어서야 나는 생리 후, 성행위를 한 후, 그리고 출산하고 피가 멎으면 이후 40일 동안 행해야 하는 목욕재계 의식을 배웠다. 한 선생님이 우리 반 학생들에게 소리치기 시작했다. 어떻게 올바르게 씻는 방법을 여태 모를 수 있지? 선생님은 우리를 호되게 야단친 다음 목욕을 할 때는 오른쪽부터 시작해서 머리카락과 두피를 적신 후 차츰 아래로 내려와야 한다고 말했다. 오른쪽을 다 씻고나면 같은 방식으로 왼쪽을 씻어야 한다고 했다. 이렇게 정확한 방식으로 씻지 않으면 하나님께 드리는 우리의 기도가 받아들여지지 않을 거라고 말했다. 나는 이렇게 목욕하는 방법에 대해 전혀 몰랐다. 그 전까지는 생리가 끝나면 그냥 습관대로 목욕을 했다.

그 외에도 매일 해야 하는 씻는 의식은 여러 가지가 있었다. 매일 양치질을 한 다음 코, 얼굴, 손과 팔꿈치, 머리카락 그리고 마지막으로 발의 순서로 몸을 씻어야 했다. 씻기 전에 하는 기도가 있고, 씻은 후에 하는 기도가 따로 있었다. 사방에 붙어 있는 기도 스티커 때문에 잊어버리려 해도 그럴 수가 없었다. 화장실 문앞에는 그곳에 들어가기 전에 해야 하는 기도문이 스티커로 붙어 있었고, 집을 나설 때나 하교하기 전에 해야 하는 기도 스티커가 따로 있었다. 교통 신호등에 걸려 기다릴 때도 역시 기도를 해야 하는데 신호가 바뀔 때까지 '아스타크피루 알라 Astaghfiru Allah', 하나님 용서하소서, 하나님 용서하소서, 라는 기도문을 계속 반복해야 한다. 이런 기도들은 '코란 읽기'나 '1일 5회 기도' 등의 다른 의무들만큼이나 중요한 일이었다. 코란 읽기와 1일 5회 기도는 각각 정해진 목욕의식이 따로 있었고 베일 쓰기 역시 중요한 의무였다.

처음으로 베일을 써본 것은 열 살 때였다. 어느 날 제일 좋아하는 종교 과목 사나 선생님이 검은 아바야로 온몸을 가리고 검은 니캅으로 얼굴을 가린, 심지어 눈까지 모든 것을 감춘 채 퇴근하는 모습을 봤다. 손발도 검은 장갑과 검은 양말로 가리고 있었다. 집으로 돌아온 나는 엄마에게 니캅을 쓰고 장갑도 끼고 싶다고 했다. 엄마는 놀라워하면서도 니캅과 장갑을 사주면서 쓰고 끼는 방법을 알려주었다. 언니는 이런 나의 모습을 보고 놀려대며 웃었으나 나는 기죽지 않았다. 오히려 다음 날 등굣길에 자부심이 차오르며 마치 어른이 된 듯한 기분이 들었다. 그러나 방과 후 집으로 돌아오는 길에 니캅이 우리나라처럼 뜨거운 날씨에 입기엔 매우 곤란한 의상이라는 것을 알게 됐다. 니캅을 쓴 채 숨을 쉬면 검은 천이 코와 입으로 말려 올라와 숨쉬기가 힘들었고, 장갑을 낀 손 역시 무언가를 제대로 쥐기에 불편했다. 그러나 나는 이 새로운 옷을 계속 입고 다녀야만 했다. 겨우한 번 입어보고 금세 엄마에게 안 입겠다고 하는 것이 너무 민망했기 때문이다. 공교롭게도 몇 주 후 나의 니캅과 장갑 모험담에 종지부를 찍은 사람은 바로 언니와 사촌 아말이었다. 셋이서 가까운 거리의 삼촌 댁에 걸어가다가 언니가 갑자기 내 쪽으로 몸을 돌리더니 니캅을 휙 벗겼다. 언니는 내 니캅을 움켜쥔 채 깔깔 웃으며 아말과 함께 달아났다. 거리에서 얼굴이 훤히 드러나 버린 나는 당황스러웠다. 순간 배신감을 느꼈지만 그래도 덕분에 니캅을 안 써도 되는 완벽한 이유가 생겼다. 두 사람 탓으로 돌리면 되니까.

그해 여름 이집트 외할아버지댁에 갔을 때 제일 먼저 눈에 띈 것은 머리에는 아무것도 쓰지 않은 채 형형색색의 옷을 입고 자유롭게 거리를 활보하는 여자들이었다. 차창에 얼굴을 붙이고 거리를 바라보고 있노라니 평범한 이집트 이웃들이 사는 거리를 지나치는 승객이라기보다는 마치 태양의 서커스를 관람하는 관객 같은 느낌이 들었다. 신호등에 차가 멈춰섰을 때, 차창 밖으로 한 여자가 운전하는 모습이 눈에 띄었다. 메카에서는 한 번도 보지 못한 광경이었다.

이집트에 있는 동안 언니와 나는 니캅과 검은 아바야로부터 해방되었고, 사우디아라비아에서 늘 하고 다녔던 히잡도 쓰지 않았다. 우리는 그렇게 집으로 돌아갈 때까지 아무것도 가리지 않고 돌아다녔다.

하지만 채 2년이 되지 않아 우리는 베일을 착용할 수밖에 없었다. 1990년대 초반이 되자 다른 직군의 사우디 여성들처럼 여학생들도 머리부터 뒤집어쓰는 아바야와 얼굴을 다 가리는 니캅을 써야만 했다. 이것은 가장 엄격한 형태의 니캅으로 전통적인 니캅은 눈 주위에 작은 틈이 있어 바깥을 볼 수 있었지만, 이제는 눈 아래로 내려오도록 써야 해서 이 틈마저 완전히 막혀버린 것이다. 이런 복장으로 등하교를 하는 건 힘든 일이었다. 눈까지 덮은 니캅 때문에 나는 매일 아파트 계단에서 휘청거렸다. 그러던 어느 날 넘어지고 말았는데 그 모습을 본 이웃집 소년들이 웃고 있었다.

6

파괴된 바비 인형

열세 살 때 나는 온건하게 율법을 지키던 무슬림에서 급진적인 이슬람주의자로 변했는데, 그렇게 바뀐 날짜와 사건을 정확하게 기억하고 있다. 그때까지 나는 천천히 적용하고 적응하면서 조금씩 변화하는 중이었다. 그러나 그 특별한 날 오후를 기점으로 나는 과거의 내가 알아보지 못할 정도로 완전히 달라졌다. 나는 사소한 행동까지 지나칠 정도로 규율을 준수했고, 소녀로서 누려오던 소소한 기쁨들을 거의 포기한 채, 나의 새로운 신앙을 가족에게 거칠게 강요했다. 이러한 변화는 학교 수업과 교육은 물론 텔레비전에 등장하는 과격한 설교자들에 이르기까지 내가 살아온 환경에서 직접 얻게 된 결과임은 확실하다. 과격한 설교가 담긴 카세트와 비디오테이프, 사우디의 재래시장인 수크처럼 사람들이 모이는 공공장소에서 무료로 배포하던 책과 유인물들. 10대였던 내가 격변과 좌절의 감정을 쏟아부을 수 있도록 완전하게 허용된 공간은 이제 하나밖에 없었다. 국제 무슬림 정치투쟁, 그리고 이슬람 국가나 영토를 요구하는 것.

10대 시절 학교 수업의 최소 60%는 코란의 언어낭송법인 타즈위드^{Tajweed}, 예언자 무하마드(PBUH)의 어록 하디스^{Hadiths}, 이슬람법인 히크^{Hiqh}, 전능한 유일신 하나님을 믿는 무슬림 신앙 타위드^{Tawhid}의 중요성, 이슬람 문화와 역사를 포함한 종교와 이에 관련된 과목들이었다. 그러나 이슬람에 대한 전통적이고 역사적인 이해를 위한 교육은 아니었다. 그 대신 이것저것 혼합된 살라피 이념을 배웠다. 살라피파는 이슬람이 가장 순수한 형태로, 즉 예언자 무하마드(PBUH)와 사하바^{Sahabah}(예언자 무하마드의 동료, 제자, 필경사, 가족 모두를 칭하는 말:역주)가 처음 실천했다고 믿는 원래의 방식 그대로 돌아가야 한다고 선언했다. 이는 주하이만과 그의 추종자들이 그랜드 모스크를 점거할 때 설파했던 교리로 이 사태가 벌어진 후 사우디 왕실은 이들의 교리가 왕국의 다수파가 되도록 허용했다. 살라피주의는 코란을 완전히 문자 그대로 해석하여 이에 철저히 복종할 것을 요구할 뿐 아니라, 샤리아Sharia(이슬람교의 율법. 이후 이슬람 율법Sharia으로 표기:역주)만이 유일한 법이라 믿으며, 불신자들과 싸우는 성전Jihad의 교리를 수용하고 있다.

사우디 왕국의 메카와 몇몇 다른 도시에서는 이슬람 율법Sharia 재판이 거의 금요일마다 공개적으로 열렸다. 메카에서는 기도시간이 끝난 후 그랜드 모스크 근처에 있는 큰 광장으로 죄수가 불려 나왔다. 고등학교 때 신앙심이 매우 깊은 친구 중 한 명이 아버지와 남매들과 함께 거대한 군중을 따라가다가 눈가리개를 한 채 참수대로 끌려가는 파키스탄 남자를 보았다고 했다. 그는 양쪽 팔이 묶인 채 질질 끌려가면서 울고 있었다. 그때 그 남자가 바지에 실수를 했고, 가뜩이나 굴욕감과 공포에 눌려있던 그에게 소변 자국까지 더해졌다고 친구는 말했다. 무섭고 불안했던 친구는 그 남자가 최후의 순간을 맞기 전에 자리를 뜰 수 있었다. 참수대 위에 놓인 그 남자의 머리가 단칼에 잘리는 모습을 보고 싶지 않다고 아버지에게 부탁했기 때문이었다.

그랜드 모스크 근처에 가면 이따금 소매치기들을 만났다. 정부는 소매치기를 잡으면 절도죄를 물어 주기적으로 오른손을 잘랐다. 당대의 학자들이 아무리 이런 처벌이 문자 그대로는 어떤 의미를 담고 있고 실제에선 어떻게 해석해야 할지 논쟁한다 해도, 사우디 정부는 수 세기 전의 이슬람 율법Sharia 법전에 나오는 그대로 형벌을 집행한 것이다. 그리고 손이 잘려나간 손목을 즉시 끓는 기름에 집어넣었는데, 이는 동맥과 정맥을 지져서 출혈을 멈추게 하려는 것이었다. 이전에 처벌을 받은 사람이 또다시 도둑질하다가 잡힐 때는 오른발을 발목 위까지 잘랐다. 물론 사우디 왕국에서 힘있는 사람 중 일부는 수억 달러를 훔쳐대도 절대 손이나 발목을 잘리지 않는다. 이런 형벌은 오직 좀도둑에게만 적용된다.

극단적인 살라피 신앙은 이슬람의 어떠한 완화나 혁신도 거부한다. 이들은 시아파(이란과 사우디아라비아 동부지역의 일반적인 교파)뿐만 아니라 수백만의 다른 수니파(살라피파는 수니파에 속하지만, 수니파의 압도적 다수는 살라피파가 아니다) 신자들도 싸잡아 비난한다. 살라피파는 심판의 날이 오면 오직 자신들만 살아남을 것이라고 확신한다. 또한, 그들 스스로 수 세기에 걸쳐 이슬람을 타락시키고 무너뜨리려는 음모에 맞서고 있는 진정한 전사들이라고 믿는다.

1980년대와 1990년대에는 반이슬람 세력이 전쟁을 유발하고 있다는 살라피주의의 담론에 전반적인 이슬람 세계가 동조할 만한 상황이었다. 사우디 왕국에서도 이러한 형태의 살라피주의가 주목받고 있었다. 아프가니스탄과 체첸에서는 러시아와 전쟁 중이었고, 보스니아와 헤르체고비나는 세르비아·크로아티아의 공격을 받았다. 미얀마에서는 로힝야 무슬림 학살이 일어났고, 팔레스타인에서는 1차 봉기가 일어났다. 이 모든 것들이 무슬림을 절멸시키려는 광범위하고 국제적인 음모의 실례로 언급되었다. 학교 선생님과 성직자들의 말에 따르면 이러한 전 세계적 투쟁에서 가장 위험에 처한 존재는 여성이었다. 반이슬람 세력은 이슬람 여성들의 처녀성을 빼앗고 집 밖으로 끌고 나와 베일을 벗겨버릴 작정이었다.

이에 대한 반론은 어디에도 없었다. 당시 극단적 살라피주의는 모든 미디어를 통제했고 자신들의 이념에 맞지 않는 책은 금지시켰다. 여학생을 교육하는 것에서부터 시작된 금지Haram령 선포는 이제 인쇄 매체와 라디오, TV 검열로 확장됐다. 게다가 위성채널, 인터넷처럼 공식적인 의사소통에 혼란을 일으킬 만하거나, 신용카드와 보험처럼 혁신을 가져올 만한 모든 새로운 것들을 거부했다. 그들은 어떤 것도 사소하게 넘기지 않았다. 금요일 설교 때마다 이맘Imam('이끄는 자', '모범이 되는 자'라는 의미로 크고 작은 이슬람 공동체를 이끄는 모든 지도자를 일컫는다:역주)들은 사우디 왕국 곳곳에 위성안테나가 퍼져나가는 것을 비난하면서 이에 대한 종교전쟁을 선포했다. 위성안테나를 설치한 사람들은 배교자로 낙인찍혔다. 지도자Sheikh 하마드 알 다흐루스는 율법 해석Fatwa에 "오 이슬람 국민들이여, 위성안테나를 세우는 것은 토네이도 급의 폭풍과도 같이 우리의 가정을 뿌리째 뽑아 무너뜨릴 선동 행위입니다. 하나님께 맹세하나니 위성안테나는 우리가 가진 겸손과 순결, 믿음의 모든 흔적을 삼켜버리도록 고안된 죄 많은 욕망의 봇물입니다."라고 썼다. 급진적인 청년들은 지붕 위에 달린 위성안테나를 권총으로 조준하기 시작했고, 1990년 내무부는 공식적으로 이에 대한 사용을 금지하는 시행령을 발표했다. (사우디아라비아는 아랍세계에서 가장 영향력 있는 위성채널이자 85개 채널의 본부인 MBC 그룹과 알 아라비야^Al Arabiya를 보유하고 있으며, 위성TV 보급률이 97%에 달해 아랍지역에서 두 번째로 높음에도 불구하고 이 시행령은 지금도 남아 있다.)

살라피 이념의 핵심은 지옥에 대한 깊은 믿음이다. 당시 내 삶을 돌아보면, 무슬림인 나의 의로움과 헌신이 영원히 꺼지지 않는 지옥불 앞의 판결에서 벗어날 수 있을 만큼 충분하지 못할 것이라는 두려움에 시달렸던 일이 가장 기억난다.

모든 사우디 학생들은 지옥 불 메시지를 피할 방법이 없었다. 학기 중에는 종교지도자^Sheikh들이 종종 학교를 찾아와 교내 방송 스피커로 강연을 하곤 했다. 우리는 소녀들이거나 젊은 여성들이어서 남성 성직자들을 직접 보는 것이 허용되지 않았으나, 이 얼굴 없는 강연회에 출석하는 것은 의무였다. 중학교와 고등학교에서는 이런 강연이 점점 더 자주 열렸고 여기에 더해 독실한 선생님 중 몇 분이 정오 기도시간이 끝나면 학교 모스크에서 연설하는 시간까지 생겼다. 선생님들의 연설 시간에 참석하는 것은 의무가 아니었지만, 호기심 많은 10대였던 나는 꼬박꼬박 참석했다.

이러한 종교 강연은 우리 마음에 죄의식이나 공포를 불러일으키도록 계획된 경우가 압도적으로 많았다. 강연은 생생하고 넋을 잃을 만큼 매혹적이었고, 강연자들은 무덤의 고통에 관해 이야기하며 우리에게 겁을 주었다. 우리는 심판의 날을 상상하도록 강요당했다. 우리가 하나님의 보호와 지옥불의 고통 사이에 서 있게 될 그 날을. 종교적 의무를 다하지 않은 사람은 지옥불의 고통을 피할 수 없을 것이라 했다. 이와 비슷한 말은 사우디 전역의 학교에서 들을 수 있었다. 예를 들면 정시 기도의 중요성을 설교하는 중에 이런 이야기가 나온다. "기도를 거부하는 사람은 누구든지 하나님께 목마름의 형벌을 받으리라. 온 바다의 물을 다 마신다고 해도 목마름이 가시지 않으리라. 그리고 하나님은 그의 무덤을 비좁게 하여 갈비뼈가 눌려 부서지게 하리라. 하나님은 그의 무덤에 불을 지르고 '용감한 대머리'라 불리는 뱀을 보내리라." 설교자는 죄인들뿐만 아니라 그저 무심했던 개인들까지 폭력적이고 잔인한 죽음으로 고통받을 것이라는 끔찍한 이야기를 쏟아냈다. 설교자들은 점점 더 목소리를 높이면서 마치 자신들이 직접 목격한 실제 사건인 양 이를 묘사하곤 했다.

죽은 자를 씻기고 수의를 입히는 의식행위에 대한 강연은 나를 완전히 변화시켰다. 이슬람에는 죽음과 관련된 의식이 많다. 무슬림이 죽으면 그의 몸은 물과 장뇌, 시드르 잎사귀 액, 이 세 가지를 혼합한 액체로 씻어야만 한다. 시드르 나무는 바로 와디 파티마의 할머니 댁 뒷마당에서 자라던 나무다. 그런 다음 반드시 하얀 천으로 만든 수의를 입히고 매장하기 전에 기도를 드려야 했다.

"오늘의 설교자는 바로 죽음입니다!"

선생님은 우리 중 누구도 이 중대한 주제를 그냥 지나치게 하지 않겠다는 단호한 태도로 강연을 시작했다. 강연을 듣는 내내 우울함이 엄습했다. 선생님은 무덤의 적막함과 그곳에서 우리가 홀로 보낼 시간에 대해 묘사했다. 그곳에서는 우리가 했던 행위들만 우리 곁에 남아있을 것이라 했다.

"여러분은 무덤으로 가기 전에 무엇을 준비해왔죠?"

선생님은 경멸하는 어조로 우리에게 질문했다. 그러고는 이렇게 말했다.

"내가 수의 입히는 과정을 보여주는 동안 죽은 몸이 되어줄 사람, 누구 없나요?"

한 소녀가 선생님의 지목을 받고 강연장 앞으로 나갔다. 우리는 그 친구의 눈이 솜으로 가려지고 얼굴 위로 하얀 수의가 덮이는 과정을 두려움과 죄책감 그리고 결핍감에 압도되어 놀란 눈으로 지켜보았다. 이를 숨죽여 지켜보던 학생들과 시신 역할을 하던 학생 모두 동시에 집단적인 히스테리의 물결에 휩싸였다. 여기저기에서 구슬픈 통곡 소리가 들리기 시작하더니 나중에는 다른 모든 감각이 압도될 지경이었다. 그때 선생님은 우리에게 각자 집에 돌아가면 어둡고 조용한 장소에 홀로 앉아 각자 자신의 무덤에서 느끼게 될 고독감을 체험해 보라고 말했다.

"기억하세요, 그 무덤 속에는 여러분을 즐겁게 하거나 마음을 빼앗을 일이 아무것도 없을 겁니다. 오직 살면서 실천했던 선행만 있을 거예요. 그러니 오늘 자신에게 물어보세요. 제시간에 기도했는가? 종교적 이유로 베일을 쓰는 것을 잘 준수하고 있는가? 노래하거나 달라붙는 옷을 입거나 눈썹을 다듬는 등의 금지된 행동에 무관심했는가?"

선생님은 계속해서 금지된 것과 실천사항 목록을 길게 나열했다.

집으로 돌아오는 내내 죽음에 대한 생각이 계속 떠올라 가슴이 찢어지듯 아팠다. 아파트로 돌아온 나는 홀로 숨어 강연이 끝나고 받은 카세트테이프를 꺼냈다. 〈죽음의 고통〉이라는 제목이었다. 선생님은 예배드리는 게 귀찮아지거나 우리의 영혼이 우리로 하여금 죄를 짓게 할 때마다 이 테이프를 들어보라고 했다. 카세트에 테이프를 꽂고 귀에 헤드폰을 끼었다. "여러분은 죽음을 준비하고 있습니까?" 지축을 흔드는 듯한 설교자의 외침 주위로 애처로운 신음이 소용돌이쳤다. 수의를 입은 친구의 모습이 머릿속을 스쳐 갔다. 나는 울기 시작했다. 그러면서 나 자신을 변화시켜 꼭 훌륭한 무슬림이 되겠다고 하나님께 약속했다. 학교 강연시간에 배운 내용이 떠올랐다. 우리의 신앙은 우리 주변의 사악함을 모두 개선할 때까지 완전하지 않다고 했다. 나는 나 자신만이 아니라 우리 가족까지 변화시켜야만 할 것이다.

나는 보수적이고 종교적인 사회에서 성장하면서 하루에 다섯 번 기도드리기나 코란 읽기, 매일 경전 낭송하기, 중학교에 입학한 이후 의무적으로 얼굴 가리기 등 무슬림의 중요한 의식에 이미 '물타지마multazima', 즉 순응하고 있었다. 나의 친가, 외가 모두 기본적으로 독실함을 강조했다. 친가 친척들은 남자 사촌들과 나를 떼어놓았다. 외가 친척들은 내가 열 살 때 이집트를 방문하는 동안 1일 5회 기도 의식에 나도 참여해야 한다고 주장했다.

그러나 죽음에 대한 강연을 들은 이후 나는 선량한 무슬림이 되려 했던 지난날의 모든 시도가 부족하게 느껴졌다. 그날 이후 나는 종교적 광신자가 되었다. 이런 이야기는 나만의 특별한 이야기가 아니라고 생각한다. 이는 극단적인 담론과 혐오 발언으로 세뇌되었던 한 세대, 처음에는 사회와 종교지도자들의 억압에 갇혀 성장하다가 나중에는 자신의 생각과 의지로 스스로를 가둔 우리 세대 전체의 이야기다.

젊은 여성으로서 우리가 씨름해야만 했던 의무와 금지행위들이 정확히 몇 가지였는지 그 수를 헤아리기 어렵다. 우리는 지치고 압도당했으며 결국엔 숨이 막힐 지경이 되었다. 독립적으로 생각하는 것은 사실상 불가능했다. 우리는 그저 넘어질까 두려워하며 우리 앞에 놓인 길을 따라갔다. 마치 내가 니캅으로 얼굴을 가리고 넘어질까 두려워했던 것처럼 말이다.

공공장소는 물론 가장 사적인 장소에 이르기까지 모든 곳에 급진적인 책과 유인물, 카세트 설교가 넘쳐났다. 거의 모든 내용이 오로지 죽음과 무덤의 고통, 그리고 내세에 초점이 맞춰져 있었다. 메카 전역의 시장과 학교, 모스크에서 무료로 배포된 이런 자료들은 가족이나 친구들을 통해 전파되었다. 종교 선전 활동을 담은 이 자료들은 여성에게 순종을 강요하려는 확실한 의도가 담겨있었다.

나는 지금도 소지하기 편하도록 도톰한 용지에 트럼프 카드 크기로 인쇄한 소책자 한 개를 가지고 있다. '무슬림 여성에게 주는 선물'이라는 제목으로 머리, 얼굴을 포함한 몸 전체를 모두 가리는 행위에 초점을 맞춘 글이다. 다음은 일부 내용이다.

나의 무슬림 자매여, 그대는 이슬람의 적들이 난공불락의 요새 안에 있는 그대를 제거하기 위해 일으킨 가혹하고 교활한 전쟁을 마주하고 있습니다. . . .그들의 선전에 속지 마십시오. 이슬람의 적들이 불신을 조장하여 없애려는 것 중 하나가 바로 '니캅'입니다. 얼굴을 가리면, 자유로운 여성과 이교도나 노예가 구별되고, 우리 주위를 어슬렁거리고 있는 늑대들과 자유로운 여성이 마주치는 것을 피할 수 있습니다. 학자 알 쿠르투비는 이렇게 말했습니다. '여성의 모든 것, 즉 여성의 몸과 목소리는 오라A'ura(외부에 노출하면 죄가 된다)여서 특별한 이유가 없는 한 드러내서는 안 된다.' 베일로 가릴 때는 반드시 몸 전체를 다 덮어야 하며 향이 나거나 향수를 뿌려서는 안 됩니다. 하디스에서 이르길 향수를 뿌리고 다니며 지나치는 옆 사람들에게 그 향을 전하는 여자는 간음한 여자로 여긴다고 합니다. 베일로 가리라 하는 것은 그대를 억압하기 위해서가 아니라 그대에게 경의를 표하고 존엄함을 부여하기 위함입니다. 종교적 덮개를 씀으로써 그대는 자신을 지키고, 부패의 출현과 만연하는 부도덕으로부터 사회를 보호하게 될 것입니다. . . .나의 무슬림 자매여, 이 책자를 챙겨서 다 읽은 후 자매들에게 선물하십시오.

바지를 입거나 머리 손질을 하거나 심지어 가르마도 옆으로 타면 안 된다는 등의 금기 사항도 여럿 있다. 그렇게 하면 여성들이 이교도처럼 보인다는 것이 이유다. 목욕재계 의식에 방해가 된다는 이유로 손톱 손질도 금지한다. 사실 종교 강연에서 가장 자주 인용되는 사례이자 우리의 노력과 시간을 가장 많이 허비하도록 하는 일은 종종 피상적일 뿐만 아니라 이해할 수 없을 만큼 사소한 것들이었다. 예를 들면 눈썹을 뽑지 말라는 것. 종교학자들이 이를 정당화하려고 인용하는 하디스만 봐도 실제 하디스가 아니라 예언자 무하마드의 동반자인 압둘라 이븐 마수드(PBUH)가 한 말에 불과하다. 그럼에도 여전히 여성이 눈썹을 뽑는 것은 하나님의 창조를 방해하는 것이며 누가 됐든 눈썹을 뽑는 여자는 저주를 받아 하나님의 자비로부터 멀어질 운명에 처한다는 주장이 만연했다. 이 명령을 지키기 위해 여성 미용실에서는 눈썹을 다듬어주는 서비스가 제외된다는 내용의 안내문을 입구에 부착했다. 심지어 안내문에 '눈썹을 뽑는 것을 규탄하며 이는 종교적 모독'이라는 말까지 덧붙이는 미용실들도 많았다. 그러나 눈썹이 제멋대로 자란 여성들은 종종 원치 않는 부분을 염색함으로써 손쉽게 이 금기를 피해가곤 했다.

10대였던 우리는 남편에게 순종할 것을 요구하는 내용의 대대적인 설교도 들었다. 남편에게 순종하는 것이야말로 여성이 천국에 가는 것을 보장하는 방법의 하나라고 우리에게 설파했다. 설교자들은 여성이 범사에, 가족을 방문하거나 머리를 자르거나 자발적으로 종교적 단식을 할 때조차도 남편의 허락을 받아야 한다고 강조했다. 여성은 삶의 모든 국면에서 남편에게 온전히 복종해야 한다고 역설했다. 사우디의 한 지도자Sheikh는 강연 도중 이렇게 말했다. "만약 여러분 남편의 상처에 고름이 가득 차 있다면, 여러분은 혀로 그 고름을 핥아주십시오. 그렇게 해도 남편이 마땅히 가지고 있는 기대치에는 미치지 못할 것입니다."

나는 이러한 고된 의무가 천국으로 가는 길을 닦아줄 거라는 약속으로 자신을 위로했다. 그리고 절대 가고 싶지 않은 사악한 욕망으로 가득한 지옥을 상상했다. 나는 매일 장갑을 끼고 검은 양말을 신고 두 눈을 완전히 가리는 니캅을 썼다. 더는 고모 댁이나 삼촌 댁에 가서 어울려 놀지 않았고, 사우디 사람들이 매우 중요한 개념으로 여기는 친족의 의무가 있을 때만 외출했다. 친족간의 의무를 무시하는 것 또한 천국의 문 앞에서 거부당하는 이유가 된다. 그러나 이제 막 종교에 새롭게 눈을 뜬 내가 보기에 모든 친족 관계가 똑같은 건 아니었다. 고등학생이 된 나는 엄마와 함께가는 이집트 여행도 거부했다. 왜냐하면 이집트는 여성들이 베일을 쓰지도 않고, 사람들이 영화관에 가며, 남자와 여자들이 한 데 섞여 어울리는 등 죄악으로 가득한 나라였기 때문이다. 나는 그런 나라에 머무르면서 사람들이 저지르는 죄를 용인할 자신이 없었다. 그리고 엄마에게 이집트를 여행하는 동안 계속 얼굴을 가리고 다니라고 충고했다.

우리 학교 교과과정의 핵심요소는 충성심과 부정에 관한 교리였다. 부정의 첫 번째 단계는 이교도를 증오하고 이들의 적이 되는 것이었다. 여기서 '이교도'란 이슬람 이외의 다른 종교나 신념에 독실한 사람들을 의미하며, 시아파와 같은 다른 종파의 이슬람을 따르는 사람들이나 무신론자도 포함된다. 우리는 다양한 방식으로 증오와 적의를 드러내도록 교육받았다. 우리는 이교도들에게 미소 짓거나 반겨서는 안 되었다. 이교도들의 나라에 거주하거나 그곳을 여행해서도 안 되고, 이교도들의 명절에 함께 모여 축하하거나 결혼식이나 장례식처럼 중요한 행사에 참석해서도 안 되었다. 이교도의 복식이나 말하는 방식을 따라 하거나, 우리 역사를 그레고리력(기독교 문화권에서 시작하여 세계적으로 통용되는 양력:역주)과 같은 이교도 방식으로 기록해서도 안 되었다. 무슬림 국가의 어떤 공직에도 이교도들을 임명해서는 안 되었다. 초등학교 때부터 아예 '하나님과 그의 예언자를 부정하는 자들의 편에 서기를 불허함'이라는 제목의 수업이 있었다. 이 수업에서 우리는 다음과 같은 구절을 읽었다. '전능하신 하나님 가라사대 무슬림과 이교도들 사이의 친밀한 관계를 끊으라. 그가 무슬림이라면 아무리 멀리 살아도 종교적으로 너희의 형제요, 그가 이교도라면 설령 피를 나눈 형제라 해도 종교적으로 너희의 원수니라' 그러나 우리는 기회가 닿을 때마다 이교도들에게 이슬람을 따를 것과 하나님께 자신을 인도해 달라고 기도할 것을 권유해야 했다.

이집트에 있는 외할아버지댁에 마지막으로 방문했을 당시 나는 이미 이러한 살라피파의 가르침을 실천하고 있었다. 외할아버지댁에는 외삼촌 가족이 함께 살고 있었는데, 어느 날 아침 외삼촌 가족의 친구인 움 미나라는 이웃이 찾아왔다. 우리는 다 함께 아침을 먹었다. 식사 중에 사촌이 움 미나에게 달걀을 권했다. 움 미나는 "고마워, 그런데 내가 금식 중이야!"라며 정중하게 거절했다. 무슬림에게 금식이란 모든 음식과 음료, 심지어 물까지 완전히 삼가는 것을 뜻한다. 움 미나의 대답에 나는 좀 어리둥절했다. "그 손님은 자신이 금식 중이라는 걸 깜빡했던 거야?" 나중에 사촌에게 물어보았다. 사촌은 움 미나가 콥트 기독교인인데 콥트 교리에서 금식은 동물성 식품만 먹지 않는다고 설명해주었다. 나는 몹시 화가 나서 어떻게 이교도를 집에 들이고 그것도 모자라 환대하며 음식까지 나눠 먹을 수 있냐고 격하게 항의했다. 이후 나는 움 미나가 삼촌 댁에 올 때마다 인사도 하지 않았고 같은 방에 앉지도 않았다. 물론 사우디로 돌아온 후에는 이집트 여행 자체를 아예 그만두었다.

나는 메카에서도 아파트 밖에 나가는 것을 자제하고 학교나 그랜드 모스크에 갈 때만 집을 나섰다. 나는 일주일에 한 번씩 엄마와 함께 열심히 모스크에 갔다. 엄마는 여전히 월요일과 목요일이면 어김없이 단식을 했고 그랜드 모스크에 가서 단식을 풀었다. 모스크는 엄마가 종교적 혜택을 최대한 얻을 수 있는 곳이었다. 나는 터키, 파키스탄, 이란 등 다른 나라에서 온 무슬림 소녀와 여성들을 만나기 위해 모스크에 갔다. 메카에 움라Umrah로 온 여성들에게 살라피 사상을 전파하고 싶었다. 움라는 하즈보다 덜 중요한 순례로 적극적으로 권장되긴 하지만 의무적인 것도 아니고, 시기가 따로 정해져 있는 것도 아니다. 이제 나는 집을 나서기 전에 아버지에게 허락을 구했다.

엄마와 동네 시장인 수크에 갈 때도 나는 상인들과 한마디도 하지 않았다. 결혼하지 않은 소녀는 말을 하면 안 되었기 때문이다. 너무나 좋아했던 탐정소설과 과학소설 읽기도 그만두었다. 가지고 있던 아가사 크리스티의 책과 『불가능한 남자』, 『미래의 파일』과 같은 아랍 소설들은 부도덕한 작품이라 여겨 쓰레기통에 버렸다. 나는 이들의 빈자리를 종교 서적과 설교 카세트테이프들로 채웠다. 과도하게 격앙된 설교가 녹음된 테이프들은 위협과 협박, 비탄과 슬픔의 울음소리로 가득했다.

나는 음악이나 노래가 담긴 카세트테이프를 한 번도 가져본 적이 없었다. 사우디 문화에서 음악은 강력한 금기 또는 금지사항Haram이었다. 종교 담론에서 음악은 '간음을 부추기는 편지'이며 '사탄의 휘파람 소리'라고 설명하고 있었다. 음악을 거의 듣지 않는 나로서는 우연히 TV에서 나오는 음악을 듣는 게 전부였다. 나는 우연히라도 음악을 듣게 되는 죄를 짓지 않으려고 TV도 거의 보지 않았다. 부모님에게는 TV를 보다가 음악이 나오면 소리를 낮춰야 한다고 주장하기도 했다. 우리 집에는 리모컨이 없었기때문에 음악이 나올 때마다 나는 자리에서 일어나 텔레비전으로 다가가서 볼륨을 줄였다.

유일하게 허용되는 '음악' 형식은 종교적 아나쉬드Anasheed였다. 아나쉬드는 일정한 박자에 맞춰 가사를 낭송하기 위해 중간중간 타악기 소리가 들어간 아카펠라 형식의 찬송을 말한다. 가사의 주된 주제는 전 세계 무슬림이 겪어야 하는 비극적 상황이 중심이었다. 또한 '영혼의 성전Jihad'과 기부금으로 그들을 지원하자고 독려했다. 1990년대 초반에 가장 유명하고 인기 있었던 종교적 성가 중에 우리가 가사를 외웠던 한 곡을 번역하자면 다음과 같다.

나를 죽여다오, 갈가리 찢어다오, 내 피에 빠뜨려다오.
너희는 우리 땅에서 살지 못할 것이다, 너희는 우리 하늘을 날지 못할 것이다.
너희는 쓰레기고 방탕함이며, 전염병의 원흉이다.
너희는 배신한 배교자며, 너희의 길이 빛을 가리운다.
나의 치유는 너희를 죽임으로써 이루어지리니, 너희는 평온히 살지 못하리라.
너희는 피 한 방울 흘리지 않고 아프간 사람들을 아무렇지도 않게 팔아먹었다.
오, 하나님의 검이여, 곤한 잠에서 깨어 빛을 향해 일어나라.
이 어른들을 따끔하게 가르치라, 이들을 완전한 공허 속으로 추방하라.
이교도들을 매질로 지치게 하고 판결을 내려 사막을 방황토록 하라.
종교의 깃발을 높이 들고 천국의 샤리아로 통치하라.

내가 몰입했던 극단주의도 우리 집에 있는 모든 음악을 없애지는 못했다. 아버지는 움 쿨툼과 압델 할림 하페즈와 파리드 알 아트라쉬의 테이프를 여전히 갖고 있었다. 동생은 좋아하는 보이밴드인 백스트리트 보이즈와 엔싱크의 음악을 계속 듣고 있었다. 그러나 나는 가족들이 노래를 듣거나 텔레비전을 보거나 사진이 있는 잡지를 모으지 못하게 하려고 열심히 설득했다. 집에 사진이 있으면 천사들이 들어오지 못한다고 학교에서 배웠기 때문이었다. 이 시기에 여러 이슬람 잡지와 신문들도 발간됐는데, 일반 출판물과는 달리 사진을 한 장도 싣지 않았다. 특히 여성 사진은 단 한 장도 없다는 점이 세간의 주목을 받았다. 하지만 엄마는 오빠인 알리 외삼촌이 이탈리아에서 가져다준 패션잡지를 많이 가지고 있었다. 옷을 지을 때면 그 잡지들을 뒤적여 디자인을 찾았다.

한 번은 집에 혼자 있을 때 엄마의 패션잡지와 아버지와 동생의 노래 테이프를 전부 끌어모았다. 언니 소지품은 자물쇠로 잠가두어 건드릴 수가 없었다. 그런 후 아파트 옥상에 들고 올라가 모두 불태워버렸다. 불꽃이 번들번들한 잡지 페이지를 삼키고 테이프의 플라스틱 커버를 시커멓게 태우며 녹이는 동안, 내 손으로 직접 이런 사악한 물건들을 파괴하니 하나님 보시기에 내가 얼마나 기특할지 생각했다. 무엇보다 우리 가족을 죄악에서 구원하고 있다는 게 기뻤다. 그런 다음 일부러 동생이 사 놓은 새 테이프에 설교를 녹음했다. 테이프를 틀었을 때 좋아하는 밴드 음악 대신 전도사의 설교가 나오면 동생도 반길 것으로 생각했다. 설교자는 노래 부르는 것에 경멸을 표하며 하나님이 악기 소리를 듣는 자의 귀에 쇳물을 부을 것이라고 경고하고 있었다.

이렇게 물건들을 태워버리자 엄마는 내가 가족들의 사진까지 태워버릴까 봐 모든 앨범을 감춰버렸다. 엄마에게는 몇 장 안 되는 소중한 가족사진이었다. 나는 20년이 지나서야 그 사진들을 다시 볼 수 있었다. 엄마가 돌아가시고 나서 엄마 방을 정리하던 중에 무언가에 걸려 넘어졌는데, 그게 바로 이 작은 보물이었다. 정말 고마운 마음이 들었다. 상당수의 사우디 사람들은 사생활 보호를 이유로 사진 찍는 걸 꺼리기 때문에 친척이나 친구들 사진이 매우 적다. 나처럼 극단주의에 빠졌다가 나중에 돌아선 많은 사람들이 가족사진을 찢어버린 게 가장 후회된다고 한다.

내가 자꾸 가족의 일상을 간섭하자 집안에 긴장감이 돌기 시작했다. 극단주의를 옹호하다 보면 여러 가지 욕망과 충돌하게 되면서 성난 사람이 되기 일쑤다. 처음에 나는 아직 계몽되지 못한 부모님과 형제자매들을 딱하게 보았다. 그다음에는 가련한 죄인들에게 우월감을 느꼈다. 그다음에는 유일하게 참된 길을 보지 않으려는 가족들의 소극적인 태도에 참을성을 잃고 그들을 위협하고 소리치며 다그쳤다. 밤이 되면 우리 가족이 죽은 후에 어떤 일이 벌어질까 생각하며 고통스러워했다.

오랫동안 친한 친구처럼 지냈던 동생과의 관계가 매우 불편해졌다. 우리 사이의 갈등은 내가 동생의 지갑을 뒤져서 옷을 거의 걸치지 않은 아름다운 레바논 여가수들의 사진을 발견하면서 최고조에 달했다. 나는 한바탕 싸움을 벌이기 전에 아버지가 퇴근하기를 기다렸고, 역시 기다린 보람이 있었다. 비록 아버지는 나처럼 믿음이 강한 건 아니었지만 그래도 자신만의 확고한 종교적 믿음을 가진 분이었던지라 사진을 들킨 동생은 집에서 쫓겨나 온종일 들어오지 못했다. 나는 이 사건을 줄곧 잊고 지냈는데 동생은 그렇지 않았나 보다. 지금까지 이 사건을 기억하며 이렇게 말한다. "누나가 극단주의자였을 때 나는 누나 때문에 정말 괴로웠어!"

내가 매우 독실한 신자가 된 후에도 마음 깊은 곳에서 차마 포기하지 못했던 단한 가지는 바로 이집트에서 직접 들고 온 아름다운 바비 인형이었다. 어쩌면 그 인형이 내 유년기의 행복했던 한때를 보여주는 마지막 흔적인 것처럼 느껴졌거나 지금보다 순수하고 천진했던 시절의 유일한 증거쯤으로 여겨서였는지도 모른다. 아니면 워낙 어렵게 갖게 된 인형이라 그랬는지도 모르겠다. 어느 쪽이 됐든 나는 여전히 바비 인형을 소중한 보물로 여기며 내 책장에서 가장 좋은 자리에 모셔두고 있었다. 내가 바비 인형에 계속 집착하던 어느 날 매우 독실한 신자인 마리암이라는 친구가 우리 집에 놀러 왔다. 내가 대접할 차를 준비하는 동안 그 친구는 내 바비 인형을 망가뜨렸다. 찻주전자와 잔을 들고 방으로 들어갔을 때 제 자리에 누워있는 바비 인형의 잔해가 보였다. 사랑스러운 옷은 찢겨 있었고 섬세한 팔다리는 부러지고, 부드러운 긴 금발은 싹둑 잘려있었다. 마리암은 이슬람으로 개종한 뒤 움라 순례를 위해 사우디를 방문한 미국인이었다. 마리암도 나처럼 강경한 살라피파 학교에서 세뇌당한 나머지 미국으로 돌아가기를 거부했다. 친구는 나의 바비 인형을 파괴해 살라피파가 설파한 금지사항Haram을 실천했던 것이다.

내 삶에서 급진적이었던 시기가 끝난 후 나는 가는 곳마다 옛 바비 인형을 대신할 인형을 찾아다녔다. 처음 가졌던 바비를 잃은 슬픔을 달래기 위해 여러 개의 새 바비 인형을 사 모았다. 언젠가 다른 어린 소녀가 나타나 이 인형들을 갖고 놀 수 있도록 지금도 잘 간직하고 있다.

살라피파는 아름다운 얼굴과 몸매를 가진 인형뿐만 아니라 사람과 동물의 모습을 재현한 모든 형상을 금지했다. 살라피파 학자 무하마드 이븐 우타이민의 율법 해석Fatwa을 보면 다음과 같은 구절이 나온다 "움직이는 존재를 대상으로 하는 사진 촬영은 허용되지 않는다. 예언자(PBUH)께서 모든 사진사에게 주어질 영원한 고통의 형벌을 다음과 같이 선고했기 때문이다. '심판의 날, 가장 엄격한 형벌은 다른 이들의 모습을 묘사한 자들의 몫으로 남겨질 것이다.' 이는 우리에게 사진이 매우 주요한 죄악임을 분명하게 보여준다. 왜냐하면, 오직 주요한 죄악을 저지른 경우에만 엄중한 형벌이 내려지고 이에 대한 경고가 선포되었기 때문이다." 그러나 내가 가장 좋아하는 취미 중 하나는 그림 그리기였다. 나는 그림을 통해 나를 위한 다른 세계, 행복으로 가득한 아름다운 세계를 창조했다.

내 손글씨는 뒤죽박죽이고 제멋대로였지만 그림만큼은 정교하고 완벽하게 균형이 맞았다. 새 학년이 시작될 때마다 이런 질문을 듣게 되지 않을까 기대했다. "마날, 이거 정말 네가 직접 그린 거니?" 선생님이 내게 흰 종이 한 장과 어떤 그림 도구라도 건네주면, 내가 그 그림을 그린 유일한 장본인이라는 걸 증명하기 위해 선생님이 보는 앞에서 바로 그리기 시작했다. 학년이 끝날 때 선생님들은 내 스케치북들을 후배들에게 본보기로 보여주기 위해 가져가곤 했다. 내가 그린 많은 그림이 우아한 액자에 끼워져 학교 벽에 전시되었고 이를 보는 나는 몹시 뿌듯했다. 좀 더 큰 그림을 그릴 때는 벽 자체를 캔버스로 활용해서 그리는 게 가장 즐거웠다. 자유시간 내내 행복한 마음으로 다채로운 무늬들을 만들었다. 학교에서는 얼굴을 그리거나 동물의 모습을 그리는 게 금지되었지만, 집에 있는 내 공책에는 여러 동물의 형상과 사람들의 미소가 가득했다.

나는 교내대회든 전국대회든 참가하는 그림대회마다 상을 받는 게 자랑스러웠다. 해마다 사우디 국영 정유회사 아람코는 어린이 그림대회를 열었는데 그때 상을 받았던 내가 대학을 졸업하고 결국 아람코에서 일하게 된 건 정말 우연이었다. 나는 중학교 2학년 때 〈오아시스와 야자나무〉라는 그림을 이 대회에 출품했다. 그리고 상으로 전자 드로잉패드를 받았다. 텔레비전과 연결하면 패드 위에 그리는 그림이 텔레비전 화면에 뜨는 기기였다. 우리 집 텔레비전은 너무 구형이어서 (아직 안테나식 TV였다) 이 장치를 연결할 방법이 없었다. 그래서 나만큼이나 그림 그리기를 좋아하는 이웃 여자아이에게 선물했다. 당시 나는 동생의 그림 숙제도 기꺼이 다 그려주었다. 한 번은 동생 학교의 선생님이 그림을 칭찬하더니 혹시 집에 그림 숙제를 도와주는 사람이 있냐고 물어본 적이 있다고 했다. 동생은 누나라고 말하면 너무 부끄러울 것 같아서 선생님에게 형이 도와준다고 말했다고 했다.

언니와 동생은 내가 내 그림을 얼마나 좋아하는지 잘 알고 있었다. 두 사람은 싸우다가도 그림을 찢어버리겠다고 위협하면 내가 얼른 포기하고 물러선다는 것도 잘 알고 있었다. 한 번은 언니가 나를 협박하다가 내가 1년 내내 그린 스케치북을 찢어버렸다. 나는 마치 친구라도 죽은 것처럼 엉엉 울며 찢어진 조각들을 테이프로 다 붙였다. 나는 아직도 그 스케치북을 보관하고 있다.

어느 날 학교 선생님 중 한 분이 그림 실력을 향상시킬 수 있는 원격수업을 들어보라고 제안했다. 선생님은 펜포스터 직업학교의 예술 교육 과정을 소개하는 안내 책자를 주셨는데 펜실베이니아에 있는 통신학교였다. 아버지가 등록금을 도와준 덕분에 매달 학습 교재와 다양한 그리기 도구를 받을 수 있었다. 미술 과제와 학교 공부를 병행하는 게 힘들었지만 열일곱 살에 자격증을 받고 나니 정말 뿌듯했다.

그러던 어느 날 종교수업을 듣고 나서 나와 그림의 인연은 갑작스럽게 끝나버렸다. 살아 움직이는 존재를 그리는 것이 금지사항Haram이라는 것은 애초부터 알고 있었다. 그날 종교수업에서 심판의 날에 금지된 그림을 그린 자들은 가장 강력한 벌을 받는 죄인에 속한다고 들었다. 나는 일주일 내내 혼란에 빠져서 반복되는 악몽에 시달려야 했다. 우열을 가리기 힘든 두 가지 고통 사이에 갇혀버렸다. 하나는 내 신앙의 명령을 어겼다는 죄의식과 죄책감이었고, 다른 하나는 태어나 처음 연필을 쥔 순간부터 지금까지 열정을 바쳐 그렸던 그림을 포기해야 한다는 생각이었다. 이 괴로움은 내 영혼의 일부에 스며들기 시작하여 점점 번지더니 곧 전체로 퍼져나갔다.

수그러들지 않는 불면증과 죄책감에 시달리며 일주일을 보내고 나자 나에게 다른 선택이 없어 보였다. 건물 옥상에 올라가 살아있는 생명체를 묘사한 모든 그림을 태워버렸다. 나는 말 없이 서서 종이와 공책들이 불타는 것을 지켜보았다. 눈앞에서 타오르는 불꽃처럼 내 안에서는 안도감과 고통이 서로 부딪히며 사납게 날뛰었다.

나중에서야 이슬람에서는 하나님을 대신하여 숭배하기 위한 그림만 금한다는 것을 알게 되었다. 그러나 내가 겪었던 급진적인 종교 담론에서는 겉으로 죄가 드러나는 것뿐만 아니라 **결과적으로** 사람이 죄를 짓도록 **유도하는** 모든 것을 금지한다는 원칙을 고수하고 있었다.

하지만 뭐니 뭐니 해도 내 사춘기 시절을 통틀어 가장 오랫동안 크게 피해를 입은 것은 바로 언니와의 관계였다. 여러 해가 지난 후 우리 집은 마침내 수화기가 두 대 있는 유선전화기를 갖게 되었다. 수화기 한 대는 언니가 자기 방으로 차지한 손님방에 두었다. 언니는 손님방 방문을 항상 잠가두었다. 두 번째 수화기는 큰 방에 있었다. 나는 중학교 3학년이었고 언니는 고등학교 졸업반이었던 어느 날 전화를 하려고 수화기를 들었다가 언니가 어떤 남자와 대화하는 것을 엿듣게 되었다. 나는 숨죽인 채 통화가 끝날 때까지 수화기를 들고 있었다. 언니가 낯선 사람과 대화하면서 '보고 싶어'와 같은 말을 주고받고 몰래 만날 약속을 한다는 것이 충격이었다. 통화가 끝나자 나는 격분했다. 혼자만의 비밀로 참고 있다가 다음 날 아침 친한 친구 두 명에게 이 이야기를 한 뒤에 내가 어떻게 해야 할지를 물었다. 친구들은 귀 기울여 들어주었지만 아무 대답도 하지 않았다. 결국 엄마에게 이 비밀을 털어놓기로 마음먹었다. 언니에게 직접 따져 물었다가는 심하게 맞을지도 몰랐다. 엄마는 내가 말을 마치기도 전에 깜짝 놀랐다. 엄마는 무나 언니를 불러 직접 물었지만, 언니는 내가 망상에 빠져 거짓말하는 거라며 모두 부인했다. 나중에 언니가 나를 심하게 때리는 통에 나는 내심 언니가 잘못하는 현장을 반드시 잡겠다고 다짐했다. 그런 마음을 먹게 된 동기가 종교 때문만은 아니었다. 언니에게 복수하고 싶은 마음도 있었다. 내가 초등학생일 때 무나 언니가 내 일기를 훔쳐본 적이 있다. 나는 아이답게 온갖 유치한 모험담 이야기를 지어 일기장에 써두곤 했다. 한 번은 육촌 형제 중 한 명이 나와 사랑에 빠진 이야기를 썼다. 나의 크나큰 실수는 무나 언니가 내 글을 다 읽고 있는지도 모르고 실명으로 이야기를 썼다는 점이다. 언니는 내 공책에서 그 이야기를 찢어 숨겨놓고는 엄마와 아부야에게 보여줄 거라는 협박편지를 내게 보내왔다. 부모님이 그 이야기를 읽은 후 벌어질 일을 예상하는 것만으로도 괴롭고 두려웠다. 하루는 결국 엄마가 동생 앞에서 나를 불러 세웠다. 초등학교 2학년이던 동생은 아직 어린아이였다. 엄마는 매우 실망한 표정으로 내게 물었다.

"네가 사랑한다고 생각하는 남자아이에게 편지를 쓰고 있는 게 사실이니?"

무하마드는 엄마와 나 사이를 가로막으며 이렇게 말했다.

"마날은 절대 그런 짓을 할 사람이 아니에요."

나의 부끄러움은 이제 백 배는 더 커져 버렸다.

"그건 편지가 아니라 내가 지어낸 이야기일 뿐이에요."

내가 대답했을 때 무하마드의 얼굴에 나타난 표정을 나는 결코 잊지 못할 것이다. 순간 동생에게 신뢰를 잃고 말았다는 걸 느꼈다. 언니는 내가 쓴 이야기를 엄마에게 보여주지 않는 대신 몇 주에 걸쳐 내게 협박편지를 보냈다. 나는 언니의 가방과 옷, 책 등 모든 곳을 뒤지며 원고를 찾았다. 엄마가 숨겨둔 여벌 열쇠를 발견해 언니 방에 들어갔으나 끝내 내가 쓴 원고를 찾을 수 없었다. 그러다 우리가 잠시 휴전에 들어갔을 때 언니에게 원고를 돌려달라고 정중하게 부탁했다. 혹시라도 아버지가 그 이야기를 볼까 봐 여전히 겁이 났다. 무나 언니는 마침내 내 말에 끄덕이며 주방으로 가서 스크루드라이버를 집어 들었다. 언니는 내 원고를 천장 선풍기 모터 상자에 숨겨두었던 것이다. 일단 언니에게 원고는 돌려받긴 했지만 언니 때문에 당한 고통을 결코 잊을 수 없었다.

나는 무나 언니와 통화하던 사람과의 관계를 증명할 증거를 찾으려고 계속 집을 뒤지고 있었다. 어느 날 엄마의 재봉틀 안에서 이상한 카세트테이프를 발견했다. 호기심에 테이프를 틀어보았다. 테이프에는 소년의 메시지가 길게 녹음되어 있었다. 녹음을 들어보니 그는 내게 온갖 욕설을 늘어놓으며 나를 '자신들의 적'이라 부르고, 내가 두 사람이 함께할 수 없는 이유라며 '살아있는 악마'라고 했다. 그날 밤 나는 카세트테이프를 아부야에게 드렸다. 언니가 죄를 지었다는 증거가 나왔으니 이제 언니가 속죄할 차례였다. 아부야는 언니를 때리기 시작했다. 아버지가 언니를 때리면 무나 언니는 항상 맞대응했고 나중에는 결국 아버지가 포기하곤 했다. 그런데 그날 밤은 달랐다. 언니가 제발 그만 때리라고 아버지에게 사정하며 매달리는 동안 나는 두려움과 죄책감에 눌린 채 지켜보기만 했다. 아무것도 바꿀 수가 없었다.

카세트테이프 이야기는 결국 사촌들에게까지 소문이 났다. 사촌들은 무나 언니가 낯선 사람과 사랑에 빠졌다고 모든 가족에게 떠벌렸다. 엄청난 스캔들이었다. 나중에 자인 고모는 내게 사람들의 질문과 비판을 받는 게 너무 피곤해서 사람들이 많이 모이는 가족 행사에는 가지 않고 있다고 했다. 설상가상으로 무나 언니의 남자친구는 아랍인이었지만 사우디 사람은 아니었다. 나는 아부야가 인종차별주의자가 아니라고 생각했다. 아버지의 친한 친구들은 모두 이집트인이었고, 내 주위 모든 사람, 심지어 우리 엄마까지도 외국인을 무시할 때가 많았음에도 불구하고 아버지가 외국인을 얕잡아보는 말을 하는 건 한 번도 들어본 적이 없었기 때문이다. 그러나 아버지의 사고에는 엄격한 경계선이 있었다. 아버지는 사우디아라비아 바깥에 사는 어떤 외국인과도 친구가 될 수 있었고, 함께 식사를 할 수도 있었고, 같은 구역에 살 수 있었으며 동고동락할 수 있었다. 그러나 아버지의 딸이나 일가 여성이 외국인과 결혼하는 것은 절대로 있을 수 없는 일이었다.

이 사건 이후 아부야는 집 전화선을 자르고 우리를 외부세계와 차단했다. 아버지는 우리를 아파트에 가두고 아무도 만나지도 찾아오지도 못하게 했다. 우리는 먹거리를 사러 밖에 나갈 수도 없었다. 아버지가 허락한 유일한 장소인 학교마저도 엄마나 아버지가 통학 길에 동행해야만 했다. 남동생도 우리와 함께 갇혀버렸다. 이듬해 무나 언니가 제다에 있는 의과대학에 다니고 싶다고 말하자 아부야의 첫 반응은 언니에게 다시 매를 든 것이었다.

이제라도 내 삶에서 과격했던 십대 시절을 말끔히 지우고, 가족과 나 자신에게 끼쳤던 피해를 보상할 수만 있다면 얼마나 좋을까. 여러 해가 지나고 나서야 나는 살라피파의 종교적 완벽함을 추구하다가 내 삶에서 소중하고 자유분방했을 한 시기를 빼앗겼다는 것을 깨달았다.

7

금지된 위성안테나

고등학교 시절 내내 일기를 쓰면서 일상에서 벌어졌던 여러 사건과 생각, 그리고 많은 경험들을 기록했다. 별다를 것 없는 이야기가 대부분이었지만 1997년 6월 4일 일기는 달랐다.

학교 시험까지 열흘이 남았다. 정말 무섭고 힘들다. 올해는 고등학교에서 보내는 마지막 해이다. 모든 선생님이 나를 뛰어난 학생이라고 생각하시니 선생님들을 실망시키고 싶지 않다. 지금 나를 괴롭히는 문제는 이런 불안과 두려움이다. 심판의 날이 오면 학업에 대한 질문을 받게 되겠지. 누구를 위해 여러 날 밤을 새우며 공부했는지, 어떤 목적을 위해? 그러면 나는 뭐라고 대답하게 될까? 하나님, 이슬람의 선을 이루기 위해서가 아니라 항상 나 자신을 위해서만 공부했던 것을 용서하소서. 이 모든 공부가 하나님을 위한 것이 되게 하소서, 마귀가 우리 가까이에 오지 못하게 하소서. 나 자신에게 맹세한다. 유능한 사람이 되기 위해 할 수 있는 모든 것을 할 것이다. 명성을 위해서가 아니라 세상 모든 곳의 무슬림에게 봉사하고 싶기 때문이다. 그들에게 무언가 유용한 것을 제공하고 싶다. 터키의 이슬람 복지당 당수 넥메틴 에르바칸Necmettin Erbakan, 1926-2011이나 보스니아와 헤르체고비나 대통령 알리 베고비치Ali Begovic, 1925-2003와 같은 사람이 되고 싶다. 모든 이슬람 국가들을 찾아다니며 그들의 어려움을 해결하고 자력으로 그 문제들을 바로 잡고 싶다. 이 거대한 세계 속에서 벌어지고 있는 사건에 아무 영향도 주지 못하면서 남은 평생을 살고 싶지는 않다. 나는 과연 이런 불가능한 꿈을 이룰 수 있을까? 아니, 그럴 수 없을 것 같아!

내가 이런 야망을 품고 고등학교 시절을 마쳤다는 것은 일종의 기적이었다. 여전히 나는 극단주의적이고 협소한 시야를 가지고 있었다. 하지만 그보다 나는 여성으로서 선택할 수 있는 직업이 여학교(당연한 말이지만) 교사가 전부였던 사회에서 성장했다. 여학교 교사는 남성들의 시선에서 가능한 한 멀리 떨어져 지낼 수 있는 직업이었다. 이 길에서 벗어나 여성 환자들을 돌보는 의사나 간호사가 되고 싶어하는 소녀들은 커다란 의혹의 시선을 받아야만 했다. 게다가 당시 사우디아라비아에는 자격을 갖춘 인력이 부족해서 이집트와 다른 아랍국가 출신의 엔지니어, 의사, 박사들을 채용하던 시절이었다. 하지만 어떤 현실도 내 꿈을 꺾을 수는 없었다.

내게는 주요한 동기가 두 가지 있었다. 첫 번째는 우리 가족이 가난에서 벗어나 사회적 지위가 상승했으면 좋겠다는 간절한 소망이었다. 두 번째는 엄마였는데, 엄마는 교육과 학문적 성공, 독립적인 직업이 우리 삶의 핵심이 되어야 한다고 굳게 믿는 사람이었다. 엄마는 혼자 힘으로 우리 집의 우선순위가 교육이 되도록 만들었다. 우리 엄마는 교육수준이 높고 학문적으로 성공한 집안 출신이었다. 자신은 초등학교 4학년까지밖에 다니지 못했지만, 엄마의 형제자매와 조카들은 한 명만 제외하고 모두 대학을 졸업했다. 엄마는 내가 의사가 되길 바랐지만, 내 꿈은 엔지니어나 핵물리학자가 되는 것이었다. 그 당시에는 여학생이 그런 분야를 공부한다는 것은 가능한 일이 아니었다. 하지만 그런 현실도 내 열정을 꺾지는 못했다.

여자아이들에게는 보편적으로 청소, 요리, 빨래와 설거지, 아이들 양육과 같은 가사 일을 잘 배워 현모양처의 조건을 갖추기를 기대했다. 그러나 엄마는 우리가 집안일 하는 것을 강하게 반대했다. 우리 집에는 가사도우미가 딱 한 분 있었는데, 나이지리아 불법 이민자로 낮에만 와서 살림을 도와주었다. 그 외의 일은 모두 엄마가 직접 했다. 내 기억에 엄마는 언니나 나에게 집안일을 도와달라고 부탁한 적이 거의 없었다. 오히려 우리가 공부 이외의 다른 일에 시간을 쏟으면 화를 냈다.

"나는 너희들에게 어떤 보상도 감사도 원하지 않아."

엄마는 이렇게 말하곤 했다.

"학년이 끝나고 너희들 성적통지서에 최고 성적이 나오면 그게 엄마한테는 보상이야. 너희들이 학교에서만이 아니라 메카 전체에서 최고 학생이 되면 좋겠어."

우리 중 한 명이 2등이라도 하면 엄마는 실망했고, 반드시 1등을 해야만 인정받을 수 있었다. 그러나 최고 성적을 받기란 매우 어려웠는데 특히 과학이 그랬다. 우리는 학기마다 16개의 다른 주제를 공부했다. 그러나 실험실이나 다른 필수 재료를 구하지 못하다 보니 실질적인 수업을 받을 수 없었다. 이를 보충하는 유일한 방법은 부모님이나 개인 교사의 도움을 받거나 언니, 오빠가 먼저 배우고 정리한 공책을 활용하는 것이었다. 그러나 나는 이 중에서 어떤 방법도 선택할 수 없었다. 부모님은 공부를 많이 하지 못한 분들이었고, 우리 집은 개인 교사를 구해줄 형편이 못 되었다. 언니가 있었지만, 언니는 학년이 끝날 때마다 일부러 자기 공책을 모두 파기하며 내게 말했다.

"스스로 노력해서 답을 찾도록 해, 네가 쓴 게 아니잖아, 너는 내 공책을 가질 자격이 없어."

그러나 엄마를 실망하게 할 수는 없었다. 초등학교 4학년부터 고등학교 3학년까지 내 성적은 우리 반에서만이 아니라 전교에서 1등이었다. 처음에는 엄마를 기쁘게 해드리려고 열심히 공부했다. 성적이 좋다고 선물이나 돈을 받은 적은 한 번도 없었다. 성취했다는 만족감 자체가 내겐 선물이었다. 학업성적이 뛰어나니 선생님들과 교장 선생님이 나를 존중해주는 것도 기분이 좋았다. 선생님들의 관심을 받으니 마치 내가 중요한 사람이 된 듯했고, 자존감도 생겼다. 학교 입장에서도 본교 학생이 메카시 전체에서 우등생 대열에 들어간다는 건 커다란 성취였다.

내 성적은 99.6점으로 메카 지역 전체에서 3등이었고 고등학생 중에서는 수석이었다. 신문에 10등까지 이름이 실렸는데 내 이름이 명단 제일 위에 있는 걸 확인하면서 자랑스러웠다. 선생님은 내게 수석 학생에게는 5,000리얄의 상금이 있다고 말했다. 그 말을 듣자마자 나는 엄마에게 필요한 것들을 떠올리며 새로 살 품목의 목록을 작성했다. 우선 낡고 고장 난 우리 집 세탁기를 대신할 새로운 세탁기, 새 오븐, 주전자와 접시 세트. 그리고 남은 돈으로 아버지에게 라도^{Rado} 시계를 사드릴 참이었다. 아버지는 한동안 시계 없이 다녔다. 삼촌이 아버지가 차고 있던 손목시계를 칭찬하자 아부야는 시계를 벗어서 삼촌에게 선물로 주었던 것이다.

졸업식 날이 되었다. 졸업식은 여학생 교육행정총국 사무실에서 열렸다. 그러나 평소 꿈꾸었던 졸업식 가운을 입지 못했다. 우등상도, 부상도, 특별상금도 받지 못했다. 그날 내가 받은 것은 내 이름이 새겨진 방패 모양의 배지가 전부였다. 거기엔 내가 1등이라는 표시가 어디에도 없었다. 그해에는 정부가 그 전까지 주던 상을 중단하는 바람에 대부분의 여학생들은 남학생들이 받는 여러 포상을 받지 못했다. 몹시 실망스러운 마음으로 졸업식장을 나섰다. 나는 졸업식 배지를 그동안 받았던 배지와 상장들이 담긴 상자에 넣었다. 그러고는 다른 사람들에게 그 무엇도 의지하지 않겠다는 결심을 굳혔다. 내 꿈은 스스로 이루어야 한다는 사실을 깨닫는 순간이었다.

하지만 졸업식 날 아무것도 받지 못한 건 아니었다. 자인 고모가 깜짝 선물로 무늬가 새겨진 아름다운 금팔찌를 주었다. 고모가 끼고 있는 것과 똑같은 팔찌였다. 그것이 내가 받은 유일한 졸업선물이었다. 이 선물도 대학교에 입고갈 옷을 사느라 팔아야 했지만 말이다.

여학생이 고등학교를 졸업하면 구혼자가 와서 그 집 문을 두드리는 게 그 당시의 관례였다. 나와 가장 친한 친구 말락은 졸업하자마자 열여덟 살에 결혼했고, 다른 친구 마날도 그 직후에 결혼했다. 하지만 약혼이나 결혼에 대해서만큼은 엄마의 태도가 너무나 단호해서 아무도 이와 관련된 말을 꺼내지 못했다. 심지어 아부야나 우리와 한 마디 상의도 없이 관심을 보이는 상대들을 모두 단칼에 거절하기도 했다. 내가 아직 학생이었을 때 학교 선생님 중 한 명이 자신의 동생과 나를 약혼시키고 싶어 했다.

"우리 딸들은 학업을 다 마친 다음에 결혼할 겁니다."

나는 엄마가 이렇게 거절했다는 걸 나중에야 알았다.

나는 어느 대학에 진학해야 하는지, 대학에 가면 어떤 공부를 하고 싶은지에 대해 치열하게 고민했다. 내가 가장 원하는 공학 전공은 여성을 받아주지 않았다. 게다가 여자고등학교 졸업생들은 어떤 진학지도도 받지 못했다. 의학이나 간호학을 전공하고 싶지 않은 여학생에게 남은 유일한 대안은 교사가 되는 것이었다. 그렇게 쳇바퀴 돌 듯 반복된다. 여성에게 교육받은 우리는 또다시 여성을 가르치고 우리에게 배운 여성들은 다음 세대의 여성을 가르칠 것이다. 이렇듯 남성과 여성은 같은 직장에서 함께 일할 수 없었는데, 이는 종교적으로도 사회적으로도 금기였다. 이러한 현상은 결국 의사, 간호사, 교사라는 세 가지 직종에 지원자들이 너무 많이 몰리게 되고, 교육받은 여성들이 다른 직업을 구할 수 없다 보니 과잉 공급되는 결과를 낳았다. 2012년의 노동부 자료를 보면 대졸자나 고등교육을 받은 여성이 남성보다 많음에도 불구하고 구직자의 85%가 여성이었다.

해외 유학 장학금을 못 받는 나로서는 대학 진학에 대한 세 가지 선택지가 있었다. 첫 번째는 집에서 도보로 10분 거리인 메카의 움 알 쿠라 대학Umm Al Qura University에 진학하는 것이었다. 도전할 기회가 많이 주어지거나 특별한 전문성을 갖춘 교수진이 있는 대학은 아니었지만, 당시의 내게 잘 맞았을 살라피주의에 경도된 급진주의로 유명했다. 두 번째는 여성들이 교직을 준비하도록 설립된 교육대학 중 한 곳에서 공부하는 것이었다. 이 대학 교과과정은 전공과 상관없이 대부분 종교나 교육에 관련된 과목들이었다. 세 번째는 차로 한 시간 거리인 제다의 킹 압둘라지즈 대학King Abdulaziz University이었다. 이 대학에 진학한다면 캠퍼스 근처나 교내에서 산다는 건 생각할 수도 없는 일이었기 때문에 통학해야 했다. 킹 압둘라지즈 대학은 움 알 쿠라 대학보다 기회가 훨씬 더 많았지만, 여전히 급진적이었던 나는 심각한 고민에 빠졌다. 학교는 자유주의적이고 진보적인 도시에 있었다. 제다는 메카와 가깝고 많은 무슬림 순례자들이 도착하는 지점이었지만 사우디아라비아에서 가장 '개방적인' 도시로 여겨졌다. 킹 압둘라지즈 대학은 여학생들이 얼굴을 드러내고 다니는 것을 허용하고 있어 메카 사람들에게 평판이 나빴다. 심지어 의대 여학생은 남녀합반 수업도 들을 수 있었다. 언니가 나보다 먼저 킹 압둘라지즈 대학에 입학했는데, 의학 공부를 하겠다고 하자 아버지와 몇몇 남자 사촌들이 남녀합반 수업을 이유로 강력하게 반대했다. 사촌들은 아버지에게 언니를 '남녀가 합반하는' 학교에 보내면 안 된다고 잘라 말했다. 아버지는 과거에 무나 언니가 아랍 소년과 불장난했던 일을 떠올리며 사촌들의 말을 새겨들었다. 이러한 사상적 싸움은 곧 육체적 싸움으로 바뀌었다. 결국 언니는 아버지에게 심하게 두들겨 맞은 뒤 집에 갇히는 신세가 되었다.

하지만 엄마는 용케도 무나 언니를 아파트에서 탈출시켜 학교에 가서 입학시험을 보도록 했다. 나는 그 날 무나 언니가 한쪽 눈에 붕대를 감고 나가던 모습을 아직도 기억한다. 언니는 최고 점수로 시험에 합격했다. 그래도 입학하려면 아버지의 동의가 필요했다. 그때 엄마가 아버지를 어떻게 설득했기에 아버지가 입학허가서에 서명했는지 나는 지금도 모르겠다(사우디아라비아에서 여성은 지금도 지정된 남성 후견인의 허락이 없으면 어디에도 입학할 수 없다). 하지만 엄마는 끝내 해냈다.

나는 움 알 쿠라 대학에 입학신청서를 제출했다. 그 대학 사람들은 거만한 태도로 나를 얕잡아보면서 모욕적인 말을 내뱉었다. 그러면서 여학생들이 무슨 불운한 양이라도 되는 것처럼 이리저리 몰고 다녔다. 나는 움 알 쿠라 대신 교육대학에 입학하기로 마음을 바꿨다. 교대에서는 물리학 전공이 불가능했기 때문에 영어학과를 선택했다. 이런 내 결정이 썩 마음에 든 건 아니었다. 내가 교대를 선택하자 엄마는 매우 실망했다.

"엄마는 네가 언니처럼 의사가 됐으면 좋겠어."

"하지만 엄마, 의과대학은 남녀공학이에요. 그건 둘째치고라도 피를 보는 게 싫어요. 내가 의사가 되는 건 상상할 수도 없어요. 내가 정말 하고 싶은 공부는 물리학이에요."

엄마는 소리 내어 울었다.

"12년 동안 1등을 했는데 겨우 교대나 가려고 그렇게 공부한 거야?"

엄마가 슬퍼했을 뿐 아니라 나 역시 영어학과에 대한 확신이 없었기 때문에 계속 고집을 부릴 수만은 없었다. 마지막 남은 선택지는 제다에 있는 킹 압둘라지즈 대학이었다. 이제는 아버지에게 어떻게 말할지가 걱정이었다. 내가 또 마음을 바꿨다는 말을 아버지에게 어떻게 한단 말인가? 놀랍게도 아버지는 아무 반대 없이 동의했다. 언니 때와는 달리 친척 중 누구도 아버지를 찾아와 나를 그 학교에 보내지 말라고 하지 않았다. 나는 교대 등록을 취소하고 아버지와 함께 제다로 갔다.

그때는 대학 등록 기간이 모두 끝난 시점이어서 학교마다 문이 닫혀있었다. 나는 언니의 도움으로 '대기자명단'에 이름을 올릴 수 있었다. 언니와 나는 입학등록처장과 매일 대화를 주고받으면서 합격자 명단에 자리가 나면 즉시 내 이름을 넣으려고 부지런히 확인했다. 일주일 동안 사무실에 문의하고 다시 일주일 동안 대학으로 찾아갔지만 등록을 하지 못하게 되자 나는 희망을 잃기 시작했다. 이렇게 1년을 허비하게 되는 걸까?

그러다 뜻밖에도 처장이 내게 면담을 요청했다. 나는 처장이 면담을 통해 내가 합격자 명단의 빈자리에 적합한 사람인지 알아보려고 부른 것으로 생각했다. 그런데 처장실에 도착해보니 놀랍게도 합격 소식을 개인적으로 전하고 싶어서 나를 불렀다는 것이었다.

"이렇게 성적이 뛰어난 학생을 받게 되어 영광입니다."

처장은 이렇게 말했다. 처장의 말을 듣고 행복했던 건 확실하지만 당시에는 그 말이 궁극적으로 내게 어떤 영향을 미칠지 전혀 몰랐다. 입학을 허락한 처장의 말은 내 삶의 새로운 단계로 나아가는 문을 열어준 것이었다. 그 문 너머에는 지난 18년 동안 내가 경험했던 좁은 세상에서 벗어나는 길이 있었다. 나는 언니와 매우 다르고 서로 갈등도 많았지만, 우리를 묶어주는 한 가지 공통점이 있다는 걸 알게 됐다. 바로 교육을 중요하게 생각한다는 점, 아무리 여건이 힘들다 해도 뛰어난 성적으로 공부하는 것을 중요하게 생각한다는 점이다.

❖

킹 압둘라지즈 대학은 남녀 대학 건물이 완전히 따로 분리되어 있었다. 심지어

학생증을 보여주고 출입하는 교문도 서로 달랐다. 이는 내가 태어나서 처음으로 이름과 사진이 있는 신분증을 갖게 되었다는 뜻이기도 하다. 당시 사우디 정부는 오직 남성에게만 공식 신분증을 발급하고 있었다. 남성은 열다섯 살이 되면 신분증을 받았지만, 여자는 평생 남자에게 얹혀 있어야 했다. 여성의 경우 '가족 신분증' 카드에 사진도 없이 이름만 들어갔다.

우리는 한 번도 직접 대면한 적은 없었지만, 그래도 남자 교수들에게 배웠다. 모든 수업은 CCTV로 이루어졌다. 우리는 다른 건물 교실에 앉아 남학생들에게 강의하는 교수님의 수업을 보고 들었는데, 교수님들은 우리를 보거나 들을 수 없었다. 그래서 여학생은 수업에 직접 참여할 기회가 없었다. 불이익은 그것만이 아니었는데, 이따금 CCTV가 망가지기라도 하면 강의를 그냥 놓쳐야 했다. 교수님에게 질문하고 싶으면 오직 전화로만 가능했다. 전화로 하는 질문은 강의 시간 내내 우리와 함께 앉아서 출석을 확인하고 수업 분위기를 관리하는 여자 조교가 감독했다. 의대생만이 이런 제약에서 벗어날 수 있었다. 의과대학은 우리 건물과 떨어져 있었고, 의대 여학생은 남자 의사들의 강의에 출석하는 것이 허용되었다.

과도하리만큼 남학생과 여학생을 구분하는 여러 조치는 우리가 서로 완전히 다른 세계에 존재한다는 의미였다. 부자연스럽게 남녀를 분리하다 보니 사우디보다 덜 엄격한 사회에서는 절대 일어나지 않을 문제들이 생겼다. 태초에 하나님이 아담과 이브를 창조하실 때부터 인간은 기본적으로 남녀가 뒤섞인 공동체로 살아왔다. 하나님은 남녀의 공존을 토대로 인류의 생명이 이어지도록 세상을 만드셨다. 하나의 성이 다른 성 없이는 완전할 수 없으므로 그렇게 만드신 것이다. 그러나 나는 종교적 규율을 지키느라 어떤 남자에게도, 심지어 옷을 사면서도 점원에게 말을 걸지 않았다. 내가 엄마에게 무엇을 사고 싶은지 귓속말을 하면 엄마가 나 대신 점원에게 말해주었다. 나이가 많고 기혼자인 엄마의 목소리와 달리 내 목소리는 점원을 유혹할 수 있다는 이유로 우리는 이런 식으로 목소리를 드러내는 죄를 짓지 않도록 조심했다. 길에서 엄마가 나를 남동생의 이름인 무하마드로 불러도 아무렇지 않았다. 여자인 내 이름이 남자들 앞에서 언급되는 것도 오라A'ura를 드러내는 죄라고 여겼기 때문이다.

하지만 대학에 와보니 휴대전화를 이용해 전화 교제를 한다는 소문이 들렸다. 남학생과 여학생들은 여러 가지 비밀스러운 방법으로 전화번호를 주고받았다. 시장에서 여학생 옆을 지나가던 남학생이 자기 전화번호가 적힌 쪽지를 여학생 가방에 슬쩍 떨어뜨리기도 했다. 만약 남학생에게 특정 여학생을 아는 누이가 있다면, 누이에게 그 여학생의 전화번호를 물어보거나 누이의 휴대전화에서 몰래 전화번호를 확인할 수도 있었다. 좀 더 분별없는 남학생들은 자기 번호를 여학생 화장실에 써두거나 여학생이 지나갈 때 전화번호를 적은 종이를 차창에 대고 자랑하듯 보여줬다. 때로는 문자로 전화번호를 주고받기도 했다. 이런 행위를 지칭하는 단어가 아예 따로 있었다. '타김Targeem', 또는 '번호받기Numbering'라고 했다. 전화보다 대담한 경우로 남학생과 여학생이 학교 밖에서 데이트한다는 말도 이따금 들렸다. 이러한 관계는 비밀리에 최대한 신중하게 이루어졌기 때문에 절대로 공개적으로 언급될 수 없었다. 젊은 청년은 여학생과 몇 달 동안 전화로만 통화하면서 상대가 어떻게 생겼는지 모를 수도 있었다.

나는 이런 일이 사우디아라비아에서 벌어지고 있다는 게 믿어지지 않았다. 만약 메카에서 전화통화와 문자를 주고받은 게 전부인 어떤 소녀의 로맨틱한 관계가 발각된다면 그 소녀는 남자 가족들로부터 심한 매질을 당할 것이다. 심지어 평생 집안에 감금될 각오를 해야 할 수도 있다.

전화나 문자를 받기는커녕 나로서는 공개적으로든 사적으로든 젊은 남자와 이야기할 기회조차 없었으니 걱정할 것도 없었다. 대학에 다니고는 있었지만 나는 여전히 '서구적 가치'에 반대하는 상황이었다. 사우디 여성에게 주어진 제약들이 우리 사회의 타락을 방지하고 그 가치를 지켜주고 있노라고 열렬히 변호했다. 나는 아버지에게 학교나 그랜드 모스크에 가는 일 이외의 외출은 감히 허락을 구하지도 못했다. 내가 묻기도 전에 이미 아버지가 안 된다고 할 줄 알고 있었기 때문이다. 대개 아버지는 안 되는 이유를 설명하지 않았다. 그래도 나는 대수롭지 않게 생각했다. 아버지는 무엇이 내게 가장 유익한지 나보다 더 잘 알고 있으므로 그럴 권리가 있다고 스스로 정당화했다. 섣불리 여행을 간다거나 대학 캠퍼스에서 주말 활동에 참여하겠다고 아버지에게 물었다가는 분노와 비난에 직면하리란 걸 알고 있었다. 훗날 급진적인 생각을 대부분 내려놓은 뒤에도 나는 여전히 아버지에게 먼저 물어보고 나서야 집을 나서거나 무언가를 했다. 내게는 부모님의 축복이 중요했다. 내가 할 수 있는 모든 방법으로 아버지를 기쁘게 하려고 노력했지만, 아버지는 항상 내 행동의 일부분을 탐탁지 않게 생각했다. 결국 우리는 둘 다 슬픈 처지였다. 나는 아버지를 기쁘게 해드리려고 애쓰면서 불행했고, 아버지는 내가 어떻게 해도 기쁘지 않은 듯했다.

아버지는 매우 엄격한 원칙에 따라 삶을 사셨다. 다음은 자주 말씀하셨던 원칙들이다.

"누구에게도 돈을 빌리지 마라, 그러면 그 사람에게 신세를 지게 된다. 다른 사람 집에서 밤을 보내지 마라, 그 사람에게서 네가 좋아하지 않는 면을 볼 수 있다. 누구에게도 보상을 받지 마라, 설령 그 사람이 네게 신세 진 게 있다 해도 말이다. 모든 보상은 하나님이 주신다."

아버지가 나를 마지막으로 때린 건 고등학교 3학년 때였지만, 이후에도 아버지를 생각하면 가장 먼저 두려운 감정이 들었다. 서로를 대할 때면 늘 불안함이 감돌았으므로 아버지를 온전히 사랑하기란 힘든 일이었다. 그러나 그 모든 상황에도 불구하고 나는 아버지를 진심으로 사랑했다. 유복자로 태어난 아버지는 어린 나이에 어머니 곁을 떠나 메카와 제다를 오가며 순례자들을 차로 실어 나른 사람이었다. 단 하루도 외박하는 일 없이 아침에 일어나면 늘 우리가 학교에서 쓸 용돈을 챙겨주셨던 아버지가 고마웠다. 우리 가족은 택시 기사로 일하는 아버지가 매일 밤 식탁에 올려두는 일용할 양식에 기대어 살았다. 그래서 아버지는 아파도 일을 하러 나갔다. 하루도 쉰 적이 없었다. 고된 일을 하면서도 아버지는 밤 열두 시 전에 퇴근한 적이 없었다. 그런 와중에도 7년 내내 아침 여섯 시에 언니와 나를 깨워 다른 도시에 있는 대학까지 우리를 태워다 줬다. 그중 5년 동안 아버지는 오후 두 시면 나를 태워가려고 교문 밖에서 기다렸고, 저녁이면 다시 언니를 데려오려고 여섯 시까지 학교 앞으로 갔다. 메카에서 제다까지의 거리를 계산해보면 아버지는 5년 동안 택시 운전 외에도 하루 중 예닐곱 시간을 학교를 오가며 길에서 보냈다. 덕분에 우리는 제시간에 등하교할 수 있었다.

매 학기 초마다 선생님들은 책과 강의용 소책자를 학교서점에서 사라고 안내해 주었다. 학교서점은 여학생 캠퍼스 바깥에 있어서 여학생들이 직접 갈 수 없었다. 친구들은 기사 아저씨들이 쇼핑 목록을 들고 서점에 가는 반면에 나는 아부야가 서점에서 책을 사다 주었다. 아버지는 시끄러운 사람들로 가득한 서점에서 제본한 책을 사느라 두세 시간을 기다려야 했을지도 모른다. 아버지는 내가 학교에서 매달 받는 장학금으로 책값을 드리려고 하면 한사코 받지 않았는데 책값이 아무리 비싸도 마찬가지였다.

우리 동네는 메카에서 매우 가난한 곳이었고 우리 집은 그런 동네에서도 가난한 편에 속했다. 이집트에 몇 번 가보긴 했지만, 집에서 겨우 차로 한 시간 떨어진 곳에 이토록 완전히 다른 세계가 있을 줄은 상상도 못 했다. 내가 제다에 공부하러 간 것은 커다란 사회적 도약이었지만 아무것도 몰랐던 나는 미처 마음의 준비가 되어있지 않았다. 친구들은 옷 상표에 관해 이야기를 나누고, 명품 가방과 값비싼 시계, 디자이너 선글라스를 가지고 다녔다. 여름휴가로 제네바나 런던에 다녀온 이야기를 들었고, 고급 승용차를 몰고 온 기사들이 교문 밖에서 학생들을 기다리는 것도 보았다. 부유한 학생들은 자신들보다 형편이 좋지 않은 학생들을 우월감이나 동정 어린 시선으로 바라보곤 했는데, 어디를 가든 나는 그런 시선을 느껴야 했다.

아버지의 택시는 도요타 코롤라로 메카의 여느 택시들처럼 밝은 노란색이었다. 중고로 산 아부야의 택시는 에어컨이 작동하지 않았다. 한낮 온도가 보통 섭씨 40도를 넘는, 세상에서 가장 뜨거운 지역에 살고 있다는 걸 감안해보면 여간 불편한 일이 아니었다. 매일 오후 학교를 나설 때마다 눈에 띄는 노란 택시에 내가 타는 모습을 다른 학생들이 보지 못하도록 각별히 조심했다. 친구들 말에 상처받고 싶지 않은 마음도 있었지만, 그 친구들 앞에서 우리 아버지를 부끄러워하는 나 자신을 보는 것 역시 상처가 되었다.

돈은 우리 가족에게 항상 중요한 문제였으나 내가 대학에 들어가자 형편이 조금씩 나아지기 시작했다. 매달 학교에서 받는 지원금은 학업에 필요한 물건이나 옷을 사는 데 큰 도움이 되었다(이공계열 학생은 1,000리얄을 받았고, 인문계열 학생은 800리얄을 받았다). 나는 부족한 장학금을 보충하려고 여성 스포츠클럽에서 일했다. 시급이 10리얄(2.60달러)이어서 한 달에 500리얄까지 벌 수 있었다. 오랜 공백이 있긴 했지만, 여전히 그림 솜씨가 좋았던 나는 소묘와 채색화를 그려 35리얄 정도 받고 학과 친구들에게 팔기도 했는데, 가끔 70리얄을 받을 때도 있었다. 한 번은 2×3m 크기의 벽화 작업을 의뢰받은 적이 있었다. 한 달 내내 그려서 벽화를 완성하고 1,500리얄을 받았는데, 내가 그때까지 벌어본 돈 중에 가장 큰 액수였다. 그 돈으로 리모컨이 있는 새 텔레비전과 비디오 플레이어를 샀다. 아부야는 그 물건들을 지금도 가지고 있다.

재정적으로 독립하면서 나도 자유로워졌다. 돈이 있으니 내가 직접 결정하고 실행할 수 있었다. 더는 일일이 아버지에게 상의하지도 않았고, 몰래 일을 저지르기도 했다. 신체적 폭력에 대한 두려움은 이제 아버지를 실망시켜서는 안 된다는 두려움으로 바뀌어 있었다. 난생처음으로 옷과 신발 색깔, 머리 모양 그리고 내가 갈 장소(캠퍼스 안이긴 했지만)를 마음대로 정했다. 간단하지만 직접 선택해보니 내 삶에 발언권이 생기는 느낌이었다. 어느 정도 직접 책임을 져보니 나 자신을 신뢰하게 되었다. 이런 느낌은 내가 박탈당한 줄도 모른 채 박탈당했던 감정이었다. 나는 남성 후견인의 통제를 받는 게 정상적인 삶의 방식이라고 생각했다. 내가 어떻게 다른 방식을 알 수 있었겠는가?

우리 대학은 여학생들에게 많은 것을 허용하는 편이었지만 바지를 입는 것만은 여전히 금기였다. 이는 오로지 스포츠클럽에서만 허용되었는데, 그나마도 엉덩이를 가리는 긴 티셔츠에 헐렁한 바지를 입어야 했다. 나는 언니를 통해 대학 스포츠클럽을 알게 됐다. 사우디 법규에 따르면 여성은 스포츠를 할 수 없었지만, 킹 압둘라지즈 대학은 예외였다. 우리 학교는 사우디에서 여학생에게 운동을 허용하는 유일한 공립학교다. 항상 스포츠를 좋아했던 나는 입학하고 첫 주에 바로 학교스포츠클럽에 등록했다. 사춘기 이후에 사촌들과 축구도, 자전거도, 달리기 시합도 금지되어 더 이상 운동을 하지 못하게 됐지만, 운동에 대한 열정은 여전히 살아있었다. 나는 공강 시간이면 스포츠클럽에 갔다. 가까운 대학 친구들도 모두 스포츠클럽 회원들이었다. 가능한 종목은 뭔지 다 참여했다. 농구, 배구, 배드민

턴, 탁구, 가라테, 사이클링, 달리기, 당구, 탁상 축구. 이런 운동이 사회적, 종교적으로 금지된 것이라 여기는 우리 가족에게는 비밀로 했다. 운동은 내가 깨트린 첫 번째 금기였지만, 1그램의 죄책감도 들지 않았다. 오히려 잃어버린 지난 시간을 메꿀 수 있어서 행복했다. 그러나 스포츠 때문에 학업성적이 영향받지 않도록 주의를 기울였다. 덕분에 대학 시절 내내 수석을 차지했고 엄마와의 약속을 한 번도 깨트리지 않을 수 있었다.

사우디 사회가 여성과 남성을 지나치게 분리한 탓에 아랍어로 보야트^{boyat}(boya의 복수형)로 알려진 여성들의 하위문화가 성장하기 시작했다. 보야는 영어 단어 보이^{boy}에 아랍어의 여성형 어미인 아^a를 붙여서 만든 표현이다. 이 단어는 말괄량이 Tomboy 여성을 일컫는 말이었다. 물론 여성화된 남성들의 전반적인 하위문화도 있었다.

우리 대학에는 상당히 많은 보야트가 있었다. 이들은 남자 머리 모양을 하고, 남자 셔츠를 입고 심지어 남자 향수를 쓰기도 했다. 보야들은 다들 가까운 여자 친구가 있어서 늘 붙어 다니며 손을 잡고 걸어 다녔다. 이들 중 몇몇은 스포츠클럽에도 왔다. 나는 학과 친구들과 종종 쉬는 시간에 모여 프로젝트나 숙제를 했는데, 내가 클럽에서 모이자고 제안하면 친구들이 보였던 반응이 기억난다.

"스포츠클럽에 다니면 평판에 문제가 생길까 염려돼."

"왠지 그 장소는 믿음이 안 가."

친구들은 이렇게 말했다.

여성들 사이의 우정에 던지는 이런 식의 비방은 내가 좋아하던 친구 관계에 피해를 줬다. 메카에서 온 라나는 나와 학과는 달랐지만 같은 과학대학을 다니는 친구였다. 우리는 농구를 정말 좋아해서 늘 같은 팀에서 뛰었고, 서로에 대해 완벽하게 이해했다. 같은 옷을 입고 같은 소설과 같은 책을 읽었고, 나중에는 같은 음악을 들었다. 우리는 소중한 우정을 쌓아나가고 있었고 라나 덕분에 나는 마날, 말락, 자와히르, 여자 사촌들인 아말과 하난 등 유년시절의 친구들을 그리워하며 슬퍼하는 일이 줄어들었다.

하루는 스포츠클럽 회원 한 명이 나를 향해 모호한 말을 던졌다. 라나와 내가 늘 붙어 다니는 걸 보니 우리가 레즈비언이고 연인임에 틀림없다는 가시 돋친 말이었다. 그냥 흘려들으면 될 말이었지만 나는 모욕감에 깊은 상처를 받았다. 엄격한 이슬람 율법Sharia에 따라 동성애는 명시적으로 금지되어 있으며, 동성애에 대한 형벌은 죽음이다. 오늘날에도 일부 이슬람 국가들은 게이와 레즈비언들을 돌로 쳐서 죽이거나 여타의 형식으로 사형을 집행한다. 그 말을 들은 뒤 나는 라나에게 말을 걸지 않았고, 그 이유도 설명하지 않았다. 라나를 정말 좋아했지만, 그냥 지나가는 말이라 해도 그 누구든 라나와 나의 품행에 대해 의심하는 것을 허용하고 싶지 않았다. 그 시절의 나는 다른 사람들의 생각이 정말 중요했다. 졸업할 때까지 라나와 거리를 두면서 그 이유에 대해 설명도 하지 않았다. 여러 해가 지난 후 사람들이 내게 무엇을 기대하는지 혹은 나에 대해 뭐라고 말하는지를 더는 걱정하지 않게 됐을 때, 나는 라나에게 해명할 것이 있다고 말했다. 그리고 라나의 집으로 찾아가 마치 우리가 서로 멀어진 적이 없었던 것처럼 대화를 나누었다. 라나는 나를 용서했고 우리는 다시 친구가 되었다. 지금 내게 라나는 앞이 캄캄할 때면 찾아갈 수 있는 친구다. 그토록 오랫동안 나의 행복과 불행, 심지어 친구를 선택하는 것까지 의미 없는 타인의 말과 의견에 영향을 받았다는 사실이 지금 생각해도 슬퍼진다.

　스포츠클럽에 가면 모든 학과에서 온 친구들을 만날 수 있었다. 그중에 제다에서 태어나 제다에서만 자란 사라라는 친구가 있었다. 같은 과학대학에서 공부했던 우리는 스포츠클럽에서 함께 농구를 하기 위해 서로 일정을 맞추기도 했다. 하루는 교문 앞에서 아버지를 기다리고 있는데 사라가 얼굴을 가리지 않은 채 캠퍼스를 나서는 게 보였다. 나는 상당히 놀랐고 동시에 실망스러웠다. 대체 사라는 무슨 생각으로 바깥세상에 자신의 얼굴을 저렇게 드러내는 거지? 하나님이 베일을 쓰지 않는 그의 기도를 받아주실까? 사라는 화장을 하고 다니지는 않았지만, 남자들의 눈길을 끌 만큼 자연스럽고도 빛나는 미모를 가진 친구였다.

　나는 깊은 딜레마에 부딪혔다. 사라는 친구들 중에서 가장 다정한 사람이었다. 나를 볼 때마다 활짝 웃으며 반겼고 늘 정시에 기도를 드렸다. 월말이 되면 스포츠클럽 친구들에게 돈을 걷어서 청소하는 아주머니에게 팁을 드리는 친구도 사라였다. 언젠가 우리가 서로 오랜만에 만났을 때 사라는 나를 따뜻하게 끌어안으며 반가워했다. 나는 그런 인사가 익숙하지 않았다. 할머니가 돌아가셨을 때 나를 위로하느라 고모가 안아준 기억이 단 한 번 있을 뿐이다. 사라가 다정한 친구이긴 했지만, 얼굴을 드러내고 다니는 걸 보고 나니 과연 계속 친구로 지낼 수 있을지 고민이 됐다. 나는 사라와 거리를 두려고 노력했다. '사라는 하나님께 순종하지 않고 있어, 그러니 하나님의 노여움을 받아 마땅해.' 나는 자신에게 말했다. 사라는 내게 왜 자신을 피하는지 계속 물었고 나는 그때마다 사실을 말하지 못하고 끊임없이 다른 핑계를 댔다. 이는 나의 급진적인 신앙을 현실에서 테스트하는 첫 번째 사건이었다. 나는 우리가 배운 것을 떠올렸다. 우리는 오직 상대가 가진 독실함의 정도에 따라 사랑과 우정을 나눠야 했다. 그러나 사라를 그렇게 대하기란 힘든 일이었다. 나는 언젠가 내가 사라의 그런 태도를 바꿀 수 있으리란 희망을 품고 우리의 관계를 이어가기로 했다. 그러나 그 언젠가는 끝내 오지 않았다.

사라는 변하지 않았다. 변한 건 오히려 나였다.

최초의 사우디 텔레비전 채널은 1964년 아랍어 방송이었고, 두 번째 채널은 1983년에 등장한 영어방송이었다. 이 외에 다른 채널은 없었다. 선택할 여지가 없으니 사람들은 농담으로 두 채널을 '강제 1번'과 '강제 2번'이라 불렀다. 그렇지만 강제 2번 덕분에 내가 영어공부를 시작했으니 아주 쓸모가 없던 것은 아니다. 강제 2번 채널 편성표에는 〈세서미 스트리트〉가 있었다.

그러다 금지사항Haram인 위성안테나가 등장했다. 사우디 국내에서 볼 수 있는 위성채널은 다른 아랍국가들의 채널 몇 개가 전부였지만, 그 방송 프로그램과 우리나라 두 채널은 누가 봐도 너무 달랐다. 사우디 채널은 보수적인 종교 프로그램이 대부분이었다. 우리나라 뉴스 방송은 왕족의 동정이나 알려주는 따분한 뉴스가 대부분이었다. '국왕 폐하께서 외빈을 맞이하셨습니다, 국왕 폐하께서 방문객에게 작별의 인사로 손을 흔드셨습니다, 국왕 폐하께서 해외로 떠나셨습니다.' 위성안테나와 수신기 판매가 불법이라 해도 밀수품을 거래하는 암시장이 따로 있었다. 이곳에서 판매되는 안테나와 수신기의 가격은 매우 비쌌지만, 제다와 같은 도시의 사람들이 지붕 위에 위성안테나를 설치하는 것을 막을 수는 없었다. 학교에 가면 친구들이 아랍어로 더빙이 된 멕시코 드라마 이야기를 했다. 〈과달루페〉라는 드라마가 특히 인기 있었다. 친구들은 알자지라와 같은 다른 뉴스 채널도 보면서 사우디 뉴스 방송과 비교하기도 했다. 뉴스에 관한 이야기는 나의 호기심을 자극했다. 그러나 더욱 보수적이었던 메카에서 위성채널을 시청하는 건 사회적 금기였다. 그랬다가는 친구들과 가족에게 외면당할 수도 있었다. 아버지는 위성안테나의 위험을 경고하는 종교적 발언에 이미 영향을 받은 분이어서 집에 안테나를 설치하자고 하면 단호하게 거절할 게 분명했다.

메카에 있는 우리 아파트 건물의 옥상만 봐도 이웃들이 설치한 위성안테나들이 눈에 띄었다. 그래서 나는 이웃에게 우리 집 안테나를 하나 더 구해달라고 요청하면서 이를 비밀로 해달라고 부탁했다. 학교에서 받는 정부지원금으로 위성안테나 비용을 치르고 보니, 정부에서 금지한 안테나를 정부지원금으로 구매했다는 사실이 왠지 아이러니하게 느껴졌다. 나는 위성 수신기를 비디오 위에 올려두고 아버지가 볼 수 없도록 수놓은 천으로 조심스럽게 덮어두었다. 그런 다음 다른 가족들이 우연히라도 죄를 짓지 않게 하려고 뮤직비디오가 나오는 채널을 모두 삭제했다.

엄마는 이집트 위성채널을 보면서 매우 즐거워했다. 아부야가 집에 안 계실 때면 우리는 텔레비전 주위에 둘러앉아 옛날 이집트 영화를 보면서 사우디아라비아에서 이런 영화를 볼 수 있다는 사실에 감탄했다. 비밀은 오랫동안 잘 지켜졌다. 그러던 어느 날 아파트 건물 밖에서 우리를 기다리던 아버지가 굵직한 검은 전선이 옥상에서 우리 집 발코니 안으로 연결되어 있는 것을 보았다.

"저건 위성안테나 선 아니냐?"

아버지가 내게 물었다. 그 상황에서 뭐라고 답할 수 있었을까? 우리가 지금까지 아버지를 속여왔던 걸 어떻게 해명할 수 있단 말인가?

"학교에서 돌아오면 마저 이야기하자."

아버지는 이렇게 말했다.

나는 그날 수업시간 내내 집에 가서 벌어질 언쟁을 두려워하며 보냈다. 그런데 놀랍게도 아버지는 누구에게도 그 이야기를 다시 꺼내지 않았다.

아버지는 위성안테나가 있다는 사실을 알게 되었고, 아버지가 알게 된 것을 우리 가족 모두 알게 되었고, 아무도 군이 말로 하진 않았지만 일종의 암묵적인 동의가 생긴 것이다. 나는 이 모든 사실에 안도했다. 아부야도 차츰 우리처럼 알자지라 방송을 보기 시작했고, 위성안테나 역시 공공연한 집안 살림 중 하나가 되었다. 위성안테나는 바깥세상을 향한 우리의 전자식 창문이었다.

그때는 몰랐지만 위성안테나는 멈추기 어려운 미끄러운 비탈길이었다. 뮤직비디오 채널을 지웠어도 금지사항Haram인 음악 소리를 완전히 피할 수는 없었다. 1999년 4월 일기장에 이렇게 썼다. '단과대학 대항전 농구리그 결승전에서 라니아 K가 주장으로 있는 가정대학팀이 타라 F가 주장으로 있는 의과대학팀을 30-44로 누르고 승리했다. 우리 과학대학팀은 3위를 했다. 경기 중 휴식시간에 음악이 흘러나오면 나는 클럽 바깥에 나와 있으려고 노력했다. 그러나 메달 시상식을 할 때는 클럽 안으로 다시 들어갈 수밖에 없었다.'

내가 처음으로 노랫소리에 귀 기울이게 된 건 우연한 계기였다. 어느 날 거실에 들어서는데 동생이 백스트리트 보이즈의 노래를 듣고 있었다. 가사와 선율이 매우 아름다워서 나도 모르게 그 자리에 멈춰 섰다. 그러나 너무 부끄러운 마음에 동생에게 그 음악을 좀 더 듣고 싶다는 말을 하지 못했다. 동생이 나갈 때까지 기다렸다가 아무도 없을 때 헤드폰을 귀에 꽂고 카세트 플레이어의 재생 버튼을 눌렀다.

Show me the meaning of being lonely . . .
There's something missing in my heart

헤드폰에서 나오는 음악은 지금까지 들었던 그 어떤 음악보다 아름답고 황홀했다. 이토록 아름다운 음악이 어떻게 악마의 작품일 수 있다는 건지 이해할 수 없었다. 가사가 나의 심금을 울렸다. 나도 경직된 신앙의 폐쇄적인 세계에 살면서 정말 외로웠고, 마음속으로 무언가 놓치며 살고 있는 건 아닐까 하는 느낌을 지울 수 없었다. 나는 혼란스러웠다. 음악은 너무나 좋았지만 들을 때마다 죄책감이 들었다. 백스트리트 보이즈가 외로움을 노래할 때면 귀에 뜨거운 쇳물이 부어질 때 느낄 고통이 떠올랐다. 음악을 들으면 그런 벌을 받게 될 거라고 성직자들이 설교했던 탓이다. 죄책감이 점점 커져서 도저히 견딜 수 없을 때는 얼마간 음악을 끊기도 했다. 그럴 때면 동생이 새 테이프를 사 오는 바람에 나는 몰래 다시 음악을 듣곤 했다. 이렇듯 끝없는 죄책감 속에서 살아가는 건 정말 고통스러운 일이다. 그러나 당시 죄책감만 느꼈던 건 아니다. 설교시간에 들었던 내용과 내가 주변에서 직접 본 현실 사이의 모순에 대한 자각이 내 마음속에서 점점 더 커지고 있었다. 음악을 비난하는 발언이 어느 때 보다 공격적으로 퍼지고 있었지만, 공영텔레비전의 두 채널 모두 방송을 시작하기 전에 국가를 틀었고 다른 프로그램에서도 음악이 흘러나왔다. 우리 집 근처에는 음악 카세트테이프를 파는 가게가 있었다. 사진은 금지사항Haram이라는 꼬리표가 붙었지만, 집 근처에는 사진관도 있었다. 국왕의 사진은 모든 지폐에 인쇄되어 있었고, 거리든 실내든 어디에나 걸려 있었다. 남녀가 함께 어울리며 악수하는 것은 금지사항Haram이었지만 텔레비전에서는 우리 정부 인사가 외국의 남녀공식 대표단을 맞이하고, 사우디 남성이 외국 여성과 대화하고 악수하는 장면을 보여줬다.

나에게는 세 가지 선택지가 있었다. 첫 번째는 종교적 신념에도 불구하고 음악을 듣고 텔레비전을 보며 죄를 짓는 것이었다. 이는 죄책감을 무시하고 이런 모순을 받아들인다는 의미가 된다. 그러나 그렇게 한다면 내가 죄인이 되는 것이고, 스스로 용납할 수 없는 일이었다. 두 번째는 음악과 텔레비전에 대해 배운 모든 것을 거부하는 것이었다. 그러나 이 또한 감당하기 어려운 결과를 가져오게 될 것이었다. 내 믿음의 교리를 완전히 거부한다면, 아무리 계속해서 기도하고 금식하고 코란을 읽는다 해도 이슬람교에서 파문당한 사람 취급을 받을 것이다. 세 번째는 이러한 딜레마에서 빠져나올 수 있는 만족스러운 대안을 찾는 것이었다. 그러나 속마음을 털어놓을 사람도 없는데 어디서 그 답을 찾을 수 있겠는가.

❖

나는 늘 물리학을 전공하고 싶어 했었다. 그런데 3학기 동안 교양수업을 이수한 후 물리학과에 등록해보니 규모도 작고 인기도 없는 학과였다. 학생은 나를 포함하여 일곱 명이 전부였다. 아무도 관심 없는 분야를 전공하려고 이렇게 열심히 공부한 건 아니었다. 학교에서 컴퓨터공학과가 가장 인기 있었고 들어가는 것도 가장 어려웠다. 200명 정원에 1,500명의 여학생이 지원하여 학과 입학시험을 쳤다. 전공을 컴퓨터공학으로 바꿔서 등록해도 되겠냐고 대학 당국에 문의했을 때 나는 입학시험을 볼 필요가 없다고 했을 만큼 내 성적은 매우 좋았다. 컴퓨터공학과는 과학대학의 다른 학과들보다 전공과정이 더욱 혹독했기에 200명 중에서 단 60명만이 졸업할 수 있었다.

나는 사촌 언니 파이자와 삼촌에게 돈을 빌려서 첫 컴퓨터를 샀다. 처음에는 과제를 할 때만 컴퓨터를 사용했다. 그러다 인터넷이 도입되면서 상황이 바뀌었다. 이메일로 과제를 제출하고 교수님들과 소통하기 위해서는 집에서도 인터넷 접속이 가능해야 했다. 아버지를 설득하는 게 관건이었다. 어느 금요일에 아버지는 주간 기도회에 참석해서 인터넷이 새로운 악마라는 이맘의 설교를 듣고 돌아왔다. 우리는 아버지가 예전에 위성안테나를 비방할 때와 똑같은 표현으로 인터넷을 비방하는 걸 듣고 또 들어야 했다.

아버지는 내게 인터넷의 위험성을 설교한 카세트테이프까지 전해주었다. 테이프를 들어보니 인터넷이란 악마는 청소년이 감독하거나 책임지는 사람 없이 데이트하거나 메시지를 주고받는 걸 돕는다고 했다. 메신저로 대화하는 것은 무슨 일이 있더라도 피해야 했다. 또한 인터넷은 우리의 순결하고 엄격한 살라피 교리를 오염시키는 사상과 신앙이 들어오는 문이었다. 나는 인터넷에 접속하게 되더라도 이런 대화방에 들어가거나 내 신앙에 나쁜 영향을 줄 만한 어떤 것도 읽지 않겠다

141

고 스스로 다짐했다.(정부는 전 세계로 확산되는 다른 기술혁신에 대해서도 유사하게 반응했다. 카메라가 달린 휴대전화가 처음 나왔을 때 사우디 정부는 이를 금지했다. 2004년에 나는 초창기 노키아 카메라폰을 바레인에서 몰래 가지고 들어왔다. 이렇게 금지된 휴대전화를 판매하는 큰 암시장이 있었는데, 밀수꾼들은 차량 범퍼나 차 문틀 속에 휴대전화를 숨기고 다녔고 세관 공무원과 경찰은 밀수 휴대전화를 찾기 위해 초음파기기를 사용했다.)

인터넷에 가입하려면 유선 전화선이 있어야 했는데 아부야는 무나 언니와 아랍 소년 사건 이후로 집 전화선을 끊어버렸다. 새로 전화선을 연결하려면 통신회사에 아파트 임대계약서를 보여줘야 했다. 내가 생각했던 것보다 상황이 훨씬 복잡해져서 엄마에게 도움을 요청했다. 과제를 제출하기 위해서 인터넷이 필요하고, 비용은 대학에서 받는 지원금으로 내겠다고 설명했다. 엄마는 지역 부동산 사무소에 약간의 비용을 내고 가짜 임대계약서를 구해왔다. 결국 우리는 유선 전화선을 신청했다. 아버지에게는 한 번 더 비밀로 하는 수밖에 없었다.

처음에는 카세트 설교가 생생하게 떠올라 강한 의지가 솟아났다. 나는 살라피 이념을 비난하는 웹사이트에는 접속하지 않았고 대화방에도 들어가지 않았다. 대신 과제를 하거나 친살라피 사이트에 올라온 글을 보면서 믿음을 굳건하게 다졌다. 그러나 정치분석이나 세계 뉴스만큼은 외면할 수 없었다. 인터넷을 검색하고 클릭을 반복할수록 사우디 체제에 반대하는 무수히 많은 사이트를 접하게 되었다. 이런 종류의 사이트들은 검열에 걸려 차단되었지만, 늘 장애물을 피할 방법을 찾아냈다. 나는 극단적인 살라피 이념을 비판하는 기사와 게시글을 읽기 시작했다. 니캅과 노래, 움직이는 생명체를 그리는 것, 충성과 거부에 대한 다양한 의견을 읽었다. 그때까지 나는 이러한 주제에 대해서는 단 한 가지 관점만 알고 있었고, 내가 아는 한 그것은 올바른 견해였다. 그러나 이제는 내가 읽는 모든 것들이 나를 점점 더 괴롭혔다. 내가 삶에서 무조건 수용하고 변호했던 생각들이 매우 이례적이고 과격한 관점이라는 사실을 점점 깨닫게 됐다. 나는 모든 것에 의문을 품기 시작했다. 포럼에 글을 올리고 급진적 사상을 토론하다가 차츰 이를 지양하게 되었다. 나는 다시 그림을 그렸고, 더는 사라가 얼굴을 드러내고 다닌다고 정죄하지 않았다. 처음에는 인터넷, 나중에는 소셜미디어를 접하면서 내 생각과 신념은 엄청난 변화를 겪었다. 2011년 '아랍의 봄'과 함께 소셜미디어가 꽃피기 시작할 때, 나는 자신의 목소리를 내고 있는 나를 발견했다. 여성의 목소리가 거의 들리지 않는 우리나라에서 기적 같은 일이었다.

그러나 그보다 10년 전의 9월 11일. 그 날은 내 신앙이 완전히 바뀐 날이자, 내게 비무슬림에 대한 증오와 적대감을 가르친 교육에 저항하기 시작한 날이었다. 9·11 사태로 인해 사우디 사회는 충격을 받은 사람들과 서구, 특히 미국을 더욱 경멸하게 된 사람들로 양분되었다. 사우디아라비아에는 여러 가지 이유로 미국에 대한 증오가 만연해있었다. 그중 가장 큰 이유는 1차, 2차 걸프전이 끝났는데도 미군 주둔지가 계속 남아있다는 점이었다. 그 밖에 팔레스타인에서 이스라엘과 분쟁이 일어났을 때 미국이 이스라엘을 일방적으로 지지했다거나 이라크 제재가 포위와 굶주림 같은 문제로 비쳤다거나 아랍세계의 독재체제를 미국이 지원한다는 등의 다른 이유도 있었다. 그러나 9월 11일, 우리는 텔레비전 화면 앞에 붙어 앉아 건물이 무너져내리는 장면을 보고 또 보아야만 했다.

우리는 아프가니스탄이나 보스니아, 체첸, 이라크 같은 무슬림 국가들이 피 흘리고 학살당하고 파괴되는 것을 보면서 성장했다. 그런데 이제는 난생처음으로 미국에서 같은 일이 벌어지는 것을 지켜보고 있었다. 짙은 연기 기둥이 하늘로 솟아오르며 불타고 있는 쌍둥이 빌딩을 보았을 때 충격과 깊은 슬픔이 뒤섞여 밀려왔다. 내 기억 속에 무엇보다 확고하게 각인된 장면은 희생자가 국제무역센터 고층에서 뛰어내리는 순간이었다. 나는 울면서 혼자 말했다.

"이건 미친 짓이야, 지금 일어나고 있는 일은 이성으로도 양심으로도 받아들일 수 없어."

그날 밤 잠자리에 들면서 이 비극적인 사건에서 무슬림이 아무 역할도 하지 않았기를 하나님께 기도했다.

아침에 눈을 떠보니 9·11 사태는 사우디인 오사마 빈 라덴이 이끄는 알카에다의 공격이었다는 뉴스가 나왔다. 곧이어 열아홉 명의 납치범 중 열다섯 명이 사우디인이라는 소식이 들렸다. 지난날 아프간 전쟁의 영웅들이 바로 이번 공격을 저지른 괴물들이었다. 충격이었다. 이 사건으로 인해 하나님을 위한 진정한 성전[jihad]이란 과연 무엇인지에 대한 나의 신념이 바뀌었다. 하나님이 무고한 사람들을 죽이라고 요구하셨다는 걸 믿을 수 없었다. 9.11이라는 잔악한 사태 이후 사우디아라비아 내부에서는 테러리스트들의 공격이 연달아 일어났고 수백 명의 민간인과 군인들이 생명을 잃었다. 그때마다 '알카에다'라는 이름이 빠짐없이 등장했다.

나는 살라피주의와 결별했다.

그해 가을, 나만의 애도 기간을 가졌다. 10월 25일 자인 고모가 세상을 떠나셨다. 고모는 고모의 어머니, 즉 나의 할머니인 시티 알와(두 분의 명복을 빈다)가 치매에 걸리자 여러 해 동안 헌신적으로 보살폈다. 고모는 아기를 돌보듯이 할머니를 씻기고, 용변을 치워주고, 옷을 갈아입혔다. 시티 알와가 고모를 모욕하고 폭언하고 소리치고 심지어 집 밖으로 내쫓아도 계속 돌보았다. 고모는 마지막까지 인내하며 효도를 다 했다. "하나님, 제게 고요한 죽음을 허락하소서." 고모는 이렇게 기도하곤 했다. "누구에게도 폐를 끼치지 않도록 해주소서." 하나님은 고모의 기도에 응답하셨다. 고모는 우리에게 작별 인사를 할 기회도 주지 않고 당뇨병성 혼수상태에서 평화롭게 세상을 떠났다. 나는 고모를 정말 사랑했다. 고모가 돌아가시기 전에 뵙지 못했다는 사실에 여러 날을 울며 보냈다. 소식을 듣고 찾아갔을 때는 주검으로 누워있는 모습밖에 볼 수 없었다. 붉은 꽃과 초록 잎이 그려진 화려한 분홍빛 스카프가 고모의 평화로운 얼굴을 감싸고 있었다. 고모의 아름다운 코에는 금장식이 걸려 있었고, 고모의 부드럽고 친절하던 손에는 금팔찌가 걸려 있었다. 고모는 마치 잠을 자는 듯했다. 내가 아무리 고모의 눈을 다시 보고 싶고 마지막으로 단 한 번만이라도 고모를 안아보고 싶다 해도 두 번 다시 깨어나지 않을 잠이었다.

2000년 6월 27일에 지도자Sheikh 하무드 빈 아클라 알 슈에비는 다음과 같은 율법 해석Fatwa을 선언했다. "여성에게 사진이 부착된 신분증을 부여하는 것은 이슬람 율법Sharia에서 허용하지 않는 혐오스러운 행위다. 이는 거대한 종교적, 도덕적,

사회적 악행을 초래할 것이다." 그러나 1년이 조금 더 지난 2001년 11월, 사우디 내무부 장관인 나예프 빈 압둘라지즈 왕자는 22세 이상의 사우디 여성들은 후견인의 서명 동의가 있으면 개인 신분증을 가질 수 있다고 선언한다. 신문들은 이런 새로운 결정을 내린 목적이 여성들의 '활동이 편하도록' 도우려는 것이자 사기와 명의도용을 막기 위한 것이라고 보도했다. 그러나 실제적인 이유는 보안 때문이라고 주장하는 이들도 있었다. 많은 테러미수범이 여성의 옷을 입고 다니다가 체포되었기 때문이다. 어쨌든 조건이 붙긴 했지만, 이제는 신분증 발급이 가능해졌다.

법령이 발포되고 오래 지나지 않아 아버지에게 메카의 민원 상담소에 데려다 달라고 부탁했다. 이유는 말하지 않았다. 상담소 앞에 도착하자 나는 이 일이 마치 행복하고도 놀라운 소식인 양 아버지에게 전하려고 애썼다.

"아부야, 제가 이제는 공식 신분증을 받을 수 있다는 거 아셨어요? 정부에서 이번 주에 결정을 내렸는데, 지금 신청서 내려고 여기 온 거예요."

아버지는 분노와 의혹이 뒤섞인 표정으로 나를 바라보았다. 내 말은 아버지에게 이렇게 들렸던 모양이다.

"난 아버지로부터 독립하고 싶어요, 오늘 이후 나는 아버지가 필요 없어요. 신분증에 부착된 내 사진은 남자들이 다 보게 될 거예요."

이렇게 생각한 이유는 아버지는 내 부탁에 대한 답변 대신 단어마다 힘주어가며 비난을 퍼부었기 때문이다. 아버지는 여전히 내 아버지고 나는 결코 아버지를 저버리지 않을 것이며 계속 아버지에게 순종할 것이라고 항변했다. 대학을 졸업하고 나면 직장이나 다른 장소에서 내 신분을 증명해야 할 때 신분증이 필요할 것이라고 설명했다. 우리가 메카에서 제다를 오갈 때 검문소마다 몇 번이나 멈춰야 했는지, 언니와 내가 아버지 딸이라는 것을 입증하기 위해 아버지가 어떻게 심문을 받았는지, 그러면 우리가 그 증거로 학생증을 보여주는 것 외에 다른 방법이 있었는지를 상기시켰다.

아버지는 꿈쩍도 하지 않았다. 고개를 저으면서 혼자 가라고 손가락으로 상담소 방향을 가리켰다. 아버지의 서명이 없으면 신분증 신청을 할 수 없었지만, 그래도 등록사무실에 가서 눈물을 참으며 기다렸다. 나는 신청서와 후견인 동의서를 들고 마음을 다독이며 아부야의 차로 돌아왔다. 아부야는 나를 보며 빈정댔다. "신분증은 받았니?" 여전히 아버지가 내 운명의 주인임을 분명하게 보여주는 말이었다. 어떻게 해야 할지 알 수 없었다. 엄마와 허위 아파트 임대계약서를 만들 때처럼 그런 식으로 후견인 동의서를 조작할 수는 없었다. 공문서에 그런 짓을 했다가는 정말 사기죄가 될 테니까.

나는 신분증에 집착하게 됐다. 아버지와 냉랭하게 지내면서도 기회만 닿으면 내가 뭘 원하는지 계속 상기시켰다. 그러다 아버지의 단호한 대답을 들으면 상처를 받고 종종 눈물을 떨구어야 했다. "남자가 되고 싶은 거냐?" 아버지는 이렇게 물었다. "그래? 이제 더는 나한테 의지하고 싶지 않다는 거지?" 그래도 나는 지치지 않고 아버지만 보면 동의서를 들고 다가가 끈덕지게 간청했다. 몇 주 후에 마침내 아버지가 항복했다. 우리는 함께 민원 상담소에 가서 내 신분증을 신청했다. 내 신분증에 찍힌 일련번호는 1091이었다. 지난 몇 주 동안 나보다 앞서 신분증을 받은 사우디 여성이 1,090명밖에 안 된다는 뜻이었다. 나는 자랑스럽게 신분증을 지갑에 넣어 가지고 다녔다. 난생처음 내 정체성을 입증해 줄 무언가가 생겼다. 가장 중요한 건 사진이었다. 사진 속의 내 모습은 엉망이었지만 상관없었다. 사진은 내 얼굴, 눈동자, 코와 입을 흐리게 처리하거나 감추거나 가리지 않고 있는 그대로 보여주고 있었다. 이날은 조국에서 나를 사우디 시민으로 인정한 날이었다. 하지만 그보다 더 중요한 의미가 있었다. 신분증은 내가 새롭게 발견한 용기의 상징과도 같은 것이었다. 나 자신을 주장할 줄 아는 용기. 나는 변했고 어쩌면 조금이긴 해도 아버지 또한 변했을 터였다.

8

취직은 했지만, 머물 곳은 없고

성장하는 동안에 우리는 한 번도 용돈을 받아 본 적이 없었다. 동생도 언니도 나도 뭔가 사고 싶은 게 있으면 매일 아침 식비로 받는 돈에서 1리얄이나 2리얄 씩 따로 모아두었다. 당시 나는 영어를 너무 배우고 싶어서 영어알파벳 자석칠판을 탐냈던 기억이 난다. 칠판은 50리얄이었다. 나는 그 칠판을 사려고 몇 주 동안이나 아침 식비를 모았다. 우리가 다니던 학교는 공립학교여서 부잣집 아이는 거의 없었지만 나보다 가난한 학생도 많지 않았다. 한 친구는 옷값으로 500리얄의 용돈을 받았다. 나는 옷에 쓸 용돈이 한 푼도 없었다. 해마다 아버지가 엄마에게 우리 옷값으로 50리얄을 주면 엄마는 그 돈으로 옷감을 사서 무나 언니와 내 원피스를 한 벌씩 만들어줬다. 그래도 학기 초만큼은 책과 학용품을 사러 문방구에 가서 필요한 물건들을 고를 수 있었다. 아부야는 내게 색칠공부책도 사줬다. 하지만 이때를 제외하고는 아버지에게 무언가를 사고 싶다고 말하기가 겁났다. 아버지는 별 이유도 없이 우리를 때렸기 때문에 어떤 빌미도 주고 싶지 않았다.

아부야는 사람들이 찾아오면 인심이 아주 후했다. 알리 삼촌이 리비아에서 올 때면 음식과 선물을 잔뜩 사다 놓았다. 그러나 우리 식구는 중고가구로 꾸민 낡은 아파트에서 살았고, 엄마가 여기저기서 그러모은 장난감이나 우리가 아침 식비를 아껴 산 장난감 이외에는 아무것도 없었다. 한 번은 내 이집트 바비 인형과 관련된 장난감 세트를 사고 싶은 마음이 너무나 간절했다. 그래서 엄마에게 리비아 삼촌이 선물로 준 내 금 액세서리를 몇 점 팔면 안 되겠냐고 물었다. 엄마의 허락을 받은 나는 귀고리와 목걸이 몇 점을 팔았다. 그러고는 엄마가 데려다준 장난감 가게에 가서 바비 인형을 위한 주방세트와 침실세트를 샀다.

엄마는 이따금 아버지가 돈을 잘 번다고 말했다. 몇 년 동안 아버지는 주유소에서 일했다. 하지만 아버지는 그렇게 번 돈을 집에 가져오지도 않았고 은행에 저축하지도 않았다. 아버지는 거의 모든 수입을 사장에게 맡겼다. 집에는 집세와 식비, 전기세, 그 외 약간의 여윳돈만 가져왔다. 우리는 아버지가 사장에게 월급을 맡기는 동안 지긋지긋한 아파트에서 살아야 했다. 내가 중학생이었을 때 아버지가 해고되었다. 아버지는 몇 년 치 월급명세서를 들고 맡겨둔 돈을 받기 위해 사장을 찾아갔다. 현금을 담아오려고 커다란 검정 여행 가방까지 들고 말이다. 그러나 사장은 아버지를 사무실 밖으로 걷어차 내쫓았다. 아부야는 그랜드 모스크에 가서 하나님께 그를 벌해달라고 기도하겠다며 소리를 질러댔다. 그러자 사장은 "그러시지, 얼른 가서 하나님께 날 벌하라고 부탁하셔."라고 말했다. 아부야는 빈손으로 집에 돌아왔다. 식구들은 모두 화가 났다. 우리는 셋집이 아닌 우리 집으로 이사 갈 꿈에 부풀어 있었는데 돈이 사라져버렸다. 우리는 사장을 무조건 믿어버린 아부야 잘못도 있다고 비난했다.

이 사건 이후 아부야는 완전히 변해버렸다. 더는 사람들을 믿지 않게 되었다. 아버지는 정부에서 불하받은 제다시의 택지를 팔았다(사우디 정부는 시민들에게 자기 집을 짓도록 땅을 나눠주곤 했는데, 아버지는 월급에서 따로 떼어 모은 돈으로 그 택지에 집을 지으려던 참이었다). 아버지는 땅을 판 돈으로 중고택시를 샀다. 그리고 메카로 순례자들을 실어 나르던 첫 직업으로 다시 돌아갔다.

이런 일을 모두 겪은 후 좋은 직업을 가져야겠다고 굳게 다짐했다. 대학 4학년을 앞둔 나는 구직활동을 시작했다. 교직은 선택지에 없었다. 남자 고등학교에만 IT 수업이 있었기 때문이다. 사실 여학교에 컴퓨터공학 수업이 생긴다 해도 그토록 참으면서 다녔던 암울한 공립 여학교에 다시 돌아가고 싶지 않았다. 컴퓨터공학은 신설학과여서 석사나 박사과정이 따로 없었다. 석박사 과정에 필요한 교수진이 아직 없었기 때문이다. 일자리를 찾는 시간이 길어질수록 내 전망은 점점 더 어둡게 느껴졌다. 하루는 학과 친구 마람이 어떻게든 일자리를 찾으려는 내 희망에 찬물을 끼얹었다.

"네가 목표로 삼을 만한 최선의 직업은 연수원 강사일지도 몰라."

마람이 말하는 강사 자리는 대학 졸업장도 필요 없었고 보수도 내가 바라던 수준에 미치지 못했다.

"운이 좋으면 4,000리얄 정도 벌 수 있을 거야"

마람은 이렇게 말했다.

이때 언니가 한 번 더 구원투수로 등장했다. 내가 대학 입학할 때 도와줬던 것처럼 말이다. 언니는 내가 졸업반이 되기 전 여름방학 동안 자신이 의대 실습 마지막 해를 보내고 있던 대학병원에서 인턴을 할 수 있도록 도와주었다. 언니는 니캅에 대한 종교적 의미를 믿지 않았기 때문에 병원 밖에서만 썼다. 부모님은 언니에게 한 번도 니캅을 강요하지 않았는데, 아마도 언니가 절대 받아들이지 않을 거라는 걸 알아서 그랬을 것이라고 짐작한다.

과거에 무나 언니와 나는 니캅 문제로도 심하게 충돌한 적이 있었다. 그러나 면접을 보기 위해 대학병원에 들어가던 날, 나도 얼굴을 가리지 말아야겠다고 결정했다. 나는 니캅을 쓰기 시작한 이후로 지금까지 남자들 앞에서 얼굴을 드러낸 적이 한 번도 없었고, 그런 일을 생각조차 해보지 않아서 니캅을 쓰지 않으면 어떤 느낌일지 상상할 수 없었다.

길에서 니캅을 벗어 핸드백에 넣었다. 처음 느껴진 것은 걸을 때 피부에 와닿는 공기였다. 바람이 내 뺨과 이마 그리고 얼굴의 구석구석을 스치고 지나갔다. 어렸을 때 이후로 처음이었다. 숨결도 다르게 느껴졌다. 니캅이라는 장벽이 사라지니 드디어 자유롭게 숨을 쉴 수 있었다. 오랫동안 닫혀있던 어두운 방의 창문을 활짝 열었을 때와 비슷한 느낌이었다. 내 얼굴을 세상에 다시 드러낸 순간이었다.

병원에 도착한 나는 병원의 IT 책임자이자 인턴 면접관인 압델바리 박사 사무실까지 불편한 마음으로 복도를 통과했다. 복도에서 계속 고개를 숙이고 걸었다. 옆으로 남자가 지나갈 때마다 완전히 벌거벗은 느낌이 들어서 그의 시야에서 벗어나려고 걸음을 재촉했다.

사무실에 들어서자 압델바리 박사가 반겨주었다. "평화가 함께 하시길." 그가 인사를 하며 손을 내밀었다. 나는 시선을 떨구었다. 남자와 한 번도 악수해본 적이 없었던 나로서는 선뜻 손을 내밀어 악수를 할 수가 없었다. 나는 진심으로 사과하면서, 이런 내 모습을 지켜보는 사람이 아무도 없다는 사실에 하나님께 감사했다. 여름 인턴십 기회를 내가 망쳐버린 게 틀림없었다. 나는 박사의 책상 맞은편 의자에 깊숙이 앉아 서류 더미만 들여다보고 있었다. 압델바리 박사는 50대 후반의 파키스탄 사람이었다. 백발의 날씬한 체격에 따뜻한 목소리를 가지고 있었다. 사우디 남자들의 전통 의상인 하얀색 긴 토브Thobe를 입고 있었지만, 흰색과 붉은색의 체크무늬 머리 덮개인 셰마그는 쓰지 않았다. 박사는 공립학교 출신인 내가 인턴십에 필요한 영어로 말하자 놀랐다. 내가 다니던 공립학교는 영어의 기본 규칙만을 가르친다고 알려진 곳이었다. 나는 언어공부를 워낙 좋아해서 스스로 독학했다고 말했다.

"당신의 실력을 입증한다면 보수로 1,000리얄을 줄게요."

박사가 말했다.

긴 업무시간에 비해 너무 적은 급여였지만 인턴십 경력이 낮은 임금을 보상하고도 남았다. 매일 아침 여섯 시에 일어나 여덟 시까지 사무실에 출근하면 오후 다섯 시에 업무가 끝났다. 메카로 돌아오는 퇴근길은 한 시간이 걸렸다. 나는 병원에서 남녀가 함께 일하는 걸 보고 매우 놀랐다. 내가 근무할 부서에서 사무실 책상을 배정해줬는데, 케냐에서 온 여자 인턴 수Sue와 같은 공간에서 일하게 되었다. 우리가 함께 일할 팀은 세 명의 남직원과 한 명의 여직원으로 구성되어 있었다. 그중 사우디아라비아 사람은 아무도 없었는데 그편이 왠지 좀 더 편안하게 느껴졌다. 아버지와 동생 외에 다른 남자들을 상대하는 것이 처음이라 호기심이 가득일었다. 나는 마치 나만의 특별한 토끼굴에 빠진 이상한 나라의 스물 몇 살짜리 앨리스 같았다.

나는 접수대 직원을 포함해서 누가 됐든 내게 몇 마디라도 말을 걸어오는 남자들에게 마음을 빼앗겼다. 처음에는 한 남자에게 집착하다가 일주일쯤 지나면 다른 사람에게 푹 빠져 있었다. 남자들이 말하는 방식, 그들이 입는 옷, 머리 스타일, 손과 걸음걸이 등 세세한 부분까지 예의주시하고 있었지만 내 감정은 절대 드러내지 않았다. 혹시라도 상대방이 눈치챌까 두려워 내내 차갑고 무심한 분위기를 유지하려고 애썼다. 그렇게 여름이 지나갔다. IT 부서는 약속했던 급여를 주지 않았다. 그 대신 내 생애 최초의 경력증명서를 주었다. 어쩌면 무엇보다 중요한 건 난생처음으로 남녀가 분리되지 않는 정상적인 업무환경에서 일해 본 경험일 것이다.

내가 얼굴을 드러내고 부모님과 바깥 또는 메카의 공공장소를 돌아다닌다는 건 상상조차 할 수 없는 일이었다. 이는 우리 사회 분위기상 절대로 용납될 수 없는 일이었다. 사촌 아말은 베두인족 출신인 자기 외할머니 얼굴을 한 번도 본 적이 없었다. 가족끼리 있을 때조차 할머니는 얼굴을 가린 천을 벗지 않았다. 내가 동부로 이사한 지 수년이 지난 후에야, 아버지는 처음으로 내가 사람들 앞에서 얼굴을 드러내고 있는 모습을 보았다. 그때도 아버지는 내게 매우 화를 냈다. 여러 번 내게 다시 니캅을 쓰라고 명령했다. 나는 그러겠다고 대답하고는 쓰지 않았다. 시간이 흐르면서 부모님은 차츰 니캅을 쓰지 않은 내 모습에 익숙해졌다.

니캅을 쓰고 자란 내 친구들은 이제는 두 그룹으로 나뉜다. 첫 번째 그룹은 나와 같은 의견으로 집에 있을 때처럼 히잡만 써도 충분하다고 주장한다(사우디아라비아에 사는 모든 여성은 무슬림이 아니어도 집을 나설 때는 아바야를 입어야 한다). 두 번째 그룹은 사회적 압력이나 남편의 명령 또는 자신의 믿음 때문에 니캅을 고수한다. 그러나 일상생활에서 늘 니캅을 쓰는 내 친구들도 외국에 나가서는 아무도 니캅을 쓰지 않는다. 대신 히잡을 쓰거나 아무것도 쓰지 않고 다닌다.

사우디 여성들이 출국하면서 베일을 벗는 현상은 너무나 잘 알려진 터라 튀니지에서 온 직장동료가 이런 농담을 했을 정도다. "튀니지 여성들은 외국행 비행기를 타면 히잡을 쓰지. 그런데 사우디 여성들이 비행기를 타면 히잡을 벗어!" 이런 현상은 일정 부분 세속법과 종교법이 배경으로 작용한 면이 있다. 튀니지 국가 법률은 히잡 쓰는 것을 금지했고, 사우디 종교법은 히잡을 쓰도록 강제했기 때문이다. 나는 간단하게 반박했다. "둘 다 국가가 개인의 사생활에 관여해서 생기는 일이야. 이런 간섭 때문에 개인이 두 개의 페르소나를 갖게 되는 거지. 사람들은 어찌 되었건 분리된 두 개의 삶을 살아가거나, 아니면 국가가 감시하지 않을 때 강제

당한 쪽을 위반하는 거지."

니캅이 무슬림 여성과 이교도 여성을 구분한다는 주장은 논쟁을 더욱 복잡하게 만든다. 나는 시간이 흐를수록 얼굴을 가리지 않은 여성을 이교도라 표현하는 건 정말 어리석은 일이라고 믿게 되었다. 한 번은 담맘에서 제다로 가는 비행기에서 열 살쯤 되어 보이는 여자아이와 나란히 앉게 되었다. 가족과 떨어져 앉아있길래 아이와 대화를 나누었다.

"이교도세요?"

아이가 갑자기 내게 물었다.

"왜 내가 이교도일 거라고 생각해?"

"얼굴을 가리지 않았으니까요."

아이가 대답했다.

내가 검은 아바야를 입고 히잡을 쓰고 있었는데도 아이는 내가 무슬림이 아닐 거라 여긴 것이다.

대학 3학년 여름에는 술탄이란 내 또래 남자가 우리 가족에게 찾아와 결혼을 의논한 일도 있었다. 술탄은 친가 쪽 사촌이었다. 대부분 열여덟 살에 하는 결혼을 언니와 나는 용케 피하고 학업을 마칠 수 있었지만, 나 같은 젊은 여성의 경우 사회적 규범의 제약에서 완전히 벗어날 수는 없었다. 졸업을 준비하는 동안 구혼자가 우리 집 문을 두드리면 우리는 그를 환영하며 맞아야 했다. 나는 결혼을 최종적으로 결정하는 단계에서 미래의 신부와 신랑에게는 큰 발언권이 없는 '슈퍼마켓 방식'에 강력하게 반대했다. 구혼자의 어머니가 먼저 신붓감을 보고 마음에 들면 집에 돌아가서 아들에게 그 신붓감에 대해 설명한다. 그다음에는 신랑감과 그의 아버지가 신붓감의 아버지를 만나러 오는데 이때 신랑감도 신붓감을 잠깐 보게 된다. 이렇게 감독하에 진행되는 맞선을 쇼우파shoufa라고 하는데, 이는 처녀와 총각이 결혼하지 않은 상태에서 서로를 볼 수 있는 유일하게 합법적인 방법이다.

술탄의 어머니가 우리 엄마를 만나러 오는 날이 되었다. 나는 그분이 보잘것없는 우리 집을 보게 된다고 생각하니 너무 화가 났다. 게다가 입을만한 옷은 학교에 갈 때 입는 것뿐이었다. 아버지는 친척 집 외엔 아무 곳도 다니지 못하게 했고, 할머니와 고모가 세상을 떠났기 때문에 남은 친척은 삼촌밖에 없었다. 딱히 외출할 곳이 없었던 탓에 내게는 격식을 갖춘 드레스나 화려한 색감의 롱스커트도 우아한 블라우스도 없었다. 친구 지한에게 입을 옷을 몇 벌 빌렸다. 한 번도 남의 옷을 빌려본 적이 없던 터라 정말 부끄러웠다. 술탄의 어머니가 도착하자 내가 직접 커피와 주스를 대접했다. 사우디 문화에서는 구혼자의 어머니가 점찍어둔 신붓감을 잠깐 볼 수 있도록 하는 게 관습이다. 그러나 두 사람이 대화하면 안 되고, 미래의 시어머니가 집을 방문할 때 절대 신붓감이 직접 문을 열고 맞아서도 안 된다. 술탄의 어머니 앞에서 나는 내 옷이 아닌 남의 옷을 입고 마음속으로는 다른 생각을 하며 서 있었다. 나는 그저 몸만 움직이고 있었다. 내가 그분 마음에 들지 않아 신랑감 쪽에서 퇴짜 놓기를 바랐지만, 그분은 엄마에게 다시 전화를 걸어 술탄과 그의 아버지가 우리 아버지를 만나러 올 날짜를 잡았다. 이전에는 복잡한 마음이었지만 이제는 온몸의 세포 하나하나가 격렬하게 저항하고 있었다. 대학 친구들이 약혼식이나 결혼식 사진을 학교에 가져와서 함께 볼 때는 결혼이나 약혼을 해도 괜찮겠다는 생각이 들었다. 그러나 혼자 있을 때면 공부와 일을 더욱 잘해서 우리 가족이 가난에서 벗어날 수 있도록 도와줄 직업을 갖게 되기를 꿈꿨다. 결혼은 상상할 수도 없었다. 차츰 내가 결혼을 혐오하는 진짜 이유를 곰곰이 생각해보게 되었다. 이발사 압둘라임과 피 묻은 노란 잘라비야의 기억이 물밀 듯이 밀려왔다. 나는 부모님께 약혼절차를 마무리 짓는 데 더는 관심이 없다고 말씀드렸다.

"거절하는 이유를 한 가지만 대봐!"

아버지가 따지듯 물었다. 그 순간 나는 인생에서 단 한 번 아버지에게 진실을 말했다.

"할례를 받던 날, 나는 끔찍하리만큼 추해졌어요. 도저히 결혼할 수 없을 것 같아요. 나는 아버지도 평생 용서할 수 없을 거예요."

그 몇 문장으로 마침내 여덟 살 때부터 마음속에 누르고만 있었던 책망과 무력함 그리고 좌절감을 말할 수 있었다. 아버지에게 상처를 주고 싶었다. 비록 두 눈을 감고 언제 날아올지 모를 따귀를 각오하고 있었지만 말이다. 그러나 아무 일도 일어나지 않았다. 아부야는 그냥 돌아서서 방을 나가버렸다. 그리고 다시는 내 결혼에 관한 이야기를 꺼내지 않았다.

❖

2002년에 나는 최고등급학위First-class honors와 높은 평균학점으로 졸업을 준비하고 있었지만, 여전히 직업을 구하지 못한 상태였다. 5년 동안 열심히 공부했지만, 결국 집에 있어야 한다고 생각하면 마음이 황폐해졌다. 동부지역 출신인 학과 친구 마르와가 대기업인 사우디 정유회사 아람코에서 여름 인턴십 프로그램을 진행한다고 알려주었다.

"인턴 한 달 급여가 4,000리얄이래."

나는 그때까지 여자도 아람코에서 일할 수 있는지조차 모르고 있었다. 제다에 있는 아람코 사무실에는 남자들만 근무했기 때문이다. 자리를 잡고 싶은 마음이 간절했다.

"내가 지원할 수 있도록 도와줄래?"

마르와는 그러겠다고 대답했다.

나는 마르와에게 필요한 서류를 모두 넘겨주고 기다렸다.

"마날, 가방 챙겨."

그가 내게 전화를 걸어 건넨 첫마디였다. 이어서 이번 여름에 우리가 함께 일하게 되었다고 했다.

인턴십을 하려면 동의서에 아버지 서명이 필요했다. 하지만 이번만큼은 흔쾌히 서명할 수 있는 동의서였다. 사우디 사람이라면 누구나 아람코에서 일하는 게 꿈이었다.

"그 회사에서 일하다니 영광스럽구나."

아버지는 자랑스럽게 말했다.

나는 난생처음으로 완전히 혼자가 되었다.

지금도 내 보물상자에 그 당시 제다에서 동부 도시 담맘으로 향했던 비행기 표를 간직하고 있다. 이 표를 보면, 가난하고 비참한 동네의 말썽 많고 늘 분노에 차 있던 우리 집을 떠나, 내가 여태까지 알고 있던 모든 것들과 정반대인 세계로 향했던 그때의 여정이 떠오른다. 나는 아람코의 외국인 채용부서에서 일하기로 계약했다. 공항에는 알리 삼촌으로 불리는 우리 부서의 운전기사가 마중을 나왔다. 차를 타고 아람코 사원숙소 단지의 정문을 통과할 때 나는 인생에서 가장 큰 충격을 받았다. 마치 낯선 땅에 처음 도착한 것처럼 차창 밖을 뚫어지게 쳐다보았다. 주변에 보이는 것 중에서 내가 알고 있던 사우디아라비아와 비슷한 것은 아무것도 없었다. 깨끗하게 정돈된 거리에는 가로수와 푸르게 우거진 공원과 분수가 있었다. 미국식 목조주택들의 커다란 창문에는 대부분의 사우디 주거용 건물 창에서 볼 수 있는 방범용 쇠창살이 없었다. 집 주변에는 높은 담 대신 아름다운 정원이 펼쳐져 있었다. 우리는 머리에 아무것도 쓰지 않은 채 선글라스를 끼고 차를 운전하는 여성 곁을 지나쳤다. 그 모습에 반한 나는 그에게 눈을 떼지 못한 채 좀 더 자세히 보기 위해 목을 길게 뺐다. 거리에는 아바야를 입지 않은 여성들이 걷고 있었다. 심지어 그 중 몇몇은 달리거나 자전거를 타고 있었다.

"우리가 지금 사우디에 있는 거 맞나요?"

알리 삼촌에게 물었다. 뒷거울을 보니 그가 웃고 있었다.

관리사무소에서 공동주택의 열쇠를 받았다. 아람코 다란 캠프 6번가 622호였다. 치대생인 리마와 디나, 또 나처럼 컴퓨터공학을 전공한 알리아와 함께 살게 되었다. 나는 꽉꽉 채워 넣어 터질 듯한 작은 가방을 들고 새로운 집으로 향했다. 내가 살 집은 영화에서 본 그대로의 미국식 주택이었다. 개방형 주방과 뒤뜰이 있었고 햇살이 쏟아져 들어오는 큰 창도 있었다. 모든 것이 깔끔하게 정돈된 집이 나를 기다리고 있었다. 그 집에서 가장 마음에 들었던 것은 식기세척기도, 자동세탁기도 아니었다. 물론 둘 다 멋진 제품들이었지만 말이다. 내가 가장 좋아했던 것은 찬물과 더운물이 따로 나오는 두 개의 수도꼭지였다. 사실 사우디아라비아

155

에서도 이 정도는 매우 흔했지만, 우리 집에는 한 번도 없던 시설이었다. 우리 아파트 건물은 너무 노후해서 매달 외부의 공동 물탱크에 물을 채우면 보통 3일 안에 바닥이 났고 그러면 월말까지 수돗물 없이 살아야 했다. 그래서 우리는 아파트 안에 작은 물탱크를 두고 발코니에 큰 물탱크를 따로 뒀다. 그리고 매일 몸을 씻거나 이를 닦는데 필요한 최소한의 물만 받아서 사용했다. 무나 언니와 나는 아버지에게 끊임없이 불평했지만 바뀌는 건 아무것도 없었다. 그해 여름 나는 목욕에 푹 빠져 지냈다. 아침저녁으로 몇 시간씩 욕조에 들어앉아 있었다. 난생처음 수도꼭지에서 흘러나오는 목욕물을 실컷 즐기기로 마음먹었다.

나는 고용사무소에서 인턴으로 업무를 시작했다. 압둘하디라는 남자가 내 상사였다. 젊고 활달한 사람이었다. 그는 모든 게 빨랐다. 말도 걸음도 손도 빨랐다. 그가 하는 말은 절반도 이해하기 어려웠지만 명랑한 사람이라 함께 일하는 게 참 좋았다. 압둘하디는 내게 많은 양의 업무를 할당했는데 그중 대부분이 처음 해보는 일이었다. 나는 차근차근 배워가며 업무를 수행했다. 그러다 보니 사람들로부터 감사와 인정을 받았는데, 부서장이 특히 그랬다. 월말이 되자 첫 월급이 나왔다. 나는 엄마와 아부야의 선물로 라도 시계를 샀다. 엄마는 세상을 떠날 때까지 작은 다이아몬드 칩이 숫자판을 빙 두르고 있는 그 금시계를 차고 있었다. 아부야는 지금도 매일 그 시계를 차고 다닌다.

여름 끝 무렵 부서장은 내게 부서에 빈자리가 났다고 알려주었다.

"지원서를 내보는 게 어때?"

부서장의 권유를 받았지만, 압둘하디가 내 친구 마르와에게 이미 그 자리를 제안한 후였다. 그러자 부서장은 나를 위해 다른 빈자리를 찾아주려고 노력했다. 어느 날 아침 부서장은 IT 사업라인에 정보보호국이 새로 생겼다고 알려주었다. 거기서는 당시 대졸자들을 고용하고 있었는데, 구직을 하고 있던 나에게는 자리를 얻을 좋은 기회였다. 내 전공과 관련이 깊은 부서였다. 고용사무소도 컴퓨터공학과 관련된 사람들로 신청자격을 제한했다.

나는 면접을 두 번 봤다. 모든 경쟁자가 미국에서 대학을 졸업한 사람들이었지만, 그들을 물리치고 내가 그 자리를 차지했다.

"공식 직책을 받았다고요?"

나중에 압둘하디가 내게 물었다.

"당신이 그냥 계약직으로 고용될 줄 알았어요. 정말 행운아네요."

당시 나는 계약직과 정규직의 차이를 잘 몰랐다. 그저 일자리를 얻는 것만 중요했다. 나중에야 내가 얼마나 운이 좋았는지 비로소 알게 되었다. 계약직 근로자는 1년 단위로 고용되었다. 언제든 업무가 종료될 수 있었고, 정직원이 누리는 의료보험이나 다른 혜택들도 받을 수 없었다. 더구나 아람코의 정직원이 되기란 매우 힘든 일이었다. 나는 계약서에 서명하면서 거기 적힌 나의 초봉이 믿어지지 않았다. 8,000리얄에 최고등급학위가 있다는 이유로 400리얄이 추가되었다. 이는 학과 친구 마람(내가 꿈꿀 수 있는 최대치는 연수원 강사라고 말했던)이 장담했던 월급의 두 배였다.

하지만 계약서에는 다음과 같은 조항이 파란색 줄로 지워져 있었다. '고용자가 원하면 회사는 근무지역의 사원주택단지에 숙소를 제공할 것이다.' 나는 이 항목이 왜 지워졌는지 물어보았다.

"미안합니다, 사우디 여성은 사원단지에서 살 수 없어요."

담당자인 여성은 이렇게 말했다.

"사우디 남성들은 괜찮나요?"

내가 물었다.

"네, 사우디 남성들은 다른 나라 남성, 여성들과 거기서 같이 살 수 있어요."

"하지만 저는 인턴인데요, 인턴 자격으로 단지 내 숙소를 받았거든요. 왜 정규직 직원으로 고용된 지금은 안 된다는 거죠?"

"올해부터는 회사에서 여성 인턴들에게도 숙소를 제공하지 않아요."

담당자는 이렇게만 대답했다.

아무도 그 이유를 설명하지 못했다. 내무부에서 금지 명령을 내렸다는 소문이 있었다. 그러나 만약 그렇다면 내무부는 왜 아람코 단지 내에서 여성이 운전하는 것은 금지하지 않는가? 술 소비도 금지하고, 남녀가 한 데 섞여 일하지 못하도록 해야 하고, 영화관도 폐쇄하고, 여성들에게 아바야를 입으라고 요구해야 할 것 아닌가? 어떤 이들은 사우디 여성이 나쁜 행실로 강제 퇴거당한 일이 있어서 그 결과로 이렇게 되었다고 했다. 이유야 무엇이든 간에 결과는 상상했던 것보다 훨씬 더 심각했다. 내무부에서는 사우디 여성이 후견인이나 마흐람 없이 호텔이나 가구가 딸린 아파트에서 사는 것을 금지했다. 법적으로 집주인이 여성에게 세를 주는 것도 금지하고 있었다. 설령 집세를 내는 사람이 여자라 해도 임대계약서는 남자 이름으로 써야 했다.

고용계약서에 서명하면서 혹시 실수한 건 없는지 얼른 훑어보았다. 메카에서는 이미 떠나왔는데 어디서 살 곳을 찾는단 말인가? 이번에도 후견인 동의서가 필요했지만, 혹시라도 서류에 서명해주지 않을지도 모르기 때문에 아버지에게는 집 문제를 이야기하지 않았다.

엄마에게 전화했을 때, 우리의 대화는 의례적이었고 씁쓸하면서도 다정했다.

"축하해, 딸,"

엄마는 어딘지 슬프게 말했다.

"좋은 소식이 있어요, 엄마!"

나는 엄마를 안심시키려 말했다.

"우리 이제 가난하고 쪼들리게 살지 않아도 돼요. 새롭고 더 나은 삶을 살 거예요, 내가 약속할게. 엄마, 오늘부터 재봉틀 더 안 돌려서도 돼요."

"하지만 네가 이렇게 멀리 떨어져 살 거잖아."

"내가 찾아뵐게요, 엄마. 비행기로 두 시간인데 뭘."

그 모든 일에도 불구하고 엄마와 아버지가 너무너무 보고 싶을 거라는 건 확실했다. 그러나 단 한 순간도 우리 동네가 그리울 거란 말은 차마 못 하겠다. 우리의 문제, 불행, 내 사생활에 대한 끊임없는 간섭들이 그리울 리 없었다. 모두 내가 벗어나려고 발버둥 치던 것들이었기 때문이다. 엄마와 통화한 후 학과 친구 마람에게 전화했다.

"마람, 축하해줘. 지금 아람코와 계약서를 썼는데, 월급이 네가 장담했던 액수의 두 배야. 멋진 소식 아니니?"

그러나 친구의 냉랭한 반응이 놀라웠다.

"아람코라면 남자들과 일하는 거 아냐! 넌 결혼은 못 하겠구나, 마날. 지금도, 앞으로도 넌 결혼하긴 틀렸어."

이후 나는 마람과 두 번 다시 통화하지 않았다.

여름 인턴십 과정이 끝나고 고용계약서가 마무리되는 동안 나는 메카에서 지내야 했다. 초여름에 부모님 아파트의 건물주는 낡은 아파트를 허물고 가구가 딸린 새로운 아파트를 재건축해서 메카 순례자들의 숙소로 임대하겠다고 결정했다. 결국 우리 가족은 퇴거당했다. 새로 이사한 집에 가보니 충격적이었다. 예전에 우리가 살던 아파트가 낡고 비참하다고 생각했는데, 이사한 집에 비교할 바가 아니었다. 나는 매주 아람코 고용사무소에 전화해서 내가 언제 돌아갈 수 있는지 확인했다. 메카에서 지내면 지낼수록 점점 더 숨이 막혀왔다. 하나님께 이 시간이 길어지지 않도록 도와달라고 기도했다. 그리고 미래를 구상하며 시간을 보냈다. 우선 처음 두 달 치 월급으로 새로운 동네에 새 아파트를 구해서 식구들에게 이사하자고 할 작정이었다. 더는 기다릴 수 없었다.

하지만 그전에 우선 내가 살 곳을 구해야 했다. 그렇지 않으면 취직은 했는데 노숙자가 될지도 모른다. 길게만 느껴지던 두 달이 지나고 2002년 10월 초 아람코에서 서류가 준비됐다고 연락이 왔다. 이제 아버지가 후견인 동의서에 서명만 하면 나는 동부지역으로 가는 비행기 표를 받게 된다.

2002년 10월 9일 목요일 아침, 부모님은 제다 공항으로 배웅을 나왔다. 나는 부모님 기대에 어긋나지 않도록 살겠다고 약속했다. 머릿속은 수많은 질문으로 복잡했는데, 특히 오늘 밤 도착하면 당장 머물 곳이 없다는 게 문제였다. 지갑에는 현금 500리알이 전부였다. 인턴으로 아람코 외국인 인사팀에서 근무할 때 우리는 신입 외국인 직원들을 맞이하는 구체적인 규정집을 가지고 있었다. 먼저 공항에서 만난 후 그들을 회사로 데려와 일할 곳을 보여준 다음, 직원 주택단지를 함께 둘러본다. 그 과정을 통해 신입 직원들은 이곳을 편안하게 느끼며 적응하기 시작한다. '여기가 은행이에요. 여기는 슈퍼마켓과 세탁소고요. 여기가 우체국, 여기는 이발소, 이쪽에는 극장과 레스토랑이 있어요.' 그렇게 둘러본 다음 마지막으로 관리사무소에 가서 신입 직원들은 숙소 열쇠를 받는다. 숙소에는 필요할 만한 모든 물품이 갖춰져 있다. 새 수건, 샴푸, 칫솔, 식기, 세탁비누, 일주일 분의 먹거리가 준비되어 있다. 나도 도착하면 다른 신입 직원들과 마찬가지로 그런 대우를 받을 줄 알았다. 23년이나 사우디 여자로 살았으면서 아직도 이렇게 뭘 몰랐다.

담맘 공항에 도착해서 내 작은 가방을 찾았다. 내가 가진 모든 것, 옷과 신발을 비롯하여 책을 제외한 모든 소지품이 들어있는 작은 여행 가방이었다. 공항에는 나를 마중 나온 사람이 아무도 없었다. 알리 삼촌도 다른 누구도 보이지 않았다. 나는 공항 택시를 타고 기사에게 다란 고용사무소에 제출할 영수증을 부탁했다. 고용사무소에서도 나를 맞이해주는 사람은 아무도 없었다. 마치 길을 잃은 사람처럼 느껴졌다. 압둘하디의 사무실로 가보자는 생각이 겨우 떠올랐다. 그는 지난 여름 나를 많이 도와준 사람이었다. 어쩌면 이번에도 도와 줄지 모른다.

압둘하디는 나를 따뜻하게 반겨주었다.

"여기서 이제 어디로 가야 할지 모르겠어요."

나는 사정을 설명했다.

"일하는 곳이 어디에 있는지도 모르겠어요."

"걱정하지 말아요, 마날."

그는 나를 안심시켰다. 압둘하디는 알리 삼촌에게 나를 사무소까지 태워달라고 부탁하고, 뭐든 필요하면 자신에게 전화하라고 했다.

"실은, 오늘 밤 어디서 지내야 할지도 모르겠어요."

나는 사실대로 털어놓았다.

"아람코 회사에서 숙소를 제공하지 않겠대요."

압둘하디는 규정상 내가 필요하다고 하면 우리 부서에서 호텔 방을 제공하게 되어있다고 했다. 하지만 그도 어떻게 될지 확신하지는 못했다. 여성은 마흐람이나 후견인의 동의 없이 방을 빌리는 것이 허용되지 않기 때문이다. 나는 그의 조언에 감사를 표하며 알리 삼촌의 차를 타고 새로운 사무실로 향했다.

우리 부서가 있는 구역에 도착해보니 황량했다. 아람코 단지의 다른 구역들로부터 외떨어진 곳이었는데, 1층 조립식 주택들이 늘어선 모습이 그리 매력적으로 보이지는 않았다. 칙칙한 모래 빛을 띤 건물 벽도 한몫했다. 그러나 적어도 나는 이곳에 도착하지 않았는가. 이렇게 마음을 추스르며 3133번 건물에 들어가 정보보호국을 찾아갔다. 나는 정보보호국 소속 남자 두 명을 이미 알고 있었다. 40대 남성인 부서 기획자는 기획부의 부장이었는데, 나를 데리고 규정준수 평가부의 부장 사무실로 갔다. 내 새로운 상사가 될 사람이었다. 그는 30대 초반 정도로 보였다. 턱수염을 짧게 기르고 웨스턴 스타일의 바지와 셔츠를 입고 있었는데, 입 모양새가 어딘지 영화 〈대부〉의 돈 비토 콜레오네(말론 브랜도 역)를 닮은 듯했다. 한편 기획부 부장은 사우디 전통 의상인 로브를 입고 셰마그를 쓰고 있었다. 두 사람모두 내가 면접을 봤던 팀에 소속된 부장들이었다. 새로운 상사는 나를 환영하며 이렇게 말했다.

"다른 부서 부장들이 마날 씨를 서로 데려가려고 해서 우리 팀에서 같이 일하겠다고 설득하느라 혼났어요."

적어도 한 개 이상의 부서에서 나를 고용하고 싶어 했다는 말을 들으니 기분이 좋아졌다. 살짝 불안했던 마음이 말끔히 걷혔다. 기획부 부장은 내게 회사 곳곳을 안내해주었다.

"여기가 당신 사무실이에요."

그는 칸막이가 설치된 작은 방을 가리키며 말했다. 방에는 나무 패널 상판이 깔린 베이지색 알루미늄 탁자와 바퀴 달린 사무용의자가 있었다. 나머지 비품은 다어디에 있지? 의아했다. 이런 곳에서 어떻게 정보를 보호한단 말이지? 인터넷이 연결된 데스크톱 컴퓨터와 전화기는 나중에서야 받았다. 우리는 서버가 잔뜩 놓여있는 작은 작업실을 지나갔다. 작업실에는 내 또래쯤 되어 보이는 두 남자가 노트북 화면을 들여다보며 업무에 몰두하고 있었다.

"암로는 규정준수 평가그룹에서 일하는 마날 씨의 동료예요. 칼리드는 미국에서 온 정보보안 컨설턴트고요."

부장에게 그의 직책을 들으니 귀가 쫑긋해졌다.

"여기서 무슨 일을 하세요?"

이를 시작으로 나의 질문 공세가 봇물 터지듯 이어졌다.

"우리는 침투 테스트를 수행하고 있어요."

두 사람이 동시에 대답한 새로운 용어가 내겐 낯선 상형문자처럼 느껴졌다.

우리는 계속해서 회사를 둘러보았다. 여긴 남자 동료, 여긴 다른 남자 동료, 그리고 다음 방에는 또 다른 사람. 회사의 이곳저곳을 다 둘러보고 나서 기획부 부장에게 혹시 소개를 빠트린 사람이 있는지 물었다.

"아뇨, 없어요, 마날 씨. 확실하게 다 인사했어요."

"그럼 여기엔 저 말고 여자가 한 명도 없는 건가요?"

"네, 없어요."

당시 상황이 그랬고 이후 내가 아람코에서 일하는 10년 동안에도 마찬가지였다. 정보보호국에 전문 기술직원으로 고용된 여성은 나 이외에는 아무도 없었다. 단한 번 계약직 여직원이 고용되어 1년간 함께 일한 적은 있었다. 2008년에 정규직으로 회사에 들어온 여성은 영문학 학사로 기술 프로젝트에는 전혀 참여하지 않았다.

나는 기획부 부장에게 오늘 밤 내가 머물 곳이 없다는 말을 꺼냈다.

"어떻게 해야 할지 모르겠어요."

내 말에 그는 여기저기로 전화를 하더니, 사무실에서 10분 거리인 다란 국제호텔에 내 방을 예약했다고 알려주었다.

"내 이름으로 방을 예약했고 비용은 부서에서 낼 거예요."

그가 말을 이었다.

"동반자가 없는 여성이라 호텔에서는 마날 씨가 직접 방을 예약하지 못하게 할 거예요. 호텔을 드나들 때 다른 사람들 눈에 띄지 않도록 조심하세요. 당신이 거기 혼자 있다는 걸 누가 알게 되면, 종교경찰과 큰 문제가 생길 테니."

그가 너무나 고마웠다. 그러나 곧 두 번째 벽에 부딪혔다.

"내일 회사는 어떻게 오죠?"

그는 내게 택시회사 전화번호를 건네주면서 부서에서 첫 주 요금을 낼 거라고 했다.

"일주일 동안 숙소를 알아보고 나서 방을 비워주면 돼요."

라고 덧붙였다.

호텔 입구 간판에 별 다섯 개가 붙어있었지만, 내가 배정받은 방은 더러웠고 낡은 가구로 채워져 있었다. 그러나 안심이 되어서인지 아무래도 상관없었다. 나는 엄마에게 전화를 걸어 안심시켰다.

"걱정하지 마세요, 엄마."

지금 어디에 머물고 있는지 묻는 엄마에게 이렇게 대답했다.

"회사에서 아람코 단지에 있는 주택을 줬어요. 아람코 버스를 타고 회사에 가면 돼요. 난 잘 지내고 있으니까 아부야에게도 그렇게 전해줘요."

사실은 엄마에게 울며 이렇게 말하고 싶었다. '난 완전히 혼자예요, 엄마. 지금 낯선 도시의 호텔에 있어요. 돈 한 푼 없는 파산상태고, 뭘 어떻게 해야 할지 모르겠어요.' 그러나 그러면 안 된다는 걸 잘 알고 있었다. 부모님은 당장 집으로 돌아오라고 할 테니까.

나는 침대에 앉아 귀에서 이어폰을 뺐다. 사방이 고요하니 어쩌다 들리는 소리가 더 크고 시끄럽게 들리는 듯했다. 내 방과 옆방은 연결되어 있었는데, 서로 통하는 문은 잠겨 있었다. 밤이 되자 문 너머로 남자와 여자의 목소리가 들렸다. 이웃이 있는 셈이라고 혼자 생각했다. 그러나 두 사람이 섹스를 시작하자 마음의 평정이 깨지고 곧바로 공황 상태가 되었다. 옆방에서 들리는 소리가 너무 무서웠다. 나는 영화에서도 섹스장면을 본 적이 없었고 사람들이 섹스할 때 내는 소리를 들어본 적도 없었다. 텔레비전을 켰다. 여자의 목소리가 커질수록 그 소리를 듣지 않으려고 텔레비전 볼륨을 계속 높였다. 마침내 여자의 소리가 있는 대로 높게 울려 퍼지자 나는 그만 눈물이 터져서 어린아이처럼 훌쩍훌쩍 울고 말았다.

다음 날 프런트 데스크에 가서 옆방과 연결되는 문이 없는 방을 달라고 요청한 후 학과 동기에게 전화했다. 내가 호텔에서 일어난 일을 설명하자 친구는 삼촌이 호텔 근처에 살고 있다며 도와주겠다고 했다. 친구는 삼촌과 통화한 후 다시 내게 전화를 걸어 삼촌에게 내 전화번호를 주었다고 말했다.

"우리 삼촌이 가구가 딸린 아파트를 빌려주실 수 있대. 삼촌은 결혼해서 가족 신분증이 있거든. 내일 아침 호텔 앞에서 너를 기다리고 있을 거야."

다음날은 목요일이었는데, 당시 사우디아라비아의 주말은 목요일과 금요일이었다(지금은 금요일과 토요일이 주말이다).

다음 날 호텔 앞에 친구의 삼촌 차인 검정색 메르세데스가 정차해있었다. 알리 삼촌(아람코 회사 기사)과 몇몇 익명의 택시 운전사들 외에는 남자와 단둘이서 차를 타본 건 그때가 처음이었다. 나는 쭈뼛대며 차 문을 열고 뒷좌석에 올랐다. 친구의 삼촌이 말했다.

"내가 지금 운전기사로 보이니? 앞 좌석으로 와서 같이 타자꾸나."

얼굴이 뜨거워졌다. 나는 검정 스카프로 얼른 얼굴을 가리고 마지못해 앞 좌석으로 옮겼다. 그리고 가급적 차 문 쪽으로 몸을 붙이고 앉았다.

"안녕하세요, 삼촌?"

사우디 문화에서는 연장자를 부를 때 존중의 의미로 삼촌이나 고모라 부르는 게 관례다. 그래서 회사에서도 알리 삼촌이라고 부른다. 우리는 상대가 같은 또래거나 더 어린 사람이 아니라면 누구도 이름으로 부르지 않는다. 친구의 삼촌은 검정 선글라스를 쓰고 있었다. 그는 자신을 이름으로 불러달라고 대답했다.

나는 가구가 딸린 아파트를 찾고 있다고 말했으나 친구의 삼촌은 그런 곳을 둘러보기는커녕 코바르시를 돌아다니기 시작했다.

"여긴 알 라시드 쇼핑몰이고, 여긴 해안가 산책 도로인 코바르 코르니쉬, 이쪽에 레스토랑들이 있지."

그렇게 몇 시간 동안 차를 탄 채 시내를 돌아다녔지만 내가 무슨 말을 꺼낼 수 있는 분위기가 아니었다. 신호대기 중에 친구의 삼촌이 물었다.

"계속 그렇게 얼굴을 가리고 있을 참이야?"

나는 그의 질문을 무시하고 말을 꺼냈다.

"이제 아파트를 보러 가면 어떨까요?"

그러나 결국 한 군데도 가보지 못했다. 나는 차 안에 갇힌 처지였다. 손이 떨렸다. 나는 휴대전화로 부모님께 전화하는 척했다. 친구의 삼촌은 잡화점 주차장에 차를 세우더니 내게 뭘 좀 마시겠냐고 물었다. 심장이 쿵쿵 뛰고 말이 나오지 않아서 마시지 않겠다고 고개만 저었다. 당장이라도 문을 열고 달아나고 싶었지만, 여기가 어딘지 도무지 알 수 없었고 아는 사람도 없었다.

친구 삼촌은 내가 한 번도 본 적 없는 음료를 들고 차로 돌아왔다.

"이건 파워 호스Power Horse야. 밤새도록 말처럼 달리게 해주지."

겁이 덜컥 났다. 아바야 안에서 몸이 떨리는 걸 느끼며 이렇게 말했다.

"지금 당신 조카에게 전화하겠어요. 제발 나를 다시 호텔로 데려다주세요."

그것으로 충분해 보였다.

"좋아, 좋아. 하지만 부탁이니 조카에게 우리가 집을 보러 가지 않았다는 말은 하지 말아줘."

그가 대답했다.

이번에는 진짜로 친구에게 전화를 걸었다.

"응, 지금 너희 삼촌과 같이 있어. 호텔로 돌아가는 길이야."

동부지역에서 보내는 둘째 날 밤도 첫날밤처럼 눈물로 보냈다. 친구네 삼촌은 이후에도 밤낮으로 내게 전화를 하고 문자를 남겼지만, 나는 받지 않았다.

한 주의 업무를 시작하는 토요일, 압둘하디에게 도움을 요청했다. 압둘하디는 며칠 안에 지낼 곳을 찾아주겠다고 약속했다. 그 주는 매우 천천히 지나갔다. 업무에 집중할 때는 재미있었지만, 마음은 줄곧 업무와 상관없는 질문에 사로잡혀 있었다. 어디서 살아야 할까? 마침내 압둘하디로부터 전화가 왔다.

"코바르에 당신이 지낼만한 주거단지를 찾았어요. 조립식 주택단지가 있는데 당신에게 숙소를 빌려주겠다고 동의했어요."

압둘하디가 말한 주거단지는 사우디 사회와 완전히 동떨어진 섬 같았다. 이곳의 주민들에게는 사우디 문화에서 금지된 모든 것들이 허용되었다. 그런 이유로 사우디 시민들은 일반적으로 여기서 사는 게 허용되지 않았다. 단지의 주민들은 대개 유럽인과 미국인들이었다. 이들의 집세는 회사에서 지급했는데, 일반 아파트보다 대체로 네다섯 배 정도 더 비쌌다. 나는 압둘하디에게 선금을 치를 돈이 한 푼도 없다고 말했다.

"이번 달 집세는 월급을 받아서 지급하면 안 될까요?"

압둘하디는 내가 주택지원금을 받으면 돌려주는 조건으로 선금 전액을 빌려주겠다고 약속했다. 나는 그에게 단지 주소를 받아서 택시를 타고 그곳으로 향했다. 내가 지낼 미래의 집은 아직 창문이나 문, 가구 등 기본적인 것들이 갖춰지지 않은 상태였다. 단지 관리인은 내게 장담했다.

"지금 주택을 마무리하는 중이에요. 이번 주말까지는 완성이 될 겁니다."

주말이 되자 그날 하루 일을 쉬고 호텔 방에서 짐을 챙겨 단지로 향했다. 임시 주택들은 여전히 완성되지 않은 상태였다. 처음 왔을 때와 아무것도 변한 게 없었다. 가구도 창문도 문도 보이지 않았다. 무릎에 힘이 빠지면서 눈앞이 빙글빙글 돌기 시작했다. 나는 부서 기획자에게 전화하면서 제발 그가 전화를 받게 해달라고 하나님께 기도했다. 이미 근무시간이 지났기 때문에 그로서는 반드시 전화를 받아야 할 이유가 없었다. 수화기 저편으로 목소리가 들리는 순간 안도감이 온몸을 휩쓸었다. 그에게 말했다.

"지금 가방을 들고 길에 서 있는데요. 오늘까지 숙소가 준비되기로 했는데, 그렇게 되지 않았어요. 다시 호텔로 전화해주실 수 있을까요? 평생 은혜를 잊지 않겠습니다. 며칠 안으로 제가 지낼만한 다른 곳을 꼭 찾을게요."

그다음 주 내내 매일같이 압둘하디에게 전화했지만, 더는 전화를 받지 않았다. 내가 골칫거리가 되었거나 혹은 돈을 빌려주겠다는 그의 마음이 바뀌었거나 둘 중 하나였다. 부서 기획자는 내게 아무런 조언도 하지 않았다. 그냥 이번 주말까지 내가 호텔 방을 비워야 한다는 말만 강조했다. 우리 부서의 부서장에게 말을 꺼내보았지만, 그는 아무 반응이 없었다. 나는 외롭고 절망스럽고 화가 났다. 그 순간 사우디 여성으로 산다는 게 무슨 뜻인지 뼛속까지 이해하게 되었다. 그건 존재하는 모든 종류의 장애물과 차별에 맞서야 한다는 뜻이었다. 만약 남성과 경쟁하고 싶다면 팔다리를 자른 상태에서 경쟁해야 한다는 말을 듣는 것과 다름없었다. 내가 다른 곳에서 태어났더라면, 그곳이 어디든 다른 곳에서 태어났더라면 하는 마음이 들기 시작했다.

한발 물러나서 패배를 인정하고 아버지에게 전화를 걸어 메카의 우울한 아파트로 돌아가겠다고 부탁하는 것 외에 내게 다른 선택은 없어 보였다. 그날 밤, 나는 울지 않고 잠들었다. 눈물은 이미 말라버린 지 오래였다.

무슨 이유인지 몰라도 여름 인턴십 기간에 만났던 정규직 직원 라미아가 떠올랐다. 라미아도 사우디 사람으로, 제다 출신에 나보다 약간 나이가 많았다. 당시 라미아는 내게 아람코 단지 안에 있는 호텔식 숙소인 슈타이네케 홀에서 6개월 동안 살고 있다며 불평했다. 스태프로부터 방을 비우고 다른 숙소를 찾으라는 통보를 여러 번 받았지만, 시내에서는 도무지 다른 숙소를 찾을 수가 없다고 했다. 나는 슈타이네케 홀로 가서 프런트 직원에게 라미아가 있는지 물어보았다. 라미아는 여전히 그곳에 살고 있었다. 로비에 앉아 그를 기다렸다. 숙소에 도착한 라미아는 나를 바로 알아보았다. 자기도 부서에서 경고를 받아 주말에 숙소를 나와야 한다고 했다.

"아버지가 집을 찾아주려고 제다에서 오셔요. 마날만 괜찮다면 나야 당연히 같이 지내는 게 좋지. 집세와 공과금도 나누면 되니까요."

나는 라미아를 얼싸안으며 울었다.

"오, 하나님, 감사합니다. 정말이에요, 하나님께서 천국에서 라미아를 보내주신 거야. 난 정말 어디로 가야 할지, 뭘 해야 할지도 모르겠더라고요."

그날 밤 나는 아람코에 온 이후 처음으로 깊은 잠을 잤다.

우리는 함께 지낼만한 아파트를 찾았다. 라미아의 아버지가 '딸들'끼리 살도록 허락하며 이들의 올바른 행실을 보장한다는 서약서에 서명했다. 그래도 매일 밤 이웃들이 우리가 적합한 남자 후견인과 함께 살고 있다고 생각하도록 아파트 문밖에 남자 신발 한 켤레를 우리 신발과 나란히 놓아두었다(신발을 벗는 것이 사우디 풍습이다). 임대료를 지불하는 건 우리였지만, 임대계약서는 라미아의 아버지 이름으로 썼다.

아파트라는 가장 심각한 문제를 해결하고 나자 이번에는 다른 문제가 생겼다. 회사까지 무엇을 타고 갈 것인가? 우리는 운전을 할 수 없었고, 사우디아라비아에는 대중교통이 없었다. 마침 코바르시에서 회사 사무실까지 운행하는 아람코 직원용 버스가 매일 아침 6시 15분에 우리 아파트 앞을 지나간다는 것을 알게 되었다. 우리와 같은 거리에 사는 회사 동료가 그 통근버스를 탄다는 사실을 알고는 다음 날 아침 여섯 시부터 아파트 앞에서 버스를 기다렸다. 사우디 여성에게는 모든 일이 그렇게 간단하게 풀리지 않는다는 것을 또 잊고 있었다. 버스 계단을 오르는데 필리핀 운전사가 타지 말라는 신호를 보내며 물었다.

"마담, 어디 가시나요?"

라미아와 나는 서로 시선을 교환하며 대답했다.

"보다시피 버스를 타고 있죠!"

"죄송합니다, 타시면 안 돼요."

"왜요? 우리 둘 다 아람코 직원이에요."

"여성은 직원 버스에 탈 수 없어요, 남자만 탈 수 있습니다."

"아니, 그럼 여직원을 위한 다른 버스가 있나요?"

"없어요, 마담, 죄송합니다! 버스에서 내리셔야만 해요."

운전사가 대답했다.

회사에 지원할 때는 알지 못했지만, 아람코에는 오랜 차별의 역사가 있었다. 처음에는 사우디인들을 차별했다. 1950년대에는 아람코에서 파업과 시위가 끊이지 않았다. 사우디 직원들은 주 40시간 노동을 포함하여 더 나은 작업환경을 요구함과 동시에 아람코에 미국인이 너무 많이 상주하고 미국의 통제가 지나치다는 점을 항의했다. 사우디 정부는 회유책과 탄압책을 번갈아 가며 사용했다. 사우디 정부의 궁극적 목표는 저항의 배후에 있는 노동자들을 파악해서 해고하는 것이었다. 정부는 노동개혁을 보장하면서도 다른 한편으로는 파업을 진압하기 위해 체포와 고문 작전을 펼쳤다.

내가 입사할 당시의 아람코는 사우디가 이미 20년 이상 전적으로 소유해 온 회사였다. 그러나 차별행위는 여전했다. 가장 심하게 차별을 받는 이들은 여성이었다. 사우디 여성이건 다른 나라 여성이건 상황은 크게 다르지 않았다. 다른 나라 여성이 아람코에 취직하려면 나이와 관계없이 미혼이어야 했다. 내가 지내던 아람코 숙소에는 인도 출신의 50대 기혼 여성이 이웃하여 살고 있었다. 30년 이상 남편과 함께 살고 있었지만, 직장을 유지하기 위해 결혼 사실을 숨긴 채 미혼이라고 말해야만 했다. 국적과 상관없이 모든 여직원은 도시와 회사 단지를 오가는 직원 버스를 탈 수 없었다. 여직원은 쇼핑몰이나 다른 아람코 주거단지로 가는 여가용 버스만 탈 수 있었다. 여직원은 주거단지 안에서 차를 운전할 수 있었지만, 회사 차량을 사용할 수는 없었다. 또한 회사에서 제공하는 운전 수업에 등록할 수도, 회사에서 주최하는 안전운전과 방어운전 연수교육에는 참관인 자격으로 참석할 수도 없었다.

사우디 출신 여성들에게 주어지는 제약은 훨씬 심했다. 사우디 여성은 고용 전에 임신하지 않았다는 사실을 증명하기 위해 혈액검사결과를 제출해야만 했다. 임신한 여성은 애초에 일을 시작할 수 없었다. 정보보호국에서 정규직으로 일하기로 했던 대학 동기 한 명은 혈액검사에서 임신한 사실이 드러나 건강검진을 통과하지 못했다. 아람코에 고용된 사우디 여성들은 수년 동안 남성 사우디 직원들에게 제공되는 내 집 마련 주택융자를 신청할 수 없었고, 주택지원금을 받을 수 없었고, 해외 유학 장학금 프로그램도 신청할 수 없었다. 내가 일할 당시에 아람코는 여성에게 겨우 6주 정도의 출산휴가를 주었는데, 현재까지도 직원의 아이들을 위한 보육시설이 없다. 사우디 노동법은 한 도시 내에서 고용한 여직원이 50명 이상이거나 직원 자녀가 10명 이상일 경우 직장 탁아소를 두도록 하고 있는데도 말이다. 또한 여성은 유전이나 정유 분야에서 일하는 게 허용되지 않으며, 사무직으로만 일하도록 제약을 받는다.

2002년 10월은 라미아와 내가 새 아파트로 이사 가는 달이었다. 10월 말에 라미아와 아파프와 나는 아람코 경영자에게 단지에서 살 권리를 요구하는 항의서한을 보냈다. 당시에는 잘 몰랐지만 지나고 보니 내가 처음으로 인권 운동을 맛본 사건이었다. 이로부터 8년 6개월 후, 나는 차를 몰고 코바르 거리를 지나고 있었다.

9

사랑과 팔라펠 맨

라미아와 내가 코바르 아파트에서 새로운 삶을 시작했을 때 언니는 의대를 졸업하고 대학병원에 막 취직한 상태였다. 무나 언니는 부모님과 동생이 메카에서 제다의 좀 더 나은 동네로 이사 할 수 있도록 첫 6개월 치 집세를 냈다. 우리 둘은 이후 부모님 집세를 분담하기로 의견을 모았다. 부모님은 이사 하면서 집에 있던 중고가구를 가지고 가겠다고 고집을 부리셨으나, 나는 과거 우리 삶의 그 무엇도 새집으로 가져가지 않을 작정이었다. 비참했던 기억들을 모두 버리고 싶었다. 가구와 가전부터 주방의 숟가락, 접시까지 새집에 필요한 모든 것을 새로 샀다. 그리고 서로 쉽게 연락할 수 있도록 부모님과 동생에게 휴대전화를 사주고 엄마와 무하마드에게는 약간의 용돈을 주기 시작했다.

이 모든 일을 마치고 나니 정작 내 가구를 살 돈은 한 푼도 남지 않았다. 매일 밤 나는 마룻바닥에 누워 잠을 청했다. 처음 6개월 동안 여행 가방에 챙겨온 물건들을 사용하며 살았다. 우리 가족이 한 달 내내 수도꼭지에서 바로 나오는 물을 쓰고 깨끗하고 잘 정돈된 동네에 살면서 안락한 새 삶을 누리며 행복해하는 걸 보는 것으로 충분했다. 계속 돕고 싶었다.

결국 나는 부모님께 아람코의 부당한 숙소규칙을 사실대로 말하고 라미아와 그 가족을 소개해드렸다. 부모님은 집 문제가 어떻게 해결되었는지 알고 안심했다. 부모님은 다행히 시내에서 살겠다는 내 계획에도 동의해 주며 이렇게 말했다.

"너보다 언니인 동료와 같이 사는 거니까, 또 제다에 있는 그 언니 가족을 우리가 아니까. 잘 될 거야. 축복한다, 마날."

드디어 내 수중에도 돈이 좀 남게 되었을 때 나는 아주 특별한 물건을 사서 코바르 아파트에 들였다. 아람코 단지 내 주택에 살 때 정말 마음에 들었던 자동 세탁기였다. 누구에게도 묻지 않고 스스로 결정해서 세탁기를 샀다. 처음 동부지역에서 와서 살 때는 예전처럼 모든 일에 대해 번번이 아버지에게 허락받았다. 그렇지 않으면 아버지는 매우 역정을 냈기 때문이다. 그러나 점차 허락을 구하지 않고 내 삶을 스스로 결정하게 되었다.

라미아와 내가 직면한 가장 큰 숙제는 이동하는 문제였다. 개인 기사를 부르기도 하고 택시를 타기도 하고 할 수 있는 모든 것을 다 해보았다. 그러다 보니 월급의 많은 부분이 교통비로 빠져나가졌다. 라미아는 값싼 자동차를 사고 개인 기사를 찾아보자고 제안했다. 당시 가장 저렴한 자동차는 기아자동차였다. 여성은 자신의 이름으로 직접 기사를 고용할 수 없었지만, 그래도 우리를 태우고 다녔던 택시 기사들에게 월급을 받고 운전해줄 만한 사람이 없는지 수소문해보았다. (다행히 국가 법률이 2014년에 바뀌어 지금은 여직원들도 개인 기사를 채용할 수 있다. 게다가 우버를 포함한 다양한 앱 기반 공급업체들이 등장하면서 운송업계의 지형이 완전히 바뀌었다. 비록 사우디는 여전히 대중교통과 보행자 도로가 부족하지만 말이다.)

우리 이야기를 들은 한 택시 기사가 20대 초반의 파키스탄 청년인 뭄타즈를 소개해줬다. 문제는 그가 운전을 할 줄 모른다는 점이었다. 우리는 뭄타즈에게 월급 1,200리얄에 식비와 생활비로 200리얄을 추가 지급하면서 운전 교습과 운전면허 시험 비용도 내주기로 했다. 뭄타즈는 아랍어는 물론 영어도 하지 못 했다. 나는 극단주의자 시절 그랜드 모스크에 다니면서 조금 배웠던 우르두Urdu어를 기억해내어 겨우 의사소통을 했다. 뭄타즈는 위생에 별로 신경을 쓰지 않아서 나와 라미아는 늘 그의 냄새에 대해 불평을 했다. 라미아는 뭄타즈에게 비누와 샴푸, 데오도란트 등 세면도구를 사주면서 매일 사용해달라고 부탁했다. 뭄타즈의 언어장벽과 냄새 문제를 해결하고 나자 이번에는 그가 코바르시 지리나 교통규칙에 대해 전혀 모른다는 게 새로운 문제로 떠올랐다. 라미아와 나는 코바르시 지도를 공부해서 뒷좌석에 앉아 뭄타즈에게 이동 방향을 알려주었다. 그러다 여러 번 위험에 처할 뻔했다. 나는 같은 부서에서 일하는 파키스탄 출신의 아프타브에게 뭄타즈가 교통규칙을 잘 지킬 수 있도록 설명해달라고 부탁했다. 뭄타즈의 교통 위반 외에도 우리에겐 다른 고민거리가 많았다.

또한 뭄타즈가 우리 중 한 사람을 태우고 운전할 때 보이는 행동도 문제였다. 그는 뒷거울을 흘낏거리며 우리의 동작을 일일이 관찰했다. 한 번은 내 눈동자에 대해 언급하면서 외모를 평했다. 나는 차마 한 마디도 대꾸하지 못했지만, 라미아라면 이 문제를 해결할 수 있을 거라 생각했다. 라미아는 나보다 나이도 많았고 나보다 훨씬 더 뭄타즈를 혼내주고 싶어 했기 때문이다. 역시 라미아에게 따끔하게 야단을 맞고 난 뭄타즈는 감히 내 외모에 대해 두 번 다시 언급하지 못했다.

업무가 점점 더 버거워지고 있었다. 우리 그룹 부서장이 나에게 프로젝트 관리를 맡긴 이후로 더욱 그랬다. 나에게는 첫 프로젝트였고, 실패할까 봐 두려웠다. 나는 그 전까지 무언가를 관리해본 적이 없었다. 게다가 국립대학 졸업생이자 우리 부서에서 유일한 여성으로서 실력을 입증해야 한다는 중압감까지 더해졌다. 나는 항상 내가 영어를 잘한다고 생각했었다. 그런데 막상 일을 시작해 보니 영어로 보고서와 이메일 쓰는 게 여간 힘든 일이 아니었다. 나는 내 짧은 영어 실력에 충격을 받았다. 모교에서도, 아람코에서도 업무에 필요한 전문용어는 가르쳐주지 않았다. 게다가 아람코에서는 영어를 공식어로 사용하고 있었다. 보고서와 이메일뿐만 아니라 모든 회의를 영어로 했다. 그러던 중 라미아에게 '아람코 영어교육센터'가 있다는 이야기를 들었다. 아침에는 센터에서 공부하고 점심시간 이후 사무실로 복귀하면 된다고 했다. 나는 단계 테스트를 받고 상급반에 배정되었는데 6개월 동안 매일 반일수업을 들어야 했다. 그러나 나의 상사는 사무실을 비우는 것을 허락하지 않았고 영어 실력쯤은 스스로 키우라고 말했다.

다행히 모든 걸 나 혼자 할 필요는 없었다. 우리 팀의 기획자이자 동료인 암로가 내게 많은 도움과 용기를 주었다. 아무리 바보 같은 질문을 해도 암로는 기꺼이 대답해주었다. 그룹 회의를 하다 보면 종종 무슨 말인지 전혀 이해할 수 없을 때가 있었다. 그럴 때면 그 뜻을 물어보다가 무시당할지도 모른다는 생각에 따로 메모해 두었다가 나중에 찾아보곤 했다. 나는 암로에게 학교에서는 우등생이었는데 회사에서는 부족한 실력 때문에 좌절감을 느낀다고 말했다. 암로는 미소 지으며 이렇게 말했다.

"일은 공부와 달라요. 우리도 다 처음부터 시작했어요. 지금 알고 있는 지식을 얻기 위해 인내하고 버텨야 했죠. 너무 서두르지 말아요. 언젠가는 당신 분야에서 전문가가 되어있을 거예요. 마날 씨는 우리가 자문을 구하는 사람이 될 겁니다."

실제 업무만큼이나 버거운 건 사무실 내에서의 인간관계였다. 나는 여전히 사우디 남자들과 함께 일하는 게 불편했고 심지어 두렵기까지 했다. 쉬는 시간에 내가 일부러 피하지 않는 남자 동료는 남아프리카공화국에서 온 앨버트와 뉴질랜드에서 온 존 두 명뿐이었다. 사우디 남자 동료 중 하나는 우리 셋이 함께 커피 마시는 걸 보면 내게 이렇게 묻곤 했다.

"이런 이교도들과 어울리면서 뭘 얻고 싶은 거죠?"

업무 시간 외에는 친구도 없었고, 새로운 사람을 사귀지도 않았다. 라미아와 지난여름 인턴십에서 만난 알리야가 전부였다. 여기에는 지극히 그럴만한 이유가 있었다. 내가 하는 모든 일, 즉 감시하는 남자 친척 한 사람 없이 부모님과 멀리 떨어져서 일하는 것은 젊은 사우디 여성이라면 사회적으로 용납될 수 없는 일이었다. 우리 부모님은 일가친척들에게 내가 아람코에서 일한다는 사실을 계속 비밀에 부치고 있었다. 누구라도 알게 되면 엄마와 아부야는 심각한 반대에 부딪히거나 혹은 더 나쁜 일을 겪게 될지도 모를 일이었다. 누가 내 직업에 관해 물어보면 엄마는 내가 동부지역에 있는 한 아람코 학교에서 선생님으로 일하고 있으며 회사에서 제공하는 여직원 숙소에서 살고 있다고 말했다. 그럼에도 질문이 계속 이어졌다.

"회사 숙소라도 그렇지 어떻게 딸아이를 거기서 혼자 살게 할 수가 있어요?"

너무 스트레스를 받던 부모님은 결국 거짓말을 덧붙여야 했다.

"우리가 번갈아 동부지역에 가서 딸아이와 함께 지내면서 감독하고 있어요."

나 역시 가족과 지인들, 심지어 전혀 모르는 사람들까지 스트레스를 주었기 때문에 누구와도 가까이 지내지 않았다. 그러니 거짓말할 필요도 사실을 숨길 필요도 없었다. 거짓말은 왠지 죄책감이 들어서 내키지 않았다. 제다와 동부지역을 오가던 어느 날 비행기 옆 좌석에 앉은 여성이 나에게 꼬치꼬치 캐물었다.

"제다에서 오는 건데 아람코에서 일하면 지금 혼자 사는 건가요?"

나무라는 투였다.

"어떻게 부모님이 이런 걸 허락하실 수 있죠? 당신은 평판이 두렵지 않아요?"

그 이후 나는 비행기를 탈 때마다 헤드폰과 책을 반드시 챙겼다.

매일 점심시간이 되면 계약직 여직원 두 사람과 함께 셔틀버스를 타고 식당으로 갔다. 아람코 통근버스와는 달리 단지 안에서 운행하는 셔틀버스는 여직원들도 탈 수 있었다. 당시 나는 두 사람이 시아파 교도인지 몰랐지만, 알았다 해도 나나 내 주위 사람 누구든(나 혼자만의 생각인지 모르겠지만) 수니파인지 시아파인지 그런 건 신경 쓰지 않았다. 그러던 어느 날 나보다 나이가 많은 남자 동료를 직원 식당에서 우연히 만났다. 내가 미소로 인사하니 그는 무뚝뚝한 표정을 지었다. 점심 식사 후 그가 내 사무실에 들렀다.

"식당에서 점심을 먹다가 어떤 평판을 받을지 겁나지 않아요?"

"네? 제 평판이 식당과 무슨 상관이 있죠? 그럼 밥을 굶어야 하나요?"

"음, 밥 먹으러 오는 여직원들 대부분이 사귈만한 남자를 찾으려고 식당에 온다는 건 다들 아는 이야기예요."

나는 암로와 부서장에게 이메일을 보내 여직원들이 식당에서 점심을 먹는 게 금기로 여겨지냐고 물었다. 두 사람이 직접적인 답변을 주지 않아서 내심 불편해졌다. 그 후 나는 우리 사무실 건물에 있는 작은 가게 커피맨에서 차가운 샌드위치를 사 들고 와서 점심을 해결하기로 했다. 퇴근 후에는 아파트로 돌아와 혼자 저녁을 만들어 먹었다. 하루 중 유일하게 제대로 하는 식사였다.

어느 순간 나는 사무실에서 아바야를 입지 않기로 마음먹었다. 물론 아바야를 입지 않더라도 단정하게 옷을 입고 머리에 히잡을 썼다. 그러나 며칠 지나지 않아서 내가 외국인 남자 동료들과 휴식시간에 어울리는 것에 불만을 토로했던 동료가 이번에는 사무실 문가에 서서 내 복장에 대해 못마땅하다는 듯이 불평을 늘어놓았다. 그 후 내가 다시 아바야를 입고 출근하자 금세 내 책상 위에 정숙한 복장을 고수해줘서 고맙다는 익명의 편지가 놓여 있었다. 편지를 보니 더욱 화가 치

밀어 올랐다.

남녀가 함께 일하는 환경에서 지내다 보니 내 남자 동료들은 개방적이라는 착각을 하고 있었다. 그러나 전혀 그렇지 않다는 것이 곧 드러났다. 사우디 동료들은 자신의 부인들에게 절대 나를 소개하지 않았다. 나는 부인들의 이름조차 몰랐다. 어느 날 우연히 아람코 교육부서의 연수 기간에 한 동료의 부인을 만났다(이런 연수는 근무시간 외에 열리고 아람코 직원 가족들이 참여할 수 있었다). 부인이 집으로 돌아가 남편에게 나를 만난 이야기를 하자 동료는 매우 곤혹스러웠다. "부탁해요," 그는 사무실로 찾아와 내게 사정했다. "우리가 같은 그룹에서 일한다는 걸 말하지 말아줘요. 아내 앞에서 내 이야기는 아무것도 하지 마세요!" 나는 매우 놀랐다. 그는 조용하고 침착한 사람이었고 나를 매우 존중해주던 사람 중 한 명이었다. 그러나 자신이 여자와 함께 일한다는 사실을 부인이 알게 될까 봐 겁을 먹고 있었다. 사무실 남자들은 부인과 통화할 때면 절대로 부인의 이름을 부르지 않았다. 대신 '무하마드 엄마'라는 식으로 큰 아이 이름을 대며 누구 엄마라고 불렀다. 예전에 우리 엄마가 장터에서 나를 남동생 이름으로 불렀던 것처럼 말이다. 게다가 남자 동료들은 항상 집에서 온 전화를 가능한 한 빨리 끊고 싶어 했다. 나는 남자들 사이에서 일하는 유일한 여성인 나에 대해 동료들이 과연 어떻게 생각하고 있는지 늘 궁금했다.

정보보호국은 내가 합류할 때 완전히 새로 만든 부서였다. 아람코 네트워크 기반시설이 컴퓨터 바이러스의 공격을 받고 난 후 설립됐다. 부서가 생긴 지 2년 차 되던 해에 부서 관리자는 부원 모두 특화된 정보보안 교육과정을 수강해야 한다고 결정했다. 세 가지 과정을 마친 직원에게는 직함이 부여되었다. 1단계를 마치면 '정보보안 컨설턴트III', 2단계를 마치면 '정보보안 컨설턴트II', 3단계까지 마치면 '정보보안 컨설턴트I'이 되었다. 우리 부서 직원들은 모두 그 수업을 필수로 들어야 했다.

한 주의 업무를 시작하는 첫날, 회사에 갔더니 아무도 없었다. 다들 코바르에서 1단계 교육을 받는 중이었다. 나도 참석하기 위해 서둘러 차량 기사를 알아보자 부서장이 나는 갈 수 없다고 했다.

"여성은 수업출석이 허용되지 않아요."

나는 모든 상사에게 공식적으로 불만을 제기했다. 회사 측은 아람코 단지 외부에서 열리는 연수코스에 여성이 남성과 함께 참석하는 것을 사우디 내무부가 허용하지 않는다고 답변했다. 여성인 나는 주행정청(이마라Imara로 칭하며, 동부지역 행정을 책임지는 곳)에서 공식적으로 예외를 인정해주고, 이를 내무부에서 승인해줘야만 참석할 수 있었다. 아람코는 내가 예외적으로 승인받을 때까지 교육 기간을 늦춰가며 다른 남자직원들을 기다리게 할 수는 없다고 결정했다.

이 모든 규칙이 나를 떨어뜨리려고 고안되었다는 생각을 떨칠 수 없었다. 나는 회사 측에 연수과정을 들을 수 있도록 주행정청에 청원해달라고 부탁했지만 무시당했다. 부서장에게 외국으로 나가서 같은 과정을 들으면 안 되겠냐고 물어보니 그것도 안 된다고 했다. 내가 연수를 마칠 수 있는 유일한 방법은 동료들에게 책을 빌려 독학하는 것이었다. 그래서 실제로 그렇게 했다. 혼자 힘으로 1단계의 세 가지 테스트를 모두 통과하고 동료들과 똑같은 수료증을 받았다. 그러나 '정보보안 컨설턴트 III'라는 1단계 직함을 받으려면 통과해야 하는 마지막 테스트가 남아있었다.

4번째 테스트는 모의 해킹에 초점이 맞춰져 있었다. 아람코에서 일하던 첫해에 모의 해킹팀에서 해커로 일해보긴 했지만, 책을 보는 것만으로는 부족했다. 연수과정이나 시험이 모두 특화된 컴퓨터 랩에 참가자가 입장한다는 가정하에 진행되었기 때문이다. 처음에는 4번째 테스트에서 떨어졌다. 무언가에 실패해보긴 그때가 처음이었다. 나는 부서 관리자의 사무실에 가서 내 처지를 설명했다. 그에게 해외에서 똑같은 과정이 진행되는 날짜와 참가비용을 보여주었다. 직속 상사는 내가 본인을 건너뛰고 이런 결정을 내리는 것에 매우 화를 냈지만, 나로서도 참을 만큼 참다가 내린 결정이었다.

부서에서는 결국 나를 외국에 보내는 것보다 아람코 사무실에서 연수 강사에게 개인 수업을 받도록 하는 편이 비용이 적게 든다고 판단했다. 일주일 과정을 듣기에 적절한 장소를 찾는 건 내 책임이었다. 만약 내가 장소를 찾지 못하면 강사는 오지 않을 터였다. 나는 회의실을 예약하고 강사가 수업 중에 사용할 휴대용 프로젝터를 확보했다. 학생이 나 한 명이었던 덕분에 내가 지금까지 출석했던 모든 연수과정 중에서 가장 유용한 수업이 됐다. 나는 시험에 합격하고 1단계 직함을 얻었다. 나 마날 알 샤리프는 이제 '정보보안 컨설턴트 III'이 된 것이다.

2004년이었다. 겨우 2년간 회사에서 일 했을 뿐인데, 그 짧은 기간에 얼마나 많은 장애물이 있었는지 모른다. 그러나 나는 이들을 하나하나씩 이겨내고 말겠다고 결심했다.

❖

모랫빛 외벽 건물에는 정보보호국만 있는 것은 아니었다. 하루는 다른 쪽 복도를 걸어가면서 문에 걸린 명패들을 보다가 여자 이름을 발견했다. 하난^{Hanan}. 나는 잠시 멈춰 내 소개를 하며 나 외에 다른 여직원을 보게 되어 정말 기쁘다고 말했다. 그 날은 마침 수요일이었는데, 하난의 부서는 수요일마다 건물 반대편의 다른 부서와 아침 식사를 함께했다. 건물 반대편은 내가 한 번도 가본 적이 없는 구역이었다. "함께 가지 않을래요?" 하난이 물었다. "다른 여직원들도 있을 거예요."

식당에 가보니 남성과 여성이 각각 다른 장소에서 아침 식사를 하고 있었다. 이는 좀 놀라운 광경이었는데, 아람코 단지 내에서는 어디에서도 남성과 여성을 구분하지 않았기 때문이다. 그러나 다른 여직원들을 만나서 정말 기분이 좋았다. 그 중 두 명은 나와 동갑내기였는데, 기술 분야에서 일하는 여직원은 내가 유일했다. 나는 림^{Reem}이라는 여직원 사무실에 앉아 이런저런 대화를 나누었다. 그러다 정말 뜻하지 않게 모든 것이 바뀌어버렸다.

내 또래쯤 되어 보이는 젊은 남자가 따끈한 팔라펠^{Falafel}(병아리콩이나 누에콩을 조미하여 크로켓처럼 만든 중동지역 빵:역주)을 담은 접시를 들고 림의 사무실로 들어왔다. 림이 내게 빵을 좀 먹어보라고 권한 뒤에 우리는 대화를 계속 이어갔는데, 접시를 들고 온 남자는 나가지 않고 계속 그 자리에 있었다. 졸린 듯한 아몬드 모양의 눈동자에 길고 검은 속눈썹을 가진 남자였다. 그것이 그 순간 내가 본 전부였고 기억할 수 있는 모든 것이었다.

아주 잠깐 시선을 들어 그가 있는 쪽을 보았는데, 그도 나를 지켜보고 있었다. 온몸의 피가 얼굴로 쏠리는 듯하고 가슴이 두근거렸다. 나는 시선을 돌려 계속 말하고 있던 림을 바라보았다. 비록 림이 하는 말이 하나도 들리지 않았지만 말이다. 잠시 후 이름 모를 남자는 동료의 전화를 받고 사무실을 나갔다.

나는 남자로만 구성된 부서에서 일하고 있었지만, 그 누구에게도 이런 느낌을 받은 적은 없었다. 병원에서 남자들과 일할 때는 순간적으로 마음을 빼앗겼다가도 일주일이 지나면 금세 잊어버렸다. 하지만 이번에는 달랐다. 그러나 한동안 아침 식사를 함께할 기회가 없어졌다. 라마단이 시작된 것이다. 라마단은 한 달 동안 모든 사람이 해뜨기 한 시간 전부터 해가 질 때까지 금식을 해야 하는 기간이었다.

나는 이 젊은 남자에 대해 아는 것이 전혀 없었는데도, 계속 그를 생각했다. 하지만 내가 그 남자에 대해 더 알아볼 방법은 없었다. 별다른 이유 없이 무작정 다른 부서에 들어가 볼 수는 없는 일이었다. 해마다 내게 라마단은 1년 중 가장 아름다우면서도 가장 빨리 지나가는 시간이었으나 그해만큼은 더디고 지루하게 느껴졌다. 라마단 기간인 30일 동안 매일 단식을 마치고 일과를 마무리할 때 하나님께 소원을 하나 비는데 우리는 이를 틀림없이 이루어주신다고 믿는다. 그러니까 30일 동안 30개의 소원을 비는 것이다. 그해 라마단 기간 내내 나는 단 한 가지 소원만 빌었다.

"그때 너는 매일 나한테 전화해서 이렇게 말했어."

어린 시절 친구인 마날이 훗날 내게 해준 이야기다.

"오, 하나님, 그 팔라펠 남자가 내 남편이 되게 해주세요! 얼마나 바보 같던지."

마날은 이렇게 덧붙였다.

"이름도 모르는 남자랑 결혼하게 해달라고 빌다니 말이야."

라마단이 끝났다. 나는 매우 신중하게 여성 동료들에게 다가가 수요일 아침 식사는 어떻게 되는지 물어보았다. 림은 수요모임을 다시 시작할 거라며 원한다면 얼마든지 와도 좋다고 했다. 다시 팔라펠 남자를 만났을 때, 내 심장이 뛰는 소리를 그도 틀림없이 들었을 것이다. 우리는 수요일마다 몇 차례 아침 식사를 함께했고, 그 후 나는 그가 사용하는 독특한 프랑스 향수를 알아챘다.

나에게 점점 더 많은 친구들이 생기기 시작했다. 킹 압둘라지즈 대학의 같은 학과 친구 한 명이 우리 프로젝트에 계약직으로 합류했다. 신앙심이 매우 깊은 이 친구는 니캅을 쓰고 다녔지만, 지적 능력이 뛰어나고 야심이 컸기 때문에 아람코에 합류하고 싶어 했다. 나는 이 친구와 림, 달리아(또 다른 여성 직장동료)와 함께 매일 점심을 먹었다. 점심때면 혹시나 그 팔라펠 남자가 동료들과 점심을 먹으러 사무실을 나가기 전에 그를 한 번 볼 수 있지 않을까 하는 기대를 품고 일부러 림의 사무실에 들렀다. 한편으로 내가 림의 자리에 들르지 않았거나 미처 그를 보지 못한 날이면 그가 점심 식사 후 내 사무실 근처를 서성거렸다. 남자 동료들의 미심쩍어하는 곁눈질을 보면서 그들이 무슨 생각을 하고 있는지 분명하게 알 수 있었다. 동료들의 시선이 불편하긴 했지만, 그가 찾아오는 것을 보고 나만의 감정이 아니라 서로 공유하는 감정일지도 모른다는 희망이 생겼다.

나는 여전히 그의 개인적인 삶에 대해서는 아무것도 몰랐다. 그래서 몇 달 후, 림이 어린아이 사진을 보여주며 이렇게 말했을 때는 정말 큰 충격을 받았다.

"이것 봐, 마날. 이 아이가 그 남자 아들이야."

순간 멍해졌다. 사우디 남자들은 대개 결혼반지를 끼지 않는다. 그래서 직접 말하지 않는 한 결혼 여부는 절대 알 수가 없다. "림." 나는 숨이 막혀왔다.

"정말 지금까지 그 사람이 결혼했을 거란 생각은 전혀 못 했어."

림은 웃음을 터뜨렸다. 림과 팔라펠 남자(이후 K라고 부르겠다)가 같이 짜고 사진으로 장난친 것이었다. 그가 결혼한 건 사실이 아니었지만 이제 내 감정이 훤히 다 드러나고 말았다.

어느 정도 시간이 지난 후 함께 점심을 먹던 림이 난데없이 K의 이야기를 꺼냈다.

"K가 그러는데 몹시 보수적인 가정에서 자랐대. 그래서 아람코에서 일하는 여자와는 절대로 결혼 안 할 거래."

바보가 된 느낌이었다. 1년 동안 우리가 함께할 미래를 상상하며 나 혼자 희망에 부풀었었다. K가 나를 향해 던진 시선만으로 특별한 감정이라 단정하며 품었던 희망들. K는 이따금 내게 말을 걸었지만, 자신의 감정에 대해서는 어떤 표현도

한 적이 없었다. 내가 K의 마음이라 믿은 것은 환상일 뿐이라고 확신하며, 사우디 사회가 남성들과 함께 일하는 여성에게 가하는 여러 비판에 나 자신을 노출시켰다는 사실을 조용히 자책했다.

그날 아침 나는 K에게 주려고 했던 작은 화분을 회사에 가져갔다. 최근 그가 내 자리에 찾아와서 멋지다고 칭찬했던 내 화분과 똑같은 것이었다. 점심 식사 후 화분을 들고 발걸음을 재촉해 그의 사무실로 갔다. 속사포처럼 말이 쏟아졌다.

"걱정하지 말아요, 이건 당신 잘못이 아니라 내 잘못이니까. 여성에 대해 이런 견해를 가진 남자와 사랑에 빠진 건 내 잘못이니까요. 림에게 속마음을 털어놓아 줘서 고마워요. 내가 너무 많이 고민하지 않게 해줘서 고맙고, 내 혼란스러운 마음에 종지부를 찍어줘서 고마워요! 나를 속였던 모든 말에도 다시 한번 고마워요. 부탁이니 이 화분을 보면서 나를 기억해줘요. 그리고 **모든** 여성이 당신이 생각하는 그런 이미지는 아니라는 걸 알게 되길 바라요!"

그의 책상 위에 화분을 쾅 내려놓고 그가 내 눈물을 보기 전에 서둘러 사무실을 빠져나왔다. 그제야 내가 무슨 말을 했는지 깨달았다. 사랑이라고? 굴욕감이 몰려왔다.

일을 마치고 코바르 아파트로 돌아왔다. 거실 소파에 아바야를 벗어 던지고 소파 쿠션 위로 무너지듯 쓰러졌다. 어떻게 그렇게 어리석었을까? 어떻게 내가 사우디 여성이라는 걸, 우리 사회는 얼굴을 드러내고 남자들과 함께 일하는 젊은 여성에게 절대 관대하지 않다는 걸 잊을 수 있었을까? 남자는 자신이 바라는 대로 살수 있다. 결혼하겠다고 마음먹으면 과거의 일이 그의 발목을 잡는 일 따위는 절대로 없다. 결혼생활 외에도 자유롭게 관계를 맺을 수 있었고, 여성과 함께 일한다는 이유만으로 비판받는 일은 결코 없을 터였다. 그동안 K와 내가 주고받던 눈길들을 떠올리니 속이 불타올랐다. 내게 무슨 일이 있었는지 영문을 모르는 라미아는 내게 물과 약을 가져다주었다. 나는 거실의 초록색 소파에서 혼미한 상태로 밤을 지새웠다. 다음날 출근은 물어볼 것도 없었다.

다음 날 오후 5시 5분경, 아람코 퇴근 시간이 한 시간쯤 지났을 때 전화벨이 울렸다. 모르는 번호였다. 전화를 건 사람은 띄엄띄엄 소심하게 말했지만, 마음이

급해 보였다.

"괜찮으시면 만나자고 하려고 전화했어요. 오늘 점심시간에 안 보이시길래 사무실에 가서 나오셨는지 봤거든요… 아프다고 하시더라고요… 하나님께서 지켜주시기를요, 마날 씨."

"제 번호를 어떻게 아셨죠?"

"통신회사에서 일하는 친구들에게 물어봤어요."

그가 대답했다. 통화를 끝낸 후 K는 내게 두 통의 문자를 보냈다.

나는 그 메시지를 백번쯤 읽었다. 그러나 내 감정은 비밀로 묻어두었다.

회사에서 우리 관계는 이전과 다름없었다. 멀리서 흘낏 보다가 통로에서 잠깐 눈빛을 주고받았다. 이제는 매일 퇴근 시간이 기다려졌다. 그때가 바로 K의 전화를 받고 아무도 듣지 않는 곳에서 은밀하고 가슴 뛰는 대화를 나누는 시간이었기 때문이다. 통신기지국과 문자의 도움으로 우리는 점점 더 서로에게 이끌렸다. 마침내 나는 직접 만나자는 말에 동의했다. 여전히 망설여지긴 했다. 사람들이 우리가 함께 있는 걸 보거나 종교경찰이 우리를 체포해서 큰 스캔들이 날까 두려웠다. 그래서 우리는 해지기 한 시간 전에 라스 타누라에 있는 나즈마 해변에서 만나기로 했다. 라스 타누라는 회사에서 차로 한 시간쯤 걸리는 다른 아람코 단지의 일부로, 아라비아만에서 가장 큰 정유공장이 있었다. 나는 다란과 라스 타누라를 왕복하는 아람코 버스를 탔다. 이 버스는 아람코에서 다른 아람코 단지로 이동하는 버스였기 때문에 여성도 탈 수 있었다. (아람코는 나라 전역에 여러 단지가 있었고, 거의 모든 도시에 주요 시설이 있었다.)

해변에 먼저 도착한 나는 잠시 서 있었다. 그가 나에 대해 어떻게 생각할지 궁금했다. 남자와 전화 통화하는 것에 동의하더니 이제는 직접 얼굴을 보러 온 쉬운 여자쯤으로 여기면 어떡하지? 샌들을 벗고 정유공장이 있는 저편의 해변을 향해 백사장을 따라 맨발로 걸어갔다. 공장 굴뚝 중 한 곳에서 연기가 하늘로 힘차게 솟아오르면서 주변 공기를 모두 빨아들이는 듯했다. 이는 적절한 비유처럼 보였다. 무수한 사우디의 사랑 이야기들은 결혼으로 끝나지 않고 가슴 아픈 이야기로 끝난다. 대부분의 사우디 남자들은 약혼도 하기 전에 단둘이 대화하는 것을 허락한 여성을 믿지 않을 것이다. 그러나 나는 K에게 완전히 매혹되어 있었다. 엄마가 해 주었던 수많은 경고를 무시해버렸고 아버지를 배신한다는 느낌도 가볍게 떨쳐 냈다.

어린 시절 이후 처음으로 머리에 쓴 스카프를 벗어 어깨에 걸쳤다. 소금기를 머금은 바닷바람이 내 얼굴과 머리를 스쳐 지나갔다. 나는 홀로 해변에 앉아 기다렸다. 그때 문자가 왔다. '도착했어요, 몇 분 안에 그리로 갈게요.'

지금이라도 취소할 수 있었다. 해안가를 내려다보는 집들 사이에 숨어서 이 만남은 그저 망상일 뿐이라고 말해버릴 수도 있었다. 나처럼 모범적인 무슬림 여자가 어떻게 낯선 남자와 단둘이서 만나는 걸 동의했단 말인가? 그것도 얼굴을 드러내고 머리칼도 가리지 않고서 말이다. 나는 마치 촉촉한 모래에 깊숙이 뿌리를 내린 사람처럼 앉아 있었다. 양손으로 무릎을 감싸 안고 앉아서 깊은숨을 들이쉬며 파도를 바라보았다. 부딪히며 오가는 파도의 움직임에 내 마음이 진정되기를 바라면서.

처음에는 실루엣으로 그가 보였고 그다음에는 그가 쓰는 향수의 향이 느껴졌다. 마침내 내 옆에 털썩 주저앉은 그는 나보다 더 부끄러워하는 듯했다. 우리는 아무 말도 하지 않았다. 그는 그저 손을 뻗어 내 손을 자기 손안에 감싸 쥐었다. 내 손이 남자 손에 닿은 건 그때가 처음이었다. 나는 가만히 있었다. 우리는 아무 말 없이 앉아 있었다. 우리 앞에서 부서지는 파도 소리만 들릴 뿐이었다. 그날 나는 이 사람과 결혼해야겠다고 마음먹었다.

이후 여러 달이 비슷한 방식으로 지나갔다. 전화와 문자를 주고받다가 사무실에서 만나면 짧고 피상적인 대화를 했을 뿐 좀처럼 진척이 없었다. 그의 보수적인 배경과 나의 종교적인 배경으로 인해 우리 두 사람의 관계가 더 이상 깊어지지 않았다. 상황도 내가 상상하는 대로 순조롭게 흘러가진 않았다. 대화할 때마다 사고방식의 차이가 점점 더 명백하게 드러났다. 그는 여성이 아람코에서 일하는 것과 얼굴을 드러내는 것에 강력하게 반대했다. 종교적 관점에서가 아니라 문화적 관점에서 그렇다고 했다. 만약 여성들이 얼굴을 가리지 않고 다니는 말레이시아에서 산다면 K도 내가 얼굴을 드러내는 것을 반대하지 않을 거라고 했다. 그러나 사우디 왕국 안에서는 가장 보수적인 규칙을 따라야 한다고 주장했다. 사우디 사회는 전통을 얼마나 고수하는가에 따라서 그 사람을 평가한다. 여성이 몸 전체를 가려야 한다는 요구는 종교적 신념보다는 이런 사회적 이유에 기반을 둔다. 코란을 보면 무슬림 여성에게 얼굴을 가리라는 요구를 구체적으로 하지 않는다. 오히려 예언자 무하마드(PBUH)와 함께 전투에 참여하는 여성들이 등장한다. 우리는 자주 논쟁을 벌였는데, 논쟁은 항상 그가 아람코에서 일하는 건 괜찮고 왜 여자인 내가 일하는 건 안 되냐는 나의 질문으로 끝이 나곤 했다. 그의 대답도 항상 같았다.

"나는 남자잖아, 남자는 뭘 해도 부끄러울 게 없어."

내 머리는 그의 곁을 떠나라고 다그쳤지만, 그에게 이끌리는 내 마음이 언제나 머리를 이겼다. 그가 내게 청혼한다면 다시 니캅을 쓰고 아람코를 그만둘 수도 있다고 자신을 설득해보려 했다. 그러나 나는 일하고 싶었다. 또한 부모님은 재정적으로 내게 의존하고 계셨다. 하지만 우리는 별다른 합의점을 찾지 못했다.

나는 종교적인 죄책감에도 사로잡혀 있었다. 가족 외의 남자와는 접촉하지 말라는 금지사항을 이미 어긴 것이다. 명백한 내 잘못이었다. K와 같은 부서에서 일하는 여직원들 사이에 우리에 대한 소문이 퍼지면서 나의 심적인 혼란은 커져만 갔다. 한 번은 함께 점심을 먹는 여자 동료 중 한 명에게 이런 말을 했다.

"다른 부서 여직원들이 말하는 소문 말이야, 너무 고통스러워서 그 친구들과 더는 어울리지 말아야겠어."

"적들이 너를 흠 잡지 못하도록 제대로 해, 마날."

동료의 답변에서 가시가 느껴졌다.

"무슨 뜻이야? 그 사람들이 뭐라고 하는데?"

"맙소사, 네가 어떤 행동을 하고 있는지는 네가 제일 잘 알잖아."

동료는 이렇게 말을 이었다.

"내가 여기서 더 설명할 필요는 없다고 봐."

K의 부서에서는 또 다른 소문이 돌았다. 점심을 함께 먹는 동료 중 한 명인 달리아에게 한 선배가 애정을 표현했다. 달리아는 호응해주지 않았지만, 그 남자가 계속 쫓아다녔다. 달리아는 그가 괴롭힌다고 종종 호소했으나 소문은 계속 퍼져나

갔다. 누군가가 달리아에게 소문의 배후에 내가 있다고 말했다. 사람들은 내가 K와 나에게 쏟아지는 관심을 다른 데로 돌리려고 달리아의 명예를 문제 삼는 거라고 수군댔다.

하루는 책상에 앉아서 보고서를 쓰고 있는데 달리아가 화를 내며 쳐들어왔다.

"내 이야기를 하고 다녔다고? 너 대체 뭐 하는 사람이야?"

달리아가 소리를 질렀다.

"이 쓰레기, 저질, 나쁜 년! 다른 사람 욕하기 전에 너랑 K나 똑바로 해."

그러더니 내 얼굴에 침을 뱉었다.

끔찍한 경험이었다. 나는 사람들 앞에서 싸워본 적이 없었다. 초등학교 때도 언니가 싸움을 걸면 맞대응하지 않았다. 언니는 그런 나에게 진저리를 쳤다. 나는 모욕을 당하면 어떻게 갚아주어야 하는지도 몰랐다. 거리에서 아이들과 놀지 못하게 하는 엄마에게 언니가 왜 그렇게 불평을 늘어놓았는지 이제야 이해가 됐다. 이런 욕설에 단련이 되고 자신을 지키는 법을 배우는 건 정말 중요한 일이란 걸 깨달았다. 나는 K에게 다른 여직원들이 하는 말을 전했다. K에 대한 소문, 아바야를 잠시나마 벗어버렸던 내 행동에 대한 여파, 외국인 남자 동료들과 커피를 마시는 일, 내가 혼자 살면서 우리 가족이 겪는 부담까지, 나는 좋지 않은 상황에 갇혀버렸다. K에게 나와 결혼하겠다고 우리 아버지에게 말씀드리는 게 어떨지 물었지만 우리는 아람코와 니캅이라는 주제를 뛰어넘지 못하고 있었다. 달리아의 말(나쁜 년!)과 매일 아침 나를 보는 대학 동기의 경멸에 찬 눈빛은 나의 내면을 갉아먹고 있었다. 메카로 돌아간 친구 말락 외에는 믿을 사람이 아무도 없었다. 그러나 말락도 그리 도움이 되지는 못했다. 말락도 나만큼이나 혼란스러워했다.

상황이 이런 식으로 계속 흘러가고 있는 와중에 엄마가 찾아왔다. 엄마가 떠나던 날, 나는 아람코 공항까지 엄마를 배웅해드렸다. (아람코 직원과 직원 가족들은 회사의 자체 공항과 비행기를 이용할 수 있다) 다음날 엄마에게 전화가 왔다.

"비행기 표를 발권하는 사무관이 너한테 정말 반했나 보더라."

엄마는 신이 나서 말했다.

"네가 간 다음에 너에 관해서 물어보더라고. 내 전화번호를 받아갔었는데, 오늘 그 사람 엄마가 전화해서는 너와 그 사람을 약혼시키면 어떻겠냐고 묻지 뭐니."

나는 이런 식으로 청혼이 이뤄지는 풍습을 오랫동안 반대해왔지만, 이번만큼은 달랐다. 내가 매일 겪고 있는 고통에서 벗어나는 길이었고, 지금 중요한 건 오직 그것뿐이었다.

"좋아요,"

나는 엄마에게 말했다.

"그렇게 할게요. 엄마."

엄마는 매우 기뻐했지만 나는 비참한 기분이 들었다. K에게 우리 관계는 이제 끝났다고 문자를 보냈다.

"어떤 사람이 나한테 청혼했어요. 그래서 일단 만나기로 했어요."

그에게 아무 답변이 없어 난 그것으로 끝났다고 생각했다.

다음날 엄마는 어떤 사우디인 아주머니와 통화한 뒤 내게 전화를 했다. 나는 전화를 받았을 때만 해도 엄마가 공항직원의 어머니와 만날 약속을 정했나보다 생각했다. 그러나 엄마에게 전화를 건 사람은 사람은 K의 어머니였다.

"제다에 계신 어머니와 남편분을 찾아뵐 수 있으면 좋겠습니다."

그분은 우리 엄마에게 이렇게 말했다. 나는 엄마에게 첫 번째 구혼자에 대해서는 잊으라고 했다. 날짜가 정해졌다. K의 부모님이 제다에 방문하는 날짜에 맞춰 나도 제다행 비행기 표를 예매했다.

신랄한 소문들을 다 겪고 나니 내 약혼 소식을 다른 여직원들에게 꼭 알려주고 싶었다. 니캅이나 아람코를 사직하는 것, 그 외의 모든 논쟁거리는 잠시 미뤄두었다. 다음날 나는 당당하게 고개를 치켜들고 사무실에 출근해서 점심을 함께하는 동료 중 한 명에게 말했다.

"K가 내게 약혼하자고 정식으로 말했어."

"정말이야?"

동료는 이렇게 덧붙였다.

"너희 두 사람은 전혀 안 어울린다고 봐. 게다가 그 사람은 너무 오만하잖아."

나는 동료의 의견을 가볍게 들어 넘겼다. 그뿐 아니라 그 누구의 의견에도 크게 비중을 두지 않았다. 내게는 무엇보다 더는 소문이 퍼지지 않게 하는 것이 중요했다. 나의 약혼 소식이 림과 달리아에게 전해지기를 바랐는데, 정말 그렇게 됐다. 림은 K에게 축하 인사를 전했다. 그러자 K는 바로 내게 전화해서 심하게 나무랐다. 나는 K가 소리 지르며 내뱉는 모욕적인 말을 듣다가 한 가지를 알게 되었다. 만약 약혼 소식이 다른 직장동료들에게 더 퍼지면 모든 것이 끝장날 참이었다.

"이 회사에서 일하는 한 내 아내가 될 생각은 꿈도 꾸지 마."

그는 이렇게 말했다.

"우리가 결혼하면 그날 바로 당신은 아람코를 사직하는 거야. 그때까지 약혼 이야기는 비밀로 해야 해. 나는 내 미래의 부인이 얼굴을 드러낸 채 남자들과 일하고 있는 게 수치스러우니까."

약혼을 위해 선을 보던 날, K는 여전히 화가 나 있었고 우리는 한마디도 하지 않았다. 엄마가 K의 어머니를 만났고 K는 아부야와 동생을 만났다.

태어나 처음으로 아버지가 차분하게 조언해주었다.

"우리 딸," 아버지는 부드럽게 말했다.

"내가 볼 때 저 남자는 우리와 잘 맞는 사람이 아니다. 자신을 아주 대단하게 여기는구나, 게다가 외아들이야. 저 사람과 지내면 네가 너무 힘들 것 같다."

아버지는 내가 이미 힘든 처지라는 걸 전혀 알지 못했다. 나는 아버지에게 이렇게 말하고 싶었다. '아부야, 매일 제 평판을 깎아내리는 직원들의 입을 다물게 할 수만 있다면, 저는 제 존엄을 짓밟는 남자라도 기꺼이 결혼하겠어요.' 그러나 늘 그랬듯이, 이번에도 나는 아무 말을 하지 않았다. 나는 죄책감 때문에도 몹시 힘들었다. K가 내 남편이 되지 않으면 내 죄가 절대 씻기지 않으리라 생각했다.

결혼식 일정이 잡혔지만 그 외의 다른 건 아무것도 해결된 게 없었다. 좋을 때면 K를 열렬히 사랑했지만 나쁠 때는 미워했다. 우리는 서로 고함을 지르고 모욕적인 말을 퍼붓고 일방적으로 전화를 끊곤 했다. 그러나 이제 와 예전으로 돌아갈 수는 없었다. 결혼을 물릴 수는 없었다. 결혼을 준비하면서 심지어 어린 시절 여성 할례로 생긴 흉터를 없애보려고 수술까지 받았다. 결혼식 날, K는 또 내게 말을 걸지 않았다. 왜 그랬는지는 기억이 나지 않는다. 문젯거리들은 마치 물방울

186

이 합쳐지듯 불어나 나중에는 서로 구별되지 않았다. 남아있던 모든 것들이 강물의 급류에 휩쓸려 흘러갔다. 심지어 아버지의 사촌들까지 기분이 좋지 않았다. 우리 아슈라프 부족의 여성은 부족 내의 남성하고만 결혼하도록 규정했기 때문이다. 그러나 어쨌든 결혼식은 계속 진행되었다. 아버지는 결혼 서약식을 메카의 그랜드 모스크에서 열고 삼촌을 증인 중 한 명으로 세우겠다고 결정했다. 나는 내 서약식인데도 참석하지 못하고 제다의 미용실에 앉아서 이후 벌어질 저녁 축하연 준비를 하고 있었다. 나는 지도자^{Sheikh} 앞에 서지 못했고, K를 남편으로 받아들이겠냐는 질문도 받지 못했다. 어쨌거나 내 대답은 하나도 중요하지 않았다. 결혼서약서를 들고 메카에서 돌아온 남자들도 내 의사가 중요하지 않기는 마찬가지였다.

"이제 당신은 내 아내야."

그가 결혼식 후 내게 건넨 첫 마디였다.

"오늘 이후로 당신은 얼굴을 드러내면 안 돼."

우리는 내가 계속 일하는 동안 함께 지낼 임시거처에 도착했다. 결혼식을 올리고 결혼서약서에 서명을 한 4월 1일 이후에도 회사에 다니는 건 허용되었다. 그러나 우리가 8월 26일 공식 피로연을 올린 후에는 회사를 그만두어야 했다. 사우디 문화에서 결혼식과 피로연은 각기 다른 행사여서 반드시 같은 날에 하지는 않는다. 사우디에서는 공식 혼인서류를 마무리하고 서명할 때까지 신붓감이 약혼자에게 말을 거는 것은 허용되지 않았다. K는 내가 가족을 경제적으로 부양하고 있다는 것을 알고 있었다. 나는 여전히 제다에 있는 부모님 아파트 집세의 절반을 내고 있었고, 수도, 전기요금 등도 모두 부담하고 있었다. 또 엄마와 동생에게 매달 용돈을 주고 있었다. 또 두 차례 받은 은행 대출금도 갚고 있었다. 첫 대출금으로 동생에게 중고차를 사줬고, 두 번째 대출금으로는 아버지에게 낡아빠진 예전 택시 대신 새로운 택시를 사드렸다.

K는 내가 계속 직장을 다니겠다고 하자 금세 수심에 빠졌다. 그는 단호하게 직장인지, 남편인지를 선택하라고 했다. 나는 두 가지를 다 지키고 싶은 마음이 간절해서 다른 걸 차례차례 양보했다. 내가 아람코에서 일하는 것에 대한 K의 마음

이 바뀌기를 바라며 하나씩 양보할 때마다 K는 다른 걸 더 요구했다. 우리는 결코 합의에 이르지 못했고, 평생 합의하지 못할 것 같았다.

결혼식 후 나는 휴가를 냈다. 휴가를 보내는 동안 K는 매일같이 내게 니캅을 쓰지 않으면 우리 관계가 끝날 수 있다고 경고했다. 나는 직장에서 검은 아바야를 입긴 했지만, 검정 베일 대신 색깔 있는 숄을 머리에 둘렀다. 무슬림 여성이 얼굴을 드러내도 괜찮다는 건 나름 오랫동안 힘들게 고민하여 내린 결론이었다. 하지만 K는 아내가 다른 남자들 앞에서 얼굴을 드러내는 것을 부끄러워했다. 내가 다시 니캅을 쓸 것 같지는 않았지만, 일단 니캅을 샀다. 니캅을 쓰고 프레젠테이션을 어떻게 하나? 회의에는 어떻게 참석하나? 니캅을 쓴 나를 동료들이 과연 계속 존중해줄까? 언제는 얼굴을 드러내고 다니다가 이제 다시 니캅을 쓰고 나타나다니. 어쩌면 내가 그때 임시 업무를 맡아 새로운 부서로 옮기게 된 것이 축복이었는지도 모르겠다.

K가 요구한 대로 나는 4월 1일 결혼식이 끝난 후 얼굴에 검은 니캅을 쓰고 직장으로 복귀했다. 이 소식은 내가 전에 일하던 부서에까지 빠르게 퍼졌고 옛 동료 중 몇몇은 내게 이메일을 보냈다. '올바른 길을 선택한 걸 축하해요, 마날!'

옷차림이나 점심 먹는 장소, 심지어 휴식시간에 동료와 나눈 대화의 소재로 여성을 판단하면서, 남성에 대해서는 그렇게 하지 않는다는 게 정말 이상하지 않은가? 남자를 두고 수염을 길렀는지 아닌지, 여성들과 함께 일하면서 그들에게 말을 거는지 아닌지로 판단하지 않는다. 왜 사우디 여성들은 남성에게 기꺼이 복종하며 남성들의 규칙과 조건을 고수하는가? 나는 왜 그랬을까?

니캅은 나에게 묘한 영향을 주었다. 니캅을 쓰니 의도하지 않게 자꾸 내성적으로 변해갔다. 프레젠테이션할 때는 동료들과 치열하게 경쟁해야 하는데 오히려 망설이고 있었다. 거침없이 논쟁에 뛰어들지도 못했다. 그런 적극적인 태도는 왠지 나의 새로운 복장과 어울리지 않는 듯했다. 직장에서는 니캅에 가려진 내 표정을 아무도 볼 수 없었기 때문에, 나는 앞면에는 '행복한 얼굴'이라고 쓰고 뒷면에는 '슬픈 얼굴'이라고 쓴 카드를 들고 다니면서 감정을 표현했다. 그렇게 하지 않으면 니캅 때문에 아무 감정도 드러낼 수 없었다.

K는 계속 내 삶을 지배하려 들었다. 나의 모든 것을 바꾸고 싶어 하는 듯했다.

"남자처럼 빨리 걷지 마. 큰 소리로 말하지 말고, 남자 동료들과 업무 외의 다른 이야기는 하지 마. 다음 출장은 혼자 가면 안 돼. 남동생이랑 같이 가도록 해."

당연히 동생은 일주일 내내 대학 수업을 빠지고 나의 독일 하노버 출장을 따라 가야만 했다. 스물한 살인 동생은 사우디 법으로 여전히 미성년자여서 여권을 발급받으려면 아부야의 허락이 필요했다. 그런 동생이 나를 감독하다니. 즐거워야 할 결혼생활이 너무나 불행했다. 나의 불행은 우리가 공식 결혼식 날짜이자 내 사직 일자를 정하면서 더욱 커졌다.

하루는 K가 점심시간에 내 사무실을 지나가다가 내가 옆 사무실 남자와 대화하는 모습을 보았다. 마침 우리 사이가 바닥을 칠 때였는데 지난 주말 바레인에서 K와 함께 본 영화에 관한, 지극히 평범한 이야기를 하고 있었다. 니캅을 쓴 상태에서 나눈 대화였지만 일과 관련된 것은 아니었다. 바로 그것이 엄격하게 금지된 일이었다. 니캅을 쓰고 있던 나는 K의 그림자가 사라지는 걸 보고서야 그가 그곳에 머물렀다는 사실을 알았다. 심장이 덜컥 내려앉았다. 나는 겁을 먹고는 K의 사무실로 찾아갔다.

"당장 내 사무실에서 나가, 이 창녀야!" K는 소리를 질렀다. 이 말을 들으니 실제로 한 대 맞은 것처럼 아팠다. 그는 마치 엄청난 배신행위라도 목격한 사람처럼 미친 듯이 화를 냈다. 더 최악인 것은 옆 사무실에 있는 그의 동료들이 모든 말을 다 들었다는 사실이다.

업무가 끝난 후 K에게 말을 걸어보려고 사과하는 문자를 보냈다. K의 답변은 신랄했다. 나는 우리 관계가 이미 끝났다고 생각했지만, 끝까지 버텼다.

K가 결국 나를 찾아왔다.

"당신이 나와 이혼하고 싶다면, 이혼해 우리, 나를 놓아줘."

내 말에 그가 대답했다.

"우린 이혼이야."

이슬람법에 따르면 남자가 부인과 이혼할 때는 이렇게 말하는 것으로 충분하다. 나는 고통을 끝내고 싶었다. 전통적으로 축하할 때 내는 자가리드^{zaghareet}(리듬에

189

맞춰 내는 고음의 '라라라라' 소리. 축제 때 다른 댄서의 흥을 돋우거나 자신이 즐기고 있다는 걸 표현하려고 내는 여흥 구:역주) 소리를 내며 K를 조롱했다.

"내 아파트를 떠나줘요. 당신을 두 번 다시 보고 싶지 않아."

그러나 다음 날, 내 삶에서 그를 완전히 지워버리고 싶어서 그에게 받은 선물을 정리하기 시작하자 그가 다시 보고 싶어졌다. 친구 알랴에게 전화했다. 알랴는 첫 약혼이 별거로 끝나버린 친구였다. 친구 중에서 알랴가 가장 내 상황을 이해할 것 같았다.

"알랴, 약해지고 싶지 않아." 나는 이렇게 말했다.

"그를 잊고 싶어, 예전에 매번 내가 그랬던 것처럼 그에게 다시 전화해서 돌아와달라고 매달리고 싶지 않아. 여전히 그를 사랑하지만 이건 위험한 사랑이야. 내 삶을 혐오하고 나 자신을 혐오하도록 만드는 사랑이라고."

알랴는 나를 데리고 코바르 코르니쉬로 갔다. 함께 걷는 동안 지난 추억이 떠올랐다. 여기는 우리가 처음 함께 앉았던 곳, 여기는 날아다니는 홍학 떼를 보면서 쉬던 곳, 여기는 우리가 팝콘을 먹던 곳…. 모든 장소마다 K가 떠올랐다. 나는 알랴에게 내 휴대전화를 주었다. 보고 싶은 마음에 무너져서 전화하고 싶지 않았다.

일주일이 지나자 나의 눈물과 갈망도 진정되기 시작했다. 업무로 바쁜 나날을 보내면서 주어진 과제를 마치고 다시 원래 부서로 돌아갈 때는 니캅을 벗겠다고 결심했다. 내 선택을 축하한다고 이메일을 보냈던 모든 남자가 드러난 내 얼굴을 볼 수 있도록 반갑게 인사하며 그들의 앞을 지나갈 것이다.

그러다 K의 이메일을 받았다. 처음으로 받아보는 사과 편지였다. K는 자신이 정말 경솔했다고, 여전히 나를 사랑하며 나 없이는 살 수 없다고 썼다. 그는 우리가 다시 합쳐지길 원했다. 세상에서 나 말고 다른 여자가 자신의 아내가 되는 일은 없을 거라고 했다. 나는 그의 이메일을 지우고는 답장을 보내지 않았다. 그에게 돌아가지 않을 참이었다. 이번에는 K의 누나에게 전화가 왔다. 대학교수인 누나는 신앙심이 깊은 사람이었다. 그때까지 K와 나는 우리 문제를 공개하지 않았다. 우리는 누구에게도 알리지 않고 둘이서만 싸우다가 둘이서 끝냈다. 그 바람에 우리 가족을 포함한 모든 사람이 우리가 행복하게 지내고 있다고 오해하고 있었다. K의 누나는 전화로 조용히 내 이야기를 들었다. 누나는 내게 인내심을 강변했다.

"여자는 남자와 결혼하면 자신의 성품과 인생을 남자에게 맞추면서 바꾸는 게 의무잖아요."

이렇게 말하며 K의 누나는 내가 업무와 관련 없는 화제로 남자들과 대화하는 게 얼마나 잘못된 일인지 설명했다.

"남자의 질투를 절대 과소평가해서는 안 돼요."

누나의 말을 들으니 학창 시절 종교강의 시간으로 돌아가 학교 안마당의 딱딱한 맨바닥에 카펫도 없이 앉아서 지도자Sheikh의 말에 귀 기울이고 있는 듯한 기분이 들었다. 태양이 강하게 내리쪼여 나중에는 옷이 뜨거워져서 만질 수도 없을 정도가 되곤 했다. K의 누나는 여성은 남편에게 순종해야 한다는 예언자 무하마드(PBUH)의 말씀을 하디스에서 인용하면서 내가 천국에 들어가는 것은 K가 내게 얼마나 만족하느냐와 밀접하게 연결되어 있다고 상기시켜줬다. 나는 극도의 죄책감을 느끼면서도 내 마음은 이미 정해졌다고 말했다.

"저는 이혼서류를 기다리고 있어요. K에게 미루지 말아 달라고 전해주세요."

전화를 끊으면서 나는 평생 내 죄를 씻을 수 없을 것이라 생각했다.

하루는 회사에서 집으로 돌아오니 전화벨이 울렸다. 모르는 번호였는데 받아보니 K였다. 그는 창문 밖을 내다봐달라고 부탁했다. 건물 앞에 그의 차가 세워져 있었다. "여기 무슨 일로 온 거죠?" 내가 물었다.

"지금 당신 아파트로 올라갈 거요." 그가 말했다.

"문 좀 열어줘요, 부탁이야."

"내가 왜 당신한테 문을 열어줘야 하죠? 언제쯤이면 우리 관계가 끝났다는 걸 이해하겠어요? 나는 이런 식으론 더 못하겠어요. 혼자 있으면서 행복한 게 다른 사람과 함께 있으면서 불행한 것보다 훨씬 나아요."

전화기 저편에서 그가 울고 있었다.

"지금도 당신을 미치도록 사랑해." 그는 힘없는 목소리로 말했다.

"당신 없는 삶을 상상할 수가 없어."

마음이 흔들렸다. 해야 할 것과 하지 말아야 할 것, 그리고 나를 지배하던 모든 것 너머에 정말 눈물을 흘릴 만큼 부드러운 마음이 있었단 말인가? 내가 침묵하니 그의 울음소리만 들렸다.

아바야를 입고 1층으로 내려가 그의 옆자리인 조수석에 앉았다. 그의 눈물을 보니 그저 닦아주고 싶은 마음뿐이었다. 그러나 그 대신 그의 한쪽 손을 내 두 손으로 꼭 잡아주었다. 나는 이 사건으로 모든 게 바뀔 거라는 희망에 부풀어 그에게 다시 돌아갔다.

우리는 피로연을 마치고 신혼여행을 다녀왔다. 다시 사무실로 돌아온 나는 니캅을 쓰지 않았다. 비록 건물 밖을 다닐 때는 니캅을 쓰기로 약속했지만 말이다. 직장 문제는 이로써 모두 해결되었다. 그러나 매일 밤 우리 집 문 안에서 무슨 일이 벌어지는지 아무도 몰랐다.

결혼 후 나는 이중생활에 익숙해져야만 했다. K의 친척과 친구들에게는 내가 아람코에서 일한다는 사실을 숨겼고, K와 동행할 때면 그의 지인들이 내 얼굴을 보지 못하도록 니캅을 썼다. 소문내기 좋아하는 몇몇 사람들의 입을 막기 위해 나는 모든 것을 희생했다. 우리의 결혼생활은 교제할 때와 똑같이 피곤한 싸움의 연속이었다. 바뀐 것이라고는 내가 당하는 모욕뿐이었다. 이전에는 나에게만 비난을 퍼부었다면, 이제는 우리 가족까지 싸잡아 비방했다. 나를 모욕하는 것에 대해서는 대응하는 법도 배우고 심지어 용서하는 것도 배웠지만, 우리 가족을 비난하는 것은 도무지 용서할 수도 잊을 수도 없었다. 그는 어떻게 말해야 내가 깊게 상처받는지 정확하게 알고 있었다. 그는 우리 엄마가 리비아 사람이고 아버지가 택시 운전사라는 이유로 나를 조롱했다. 그는 자신보다 사회적으로 신분이 낮은 나와 결혼하느라 자신이 크게 양보했다고 여러 번 말했다. (나중에서야 한 친구가 놀라며 이렇게 말했다. "하지만 마날, 너희 부족은 사우디아라비아 전역에서 가장 존경받는 부족 중 하나야. 너와 결혼해서 사회적 지위가 올라간 건 오히려 그 사람이지.")

나는 이따금 그에게 이런 문제를 제기하곤 했다.

"당신은 원하는 결과를 얻으려고 늘 조급하지. 한 번이라도 나에게 소리 지르지 않고 부탁해 본 적이 있어?"

나는 이렇게 말했다.

"당신은 나한테 뭘 부탁할 때마다 명령하거나 금지하면서 말하지. 그럴수록 나는 당신에게 잘하려는 마음이 줄어들고 점점 더 고집이 세져."

그의 대답은 항상 똑같았다.

"내 친구들이 다들 뭐라는 줄 알아. 당신은 헤자즈^{Hejaz} 여자라 자존심을 꺾으면서 대해야 한다고 해, 그렇지 않으면 나를 이용해 먹을 거라고." (헤자즈는 내 출신 지역을 일컫는 말로, '경계'지역이라는 뜻이다.)

신앙심이 깊은 그의 누나는 언제나 여자인 내가 남자인 그에게 복종해야 하고 그의 만족과 위안을 위해 모든 것을 참는 것이 나의 의무라고 상기시켜주었다. 그의 만족이 곧 하나님의 만족이고, 그의 분노는 곧 하나님의 분노였다.

내가 유일하게 좋았던 시절은 결혼식을 올린 후 그의 본가로 들어가서 그의 어머니, 누나들과 함께 살았던 때이다. 나는 그분들을 정말 사랑했고 그분들도 나를 사랑했다. K의 어머니는 돌아가신 자인 고모처럼 따뜻하고 사랑이 많은 분이었다. 결코 간섭하지 않았지만, 우리의 불화 때문에 화가 나 있다는 건 알 수 있었다. 시어머니에게 우리 영혼이 고요해질 수 있도록 하나님께 기도해달라고 부탁했다. 나는 여전히 그분의 아들을 사랑하고 있었다. 게다가 나는 임신 중이었다.

2005년 10월 30일 새벽, 우리 아들 압둘라(나는 애칭으로 '아부디'라고 불렀다)가 제다에서 태어났다. K는 여러 해 전에 돌아가신 시아버지 이름을 따서 아이 이름을 지었다. 원래는 제다의 친정집에서 아이를 낳을 계획이 없었지만, 임신 9개월이던 10월 29일에 남편과 크게 다투고 담맘의 우리 집을 나와 버렸다. 배가 만삭처럼 보이지 않아 비행기에 탑승할 수 있었다. 그리고 다음 날 아침 아이를 낳았다.

나는 두려웠다. 우리 아기는 태어나 처음으로 들어야 할 말이 고성과 비명이 될 테고, 행복하지 않은 부모를 견뎌야만 할 터였다. 심지어 그토록 고통스러운 결혼생활 속에서 내가 과연 이 아기를 사랑할 수 있을지 의문이 들기도 했다. 결혼 초에 아기를 갖자는 남편의 요구를 들어준 나 자신을 책망했다.

"결혼한 내 친구들은 모두 결혼 첫해에 아기를 낳았어, 당신 때문에 나는 실패한 느낌이야."

남편은 내게 소리를 질러댔었다.

그러나 간호사가 내 배 위에 아부디의 작은 몸을 올려주자, 엉겨 붙은 머리칼에 쭈글쭈글한 피부의 아부디가 마치 내가 엄마라는 것을 아는 양 부은 눈으로 나를 바라보았다. 그 순간 나는 사랑에 빠졌다. 그날 이후로 내게 가장 중요한 건 아부디의 삶이 되었다.

아부디가 태어난 날은 성스러운 라마단의 27번째 날로 1년 중 제다행 비행기가 가장 붐빌 때였다. 엄마가 시댁 식구들에게 행복한 소식을 전했지만, 그분들은 비행기 표를 구할 수 없어 아기를 보러 오지 못했다. 이제 자신을 아부 압둘라(압둘라의 아버지)라고 부를 수 있게 된 남편은 담맘에서 제다까지 열여덟 시간 동안 차를 몰고 아들을 보러 왔다. 그 길을 내내 운전하고 있다는 말을 듣자 그 전날 싸웠던 일이 언제 그랬냐는 듯이 기억에서 사라졌다.

아부디가 태어날 때 나는 상황이 바뀌기를 바랐다. 우리의 관계가 성숙해지고 아기가 우리 마음을 하나로 모아주기를 희망했다. 그러나 그런 일은 일어나지 않았다. 대신 직장을 그만두라는 압박만 다시 커지기 시작했다.

약 2년 후 어느 날엔가 남편이 우리 부모님에게 일련의 저주를 퍼부었다. 남편 역시 자신의 가족이 모욕을 당하는 쓰라림을 겪어봐야 한다고 결심한 나는 시부모님을 비방하기 시작했다. 결혼생활 이후 내가 이런 방식으로 받아왔던 모욕에 똑같이 맞대응하긴 처음이었다.

그다음 무슨 일이 벌어졌는지는 자세히 기억나지 않는다. 그저 내가 아이 앞에서 심하게 두들겨 맞았다는 것만 기억난다. 두 살쯤 된 아부디와 나는 공포에 질려 비명을 지르고 있었다. 남편에게 처음 맞은 건 아니었지만, 내가 맞는 걸 아부디가 본 건 처음이었다. 나는 남편에게 아들 앞에서는 때리지 말아 달라고 빌었다.

"나를 때리려면 우리 방에서 때려요."

나는 울부짖었다.

"내가 맞는 모습을 아부디에게 보이기 싫어요."

아버지가 우리 앞에서 엄마를 때렸던 기억이 떠올랐다. 아버지는 우리가 아무리 빌어도 엄마를 계속 때렸다. 그때 나는 엄마가 맞는 걸 보면서 정신없이 울부짖었다.

그 순간, 한 가지는 분명해졌다. 남편이 아들 앞에서 나를 때리는 걸 용납할 수 없었다.

❖

사우디 사람이 아니라면 왜 사우디 문화에서는 그렇게 많은 사람이, 특히 여성들이 이런 식의 신체적 폭력에 고통받으면서도 복종하고 참는지 이해할 수 없을지도 모른다. 그러나 저항하면 할수록 그 대가가 훨씬 더 커질 수 있다. 내가 메카에서 자랄 때 우리 동네에 딸이 대학에 가고 싶어 하는 집이 있었다. 그 집 아버지는 딸이 집을 떠나서 공부하겠다고 하자 격노한 나머지 심하게 때렸고 그 결과 딸이 달아나 버렸다. 딸을 찾지 못한 가족은 여러 날이 지나자 경찰에 연락할 수밖에 없었다. 그러나 열일곱 살 된 딸이 먼저 경찰서를 찾아간 상태였다. 딸은 아버지를 고소했다. 고소는 기각됐지만, 딸은 집으로 돌아가기를 거부했다. 매 맞는 여성들을 위한 쉼터가 없다 보니 유일한 대안은 경찰이 이 소녀를 청소년 교정시설 즉, 열여덟 살 이하의 소녀들을 가두는 감옥에 넣는 것이었다. 여러 주가 지난 후 소녀의 고모가 찾아와서 그 소녀를 데리고 자기 집으로 갔다. 사우디 정부가 마흐람의 허락 없이 해외에 나가 공부하는 것을 불허하고 있음에도 불구하고, 그 소녀는 학교에 다녔고 해외로 유학까지 갔다는 이야기를 나중에 들었다.

그 소녀가 '운이 좋았다'는 말은 차마 하지 못 하겠다. 그러나 학대받는 많은 여성 피해자들은 특별한 기술이 없거나 많이 배우지 못했기 때문에 선택지가 거의 없는 게 사실이다. 굶주리고 칼에 찔리고 불에 타고 집에서 쫓겨난 여성들의 이야기가 있다. 심지어 남자 가족에 의해 정신질환자 시설에 갇히는 일도 있다. 때로는 남자와의 관계를 의심받아 가족에게 수치를 줬다는 이유만으로 아버지, 오빠, 삼촌의 손에 '명예살인'을 당하는 희생자가 되기도 한다. 이런 이야기의 당사자들을 만났을 때, 가해자들은 단지 이슬람의 법도를 따랐을 뿐이라고 주장할 수 있는 사람이 과연 몇이나 될까. 마음속 깊은 곳에서 의문이 들었다. 평화롭게 살아가고 동정심을 발휘하라는 무슬림 신자의 두 가지 근본 원칙은 어떻게 되었단 말인가?

❖

어느 여름이었다. 나는 동생에게 유럽 출장에 동행해달라고 부탁했다. 동생도 이제는 아람코에서 일하고 있었다. 남편은 아부디를 데려가도록 허락하지 않겠지만, 잠시나마 집을 떠날 수만 있다면 어떤 조건이든 기꺼이 타협할 참이었다. 혼자서 조용히 생각할 기회를 갖고 싶었다.

출장에서 돌아온 나는 남편에게 말했다.

"이혼하고 싶어요."

매번 이혼이란 말로 나를 위협한 사람은 남편이었지만 아이러니하게도 그 말을 최종적으로 꺼낸 사람은 나였다.

남편은 이를 거부했다. 그는 나를 무시하고 모욕을 주더니 나중에는 때렸다. 결국, 남편은 우리 아버지에게 중재를 요청했다. 아부야는 나의 이혼 요구를 이해하지 못했다. 내가 우리 결혼생활의 문제를 가족 누구에게도 말하지 않았을뿐더러 아버지도 우리 집을 방문한 적이 거의 없었기 때문이다. 그러나 이번에는 아버지에게 모든 것을 자세히 설명했다. 아버지는 매우 분개했지만, 이혼만큼은 여전히 강력하게 반대했다. 아버지는 이렇게 말했다.

"그 남자를 선택한 건 너야. 그리고 아이까지 낳았잖아. 아이를 위해서 네가 참아야만 해."

아부야는 나를 설득했다고 믿으며 제대로 돌아갔지만, 나는 이혼할 결심을 굳혔다. 우리가 함께 지내는 동안 K가 나와의 관계를 위해 노력한 건 단 세 번뿐이었고, 그건 모두 내가 그의 곁을 떠나겠다고 결심했을 때였음을 깨달았다. 우리가 교제할 때 한 번, 약혼했을 때 한 번, 결혼생활 중에 한 번, 이렇게 세 번이었다. 아부디가 아직 아기였을 때 K는 나를 집에서 내쫓은 적도 있었다. 나는 아부디를 데리고 나왔지만, 우리가 살 곳을 내어줄 사람은 어디에도 없었다. 우리 모자를 위해 동생이 가족 신분증 사본을 사용하여 아버지 이름으로 가구가 딸린 아파트를 빌려야만 했다. 굴욕적이었다. 아파트 건물 프런트에서 일하는 종업원들이 나를 바라보는 것을 견딜 수가 없었다. 내가 지나갈 때마다 그들의 눈빛은 이렇게 말하고 있었다.

"저기 봐, 애까지 데리고 혼자 사는 여자야."

나는 곧 K의 집으로 돌아가 사과하고 나를 다시 내쫓지 말아 달라고 사정했다. K의 집 말고는 달리 살 곳이 없었다.

2006년 후반이 되자, 아람코는 여직원들도 회사 내부 단지에서 살 수 있도록 허용했다.

그 사건은 2007년 10월, 무슬림에게 가장 성스러운 달인 라마단의 27번째 밤이자 그해의 가장 위대한 밤에 일어났다. 바로 이년 전 아부디가 태어난 밤이기도 했다. 집에는 아무도 없었다. 아부디와 나를 제외한 모든 이들은 특별한 타라위Taraweeh 기도를 드리러 나갔다. 나는 아부디와 내 물건들을 두 개의 여행 가방에 챙겨 넣고 영영 집을 나와 버렸다.

이혼은 결혼보다 훨씬 빠르게 진행됐다. 며칠 후 나는 아람코가 주관하는 특별 회의에 참석하여 새로운 킹 압둘라 과학기술대학KAUST을 지원하는데 필요한 컴퓨터기술에 대해 논의하고 있었다. 200명의 청중이 모인 가운데, 야후, 마이크로소프트, 아마존 등 대기업에서 온 최고기술책임자와 전문가들이 발표자로 나선 자리였다. 나는 아람코에서 일하는 여성 IT 전문가들의 대표로 선정되었는데, 몇 년 만에 처음으로 아바야를 벗기로 했다.

전문가들의 발표를 듣고 있을 때 남편에게 문자가 왔다. '마날, 당신과는 이혼이야. 이혼서류는 지금 코바르시 법정에 있어.' 결혼할 때 그랬듯이 이혼 역시 내가 없는 상태에서 결정됐다.

이혼을 원하기는 했지만, 문자를 보는 순간 내 영혼의 일부가 소멸되는 느낌이었다. 눈물이 고여 자리에서 일어섰다. 밖으로 나가서 가까운 친구 마날에게 전화했다. 마날이 전화를 받았는데도 나는 계속 흐느끼기만 했다.

"나는 이혼하고 싶었어, 그런데 왜 이렇게 마음이 아픈 거야?"

전화기에 대고 이야기를 하는데, 목이 메어왔다.

"왜냐하면 예언자 무하마드께서, 그분께 평화가 있기를, 이혼은 여성을 파괴한다고 하셨으니까."

마날은 이렇게 말하며 함께 울어주었다.

그러나 나는 계속 밖에 있을 수가 없었다. 안으로 들어가 아무 일도 없었던 것처럼 행동해야만 했다. 눈물을 닦고 내 자리로 돌아갔다.

점심시간이 되자 회의 주최자 중 한 여성이 내게 다가와 마날 알 샤리프냐고 물었다. 그러더니 내 자리는 아람코 CEO인 압둘라 주마와 같은 테이블이라고 말해주었다. 믿어지지 않았지만, 그 자리에 가보니 정말로 아람코 CEO가 사우디 최고 IT 개발자들과 한자리에 앉아 있었다.

나는 우리 회사 CEO에게 옆자리에 앉게 되어 영광이라고 말했다.

"마날, 내가 영광입니다,"

그가 후무스 접시를 내밀며 말했다.

"후무스 드실래요?"

너무나 겸손하고 소탈해서 놀랐다. 점심시간 내내 나는 아람코의 CEO와 격의 없이 대화했다. 또 사우디아라비아의 ICT 기반시설과 규정을 책임지는 리더와 미국 대통령 기술보좌관과도 대화했다. 이런 경험이 혹시 실패한 결혼보다 촉망받는 일을 선택한 내 결정이 옳았다는 일종의 신호는 아닐까 생각했다.

10

자유가 아니면 죽음을

성장기에 난 잠드는 게 두려웠다. 내 마음은 진니Jinni(이슬람 신화에 등장하는 천사나 악마보다 낮은 단계의 정령이나 신령, 요정을 뜻한다:역주) 이야기와 알 시엘루아Al Si'elua 이야기로 꽉 차 있었다. 알 시엘루아는 집 울타리 바깥에서 돌아다니는 아이들을 잡아먹는 마녀였다. 할머니는 아이들을 잡아먹는 여자들 이야기, 아이들을 납치하거나 손발을 잘라버리는 마녀들 이야기를 셀 수 없이 알고 있었다. 우리를 재울 때면 늘 이런 이야기를 들려주셔서 자려고 눈을 감으면 할머니가 이야기해준 장면들이 머릿속을 스쳐 지나가곤 했다.

낮에 우리가 두려워한 존재는 진니들이었다. 너무 무서워서 차마 진니라는 말은 입 밖에 내지 못하고 대신 '비스밀라Bismillah'라고 말했다. (비스밀라는 '하나님의 이름으로'라는 뜻이다. 식사부터 사업에 이르기까지 우리가 무언가를 시작하기 전에 하는 말이다. 비스밀라라고 말하면 다가오던 진니가 사라진다고 믿었다.) 아이 때부터 우리는 화장실을 사용할 때나 거울을 볼 때, 옷을 입고 벗을 때처럼 일상적인 일을 시작하기 전에 기도를 드리지 않으면 진니가 우리를 홀린다고 들었다. 만약 옷을 갈아입기 전에 기도하는 것을 잊으면 천사들이 우리의 오라A'ura를 볼지도 몰랐다. 우리는 식사 전에도 기도해야 했다. 학교에서 새로운 수업을 시작하기 전이나 새로운 직업, 그리고 새로운 하루를 시작하기 전에도 기도해야 했다. 여행을 떠날 때 하는 기도가 있었고, 심지어 비행기에 오르거나 차를 탈 때 하는 기도가 따로 있었다. 이 모든 기도는 가족만큼이나 실재하는 진니로부터 우리를 지키기 위한 것이었다. 진니들은 그들만의 도시에서 살았고, 자신들만의 부족이 있었으며, 각자의 이름도 있고 부인과 아이들도 있었다. 천사가 빛으로 만들어진다면, 진니는 불로, 사람은 흙으로 만들어진다고 코란에 적혀있다.

젊은 여성들을 비롯하여 많은 여성이 스스로가 진니에게 홀렸다고 믿는다. 어떤 이들은 나쁜 진니를 몸에서 몰아내기 위해 돈을 내기도 한다. 또 수많은 이들이 저주를 받아 자신의 복이 달아날까 걱정한다. 가까운 사이인데도 저주를 받을까 두려워 결혼하고 아이를 낳고 새집을 지으면서도 내게 소식을 전하지 않는 친구들도 있다. 나는 절대 친구의 아이에게 "어머나, 아이가 정말 예쁘구나!"라고 말하면 안 된다고 배웠다. 그 아이에게 무슨 일이 일어나면 내가 저주해서 그렇게 됐다고 바로 원망을 들을 것이기 때문이다. 달리 말하면 여성들은 저주를 부를까 봐 겁이 나서 나쁜 이야기, 자신의 삶에 대해 불평하는 이야기만 하도록 길들여진다. 그리하여 저주를 피하고자 의식을 만들고 집착하게 된다. 예를 들어 당신이 다른 사람 집에서 한나절 머물다 떠나고 나면, 그 집 여주인은 당신의 커피잔에 남아있던 커피를 마지막 한 방울까지 마실 수도 있다. 그렇게 하면 당신이 머문 동안 무언가를 탐냈다 해도 그 물건이 안전하다고 믿기 때문이다. 시험에서 나쁜 성적을 받거나 비싼 가죽 지갑에 음식이 묻어 얼룩이 지거나 하는 그 어떤 불행도 다른 사람이 악마의 눈을 불러들인 탓이라고 돌릴 수 있다.

엄마는 저주에 관한 이야기를 믿었다. 우리가 머리칼을 자르면 누구도 잘린 머리칼로 우리에게 마법을 걸 수 없도록 기어이 머리칼을 챙겼다. 또한 엄마가 보기에 언니나 내가 저주를 받았다 싶으면 악령을 쫓아내는 물을 판다는 메카의 한 남자에게 우리를 데려갔다. 어떤 여자들은 이 물을 입에 물었다가 고통받는 이들에게 뱉으면 진니를 쫓아낼 수 있다고 생각한다. 심지어 여성의 생리대처럼 아주 개인적인 물건도 절대로 다른 사람 집에 버리면 안 되고, 특별한 방식으로 처리해서 아무도 그걸 이용해 검은 마법을 걸지 못하도록 해야 한다.

나이가 들면서 더는 사람을 홀리는 진니나 저주 같은 건 믿지 않게 되었다. 그러나 혼자 아이를 기르는 나를 보면서 가장 고약한 저주에 걸렸다고 믿는 여성은 분명 적지 않았을 것이다. 아람코의 독신자 건물에 있는 내 작은 원룸의 문지방을 넘을 때, 내가 알고 있는 기도문 중에는 혼자 사는 사우디 이혼녀가 입에 올릴 만한 것은 없었다.

가족들은 내가 혼자 지내는 걸 몰랐다. 아버지는 이미 나에게 이혼은 절대 안 된다고 했고, 스물네 살인 동생은 이렇게 말했다. "우리 집안 딸들은 이혼하지 않아." 엄마는 내가 이혼할 때 이집트에 있었고, 그 이후로도 1년 동안 그 사실을 모르고 있었다. 나는 아람코에서 함께 일하는 두 명의 남자 동료에게만 나의 이혼에 관해 이야기했다. 한 사람에게는 주택서류에 서명을 받아야 해서, 다른 사람에게는 이사할 때 도움이 필요해서 말할 수밖에 없었다.

사우디 사회는 이런저런 규칙이 수도 없이 많지만, 권력이 있는 사람들은 규칙에서 벗어날 수 있다는 게 자명한 사실이다. 규칙을 어길 수 없다면 예외를 두는 경우도 많다. 그 덕분에 내가 남편 곁을 떠났던 2007년 바로 그해에 나는 '예외정책' 규정에 따라 아람코 단지 내에 있는 대략 10㎡ 정도의 작은 원룸으로 이사할 수 있었다. 이 구역에는 가족이 80km 이상 떨어져 살면서 아이가 없는 사우디 독신 여직원들이 사용할 수 있는 숙소가 있었다. 나는 미혼도 아니고 이제 막 걸음마를 배우는 아이도 있었지만, 아람코 주택부서에서 일하는 직원에게 이혼해서 달리 살 곳이 없는 처지라 말해두었다. 그로부터 채 일주일이 안 되어 나는 여성 간호사와 사무원들이 사는 숙소를 배정받았다. 만약 아부디가 너무 시끄럽게 하거나 누군가 항의를 한다면 나는 숙소에서 나와 집 없이 지내야 할 터였다. 주택구역으로 차를 몰고 들어갈 때마다 이런 표지판이 보였다. '반려동물 금지, 남자 금지, 어린이 금지.'

몇 달 후 나는 좀 더 넓은 공간을 받을 수 없겠냐고 부탁했지만 거절당했다. 어느 날 고위 임원과 간단한 점심을 먹다가 이 사람한테 부탁하면 어떨까? 하는 생각이 퍼뜩 떠올랐다. 그 임원에게 요청하자 나에게 타운하우스 한 채가 배정됐다. 그런데 내가 독신자 타운하우스와 가족 숙소의 차이를 미처 몰랐다. 그래서 공간만 조금 더 넓은 독신자 구역으로 옮기게 되었다. 침실이 하나뿐이어서 아부디와 내가 함께 썼다. 이번에도 이웃들의 항의가 들어오면 쫓겨날 수 있었다.

내가 이혼하던 해에 세 명의 신입사원이 나의 멘토로 배정되었다. 그중에서 최근에 대학을 졸업하고 온 친구에게 나는 이혼 사실을 밝혔다. 가구를 구하고 은행 계좌를 여는 등의 여러 기본적인 일을 처리하려면 남자의 도움이 필요했다. 대부분의 사우디 여성들처럼 나 역시 남자의 도움 없이는 끔찍한 결혼생활에서 벗어날 수 없었다. 가족들도 나를 도와주지 않을 터였다. 멘티와 나는 그가 결혼할 때까지 좋은 친구로 지냈다. 그러나 그의 부인이 싫어했는지 단지 전반적인 문화 탓이었는지 결혼한 이후로 그는 더 이상 내게 말을 걸지 않았다. 사우디에서 여성과 남성의 관계란 그런 것이다.

다른 이들에게는 이혼을 비밀로 했다. 동료들이나 상사에게도 전혀 말하지 않았다. 그러나 격변은 다른 식으로 드러났다. 정말 고생하면서 프로젝트에 집중했지만, 업무평가가 입사 이후 처음으로 형편없게 나왔다. 나는 머리를 잘라버렸다. 그 전까지 나는 여러 해 동안 머리를 길렀다. 전남편은 어깨 길이의 머리도 못마땅해하며 아예 머리를 자르지 말라고 했다. 내가 머리를 자를 때마다 그는 함부로 머리를 건드렸다고 분노하며 내게 모욕적인 말을 내뱉었다. 남편이 없으니 머리 길이를 가지고 잔소리하는 사람도 없었다. 나는 머리를 소년처럼 아주 짧게 잘라버렸다. 이건 일종의 상징적인 행동이었다. 사람들에게 내가 결혼에서 해방되었다고 말할 수는 없었지만 적어도 머리에서만은 해방될 수는 있었으니까.

내가 집을 나오자 전남편은 나와 말도 하지 않으려고 했다. 그래서 우리는 그의 누나를 통해 소통했다. 우리는 각자 아부디와 보낼 시간에 대해 합의했다. 주중에는 내가 아부디와 함께 있고, 주말에는 남편이 함께 있기로 했다. 나는 직장 때문에 주중에 아들과 함께 있는 시간이 부족했다. 이따금 주말에도 아들과 함께 있겠다고 할 수 있었다는 걸 한참 후에야 알았다. 그걸 몰랐던 바람에 주말마다 아부디는 할머니 댁에 가고 나는 혼자 집에 있어야 했다.

사우디의 양육권법은 어떻게 봐도 모호해서 이혼하는 부모 양측이, 때로는 양가 가족이나 법원이 어떻게 합의하느냐에 따라 종종 결과가 달라진다. 2007년 내가 이혼할 당시에는 정책적으로 아이가 일곱 살이 될 때까지는 대체로 엄마와 함께 지내도록 했다. 일곱 살이 되면 딸은 아버지 집에 가서 산다. 반면 아들에게는 엄마와 계속 함께 지내고 싶은지 물어본다. 본인 선택에 달린 것이다. 그러다 아들이 10대가 되면 엄마의 남자 후견인이 되는 경우가 많다. 엄마가 일할지 외출할지 그냥 집에 머무를지를 아들이 최종 결정하게 된다. 여성이 재혼하면 즉시 아이의 양육권을 모두 상실한다. 아이가 어리면 외할머니에게 보내지고, 외할머니가 아이를 돌볼 수 없으면 이모들에게 보내진다. 우선 큰이모가 양육권을 갖고 큰이모가 돌볼 수 없을 때는 둘째 이모에게 간다. 마치 왕위 승계 서열처럼 치밀하게 짜여 있다. 반면 남자는 본인 의사에 따라 재혼할 수 있고 심지어 둘째 부인도 둘 수 있지만, 아이의 양육권에는 아무런 영향이 없다. 내 친구 중에는 정말 이혼하고 싶어도 아이를 잃을까 봐 못하는 친구도 있다.

둘째 부인이 될 생각은 조금도 없었다. 아부디를 포기하는 것은 상상도 할 수 없는 일이었다. 우리 집안에는 둘째 부인을 두는 전통이 없지만, 실제로 사우디 사회를 보면 특히 중부지역에 이런 풍습이 지금도 강하게 남아있다. 여성의 가임기가 끝나면 남자는 더 나이 어린 여자를 찾는다. 한동안 사우디 남자들이 시리아, 모로코, 이집트에서 둘째 부인으로 삼을 여자들을 데려오기도 했다. 어린 시절 정말 친했던 친구의 아버지는 두 명의 부인이 있었는데, 같은 아파트 건물에서 각자 다른 층에 살았다. 유년시절의 다른 친구는 자신이 직접 둘째 부인이 되었다. 또 다른 친구는 결혼해서 아이가 셋이었는데, 남편이 아람코에서 함께 일하는 여성을 둘째 부인으로 삼았다는 걸 우연히 알게 되었다. 친구는 잠시 남편 곁을 떠나 친정으로 갔지만 결국에는 남편에게 다시 돌아갔다. 많은 여성이 둘째 부인의 존재에 대해 모르거나 알아도 말하지 않는다.

이혼 후 몇몇 남자들에게 청혼을 받았는데 다들 내가 둘째 부인이 되어주기를 원했다. 남자들이 그런 식으로 접근하는 것에 모욕감을 느꼈지만, 남자들은 내가 당연히 승낙할 거라고 여겼다. 사우디아라비아에서 이혼한 여자는 한 번 더 기회를 얻기가 매우 어렵기 때문이다. 그러나 나는 사우디아라비아에서 살지 않았다. 나는 할리우드 영화세트장에서 가져온 듯한 세계에서 살고 있었다.

미국회사인 '스탠다드 오일'이 사우디아라비아에서 처음 석유를 탐사하기 시작했던 1932년에 이곳에는 사막과 모래밖에 없었다. 그래서 미국인들은 자신들이 살 수 있는 단지를 지었다. 여러 해가 지나자 아람코 단지는 언덕 위에 우뚝 선 채 동부지역을 내려다보는 푸른 오아시스가 되었다. 특별히 날씨가 좋지 않은 날만 빼면 항상 바레인대로가 훤히 내려다보인다. 잔디가 깔린 공원, 호수와 연못, 산책로도 있다. 높은 벽과 보안 출입구로 둘러싸인 아람코 단지에는 1만5천 명 남짓한 사람들이 살고 있다. 이곳에 오는 사람들은 누구나 출입허가를 받아야 한다.

아람코 단지 안에서는 여성들이 운전면허증 없이 운전해도 된다. 대부분의 사우디 여성들은 외국에서 살다 온 이들조차 운전면허증이 없기 때문이다. 종교경찰이 거리를 순찰하지 않으니 여성들은 아바야를 입을 필요도 없다. 원래 이 단지는 미국인을 위한 곳이었는데, 1980년경 사우디아라비아 정부가 아람코 주식을 모두 사들이면서 이제 아람코는 사우디 회사가 되었다. 아람코 직원의 80% 이상이 사우디인임에도 불구하고 미국인 동료보다 월급도 적고 혜택도 거의 없다. 아람코에서 일하는 66개 국적의 직원 중에서 최고 대우를 받는 직원은 여전히 미국인들이다.

2006년에 아람코의 전 대표 압둘라 주마(내가 이혼하던 날 점심시간에 옆자리에 앉았던 사람)는 사우디 여성은 단지 내에 살 수 없다는 금지조항을 바꾸었다. 회사가 독신녀에 한정해서 단지 안에 살 수 있다고 했을 때 혼자 아이를 키우는 엄마까지 고려했는지는 의심스럽지만, 그 단지에 입주하게 된 것은 사우디아라비아에서 내게 일어났던 가장 좋은 일 중 하나였다.

각 세대의 크기는 작았지만 상관없었다. 단지에는 모든 게 다 있었다. 아부디가 서류상 아람코 단지 거주민이 아니어서 이용할 수는 없었지만, 병원도 있었다. 아부디는 전남편의 아람코 직원 번호에 등록되어 있었는데, 전남편은 계속 담맘에서 살고 있었다. 내게는 아부디가 내 아들이란 걸 증명할 출생증명서나 신분증, 여권 등 그 어떤 서류도 없었다. 몇 년 후 나는 아부디가 내 아들이란 걸 증명할 수 없어서 학교에 입학시키지 못하고 있었다. 사우디 엄마들은 아버지가 필요한 서류를 주지 않으려고 하면 아이를 학교에 입학시킬 수 없다. 그래서 어떤 아이들은 아예 교육을 받지 못하기도 한다.

내 명의로 된 차가 한 대 있었다. 원래는 기사를 고용해서 타고 다니려고 구입했는데, 기사를 단지 내에 살게 할 수가 없었다. 가족 주택에 사는 사람은 운전사에게 방을 하나 내줄 수 있었지만, 독신자 주택에 사는 사람에게는 불가능한 일이었다. 하지만 내 차를 그냥 내버려 두고 싶지는 않았다. 단지 안에서는 운전면허증이 없는 여성도 운전할 수 있었기 때문에 나는 동생에게 운전을 가르쳐달라고 부탁했다. 동생은 한 시간 동안 집중적으로 출발과 정지, 도로주행을 가르쳐줬다. 단지 안에서는 내가 오래 운전해봐야 20분 거리였다. 때로는 시속 80km 속도제한이 있는 도로도 있었지만, 대부분의 길은 찾기 쉬웠다.

이제 나는 집에서 사무실까지 운전할 수 있었다. 출근길에 아부디를 단지 내 유치원에 내려줬다. 처음에 아부디는 개인이 집에서 운영하는 어린이집에 다녔다. 주차장을 탁아공간으로 개조하고 필리핀 도우미들을 고용하여 아이들을 돌보는 곳이었다. 매일 아침 나는 해뜨기 전에 일어나서 아직 잠들어 있는 아부디에게 옷을 입혔다. 아부디의 가방과 간식에 내 출근 가방까지 챙겨 들고 추운 아침에 주차장으로 내려가 차의 시동을 걸고 히터를 켰다. 아부디가 차에 탔을 때 추위를 느끼지 않도록 하기 위해서였다. 나는 출근 가방과 노트북 가방 그리고 아부디의 짐을 챙겨 든 채 아부디까지 데리고 한 번에 차를 타보려고 서너 차례 시도해 봤지만 불가능한 일이었다. 그래서 무거운 방화문을 통해 집과 주차장을 오르내리면서 차에 시동을 걸고 짐을 다 싣고 나서 마지막으로 아부디를 차에 태웠다. 점심시간이면 사무실에서 나와 어린이집까지 차를 몰고 가서 아부디와 함께 밥을 먹었다. 오후 네 시에 업무가 끝나면 집으로 가는 길에 어린이집에 들러 아부디를 데려왔다.

다른 사우디 가족들과 달리 나는 자식이 아부디 한 명뿐이었다. 아이가 많은 집은 한 차에 앉을 자리가 부족해서 작은 아이들이 큰 아이들 무릎에 앉았다. 그들과 달리 나는 항상 아부디를 어린이 시트에 앉히고 안전띠를 매어 줄 수 있었다. 아부디가 유치원에 갈 나이가 되었을 때, 미국인 미스 재닛이 운영하는 보다 공적인 유치원에 아이를 보냈다. 미스 재닛은 아람코에서 일하는 미국인과 결혼한 사람이었다. 유치원의 교사들은 모두 미국인이었고 미국 어린이들도 그곳에 다니고 있었다. 수업은 남녀 어린이들이 한 데 어울려 혼성으로 진행되었다. 사우디에서는 사립학교에도 남녀공학 수업은 없으며, 여교사는 예비학교 1년을 제외하면 남자 어린이를 가르칠 수 없다.

아부디와 나는 단지에 살면서 해외거주자들의 미국식 삶을 경험할 수 있었다. 집 근처에는 커다란 수영장이 두 개 있었는데, 아부디를 수영교실에 등록해주고 나도 함께 배웠다. 사우디에서 수영은 여성과 소녀에게는 완전히 금지된 운동이었다. 대학에서도 농구와 배구 코트는 있었어도 수영장은 없었다. 그러나 아람코 단지에서는 아부디와 함께 수영도 하고 조깅로를 산책할 수도 있었다. 아부디는 어린이용 자전거나 스쿠터를 타곤 했다. 우리가 사는 작은 타운하우스 옆이 공원이어서 아들을 데리고 공원에 가서 놀 수도 있었다. 아부디와 함께 있으면 나는 다시 어린아이가 되었다. 함께 그네를 타고, 아들을 무릎에 앉혀 미끄럼틀을 타고, 주위를 뛰어다니다가 계단을 오르내리고, 또다시 그네를 타고 미끄럼틀을 타고 달리고 계단을 올랐다. 나는 따뜻한 땅바닥에 앉아 아부디와 함께 모래를 파며 놀았고, 아이가 다른 여자아이들과 함께 노는 것도 지켜볼 수 있었다. 이곳에서는 아무것도 금지되지 않았다. 나는 자라는 동안 한 번도 이렇게 지내보지 못했다. 아람코 단지 밖으로 나가면 사우디 여성만이 아니라 다른 나라 여성도 수영을 하거나 놀이기구를 타거나 아들과 축구를 할 수 없다.

핼러윈 축제일이 되면 핼러윈 복장을 하고 트릭 오어 트릿Trick or treat을 하러 다니는 등 각종 명절 행사에 함께 참여했다. 우리는 바비큐 파티를 하거나 각자 음식을 가져와 저녁 식사를 함께하기도 했다. 내 주위에는 미국인, 스코틀랜드인, 인도인, 필리핀인, 말레이시아인 등 다양한 나라 사람들이 있었다. 그동안 불안하고 변덕스러운 사람들과 가족을 이루고 살았던 터라, 이렇게 다양한 사람들이 함께 어울려 평화롭게 살아가는 모습이 정말 아름답게 느껴졌다.

그러나 나는 술 마시고 춤추는 외국인들의 파티에는 가지 않았다. 사우디 남성들은 파티에 참석해서 술을 마셨지만, 만약 사우디 여성이 그랬다면 다들 곧바로 소문을 내고 다닐 게 확실했다. '저 사우디 여자가 거기 있었다니까. 남자들과 어

206

울리면서 술을 마시고 있었어.' 그건 씻을 수 없는 오점이 될 것이다. 그래서 가까운 친구들이 모이는 야외 파티나 작은 모임에만 참석했다. 그런 모임은 설령 남녀가 함께 어울리는 자리라 해도 내가 잘 아는 사람들과의 모임이니 괜찮을거라고 생각했다.

단지에 사는 많은 사우디 여성들과 비교하면 나는 여전히 매우 다른 삶을 살고 있었다. 결혼해서 가족 주택에 사는 사우디 여성들은 보통 아바야로 온몸을 감싸고 집 밖으로 나오지 않으려 했다. 내가 부인을 한 번도 보지 못한 남자들도 있었고, 부인에 대해서는 한마디도 하지 않고 부인의 이름조차 입에 올리지 않는 남자들도 있었다. 그러나 외국인 친구들의 부인들과는 서로 잘 알고 지냈다. 종종 그들의 집에 초대를 받아 방문하기도 하고 그들이 우리 집에 놀러 오기도 했다. 때로는 다 같이 어울려 음식을 만들기도 했지만, 대다수 사우디인의 삶은 달랐다. 그들은 여전히 전통에 따라 생활하고 있었다.

단지 안에서는 모든 것이 편리했다. 일주일 내내 24시간 동안 문을 여는 슈퍼마켓이 있었고, 미용실이나 자동차 판매점과 같은 미국식 시설들도 많았다. 훌륭한 레스토랑이 딸린 18홀의 골프장도 있었고, 야구장과 축구장도 있었다. 아부디는 야구와 축구하기를 즐겼다. 게임이 있을 때면 아이를 경기장에 데려다주고 그곳에 앉아 아부디를 응원하는 것을 정말 좋아했다. 영화를 상영하고 무용이나 음악회, 뮤지컬 공연을 하는 극장도 있었다. 일이 있어 아람코 단지 바깥을 나갈 때면 새삼스럽게 사우디 세계가 정말 고요하다는 생각이 들었다. 상가에 가도 음악은 물론이고 주변 소리라고 할 만한 것이 없었다. 영화도 공연도 없었다. 오직 거리의 소음만 들릴 뿐이었다. 길을 달리는 타이어 소리, 브레이크 소리, 엔진 소리, 흩어지는 경적 소리. 나는 아부디가 나처럼 음악과 노래 부르기를 좋아하는 사람으로 자라기를 바라면서 될 수 있는 대로 많은 공연을 보여주었다.

단지에는 남녀를 구분하는 칸막이가 없는 레스토랑과 카페가 여기저기 있었다.

단지 바깥에서는 남녀가 벽으로 나누어진 공간에 따로 앉아야만 하고, 레스토랑과 카페는 기도시간이면 문을 닫아야 한다. 그러나 아람코 내부에서는 이러한 규칙이 적용되지 않았다. 아부디가 자리에 앉아 포크를 들고 식사할 수 있게 되었을 때, 나는 아부디를 데리고 자주 다란의 고급 레스토랑에 갔다. 12리얄, 즉 3달러 정도면 다섯 가지 코스요리를 먹을 수 있었다. 고급 레스토랑이나 공원에서도 가족의 경우에는 남녀가 함께 앉을 수 있었다. 이것이 사실 정상적인 삶이었음에도 사우디에서는 완전히 다른 세상의 이야기로 들렸다.

그러나 아부디는 단지 내에 있는 학교에 다닐 수 없었다. 공식적인 사유는 학교에서 아랍어를 가르치지 않기 때문이었지만, 나는 그 말을 곧이곧대로 믿지 않았다. 단지 내 학교는 남녀공학 수업을 하는 미국학교였는데, 이는 사우디 정부가 시민들에게 불허하는 금지사항이었기 때문이다.

밤이 되면 아부디와 나는 집으로 돌아왔다. 우리는 나무문과 작은 마당을 지나 현관문을 통해 집으로 들어왔다. 집에 들어오면 하얀 타일 바닥의 거실에 L자형의 하얀 소파가 놓여있었다. 주방은 거실을 마주 보는 미국식 개방형이었다. 위층에는 침실이 있었고 침실 바깥에 작은 발코니가 있었다. 때로 아부디와 나는 발코니에 앉아 하늘을 보며 별을 세어보곤 했다. 아이는 별 하나하나에 이름을 붙여주었다. 이 별은 사촌 중 한 명의 이름을 따서 리마, 저 별은 리나라고 했다. 이따금 아이에게 엄마별은 어디에 있냐고 물었다. 그럼 아이는 "엄마는 노트북이랑 지갑을 들고 있는 노랑별이에요."라고 말했다. 우리는 밤하늘을 바라보며 지갑을 들고 있는 노랑별을 계속 찾았지만 한 번도 제대로 찾을 수가 없었다. 나는 그 작은 타운하우스에서 발코니를 가장 사랑했다.

그러나 2009년 1월, 나는 우리 집과 아부디가 있는 사우디로부터 멀리 떨어져 있는 낯선 별자리 아래에 앉아 있었다.

아람코에는 광역적인 직업교환 프로그램이 있다. 외국의 다른 회사에서 승인을 받은 직원은 1년이나 그 이상의 기간 동안 해당 회사에 가서 아람코에서 배울 수 없는 기술훈련을 받고 경험을 쌓을 수 있다. 사우디의 아람코에서 월급과 모든 경비를 부담하기 때문에 해당 직원은 외국회사에서 수당을 받지 않고 일하게 된다. 그러나 일반적인 교환프로그램이라고 할 수는 없다. 연수를 나가는 아람코 직원 대신 아람코에 일하러 오는 외국회사 직원이 없기 때문이다. 나는 IBM의 데이터 관리와 사이버보안 분야에서 일하고 싶어 이 프로그램에 지원하고 면접을 봤다. 마침 그때 국제 금융위기가 닥쳤다. IBM은 문호를 열지 않았다. 뉴잉글랜드에 있는 데이터 스토리지 회사 EMC²에서 나를 받아주겠다고 했다. 2009년 1월 나는 미국의 로건 국제공항으로 가는 비행기를 탔다. 최종 목적지는 뉴햄프셔의 내슈아Nashua였다. 혼자 떠나는 길이었다. 전남편은 내가 아부디를 데려가지 못하도록 막았다. 우리는 12개월 동안 스카이프로만 대화하면서 떨어져 지내야 했다. 직업적으로는 대단한 경험이었지만, 개인적으로는 아들과 떨어져 지내야 하는 엄청난 불행이었다.

1월 17일 눈송이가 떨어지던 날 내슈아에 도착했다. 두바이의 실내 스키장에서 물을 얼려 만든 인공눈을 본 게 전부인 나로서는 난생처음 보는 진짜 눈이었다. 아람코 동료 두 명이 공항에 나와 주었다. 내슈아 EMC²에 먼저 와서 일하고 있던 부부였다. 두 사람은 아파트를 찾는 것에서부터 가구를 사고 조립하는 것, 어디에 무엇이 있는지 주변 지리를 알려주는 것 등 모든 일을 도와주었다. 아부디가 간절하게 그리운 것만 빼면 가장 수월했던 이사였다. 임대계약서에 대신 서명해줄 남자도 필요 없었고, 사회보장센터에 갈 때 남자와 동반하지 않아도 되었다. 모든 일을 온전히 나 혼자서 해결할 수 있었다. 그건 너무나 '정상적이었다'.

나는 즉시 운전면허증을 취득하고 싶었지만, 뉴햄프셔주에서 면허증을 받으려면 동생에게 한 시간 정도 받은 교습으로는 부족했다. 교통관리국에서는 이론 수업과 도로연수를 받는 두 달짜리 운전 교육프로그램을 마쳐야 한다고 했다. 나는 7주 동안 오후 네 시면 퇴근해서 다섯 시부터 일곱 시까지 운전학원에 다녔다. 많은 아이들과 함께 배웠다. 운전 강사는 말레이시아 여성과 결혼하면서 무슬림으로 개종한 미국인이었다. 무슬림 남자가 뉴햄프셔의 추운 날씨에 사우디 여자에게 운전을 가르친다는 건 생각만 해도 우스운 일이었다. 나는 첫 번째 필기시험에서 마일과 피트를 몰라서 떨어졌다(한 시간에 몇 마일을 운전할 수 있는가, 커브 길에서 몇 피트 떨어져 주차해야 하는가, 학교 버스로부터 몇 피트 떨어져서 정차해야 하는가 등의 문제가 나왔다). 내가 아는 건 킬로미터와 미터가 전부였다. 그러나 열흘 후 똑같은 내용의 재시험을 보고 통과했다. 막상 주행 시험을 앞두고는 '어디에서 왔어요?'라는 질문 이외에는 떨리지 않았다. 내가 사우디아라비아에서 왔다는 것이 알려지면 고생을 좀 할 거란 말을 사람들에게 들었다. 차에 오르자 덩치 큰 대머리 미국인 남성 감독관이 나에게 첫 번째 질문을 던졌다.

"어디에서 왔어요?"

나는 당황했고 심지어 무섭기까지 했다. 손바닥에 계속 땀이 차서 자꾸 바지에 닦았다.

"손을 바지에 닦는 게 벌써 다섯 번째네요. 도대체 무슨 일이에요?"

나는 감독관을 힐끗 보며 무심코 말을 던졌다.

"사람들이 그러는데 내가 어느 나라에서 왔는지 답해야 한다면, 고생 좀 할 거라더군요. 떨어질까 봐 정말 겁이 나네요."

감독관은 아무 대답도 하지 않았다.

나는 마지막 후진 주차 부분에서 실패했지만, 감독관은 나를 통과시켜줬다. (나는 많은 사람이 더 어렵다고 하는 평행주차는 통과했다. 친구들은 지금도 평행주차를 할 때면 종종 내게 운전대를 맡긴다.) 2주 후, 뉴햄프셔주에서 발급한 내 생애 최초의 운전면허증이 우편으로 도착했다. 비자가 만료되는 날 시한이 종료되는 면허증이었다. 열심히 노력했지만, 왠지 속임수에 넘어간 기분이었다. 마치 밤 열두 시가 되면 아름다운 황금 마차가 호박으로 변하는 동화 「신데렐라」 같았다. 나중에 유효기간이 5년인 매사추세츠주 운전면허증을 신청할 수 있다는 걸 알게 됐다. 그래서 미국을 떠나기 전에 매사추세츠주 운전면허증을 취득해서 사우디아라비아로 귀국할 때 가지고 왔다.

미국에서 처음 몇 달은 매우 외로웠다. 뉴햄프셔에서 만난 사람들은 신중하고 보수적이고 과묵하며 새 친구를 사귀는 데 별로 흥미가 없어 보였다. 내가 만난 사람들 대부분은 나의 검은 머리, 검은 눈동자, 올리브 빛 피부를 보고 히스패닉일 거라 짐작했다. 그래서인지 몇몇 이들은 나를 보자마자 스페인어로 말을 걸기도 했다. 처음에는 사람들에게 '에스에이^{SA}'에서 왔다고 말했다. 그러나 곧 대부분의 사람들이 그 말을 '남아프리카공화국 사람'이라는 뜻으로 이해한다는 걸 알게 되었다. 심지어 내가 사우디아라비아에서 왔다고 말해도 대체로 멍한 눈빛으로 나를 바라보았다. 사우디아라비아는 중동에 있다고 설명하면 대부분은 '이스라엘요?'라고 반응했다. 아라비아반도에 있는 나라라고 말하거나 세계에서 석유 매장량이 최대라고 말하거나 심지어 낙타에 관해 이야기해도 사람들은 여전히 이해하지 못했다. 그러나 내가 '오사마 빈 라덴'이라는 이름을 언급하면 '오!'라고 알겠다는 반응이 왔다. 몇몇은 이렇게 덧붙였다. "끔찍한 나라군요. 돌아가지 마세요."

나에게도 서서히 친구들이 생겼다. 아르헨티나계 미국인 마르쿠스는 내게 크로스컨트리 스키를 가르쳐주고 레드삭스 스웨트셔츠를 줬으며 남녀 혼성 축구경기장에 데려가기도 하고 보스턴 구경도 시켜줬다. 부모가 일본인인 겐타는 회사에서 점심을 함께 먹는 친구가 되었다. 앨라배마에서 온 덩치 큰 데이비드는 사진 촬영하는 법을 가르쳐줬고 나를 자신의 할리 데이비드슨 오토바이에 태우고 달렸다. 랜디는 이메일을 보내면 잘못 쓴 영어를 모두 수정해서 보내준 친구였는데, 야구에 대해 내가 알게 된 모든 것은 랜디에게 배운 것이다. 이곳에서는 사람들을 사귀면 다들 평생 우정을 나눌만한 진짜 친구가 된다는 것을 깨달았다.

운전은 내게 큰 도움이 되었다. 면허증을 취득하니 보스턴까지 차를 몰고 갈 수 있었다. 아람코는 내가 뉴햄프셔에 머무는 동안 계속 차량 대여 비용을 냈다. 사우디아라비아에서 가장 큰 국영 회사가 자국의 여성이 해외에서 차를 운전하는 비용을 공개적으로 지급하고 있다고 생각하면 이건 작지 않은 아이러니였다. 나는 온라인 밋업^{Meetup} 사이트에 접속해서 몇몇 모임에 가입했는데, 거기서 아프리카계 미국인 무슬림 소녀 무슬리마를 만났다. 무슬리마는 시카고에서 보스턴으로 이사 온 친구였다. 그는 무슬림으로 양육 받았지만, 더는 이슬람 관습을 따르지 않고 있었다. 무슬리마는 내게 극장, 뮤지컬, 오케스트라, 재즈 공연, 스윙 댄스, 스탠드업 코미디 등을 접하게 해주었다. 우리는 뉴햄프셔 맨체스터에서 15달러짜리 표를 끊어 뮤지컬 《캣츠^{Cats}》 공연을 봤다. 스키를 타러 다녔고, 서른 번째 내 생일에 함께 스카이다이빙을 하러 갔다. 주말이면 온두라스에서 온 이웃집 여자 친구와 그의 두 아이, 앨라배마에서 온 친구까지 다 함께 나이아가라 폭포 등 곳곳을 여행 다녔다.

날씨도 좋았다. 뉴햄프셔에 오기 전까지 3년 동안 나는 한 번도 비가 오는 것을 본 적이 없다. 그래서인지 미국에서 처음으로 비가 내리는 걸 봤을 때 너무나 반가웠다. 사우디 사람들은 비를 보면 본능적으로 뛰쳐나간다. 나는 사무실에서 펄쩍펄쩍 뛰면서 소리쳤다.

"비가 와요, 밖으로 나가요, 우리!"

동료들은 미친 사람 보듯 나를 쳐다봤다. 사우디아라비아에서 우리는 하나님께 한 없는 자비를 베풀어 비를 내려달라고 기도한다. 하지만 뉴햄프셔 사람들은 비가 그치기를 바랐다. 나는 비가 올 때마다 너무나 행복했다.

배워야 할 것도 정말 많았다. 초기에 레스토랑에서 열린 밋업 행사에 참가한 적이 있다. 현관 옆에 재킷을 걸어 두는 고리가 있었는데, 무슬리마가 코트를 벗어 그 고리에 걸었다. 나도 무심코 따라 걸었는데, 겉옷 주머니에 전화기와 지갑, 현금, 열쇠들을 넣어둔 채였다. 나중에 코트를 찾으러 가보니 전화기와 현금이 모두 사라지고 없었다. 고맙게도 도둑이 내 열쇠와 운전면허증은 두고 갔다.

무슬리마와 내가 처음으로 관람했던 《스프링 어웨이크닝^{Spring Awakening}》이라는 뮤지컬에서 두 남자가 키스하는 장면이 나왔다. 그 장면을 직접 보면서도 도저히 믿을 수가 없었다. 나는 거의 하얗게 질려 눈 앞에 펼쳐지는 무대를 바라보고 있었다. 동성애가 엄격히 금지된 이슬람에서는 이로 인해 심지어 사형까지 당할 수도 있기 때문이다. 무슬리마는 나를 보고는 웃으면서 말했다.

"배우들을 보는 것보다 네 얼굴을 보는 게 더 재밌어."

태어나 처음으로 공공장소에서 사람들이 책 읽는 것을 보았다. 나무 아래에서, 지하철에서, 카페와 대기실에서, 버스 안에서 사람들은 손에 책을 들고 앉아 있었다. 나는 이 모습에 매혹되고 말았다. 나 역시 가는 곳마다 책을 들고 다니기 시작했다. 그러다 내슈아 공공도서관을 발견하고 회원 등록을 했는데 지금도 그 대출중을 보관하고 있다. 나는 많은 책을 빌렸다. 공공도서관에 다녀보기는 그때가 처음이었다.

나는 서서히 미국사람이 되어가고 있었다. 세인트 패트릭의 날St. Patrick's Day에 입을 의상을 챙기면서 적잖이 충격을 받았다. 사우디 국기가 녹색임에도 불구하고 내 옷장에 녹색 옷이 한 벌도 없다는 걸 그때야 알았기 때문이다. 식사 후 신용카드를 내밀 때는 '각자 나눠 냅시다'라고 말해야 한다. 그렇지 않으면 식사비용 전체를 혼자 내야 한다는 것도 알게 됐다. 레스토랑에서 한 끼 식사를 주문하면 일주일 내내 먹어도 될 만큼 많은 양의 음식이 나온다는 것도 금세 알게 됐다. 비행기를 타고 미국에 온 사우디 사람으로서 공항에서 당하는 '불심검문'이 무엇을 의미하는지도 알게 되었다. 남자가 여자에게 인사할 때는 한쪽 뺨에 키스하지만, 여자끼리 인사할 때는 키스하지 않는다는 것도 알게 되었다. 우리나라와는 정반대였다.

나는 또한 전혀 예상하지 못했던 많은 것들을 알게 됐다. 보스턴에 있는 20대 후반에서 30대 초반의 젊은 친구들은 대학 학업을 위해 진 빚에 짓눌려 살았다. 모두 교육을 잘 받은 친구들이었는데, 대체 학비가 얼마나 들었던 것일까? 좋은 직장에 다닌다는 친구들조차도 어마어마한 학자금 대출을 갚기 위해 종종 부업으로 웨이터나 웨이트리스 일을 했다. 어떤 친구들은 가스레인지 살 돈이 없어서 크레이그리스트(중고나라, 벼룩시장과 같은 개인 거래 사이트:역주)에 공짜 전자레인지가 올라오기를 기다리고 있었다. 놀라운 일이었다. 이들은 룸메이트들과 함께 살고, 주차할 때면 유료주차 대신 무료로 주차할 만한 곳을 찾아 한 시간 동안 거리를 빙빙 돌아다녔다. 미국에 오기 전까지만 해도 주차하면서 돈을 낸다는 건 생각해 본 적도 없다. 레스토랑에 가면 이들은 주문하기 전에 메뉴판의 음식 가격을 꼼꼼히 살펴보았다. 학자금 대출이 몇 년에 걸쳐서 미국 청년들의 삶을 지배하는 것이다. 내가 사우디아라비아에서 대학을 다닐 때는 오히려 학생들이 한 달에 300달러씩 지원금을 받으며 공부했는데 말이다.

미국에서는 모든 것이 비쌌다. 실직상태에 있던 친구가 손가락이 잘리는 사고를 당했는데 병원 응급실에서 치료비로 800달러를 내야 했다는 게 믿어지지 않았다.

유선 방송 서비스를 추가하지 않고 초고속 인터넷 전용선만 이용할 수 없다는 것 또한 이해할 수 없었다(미국 텔레비전 방송에는 광고가 너무 많아서 싫었다). '인터넷 전용선만 따로 살 수는 없어요. 그건 패키지로만 팔아요.'라고 유선 방송 기사가 말했다. 쓰레기를 거둬 가는데도 돈을 내야 한다는 것도 믿어지지 않았다. 무언가를 버리려면 돈을 내야 한다니. 세금에 관해서도 낭혹스럽긴 마찬가지였다. 사우디아라비아에서는 세금을 전혀 내지 않는다. 그러나 보스턴에 사는 내 친구들은 자신들이 번 돈의 30%를 세금으로 냈다. 그래도 뉴햄프셔에서는 주 정부에 내는 소득세는 없었다. 소비세 역시 나를 놀라게 했다. 내가 사고 싶은 물건의 가격이 계산대에 가져가면 원래 가격표에 찍혀있던 것보다 비싸게 나왔다. 이 모든 게 말도 안 된다고 생각했다.

주택시장이 붕괴한 지 1년이 채 안 된 2009년부터 경제가 정말 나빠지기 시작했다. 사람들은 직장과 집을 잃었다. 내 컴퓨터를 고치러 왔던 스티브는 바로 다음 날 해고되었다. 사무실에 가보니 그가 보이지 않았다. 그날 밤 나는 집에 와서 뉴스를 틀었다. CNN은 타이거 우즈의 연인들 소식을 쉴 새 없이 내보내고 있었다. 매일 밤 그런 종류의 뉴스만 나왔다. CNN 국내 뉴스를 보고 있으면 이게 과연 뉴스인가 싶었다. 뉴스가 그저 소문을 전하고 있었다. 현실적인 문제들은 완전히 무시되었고 사람들은 계속 어둠 속에 머물러 있었다. 반면, CNN 국제 뉴스는 완전히 달랐다. 국제 뉴스를 보면 세계에서 실제로 무슨 일이 일어나고 있는지 알 수 있었다.

그러나 내 마음을 활짝 열게 해 주었던 건 다른 일들이었다. 나는 버스 뒷좌석으로 옮기기를 거부했던 흑인 여성 로자 파크스Rosa Parks 이야기를 읽게 되었다. 로자 파크스는 한동안 앨라배마주 몽고메리에 있는 맥스웰 공군기지에서 살았다. 맥스웰 기지는 연방 군사시설이었기 때문에 인종 분리가 금지되어 있던 곳이었다. 그래서 로자 파크스는 흑백통합 전차를 타고 다닐 수 있었다. 이 이야기를 읽는데 사우디 여성과 아람코 단지가 떠올랐다. 아람코는 외부의 제약이 적용되지 않는 맥스웰 같은 곳이었다. 로자 파크스는 맥스웰 기지 바깥에서도 당연히 다른 사람들처럼 버스 앞자리에 앉고 싶었다. 나는 사우디아라비아에서 겪었던 일과 미국민권 운동이 서로 비슷한 점이 많다는 걸 알게 되었다. 사우디 여성과 아프리카계 미국인은 둘 다 분리정책의 희생자들로, 자신들의 삶을 이루는 가장 기본적인 것에 대해서도 발언권이 없었다.

처음 미국에 올 때 나는 동성애를 인정할 수 없었고, 유대인 등 다른 많은 것에 대해서도 적대시하는 처지였다. 미국에서 생활하다 보니 내 의견 중 많은 부분을 돌아보지 않을 수 없었다. 나는 마음을 활짝 열게 되었다. 미국에 오지 않았더라면 결코 만나지 못했을 사람들, 사우디아라비아 방문이 절대로 허락되지 않았을 법한 사람들과 대화를 나눴다. 어느 댄스파티에서 나오미라는 친구를 만났다. 우리는 서로 마음이 맞아 자주 어울려 다녔다. 한 번은 같이 레스토랑에 앉아 있다가 누가 봐도 유대인처럼 보이는 두 사람이 문을 열고 나가는 것을 보았다. 나는 농담으로 이렇게 말했다.

"저 사람들 유대인이네. 우리는 서로 코를 보면 바로 알지."

아랍인과 유대인은 둘 다 코가 크고 튀어나왔다고 알려져 있다.

나오미는 나를 바라보며 이렇게 말했다.

"응, 맞아, 너희랑 우리는 사촌뻘이지."

나는 바로 물었다.

"'우리'라니?"

나오미가 말했다.

"우리, 유대인들."

믿을 수가 없었다. 나오미가 유대인일 줄은 전혀 생각지도 못했다. 처음에 나오미가 유대인인 줄 알았더라면 아마 그에게 말도 걸지 않았을 것이다. 모든 유대인은 우리의 적이라고 배웠기 때문이다.

그러나 진정한 문화적 충격은 내가 미국에 도착했을 때가 아니라 그보다 훨씬 이후인 내가 사우디로 돌아간 후에 일어났다.

11

여성으로서 운전하기

미국에서 지낼 때 나는 히잡으로 머리를 가리지 않았다. 그 전까지는 공식적으로 직장에 있을 때나 친구들과 외출할 때면 히잡을 썼다. 때로는 전통적인 검은 히잡이 아닌 화려한 색감의 히잡이나 하얀 히잡을 쓰기도 했지만, 어쨌든 계속 히잡을 쓰고 다녔다. 머리칼을 감추고 얼굴 주위를 천으로 감쌌다. 그러나 사적인 상황에는 달랐다. 쓰다가 안 쓰기도 하고, 다시 썼다가 또 벗기도 했다.

사우디아라비아로 돌아온 나는 직장에서는 계속 히잡을 쓰기로 했지만, 사무실 밖에서는 머리를 덮지 않고 자유롭게 두었다(아람코 바깥에 사는 많은 사우디 여자들이 집에서는 몰래 히잡을 벗고 지낸다는 걸 나중에 알았다). 내가 히잡을 쓰지 않는다는 걸 가장 나중에 알게 된 사람은 동생이었다. 동생을 통해 부모님이 알게 되기를 바라지 않았기 때문이다. 그 얘길 들으면 매우 당혹스러워하고 깊이 슬퍼하실 테니까.

아람코 단지에 사는 동생과 올케가 나를 찾아온 어느 날, 나는 함께 외출하면서 히잡을 쓰지 않기로 마음먹었다. 옷은 단정하게 입었다. 긴 소매에 길게 흘러내리는 블라우스를 입고 아주 헐렁한 바지를 입었다. 그래도 동생은 충격에서 벗어나지 못하고, 누나에게 히잡을 다시 쓰라고 해야겠다고 아내에게 말했다. 그러나 올케는 내 편이었다. 올케가 동생에게 말했다.

"마날 언니는 어른이야, 당신이 누나를 단속할 수는 없어."

사실 나의 마흐람인 동생은 나와 아주 가까이 살기 때문에 마음만 먹으면 나의 행동과 관련해 많은 부분을 통제할 수 있었다. 그러나 올케가 이를 말리는 바람에 동생은 마지못해 포기했다.

히잡을 벗으니 해방감이 느껴졌다. 아부디와 함께 풀장의 시원한 푸른 물속에 들어가 자맥질할 수도 있었고, 머리를 뒤로 넘길 수도 있었고, 고요한 물속에서 숨을 내쉴 때면 입에서 흘러나오는 물거품을 느낄 수도 있었다. 한밤에 산들바람이 불어오면 머리카락 사이사이로 공기가 스며들어와 머리카락을 들어 올리고 부풀리는 게 느껴졌다. 바람이 부는 반대편으로 돌아서면, 머리카락이 수북이 내 얼굴을 덮어버리는 느낌도 좋았다.

히잡을 벗은 것보다 더 큰 변화도 많았다. 사우디아라비아로 돌아오자 한때 내가 맹목적으로 따랐던 오래된 규칙 중 많은 것들이 이제는 이치에 맞지 않아 보였다. 여러 해 동안 나는 내가 참아야 하는 규제와 차별을 두고 아람코를 탓했다. 그러나 이제 내가 부딪히고 있는 건 바로 사우디 사회 그 자체라는 걸 알게 되었다. 모든 규제는 단지 나를 '보호'하기 위해 존재한다. 이는 내 머릿속에 각인된 메시지였다. 그러나 해외에 사는 동안 그런 생각의 회로가 깨진 것이다. 나는 더 이상 사람들이 어떻게 생각하는지, 어떤 비난을 받게 될지 두렵지 않았다. 동료들은 내가 옷 입는 방식, 생각하는 방식, 말하는 방식 모두 '완전히 바뀌었다'고 했다. 사실 그랬다. 여성 인권이나 페미니즘이란 말은 한 번도 접해본 적이 없었지만, 그 개념을 스스로 발견한 셈이다. 예로부터 내려오는 아랍속담이 있는데 번역하자면 이런 뜻이다. '당신에게 권리가 있다면 단호해지는 편이 낫다.' 나는 우선 아람코 단지의 울타리 안에서 내 결정권을 찾았다.

2010년, 귀국한 지 얼마 안 되어 나는 '아람코 사우디 여직원'이라는 페이스북 그룹을 시작했다. 위험부담이 컸기에 완전히 비밀리에 진행했다. 아람코에서, 아니 아람코만이 아니라 사우디아라비아 어디에서든 무엇인가에 대해 불평하려면 처벌의 위험을 감수해야 했다. 그러나 우리는 조금씩 우리의 요구를 페이스북에 올리기 시작했다. 직장에서는 낮에 아기를 돌봐줄 탁아시설이 필요했고 회사 차량을 이용하고 싶었다. 같은 직원이어도 여자들은 남자직원과 달리 회사 차량을 이용할 수 없었다. 우리의 요구를 아람코 노동위원회에 제출했으나 위원회는 형식상의 조직에 불과했기 때문에 아무 권한이 없었다. 할 수 있는 일이라고는 불만을 들어주는 게 전부였지만, 그래도 우리의 불만을 분출하는 통로 역할은 한 셈이다.

또한 나는 다란 지역 최초로 '오로라Aurora'라는 사진클럽을 공동으로 열었다. 미국에서 데이비드에게 사진을 배웠던 나는 고향으로 돌아온 후 아람코 사람들을 모아 그룹을 만들었다. 우리는 자연이나 인물 사진뿐만 아니라 행사 사진도 촬영하고 출력해서 사람들에게 나눠주었다. 회원들은 우리 타운하우스에서 거의 매일 만났다. 그 당시에 나는 인식하지 못했지만, 사진 모임과 아람코 사우디 여직원 그룹에 참여한 것이 내가 직접 운전을 하겠다는 결심을 한 계기가 되었다.

또 다른 사건도 있었다. 2010년 12월 17일, 튀니지에서 과일 장사를 하던 청년 모하메드 부아지지가 주 청사 건물 밖에서 분신했다. 뇌물 상납을 거부하자 단속을 핑계로 저울을 압수해간 경찰에 항의하기 위해 스물여섯 살의 청년은 주청사 앞으로 갔다. 한 경찰이 청년의 뺨을 때리고 고인이 된 그의 아버지를 모욕했다는 보도가 있었다. 공무원들은 건물 안으로 들어가 항의하겠다는 청년의 항의를 무시해버렸다. 순간적으로 좌절과 절망에 휩싸인 그는 분신을 감행했다. 이 사건은 대대적인 시위로 이어졌고 이를 계기로 '아랍의 봄'이 시작되었다. 중동지역을 뒤덮은 동요의 물결이었다. 이 거대한 흐름은 튀니지에서 리비아와 이집트로 번졌다. 어린 시절 여러 번 여행을 다녀본 터라 나도 잘 알고 있는 이집트에서는 시민들이 타릿 광장에 몰려나와 오랜 독재통치에 저항했다.

아랍세계의 수백만 사람들이 그랬듯이 나도 이 물결에 빠져들었다. 계속 새로운 뉴스를 찾아보고 페이스북 게시물을 읽고 있었다. 수도의 주요 도로와 광장을 점령한 시위대를 촬영한 휴대전화 사진과 동영상들을 보았다. 그들은 자신들을 억압하는 정부에게 권좌에서 물러나라고 요구하고 있었다. 그들의 얼굴을 보고, 음성을 듣고, 감동적인 성명서를 읽으면서 그 사람들과 내가 연결되어 있다는 느낌을 받았다. 변화가 일어날 수 있을 것 같았다. 우리나라에서도 변화가 가능할 것 같았다.

봉기가 한창이던 2011년 4월의 어느 날 해 질 무렵, 코바르시에서 진료를 마치고 병원에서 나오는 길이었다. 나는 집에 데려다줄 기사를 찾을 수가 없었다. 길모퉁이에 서서 기다리거나 택시가 있을지도 모르는 근처의 알 라시드 쇼핑몰까지 걸어가야 했다. 나는 걷기 시작했다. 차를 타고 지나가던 남자들이 차창을 내리고 나에게 욕설을 퍼붓거나 창녀나 매춘부라고 불러댔다. 그때 흰색 코롤라를 탄 남자가 다가왔다. 남자는 그냥 욕을 하고 소리만 지르는 게 아니라 아예 나를 따라오기까지 했다. 내가 큰길에서 꺾어지자 거기까지 쫓아왔다. 나는 건축자재들이 쌓여 있는 공사장을 지나면서 몸을 숙여 돌멩이를 찾았다. 돌멩이를 손에 꼭 쥐고는 반쯤 열린 차창을 향해 집어 던졌다. 미처 차창까지 닿지 못한 돌멩이가 타이어에 부딪혀 날카로운 소리를 내자 남자는 달아나버렸다.

혈관에서 아드레날린이 솟구치는 것이 느껴졌다. 몇 발자국 걷다가 곧 울음이 터져 눈물과 땀으로 범벅이 되었다. 얼굴도 가리지 않고 눈물 자국까지 난 채로 쇼핑몰까지 달려갔다. 마침 택시를 발견하고는 기사에게 아람코 단지까지 가자고 말했다. 일단 차에 오르자 안심이 된 나는 양손으로 얼굴을 감싸고 눈물을 흘렸다. 단지에 들어갈 때쯤에는 울음이 멈췄다. 우리 집 앞에는 내 차가 차분하고 고요하게 주차되어 있었다. 나는 제대로 운전을 배웠고 아직 유효기간이 남은 운전면허증도 가지고 있다. 아마 사우디의 웬만한 남자 택시 기사들이나 개인 기사들보다 내가 운전을 더 잘할지도 모른다.

문을 열고 집안에 들어서자, 문득 차 안에 앉아서 나를 희롱하던 남자들에게 화가 난 게 아니라는 생각이 들었다. 화가 나는 건 나를 아람코 단지 안에 가둬두는 법규였다. 여성을 후견인의 기분에 매여 살게 함으로써 그 어떤 방식보다 더 효과적으로 집 안에 감금하는 법규가 원망스러웠다.

다음날 직장에서 한 남자 동료에게 어제저녁 어둑한 거리에서 일어난 일에 관해 이야기했다.

"정말 지긋지긋해요. 여자들은 얼마나 더 이런 수모를 겪어야만 하는 거야?"

나로서는 일상적으로 했던 지나가는 말이었다.

동료는 나를 바라보았다. 사우디 남자니까 그저 약간의 동정이나 조언 정도를 할 것이라고 예상했다. 그런데 그는 이런 말로 내게 충격을 주었다.

"마날, 나도 그건 불공평하다고 봐요. 그런데, 그거 알아요? 여성이 운전하는 게 실제로는 불법이 아니에요."

처음에는 그가 나를 조롱하고 있다고 생각했으나 그는 제법 진지했다.

"무슨 뜻이에요, '실제로는' 불법이 아니라니?"

"마날, 엄밀히 말하면 '여성은 운전할 수 없다'라는 법규 자체가 없어요. 교통법에는 여성운전이 불법이라고 언급한 조항이 없다고요. 그냥 관습인 거에요. 한 번 보세요, 내가 보내줄게요."

자기 사무실로 돌아간 그는 몇 분 후 내게 사우디 교통법을 링크로 보내줬다. 이메일에는 '50쪽 5조 36항:운전 면허자격'이라고 쓰어 있었다.

그 날 밤 나는 아들에게 저녁을 먹이고 잠자리로 데려가 재운 후 컴퓨터 앞에 앉았다. 교통법 전체를 읽어보았다. 처음에는 그저 화가 날 뿐이었다. 천천히 각 단어를 소리 내어 다시 읽기 시작했다. 교통법을 한 줄 한 줄 꼼꼼히 읽어보았다. 운전자의 성별에 대한 언급은 단 한 줄도 없었다. 117쪽부터 121쪽까지 온갖 교통법 위반사항과 위법사례가 나열되어 있었으나 '여성 운전자'에 관한 이야기는 단 한 건도 없었다. 사우디 공식 교통법에는 여성이 운전하면 불법이란 말이 한 글자도, **단 한 글자도** 나오지 않았다.

이제는 진심으로 화가 났다. 누군가에게 전화해서 말하고 싶었다. **그런데 누구에게 한단 말인가.** 대신 나는 컴퓨터 앞으로 돌아와 자판을 치기 시작했다. 세 개의 간단한 단어로 검색해보았다.

사우디, 여성, 운전.

여성들이 운전 금지에 대해 최초로 공식 항의한 것은 1990년이었다. 때는 이라크가 쿠웨이트를 침공한 지 약 4개월쯤 지난 시점으로 본격적인 걸프전이 시작되기 전이었다. 그해 가을 내내 이라크 측의 '사막의 방패 작전'에 대응하여 사담 후세인의 군대를 바그다드로 퇴각시킬 전쟁 준비를 위해 수만 명의 미군 병사들이 사우디아라비아에 도착하고 있었다.

사우디아라비아가 불안에 휩싸여있던, 1990년 11월 6일 47명의 여성이 운전 금지에 저항했다. 그들은 각자 차를 타고 호송대처럼 한 줄로 서서 30분 동안 수도 리야드시를 돌다가 종교 경찰에게 체포되었다. 그들의 목표는 사우디 사회에서 여성도 운전할 자격이 있다는 것을 보여주려는 것이었다.

나는 열한 살 때 그 여성들에 관한 이야기를 들었다. 그들은 머리를 가리지도 않고 거리에서 미군들과 춤을 추고, 성적으로 문란한 친서방적인 비무슬림 여성들로 묘사되었다. 내가 그 여성들에 관해 물어보면 주위 어른들은 말도 꺼내고 싶어 하지 않았던 기억이 났다. 결국 사람들은 그 사건을 잊기 시작했다. 나도 20대에는 그 여성들을 떠올리며 경멸감을 느꼈었다. 정부 측의 이야기만 받아들였던 나는 그들과 그들의 항의와 그들이 일으킨 혼란 때문에 애꿎은 우리 세대까지 운전을 할 수 없게 된 거라고 믿었다. 실제로 그들이 항의시위를 벌인 후 운전에 대한 문화적 금기가 강화되기도 했다. 그들의 저항 행위는 여성들이 운전을 하면 어떤 일이 벌어질 것인가에 대한 불길한 경고가 어느 정도 사실이었음을 입증했다. 그러나 이면에 다른 이야기가 있었다.

30분 동안 벌인 그날의 시위는 '여성 운전자'로 알려진 47명의 남은 인생 내내 집요하게 따라다녔다. 시위에 참여했던 모든 여성들과 남편들은 1년간 해외 출국이 금지됐다. 공직에 있던 사람들은 해고되었다. 또한 그들은 종교적 비난의 대상이 되었다. 전국의 모스크에서 금요일 설교 때마다 그들의 이름이 크게 불렸고 감히 사우디 사회를 파괴하려고 하는 부도덕한 암여우들이라고 매도당했다. 이 시위에 대한 기록을 남겼던 기자이자 사진작가인 고故 살레 알 아자즈는 체포되어 고문당하고 감옥살이까지 했다.

여성들은 여기에 더해 온갖 희롱과 모욕까지 당해야 했다. 2008년에 한 여성은 미국 국립 공영방송NPR 인터뷰 진행자에게 직장에서 승진할 수 없는 상황을 털어 놓았다. 아무리 일을 잘 해도 영원히 '그때의 여성 운전자'로 살아가야 한다.

그러나 그 시위는 오래전의 일이었고 당시 나는 어린 학생이었다. 세상은 바뀌고 있었고, 이제는 사우디아라비아도 변화될 준비가 되었다고 믿었다. 그래서 나는 다음 내 생일에 맞춰 아무도 생각지 못한 일을 실행하기로 했다.

아람코 단지 밖으로 차를 몰고 나가 감히 운전을 감행하겠다고 말이다.

사우디아라비아에서는 '여성과 운전'이라는 주제가 만장일치로 합의에 도달한 적은 한 번도 없었다. 사우디 왕족과 관료들은 정부가 아닌, 바로 사우디 사회가 여성이 운전하는 게 과연 옳은지 결정해야 한다고 주장한다. 1990년 시위가 일어나자 내무부는 '여성이 운전하는 것은 불법이며 이를 어길 때는 벌금형에 처한다'라는 성명(구체적인 교통법규는 아니었지만)을 발표했다. (내무부도 입법기관은 아니다. 운전 금지는 엄밀히 따지자면 입법부에서 공포해야 한다) 당시 내무부의 성명은 그랜드 무프티 빈 바즈가 11월 6일 항의시위 이후 즉시 발표했던 종교적 율법 해석Fatwa에 기반을 둔 것이었다. 여기서 빈 바즈는 시위에 참여한 여성들이 도덕적으로 타락했다고 말하면서 여성이 운전하는 건 '하람'이라고 강조했다. 그러나 나는 온라인에서 빈 바즈의 동료들인 다른 '위대한 이슬람 학자들'을 발견했는데, 이들은 운전에 반대하는 율법 해석Fatwa에 대한 의문을 제기했다. 학자 알 알바니는 '무하마드(PBUH) 시대에는 여성들이 당나귀를 타고 다닐 수 있었는데 자동차라고 안 될 이유가 무엇인가? 자동차가 당나귀보다 여성을 더 잘 보호해주는데 말이다.'라고 시사하기도 했다.

운전하는 것을 간절히 바라는 사우디 여성은 나만이 아니었다. 인도를 걷다가 모욕을 당한 지 며칠 지나지 않았을 때, 한 친구가 '우리는 5월 17일에 운전합니다'라는 페이스북 이벤트에 함께 하자고 나를 초대했다. 바히야라는 젊은 여성이 이벤트를 기획하고 있었다. 알고 보니 바히야의 고모가 내 지인이었다. 나는 즉시 초대를 수락하고 내가 관리자로 합류할 수 있는지 물어보았다. 페이스북은 이집트에서 거의 매일 벌어지는 시위를 조직하는 주요수단이었고, 튀니지와 리비아에서도 같은 역할을 하고 있었다. 우리 모두 페이스북 이벤트와 게시물이 어떻게 날짜를 정하고 사람들의 참여를 독려하고 쟁점을 다루는지 잘 알고 있었다. 나는 이 기회가 47명의 여성 운전자들을 뛰어넘는 큰 이벤트가 되기를 바랐다.

내가 한 친구에게 우리 이벤트에 관해 설명하자 그는 "마날, 겨우 한 달 남았잖아. 너무 빨라. 날짜를 바꾸는 게 좋겠어."라고 조언했다. 우리는 그의 조언을 받아들였다. 날짜를 6월 17일로 미루고 보니 우연히도 금요일이었다. '아랍의 봄' 집회 역시 대부분 금요일에 열리고 있었다. 친구는 트위터도 이용해보라고 조언해주었다. 그때까지 나는 페이스북에만 집중하고 있었다. 페이스북은 내가 미국 친구들과 계속 교류하고 연락하는 수단이었다. 그러나 사우디아라비아에서는 페이스북 사용자가 그리 많지 않았다. 사우디아라비아의 페이스북 계정은 여성회원이 삼 분의 일 정도 차지하는데, 대부분의 여성이 온라인에 본인 사진을 게시하거나 실명을 사용할 수 없다. 길거리에서조차 얼굴을 드러내는 것이 금지되어 있는 데, 어떻게 인터넷 공간에서 자신의 얼굴을 보여줄 수 있겠는가? 2011년 당시 사우디인들이 보다 선호하는 소셜미디어는 트위터였다. 트위터 계정이 500만 개 이상이었고, 적어도 한 달에 한 번 이상 접속하는 적극 사용자가 약 240만 명에 달했다. 트위터가 우리 메시지를 전달하는 좋은 방법이 될 거라는 친구의 설명을 듣고 나도 트위터 사용법을 배웠다.

@위민투드라이브@Women2Drive라는 이름으로 계정을 등록하고 서포터즈 중 한 사람이 디자인한 사진을 올렸다. 그리고 프로필 소개란에 '6월 17일, 모든 사우디 여성들에게 운전하자고 호소합니다.'라고 썼다. 며칠 만에 수천 명이 계정을 팔로우했다.

이 운동은 금세 스스로 생명력을 얻었다. 밤이면 아부디를 재우고 페이스북에 글을 올렸다. 처음으로 보도자료도 직접 써보고 블로그에 글도 올렸다. 서명을 받기 위해 탄원서를 작성하고 로고도 디자인했다. 엄청난 열정이었다. 사람들이 우리 페이스북 이벤트 페이지에 방문하고 우리 트윗을 리트윗하고 있었다. 일주일도 안 되어 사람들이 우리 집으로 찾아와 어떻게 도우면 될지 물었다.

처음에는 내가 아는 많은 남자들(당연히 아람코 직원들이고 작은 그룹이었지만)이 우리 캠페인을 지지했고 용기를 주었다. 이들은 우리 캠페인을 위협으로 받아들이기보다는 모든 사우디 사람을 자유롭게 해주는 것으로 여겼다. 내가 히잡을 벗고 다니는 것을 질색하던 동생도 이번만큼은 나를 지지해주었다. 석유 지질학자인 동생은 시추현장에 한 번 출장을 가면 족히 3주는 가족과 떨어져 지내야 했다. 동생 가족은 아람코 단지 내부에서 살지 않았고 기사를 둘 형편도 아니었기 때문에 올케는 동생이 출장에서 돌아올 때까지 집안에만 갇혀 지내야 했다. 자신이 집을 비울 때마다 아내와 갓난아기인 아들이 어쩔 수 없이 집에만 있어야 한다는 게 가슴 아프다고 동생이 말했던 것이 기억난다. 올케와 조카는 종종 우리 집에 머물렀는데, 그럴 때면 내가 돌아다닐 수 있게 도와주었다.

한 번은 동생이 이렇게 말했다.

"일 끝나고 집에 들어가면 정말 피곤하거든. 쉬고 싶은 마음이 간절한데, 그럴 때에도 아내를 데리고 여기저기 다녀야 해."

동생은 종종 아내를 어딘가로 데려다주기 위해 핑계를 대고 일찍 퇴근해야만 했다. 그런 구조로 인해 동생과 올케는 서로에게 전적으로 매여서 지내야 했다. 각자가 기본적인 자유조차 누릴 수 없었다. 나도 종종 아람코 밖으로 나갈 일이 있으면 동생에게 태워달라고 부탁해야 했다. 그래서 동생은 두 여자를 위해 항상 '대기 상태'로 지내야 했다.

동생이 내게 말했다.

"난 누나 편이야. 잘 해 봐."

일단 동생을 설득했으니, 이제 나머지 700만 사우디 남성들만 설득하면 되었다.

우리가 페이스북에 게시물을 올리기 시작하자 남자들은 물론 몇몇 여자들까지 가혹한 비판을 담은 댓글을 올렸다. 이들은 우리가 '사우디 사회를 파괴하려' 하며, '사우디의 가족생활을 망칠 것'이라고 욕을 했다. 운전하는 여성들이 '타락과 도덕적 쇠퇴를 초래할 것이라고'도 했다. 전체 캠페인은 철저한 검증을 받았다. 사람들은 우리가 누구인지, 누가 우리를 지지하고 있는지, 운전 자체가 합법인지, 이벤트가 어디에서 열리는지 끊임없이 질문했다. 당시만 해도 우리 중 그 누구도 실명을 사용하거나 실제 자기 사진을 올리지 않고 있었다. 무엇보다 가장 불길했던 건, 사람들이 우리가 대중시위를 요구하고 있다고 짐작한다는 점이었다. 사우디아라비아에서 대중시위는 중죄로 다루어지는 불법이었기 때문에 그런 반응은 우려가 됐다. 평화롭게 앉아서만 시위해도 태형이나 징역형을 선고받거나 출국금지까지 당할 수 있다. 우리 캠페인은 '시위'가 아니라는 걸 분명하게 하기 위해서 그룹을 지어서 운전하지 말고 각자 운전하고 각자 자기 차 안에서 기록을 남기자고 했다.

어느 날 밤엔가 우리 집에 모인 친구들은 이러한 비판의 대응으로 모든 질문과 잘못된 추측들에 대해 하나하나 답변하는 동영상을 유튜브에 올리는 게 가장 좋겠다고 의견을 모았다. 페이스북과 언론 보도자료에 우리의 목적과 취하려는 행동을 아무리 분명하게 밝혀도 사우디아라비아 사람들은 아무도 이해하지 못하는 듯했다.

그러나 비판만 받았던 건 아니었다. 댓글 중 일부는 우려였고 심지어 두려워하는 말도 있었다. 내가 이 캠페인에 관여한다는 걸 알게 된 친구 한 명은 내게 직접 이메일을 보냈다. '마날, 넌 미쳤어. 이 일을 계속하다간 심각한 어려움에 부닥치게 될 거야. 네가 자초하게 될 위험을 생각해봐. 아들과 가족 모두가 처하게 될 위험을 말이야.' 친구의 염려를 이해했지만, 닥쳐올 위험을 걱정하기보다는 지금이야말로 캠페인을 빨리 진행해야 한다는 마음이 더 컸다. 그래도 답변들을 보다 보면 평정심을 유지하기 힘들었는데, 특히 페이스북 이벤트 페이지에 남긴 남자들의 댓글이 그랬다. 이들은 계속해서 위민투드라이브 캠페인이 제멋대로 행동하고, 성적으로 타락한 나약하고, 비도덕적인 여성들이 모여 활동하는 것으로 여겼다. 댓글은 매우 위협적이었다. 우리 캠페인은 젊은 여성들을 망치려고 기획된 것이며 우리가 '이슬람을 배신하고 있다'고 노골적으로 말했다.

다른 남자들은 댓글을 통해 자신들이 이칼^{Iqal}, 즉 남자들 머리 위에 두르는 두꺼운 검은 끈을 어떻게 사용하는지 알려주었다. 이칼은 오래된 풍습이다. 원래는 바람이 불어도 남자의 머리 덮개가 날아가지 않도록 고정하기 위해 둘렀는데, 요즘은 대체로 장식용으로 사용한다. 비록 몇몇 남자들이 부인과 아이들을 때릴 때 이칼을 사용하기도 하지만 말이다. 한 번도 이칼로 맞아본 적이 없어 그게 얼마나 아픈지 잘 모르지만, 매듭지어진 끈으로 맞으면 매우 아프다고 들은 적이 있다. 누군가 '바이 이칼^{By Iqal}'이라는 페이스북 페이지를 만들어 남자들에게 운전하는 여자를 보면 그게 누구든 때려주라고 요구하고 있었다.

이런 험악한 방해에도 불구하고, 나는 '아랍의 봄' 이미지를 마음에 새겼다. 우리 운동을 지지하는 몇몇 소녀들은 페이스북에 '바이 이칼'의 대항 페이지를 만들어서 어떤 남성이든 여성 운전자를 때린다면 이에 맞서서 구두로 그 남자를 때릴 것이라고 했다(아랍세계에서는 구두 밑창을 보여주는 것을 특별한 모욕으로 간주한다). 나는 개인적으로 폭력을 싫어하지만, 이 페이지의 메시지는 **우리는 두렵지 않다. 우리는 결심했다.** 라고 이해했다. 타인들과 접촉할 때마다 나는 그들의 개인적인 지지가 낯선 이들의 의심과 혐오보다 훨씬 더 강하게 느껴졌다.

나는 다음 단계로 나아갔다. 나는 위민투드라이브에 대한 소개 동영상을 만들면서 공개적으로 내 정체성을 밝혔다. 다른 젊은 여성들과는 달리 나는 이혼녀이자 경제적으로 자립한 여자였다. 위험을 감수할 만했다. 지금도 그날 아침을 정확하게 기억한다. 나는 매일 아침 일곱 시부터 오후 네 시까지 일했다. 그 이후 아부디가 잠자리에 드는 밤 여덟 시까지 아이를 돌보았다. 아이가 잠자리에 들면 다음 날 새벽 서너 시까지 위민투드라이브 일을 했다. 두세 시간 이상 잠을 자 본 적이 없었다. 동영상을 촬영하던 날은 아침 다섯 시에 일어났다. 나는 노트북 카메라를 바라보면서, 6월 17일 캠페인은 무엇이며 그날 정확하게 무슨 일이 일어날지에 대해 설명했다. '시위'라는 말을 하지 않으려고 조심했다. 계속 미소 지으면서 차분하게 말하려고 신경 썼다. 전신을 가리는 아바야도 입지 않았고 얼굴을 가리기 위해 어떤 것도 쓰지 않았다. 영상을 마무리하면서 시청자들에게 이렇게 말했다.

"우리는 여러분의 누이이며 어머니며 딸입니다. 여러분의 지지를 기대하며 이제 여러분이 응원할 기회를 드리겠습니다."

마지막 대사는 이렇게 말했다.

"우리가 전한 이 모든 이야기는요. 우리는 그냥 운전하겠다는 겁니다."

유튜브에 올린 영상은 며칠 만에 12만 회 이상 조회되었다. 우리 부족 이름인 내 성을 포함해서 실명을 사용하고 얼굴을 보여준 것이 영상에 정당성을 더해주었다. 덕분에 사람들은 캠페인에 더 많은 관심을 가졌고 나는 위민투드라이브의 공식적인 인물이 되었다. 나를 겨냥한 협박 댓글이 소셜미디어에 넘치기 시작했다. 그런 게시물을 올리는 사람들은 내 외모를 분석하고, 내가 수니파인지 시아파인지 추측하느라 바빴다. 내가 시아파일 경우에는 이란의 간첩일 수도 있다고 의심했다. 몇몇 사람들은 원숭이나 당나귀 얼굴을 내 사진에 덧붙이거나 내 코나 나의 '가리지 않은 못생긴 얼굴'에 대해 댓글을 달았다. 사람들은 운전이라는 '물의를 빚는 시도'를 함으로써 사우디 사회를 분열시키려 한다고 나를 공격했다. 나는 '창녀', '부도덕한 사람', '친서방파', '배신자', '이중간첩'으로 불렸다. 물론 댓글을 보며 상처도 받았다. 어떤 댓글들은 충격적이었고 어떤 댓글들은 그저 실망스러웠지만, 그래도 소중한 교훈을 얻었다. 사람들은 사우디 여성들이 처한 곤경을 직시하기보다 험담하는 걸 더 좋아했다. 또한 나와 위민투드라이브 캠페인을 지지하는 여성들을 비판하는 사람들은 그들이 진정한 변화를 두려워하기 때문이라는 것을 알게 되었다. 우리의 주장에 반대하는 사람들이 논점을 우리 캠페인이 아니라 나 개인에게 돌리려고 이렇게까지 애쓸 줄은 미처 몰랐다. 나는 그들을 무시하면서 단련되었다.

다른 젊은 여성들은 나와 위민투드라이브를 공격하는 페이지들을 내게 링크로 보냈다. 나는 그들에게 말했다. "이 사람들이 하는 말은 잊어버려요. 그냥 소음일 뿐이에요." 하루하루 지날수록 나는 강해졌다. 모든 생각과 감정을 내 안에 묻어두고 조용히 앞으로 나아갔다. 나의 그런 점이 우리 운동에 반대하는 사람들을 당황하게 만든 것 중 하나였을지도 모른다. 그들은 자신들의 말과 게시물로 나를 꺾을 수 있다고 생각했다. 직장에서조차 괴롭힘을 당했다. 그러나 나는 항상 예의를 지키며 미소 띤 얼굴로 지냈다. 늘 공손하게 말하면서 나는 사우디인이며, 사우디인인 것이 자랑스럽고, 내 조국을 사랑한다고 강조했다. 다만 이 불합리한 관행을 바꾸고 싶을 뿐이라고 했다. 내 전략은 '방어도, 공격도 하지 말자'였다. 젊은 여성들에게 우리의 주장을 널리 알리고 더 많은 지지자를 확보하자고 주장했다.

우리보다 앞서 나갔던 사우디 여성들이 그랬던 것처럼, 나도 내 권리를 지키기 위해서는 대가를 치러야 한다는 것을 깨닫기 시작했다. 그러나 모든 결과를 예측할 수는 없었다. 나는 그 무엇보다도 여성이 운전을 하는 단순한 행위가 사우디 남자들을 화나게 하고 사우디 지배질서 전체를 교란한다는 것을 곧 알게 되었다.

현실에서 실제로 행동하겠다는 결정이야말로 반대자들이 *실제로* 두려워하는 것이었다. 이전에도 운전에 관한 이야기는 있었지만, 이번처럼 전국의 여성이 날짜를 정해서 이렇게 말한 적은 없었다.

"이제 그만 됐어. 그동안 당한 것으로 충분해. 우리는 운전할 거야."

우리는 언론의 시선을 끌기 위해 계속 노력하고 있었다. TV 프로그램 진행자이자 블로거인 메이사는 우리에게 처음 연락했던 기자 중 한 명이었다. 그는 사우디 여성이었지만, 사우디아라비아와 국경을 맞대고 있는 7개 토후국의 연합인 아랍에미리트에서 살고 있었다. 내게 트위터를 해보라고 권했던 친구가 하루는 내 휴대전화로 메이사에게 문자를 보냈다. '위민투드라이브의 마날이에요. 당신과 대화하고 싶습니다.' 문자를 보내자마자 바로 메이사에게 전화가 왔는데, 나는 나중에서야 그 이유를 알게 되었다. 메이사는 여성이 운전해도 되는 날이 올 때까지 사우디아라비아로 돌아가지 않겠다고 공개적으로 표명한 적이 있었다. (메이사는 아버지가 자신의 눈앞에서 돌아가시는 걸 그냥 지켜 보고 있어야만 했다. 집에는 아픈 아버지 외에는 다른 남자가 없었기 때문에 아버지를 병원에 모시고 갈 수 없었던 것이다.)

일단 한 곳의 언론과 연결되고 나니 연이어 다른 언론이 관심을 보였다. 메이사는 나와 인터뷰를 마친 후 압둘라 알 알라미라는 사람을 소개해줬다. 알 알라미는 고용책임자로 일하다가 퇴직한 아람코의 전 직원이었다. 그는 사우디 언론인과 관료들을 많이 알고 있었고 기존의 문화를 바꾸려는 투쟁, 특히 여성 인권 투쟁에 매우 깊이 관여한 바 있었다. 우리는 아람코 사무실 근처에 있는 식당에서 만나기로 약속했다. 고상하게 차려입은 지긋한 연배의 사우디 남성인 알 알라미는 두꺼운 문서파일을 준비해왔다. 그는 거의 한 시간 동안 우리가 벌이고 있는 운동에 관한 설명을 주의 깊게 들어주었다. 그는 한 번도 중간에 끼어들지 않고 그저 고개만 계속 끄덕였다. 내 이야기가 끝나자 그는 이렇게 말했다.

"들어봐요, 마날, 1990년에 운전 금지에 저항했던 여성들에게 무슨 일이 있었는지 이야기해주고 싶군요."

처음에는 그 여성들에 대한 이야기를 듣고 싶지 않았기 때문에 그의 제안이 거슬렸다. 그들과는 어떤 것으로도 연관되고 싶지 않았다. 그러나 이야기가 계속되면서 차츰 그가 자신의 식견을 전해주려 한다는 걸 알게 됐다. 그는 오래된 신문 기사 스크랩 뭉치를 보여주며 운전 금지에 저항했던 47명의 여성에게 무슨 일이 일어났는지 상세하게 알려줬다. 가만히 앉아서 그의 이야기를 듣다가 내가 틀렸다는 걸 깨달았다. 그 여성들을 비난하고 그들에 대한 거짓말을 그대로 받아들이는 대신에, 그들이야말로 내가 본받고 따라야 할 자매들이란 것을 알게 됐다. 그 여성들은 사우디의 여러 규제에 저항하는 유일한 방법은 자신의 주장을 체계화하고 이를 명확히 알리는 것임을 나보다 훨씬 전에 이미 이해하고 있었다. 그 유일한 방법은 바로 직접 차를 모는 것이었다.

이야기를 마친 그는 이렇게 말했다.

"이 일을 끝까지 밀고 나갈 작정이라면 앞으로 당신이 경험하게 될 일에 대해 정서적으로나 정치적으로 대비해야만 합니다. 가능한 시나리오들을 충분히 검토해야만 해요. 최악의 반응에 대해서도 준비해야 합니다."

알 알라미는 1990년에 일어났던 심각한 실수들을 설명한 후, 같은 실수를 반복하지 않으려면 어떻게 하는지 내게 자세히 말해주었다. 우리는 어떤 일들이 성과로 남게 될지에 대해서도 토론했다. 토론을 마친 그는 내 눈을 바라보며 이렇게 물었다.

"당신이 정말 원하는 건 뭐죠, 마날?"

나는 조금도 망설임 없이 대답했다.

"여성운전 금지에 항의하고 싶어요. 우리나라 여성들이 운전할 수 있게 되기를 바라요. 압둘라 왕에게 편지를 쓰고 싶어요."

그는 자신의 휴대전화 두 대에서 내게 소개해줄 저명인사들을 검색했다. 헤어질 때쯤 그는 몇몇 변호사들과 슈라 위원회(비선출직 국왕 자문위원회)에 소속된 사람들 그리고 몇몇 저명인사들의 전화번호를 건네주었다. 그는 내가 압둘라 왕에게 편지를 쓰겠다는 것을 말리지는 않았지만, 예상되는 두 가지 반응에 대해 말해주었다. 완전한 '노우ᴺᴼ'이거나 아무 답이 없거나. 그는 조심하라고 했지만, 나는 오히려 용기가 났다. 지지를 받고 나니 기운이 솟았다.

나는 여성운전에 관심이 있으면서 조금이라도 알려졌거나 인맥이 있는 사람이라면 누구든지 만나기 위해 노력했다. 지지자가 생긴다면, 특히 사우디에서 유명한 사람들이 지지해준다면 우리가 하는 일을 성공시킬 가능성이 더 커질 거라 생각했기 때문이다. 캠페인 홍보를 도와줄 사람들과 거의 매일 약속을 잡으려고 노력했다. 알 알라미를 만난 뒤 나는 이번만큼은 진보적인 성향의 남자들을 포함한 평범한 사우디 사람들의 대중적 지지가 충분하므로, 1990년 사건 당시와는 전혀 다른 결과가 나올 거라 확신했다. 여전히 내게 조심할 필요가 있다고 말해주는 사람들이 있었지만, 그 모든 염려를 제쳐두었다. 나는 이 캠페인이 성공하리라 믿었다.

나를 정신적으로 지원해 준 사람 중에 와제하 알 후와이더라는 사우디 여성이 있다. 와제하는 지난 2008년에 자신이 직접 운전하는 동영상을 게시했던 노련한 활동가였다. 와제하와 나는 둘 다 아람코 단지에 거주하며 일했지만 한 번도 만난 적은 없었다. 와제하에게 만나서 커피 한잔하자고 요청하는 이메일을 보냈다. 우리가 만나는 목적을 미리 말하지는 않았지만, 와제하도 우리 캠페인에 대한 이런 저런 이야기를 이미 들었을 터였다. 그는 나의 요청을 수락했고 우리는 단지 안에 있는 카페에서 만나기로 약속했다. 카페에 도착한 나는 와제하가 어떻게 생겼는지 전혀 모른다는 걸 깨달았다. 카페 바깥에 앉아 있는 사람들의 얼굴을 하나하나 살펴보았다. 아바야를 입고 히잡을 쓴 몇몇 여성들 사이로 청바지에 푸른색 티셔츠를 입은 한 여성이 보였다. 숱이 많은 앞머리는 일자로 잘라 이마를 가렸고, 나머지 머리는 뒤로 모아 포니테일로 묶었다. 나는 문자를 보냈다. '저는 도착했어요, 어디에 계세요?'

내 전화기가 바로 울렸다.

"저 카페 바깥에 있어요. 푸른색 티를 입은 사람이에요."

청바지를 입고 머리를 올려 묶은 바로 그 여성이었다.

우리는 처음에 아람코에서 일하는 여성들의 환경에 대해 이야기를 나누었다. 그러다 점심시간이 끝나기 전에 용기를 내어 와제하에게 위민투드라이브 이야기를 꺼냈다. 내가 이야기를 꺼내자마자 와제하의 얼굴이 환하게 밝아졌다.

"우리가 어떻게 서로 모를 수 있었을까요, 여기 아람코에서 같이 살고 일하면서?"

와제하는 손을 뻗어 내 손을 꼭 쥐면서 이렇게 말했다. 그 순간 모든 경계심이 사라졌다. 그는 내가 생각했던 것보다 어렸다. 또한, 많은 일을 겪어야 했음에도 여성 인권 투쟁에 대단히 헌신적이었다. 2003년 이후로 와제하는 계속 살해위협, 협박 이메일, 사이버공간의 고약한 댓글 등으로 괴롭힘을 당했다. 와제하는 나보다 아람코에서 오래 일했지만 그런 활동 때문에 승진을 못하고 있었다. 와제하의 상사는 만약 여성 인권 문제로 계속 사람들을 선동한다면 승진 기회는 없을 거라고 단언했다고 한다. 와제하의 목표는 '아람코의 정책이나 위상에 공헌하는 것'이 아니었다. 그는 회사 측의 승진에 관한 제약을 받아들였다. 그래도 직업이 있어서 기쁘다며 "여성 인권을 위한 싸움을 절대로 멈추지 않겠다."라고 말했다. 와제하는 내게 이렇게 경고했다.

"준비를 단단히 해요, 마날. 체포될 수도 있어요."

나는 고개를 끄덕였지만, 그의 충고를 대수롭지 않게 여겼다. 와제하도 이미 자신이 운전하는 모습을 촬영해서 유튜브에 영상으로 올린 적이 있었다. 물론 여성이 운전해도 되는 아람코 단지 내에서 다란 해변을 달렸지만, 영상에서는 자신의 위치를 구체적으로 밝히지 않았다. 와제하가 최근에 바레인 대로에서 '자동차는 사우디 여성이 운전해주기를 원합니다'라고 쓴 팻말을 들고 있다가 체포된 적이 있다는 사실을 알게 되었다. 사우디 법률에 따르면 이런 행동은 시위로 간주하여 징역형을 받을 수도 있다. 내가 교통법을 모두 꼼꼼히 읽어봤지만, 여성운전에 대한 법적 장애물은 하나도 없었다고 와제하에게 말하자, 그는 살짝 미소 지으며 내게 윙크했다.

"당신 말이 당연히 옳아요. 그러나 우리의 권리를 가로막고 있는 건 그게 전부가 아니니까요."

나는 카페 입구에서 헤어지면서 와제하에게 말했다.

"걱정하지 말아요, 이번에는 다를 거예요."

❖

우리는 트위터에 등장했고, 페이스북 계정도 활발하게 운영하고 있었다. 그러나 사우디아라비아의 언론은 우리를 무시했다. 어떤 기자는 6월 17일에 이벤트가 열려야만 신문에 우리 이야기가 실릴 거라고 했다. 우리가 보다 강력한 영향을 끼치려면 언론의 주목을 받아야 했다. 더 많은 운전자를 모집하기 위해서라도 언론의 주목이 필요했다. 우리는 해외언론을 통한 홍보가 필요했다.

내게 트위터를 권했던 친구가 이번에는 트위터를 활용해서 다른 활동가들이나 언론인들에게 먼저 접촉할 필요가 있다고 제안했다. 나는 '우리 캠페인에 여성 운전자들을 초청한다'는 내용의 트윗을 더 많이 올리며 외국 기자들에게 연락하기 시작했다. 그들은 거의 즉각적으로 응답했다. 초기에 연락한 기자 중 한 명이 블룸버그뉴스의 도나 아부 나스르였다. 며칠 후 CNN의 아티카 슈베르트에게 인터뷰 요청이 들어왔다. 나는 아찔할 정도로 신이 났고, 또 많은 관심을 받으니 힘이 났다. 세계 다른 나라에서는 언론에 보도되고 대중에게 알려지면 그 자체가 일종의 독특한 보호막이 돼주었다. 사우디아라비아에서는 우리가 운전하기로 한 날짜를 더는 무시하지 못하도록 보장하는 역할까지 더해줬다.

블룸버그 인터뷰는 바로 온라인에 게시됐지만, 화상으로 진행되었던 CNN 인터뷰는 나오지 않았다. 리비아에 새로운 봉기가 일어나는 바람에 우리가 애썼던 인터뷰는 방송되지 못했다. 기대하지 않고 있었는데, 어느 날 아침 사우디 정부에서 공식 발행하는 외국어 신문에 6월 17일에 열릴 우리의 행사가 단신으로 나왔다. 단지 한 줄 정도로 언급되긴 했지만 제법 중립적으로 보도되었다. 우리가 계속 진행해도 된다는 암묵적 동의를 얻었다고 생각했다. 그날 밤 CNN 국제 뉴스에도 마침내 우리 인터뷰가 방송되었다. 우리는 스크린숏을 트위터와 페이스북에 올렸다. 그러자 조심하던 많은 지지자들이 처음으로 더욱 용기를 내기 시작했다. 갑자기 '6월 17일'과 '위민투드라이브^{Women2Drive}'가 SNS 여기저기에서 나타나기 시작했다.

CNN 인터뷰를 마무리하면서 이렇게 말했다.

"비는 한 방울의 물로 시작됩니다."

이 말은 입소문을 타서 지금까지도 계속 인용되고 있다.

행사가 열리는 주가 되자 우리 활동에서 가장 벅찬 일 중 하나가 실행 계획이란 점이 명백해졌다. 참여하고 싶어 하는 많은 여성이 운전하는 방법을 몰랐다. 트위터를 통해 조사해보니 운전하고 싶다고 말한 여성 중에서 어떤 종류든 면허증이 있는 사람은 겨우 11%에 불과했다. 2,000명 이상의 여성들이 운전을 배우고 싶다고 했다. 우리는 운전을 할 줄 알면서 다른 사람을 가르쳐줄 의향이 있는 여성들을 사막 같은 안전한 장소나 주차장에 배치하려고 노력했다. 교습을 돕겠다고 나선 사우디 여성 나일라 하리리는 이집트와 레바논에 살았던 적이 있어서 양국의 운전면허증을 가지고 있었다. 나일라는 운전 교습만 하는 게 아니라 직접 차를 몰고 제다시의 거리를 다니기 시작했다. 나는 BBC 뉴스팀에 나일라를 소개해주었는데, BBC는 나일라가 운전하는 장면을 영상으로 보여주진 않았다. 온라인에서 많은 사우디 사람들이 나일라의 말을 믿지 못하겠다고 비난하는 댓글을 올렸다. 하지만 사우디 정부는 그를 믿었고, 이후 나일라는 심문을 당하고 재판에 소환되었다.

이제 실행 계획에 관한 문제 이외에도 우리 계획에 대해 점점 심해지는 반발에 대처할 새로운 방법을 찾아야만 했다. 한 가지 구상이 떠올랐다. 6월 17일 행사 이전에 누구든 여성이 운전하는 영상을 공개하면 그 경험이 '표준화'될 수 있고 이를 통해 사우디 시민들에게 여성운전이 전혀 위험하지 않다는 사실을 보여줄 수 있을 것이라는 생각이 들었다. 또한 우리 중 다수가 이미 운전할 줄 안다는 것을 보여주고 싶었다. 우리는 면허증도 있고 심지어 운전할 차도 가지고 있다는 것을 말이다. 사우디 정부가 여성 운전자들을 막지 않을 거라는 것도 증명해 보이고 싶었다. 몇 주 동안 나는 계속 이런 말을 들었다. "만약 여자가 운전하면 늑대 같은 남자들이 여자를 산 채로 잡아먹고 말 거야. 그들이 말하는 '늑대 같은 남자들'은 어디에도 없다는 걸 보여주고 싶었다. 여성이 두려움 없이 운전할 수 있다는 걸 보여주고 싶었다. 그래서 이번에는 내가 운전하는 영상을 직접 찍기로 결심했다.

그러나 결심하는 것과 실천은 다른 문제였다. 내 마음은 흥분과 걱정으로 뒤섞였다. 내가 캠페인의 공식적인 얼굴, 그 이상이 될지도 모른다. 지난 2주 동안 나는 제대로 자지도 못했고, 내 작은 집은 캠페인을 도우려는 사람들의 활기로 북적였다. 우리 집은 사실상 캠페인 본부가 되어있었다. 우리는 직접 하던 게시물 업데이트를 다른 사람에게 위임하기도 했다. 브라질 아티스트인 카를로스 라투프는 니캅을 쓴 사우디 여성이 운전석에 앉아 승리의 V자 손짓을 하고 있는 캠페인 로고를 만들어주었다. 그러나 우리 모두 조심해야 한다는 걸 알고 있었다. 위민투드라이브가 실제 시위운동처럼 보여서는 곤란했다. 여성이 운전하는 것이 전혀 해롭지 않다는 사실을 사우디 사회에 보여줄 수만 있다면, 캠페인을 둘러싼 여러 이슈도 금방 사라질 거라고 굳게 믿고 있었다. 나는 5월 19일에 운전 영상을 촬영하기로 결정했다. 위민투드라이브 행사가 열리기 한 달 전이었다.

19일 아침에도 조금밖에 못 자고 일찍 일어났다. 아들은 친가에서 친할머니와 함께 있어 덕분에 걱정을 덜 수 있었다. 동생 외에는 가족 누구에게도 내가 하는 일에 대해 언급하지 않았다. 우리 부모님은 물론 전남편까지 아무도 몰랐다. 그들이 알면 나를 말리려고 할 것이 뻔하므로 말하지 않았다. 그러나 동생만은 절대적으로 나를 지지했다. 내가 위민투드라이브 일을 시작한 이후 동생은 종종 우리 집에 들러 연대와 지지를 보내곤 했다. 나로서는 가족 중에서 내 편이 되어주는 남자가 있다는 게 정말 행운이었다. 동생은 캠페인의 명분이 내 개인의 안녕보다 훨씬 중요하다는 걸 이해하고 있었다.

그 날은 일어나자마자 동생에게 전화를 걸었지만 받지 않았다. 진한 커피를 한 잔 마시고, 내가 가진 옷 중에서 가장 보수적인 것을 골라 입었다. 그리고 검은 히잡을 침대 위에 올려놓았다. 나는 거울을 바라보다가 오늘은 늘 사용하던 검정 아이라이너를 사용하지 않기로 했다. 영상을 보는 사람들이 운전하는 모습에만 집중할 수 있도록 외모는 가급적 부각시키지 않는 편이 좋겠다고 생각했다. 잠시 후, 침실에서 나와 식탁에 앉아서 운전 계획을 하나하나 되짚어보았다. 이 과정은 단순하지만 매우 시각적이어서, 내가 직접 운전하는 모습을 상상할수록 점점 더 흥분되었다. 동생에게 다시 전화를 걸었지만, 이번에도 받지 않아 문자를 보냈다. '어디 있어? 지금 네가 오길 기다리고 있어. 이제 운전할 시간이 다 됐어!' 동생이 내 운전에 동행하겠다고 해서 만날 약속은 했지만, 정확한 시간까지 정하지는 않았다. 나는 조금 걱정되기 시작했다. 트위터에 이미 5월 19일에 운전하는 영상을 유튜브에 올리겠다고 공표해버렸기 때문이다. 동생이 있건 없건 어쨌든 운전은 해야만 했다. 그러던 중 와제하가 떠올랐다. 와제하에게 함께 가 주겠냐고 물어보기로 했다. 지체하지 않고 바로 문자를 보냈다. '지금 뭐 하고 있어요? 나와 함께 드라이브할래요?' 와제하에게 바로 답장이 왔다. 오늘이 어머니가 돌아가신 지 40일째 되는 날이라 다란에서 한 시간가량 떨어진 도시에서 열리는 추도식에 가야 한다고 했다. 운전기사가 와제하를 데리러 온다고 했다. 나는 그가 출발하기 전에 우리 드라이브가 끝날 거라고 장담했다. 와제하는 바로 '오케이'라고 답했다. 마침 캠페인 친구 중 한 명인 아흐메드(우리의 트위터 계정을 책임지는 친구)가 나를 살펴보러 들렀다. 동생이 같이 갈 수 없게 됐으니 아흐메드에게 같이 가달라고 부탁해볼까 생각했다. 아람코 보안출입문을 통과하려면 남자 운전자가 반드시 필요했기 때문이다. 와제하는 촬영을 맡고, 아흐메드는 내가 운전대를 잡을 때까지 우리의 운전사가 되어 줄 것이었다. 이제 나는 몇 년 동안 모은 돈으로 장만한 내 차를 타고 난생처음 사우디 왕국의 실제 거리를 운전하게 된다. 아흐메드는 미소로 승낙하고는 이렇게 말했다.

"두 분을 제가 좋아하는 카페까지 모시고 갈게요. 저는 그곳에서 생강레몬차를 마시고 두 분은 따로 움직이면 되겠죠?"

생각하면 할수록 다른 사우디 여성이 내가 운전하는 모습을 촬영한다는 게 마음에 들었다. 아흐메드에게 이 과정을 트윗에 올려야 한다고 말했다.

약 한 시간쯤 지난 후 아흐메드와 나는 집을 나섰다. 우리는 거의 완벽하게 손질된 아람코 단지의 푸른 잔디밭을 지나 깔끔하게 정돈된 거리를 통과했다. 와제하는 제멋대로 뻗어있는 골프장의 반대편에 살고 있었는데, 많은 사우디 직원들이 거주하는 구역이었다. 와제하의 집에 도착했을 때는 거의 열한 시였다. 경적을 울린 후, 문밖에 와 있다는 문자를 보냈다. 그러자 와제하가 거의 뛰다시피 문을 열고 나왔다. 와제하는 우리가 커피를 마시던 날과 매우 다른 차림이었으나 여전히 자신의 목소리를 내고 있었다. 머리는 검은 히잡으로 단정하게 감쌌지만, 연분홍색 아바야를 입고 있었다. 사우디 여성들은 공공장소에서 검정색 아바야 이외의 다른 색은 거의 착용하지 않는다. 연분홍색 아바야를 입은 와제하를 보자 나보다 훨씬 대담하다는 생각에 피식 웃음이 나왔다. 와제하는 우리가 혹시 체포되더라도 스타일만큼은 멋지게 보여야 한다고 생각한 게 틀림없었다. 와제하가 차량으로 다가오자 아흐메드는 조수석에서 운전석으로 자리를 옮기려고 차에서 내렸다. 아람코 출입문을 통과하려면 이제 아흐메드가 운전해야 했다. 나도 차에서 내려 조수석으로 갔다. 와제하는 뒷좌석에 올라타자마자 다시 문을 열더니 이렇게 말했다.

"어머나, 신분증을 깜빡했어요. 우리가 잡혀갈 걸 대비해서 신분증을 가지고 있는 게 좋겠어요."

아흐메드는 긴장한 표정으로 나를 바라보았다. 그가 무슨 생각을 하고 있는지 짐작할 수 있었다.

"걱정하지 말아요. 아흐메드. 우리는 체포되지 않을 거예요."

와제하는 집에 들렀다 다시 돌아와서는 신나게 말했다.

"마날, 당신은 천재예요. 밖에서 운전하는 모습을 촬영해서 공개한다니, 정말 멋진 생각이에요. 나도 진즉에 이런 생각을 했어야 하는데."

아흐메드는 미소를 지으면서 뒷거울을 보더니 시동을 걸었다. 차가 중심도로에 진입하자 나는 천천히 고개를 돌려 뒤에 있는 건물들을 돌아보았다. 아람코의 스카이라인이 서서히 멀어지는 모습을 보니 마치 내가 누려왔던 모든 안전함에서 멀어지는 것 같은 기분이 들었다.

단지 밖으로 나오자 아흐메드는 바짝 긴장한 채 운전했다. 속도계를 보다가 나를 흘깃 보고 다시 우리 뒤에 혹시 누가 따라오는지 확인하려고 거울을 올려다보았다. 그의 불안함은 어느 정도 우리에게 전염되기는 했지만, 나는 한편으로 점점 흥분되기도 했다. 몇 블록 떨어진 지역 경찰서를 지나 마침내 아흐메드가 생강레몬차를 마시겠다던 카페가 나왔다. 주차장으로 들어선 그는 건물 뒤로 깊숙이 들어가 눈에 잘 띄지 않는 장소에 차를 세웠다. 차에서 내린 아흐메드는 바로 카페로 들어가지 않고 몇 분 동안 우리와 이야기를 주고받았다. 마침내 내가 말했다.

"좋아요, 아흐메드, 가서 차를 마셔요. 우리도 가볼 데가 있으니까요."

우리는 웃으면서 나는 운전석으로, 와제하는 앞자리 조수석으로 자리를 옮겼다. 운전석에 앉은 나는 먼저 깊은숨을 쉰 후 운전대에 손을 얹었다. 지금도 그때 운전석에 앉아 차 문을 닫고 잠갔던 느낌이 생생하게 기억난다. 어떻게 보면 차 안에 갇힌 셈인데, 그 순간만큼은 새장에서 풀려나 방 안을 날아다니던 아버지의 새가 된 기분이었다. "고마워요, 친구." 나는 차창을 내려 밖에 서 있는 아흐메드에게 말했다.

"우린 괜찮을 거에요. 너무 걱정하지 마요."

안전띠를 매는 손이 약간 떨렸다. 차 열쇠를 꽂고, 뒷거울 위치를 조정하고, 머리카락이 하나도 보이지 않도록 검은 히잡을 얼굴 쪽으로 바싹 당겨썼다. 가방에서 선글라스를 꺼내 가리지 않은 내 얼굴 위에 썼다. 마지막으로 거울을 보며 내 모습을 확인했다. 그러고는 와제하를 바라보며 물었다. "준비됐죠?" 와제하의 답변을 기다리지는 않았다.

차 열쇠를 돌리고 시동이 걸리는 소리를 들으면서 발을 브레이크에 올리고 차를 반대로 돌려세우는 동안 내 심장은 점점 빠르게 뛰기 시작했다. 순간적으로 화가 나서 직접 운전을 해야겠다고 결심했던 것인데, 막상 운전을 하는 동안은 내면으로부터 순수한 평온함이 올라왔다.

나는 교통법을 모두 읽어보았고 실제로 여성의 운전을 금지하는 조항은 그 어디에도 없다는 것을 확신했기 때문에 운전을 감행했다. 정말이지 운전을 해도 아무런 문제가 없다고 믿었다. 그래서인지 시내의 중심도로에 들어섰을 때 내게 두려움과 대담함이 묘하게 교차하고 있음을 느꼈다.

이미 아이폰을 와제하에게 건네주면서 카메라를 켜는 법과 동영상을 촬영하는 법을 알려주었다. 도로를 매끄럽게 주행하면서 동영상 도입부를 어떻게 촬영할지 생각을 정리했다. 나는 큰 목소리로 분명하게 선언하고 싶었다. '이것은 내 권리입니다. 그 권리는 바로 직접 운전하는 것입니다.' 그러나 그 대신 운전대를 돌리며 정면을 응시했다. 내 얼굴 근처에서 아이폰이 맴돌고 있는 것이 느껴졌다. 아랍어로 몇 분간 가벼운 대화를 한 후에 나는 이렇게 말하기 시작했다.

"우리나라에는 자랑스러워할 만한 것이 있습니다. 이 땅의 여성들을 돕기 위해 대가없이 자원봉사를 하는 사람들이 있죠. 운전에 관한 한 우리는 무지하고 문맹입니다. 박사학위를 가진 대학교수라도 여성인 경우에는 운전하는 방법을 전혀 모릅니다. 우리는 이 나라의 변화를 원합니다."

운전대를 돌리는데 입에서 말이 절로 나오는 게 느껴졌다. 그것은 항의가 아니라 단지 내가 차분해지기 위해 시작한 대화였다. 그 순간, 지금 운전을 하는 것이 내가 아람코 단지 안에서 매일 하던 것과 별반 다르지 않게 느껴졌다. 그러나 그것은 **완전히 다른 운전이었다.** 와제하가 나를 지켜보는 증인으로 함께 있는 게 느껴졌다. 카메라의 시선이 증인이 되어주고 있었다. 우리 세대의 다른 사람들처럼, 북아프리카와 중동 전역의 도시에서 광장과 길가에 모인 이들처럼, 목소리를 높이고 손을 치켜들며 휴대전화와 카메라로 억압과 권위주의 그리고 전통에 맞서는 이들처럼, 우리도 사우디아라비아에서 가장 오래된 문화적 금기 중 하나에 대항하는 순간을 맞이하고 있었다. 우리는 사우디 여성들의 기본적인 열망을 분출할 기회를 만들고 있었다. 나는 옆자리에 앉아 있는 와제하와 함께 지금 '우리 자신의 운명을 좌우하는 운전석'에 앉아 있다는 느낌이 들었다.

내가 히잡과 선글라스를 고쳐 쓰는 동안 와제하는 이렇게 덧붙였다.

"오늘 알 리야드 신문에 누나가 남동생을 차에 태워서 병원에 갔다는 기사가 났어요. 그런데 응급상황에서만 여자가 운전해도 되는 건 아니잖아요. 여자도 남자와 똑같이 자신의 일상을 살아갈 권리가 있어요. 품위를 지키면서 말이죠."

나는 도로를 주시하면서도 그의 말에 고개를 끄덕였다.

우리는 계속해서 월급의 삼 분의 일을 개인 기사를 고용하는데 지출해야 하는 여성들의 현실에 관해 이야기했다. 이런 운전기사 중 다수는 여러 여성의 기사로 일한다. 10분 정도의 거리를 가는데, 자신이 고용한 기사가 거리를 빙빙 돌면서 다른 여성들을 계속 태우느라 한 시간이나 두 시간이 걸린다면 어떻겠는가? 교통이 혼잡할 때는 한 시간 이상 택시를 기다려야 한다거나 고용한 기사들이 돈을 더 받아내려고 우리를 길가에 세워놓고 모욕하는 상황이나 남편이 집에 없으면 아이를 학교에 데려다줄 수 없는 어머니, 집을 나서기 위해 열 살짜리 아들을 운전석에 앉혀야 하는 어머니들에 관해서도 이야기했다. 나는 이런저런 이야기를 하면서 신호등과 교통표지판을 지키며 차량 흐름에 따라 자연스럽게 커브 길을 돌았다. 코르니쉬 거리로 돌아 내가 매주 식료품을 사러 가는 슈퍼마켓으로 향했다. 이전에는 남자 기사가 데려다줄 때만 올 수 있었던 곳이다. 커브를 도는 동안 운전대가 손안에서 부드럽게 미끄러지도록 놔두면서 차창 밖을 내다보았다. 그 순간 맞은편 차선에서 운전하는 사람과 눈이 마주쳤다. 다가오는 은색 도요타 SUV의 남자 운전자가 오른쪽으로 몸을 기울여 옆자리에 앉은 여성에게 무언가 말하는 게 보였다. 그들은 서로 마주 보다가 다시 나를 보았다. 내가 미소를 지으니 와제하가 물었다.

"왜 웃어요, 마날?"

나는 와제하의 손에 들린 휴대전화 쪽으로 얼굴을 돌려 더 활짝 웃으며 말했다.

"내가 드디어 운전하고 있어서요."

주차장을 빙빙 도는 몇 분 동안 다양한 운전자들이 나를 주목하는 것이 보였다. 속도를 줄여 주차공간으로 들어갔다. 그리고 이렇게 말했다.

"자, 와제하. 우리 쇼핑하러 가요."

와제하는 촬영을 멈추고 함께 차에서 내렸다. 주차장에는 많은 외국인 남성 운전자들이 자동차 밖에 서서 자신들이 태우고 갈 여성 고객을 기다리고 있었다. 그들은 우리를 보더니 눈이 휘둥그레져서 계속 쳐다보았다. 그들끼리 힌두어나 우르두어로 속삭이는 말이 들렸다. 그러나 아무도 우리를 가로막지는 않았다. 어쩐지 규칙을 어긴 어린이가 된 느낌이 들었지만, 지금 이 일이 어린 시절에 하던 장난보다 훨씬 심각한 일이라는 건 알고 있었다. 모든 사람의 시선이 내 피부를 뚫을 기세였다.

"와제하, 우리 식료품 좀 사 가요. 아들이 오면 챙겨주려고요."

와제하는 고개를 끄덕이며 슈퍼마켓에 먼저 들어가라고 손을 흔들었다. 나는 히잡을 얼굴 쪽으로 바싹 당겨쓰고 선글라스는 벗지 않았다. 가게 안쪽에서 한 남자가 몸을 앞으로 굽혀 동료에게 무언가 속삭이는 게 보였다. 우리는 매장을 돌며 물 한 병과 과일 한 개, 그리고 아부디에게 줄 막대사탕을 장바구니에 넣었다. 계산대에 나란히 서서 내가 지갑을 꺼내는 동안 서로 아무 말도 하지 않았다. 그리고 당당하게 주차장을 가로질러 차 문을 열고 다시 차에 올랐다. 그제야 우리는 서로를 쳐다보고는 웃음을 터뜨렸다. 그리고 함께 외쳤다.

"우리가 해냈어요!"

나는 땀이 난 손을 운전대에 올리고 시동을 걸면서 말했다.

"좋아요, 와제하, 우리 계속 운전하자고요."

와제하가 다시 촬영을 시작했지만 나는 거의 말을 하지 않았다. 대신 내가 이 공간에 있다는 것과 자동차에서 전해져 오는 힘, 그리고 부인할 수 없는 승리감에 뿌듯했다. 그 순간 앞으로 내 미래가 어떻게 펼쳐지든 오늘만큼은 중요하고 의미있는 일을 해냈다는 것을 깨달았다. 그 날 나는 모든 사우디 여성들을 위해 운전하고 있다는 기분이 들었다. 어떤 의미에서는 정말 그랬다. 나는 운전을 하면서 내 개인 기사가 평상시에 식료품 가게를 나와 집으로 돌아갈 때면 어떤 길로 갔었는지 생각해보았다. 하지만 나에게 아직은 그럴 만한 자유가 없다는 것쯤은 알고 있었다. 몇 킬로미터쯤 더 가서 아흐메드를 내려줬던 카페가 있는 방향으로 차를 돌렸다. 빠르지도 느리지도 않게 운전하면서 늘 뒷자리에서 보았던 거리와 건물들을 처음으로 전망 좋은 운전석에 앉아서 보게 되니 감회가 새로웠다. 경찰서 앞을 지나갈 때는 혹시 어떤 경찰이 잠깐이라도 나를 본 건 아닐까 궁금해하며 경찰서 쪽을 흘깃 보았다.

이틀 후, 나는 바로 그 경찰서에 불려가 구금되었다.

12

사우디 남성들의 왕국에서

내가 운전을 한 5월 19일 목요일은 당시 기준으로 사우디의 주말이 시작되는 날이었다. 그날 밤 자막 없이 아랍어로만 된 영상을 유튜브에 올렸다. 영상에서 나는 히잡으로 머리를 가리고 큰 선글라스로 얼굴을 가렸었다. 마치 누군가의 홈 무비 같은 영상이었다. 이전 영상을 본 사람들이 가급적 이번 것도 보길 바랐고, 불쾌한 댓글은 너무 많이 남기지 않으면 했다. 다음날인 금요일은 이슬람의 주일로, 무슬림이 기도하는 시간이며 이맘의 설교를 듣는 시간이었고 사우디 왕국에서 어떤 공개처벌도 내릴 수 있는 날이었다. 토요일 아침 나는 평소처럼 일하러 나갔다. 출근한다는 사실이외에는 그 어떤 것도 전과 같지 않았다.

한 동료가 내 사무실로 왔다. 그는 내 책상 모서리에 기대어 서서 내 유튜브 영상이 사우디아라비아뿐 아니라 전 세계에서도 조회 수가 가장 높은 영상 중 하나라고 말했다. 영상을 본 사람들의 수가 70만이 넘었고 '좋아요'와 '싫어요'의 비율이 20:80이라고 했다. 나는 처음에 그가 농담하는 줄 알았지만 직접 온라인에서 확인해보았다. 호주에 사는 어떤 이가 이런 댓글을 올렸다. '도대체 왜 모든 사람이 이런 걸 보고 있는지 영문을 모르겠다.' 그러나 모든 사우디인들은 왜 많은 사람들이 이 영상을 보는지 정확하게 알고 있었다. 반응은 가히 폭발적이었다.

아람코는 직원들의 이름과 연락처를 정리한 인명부를 발행한다. 그래서 내게 화가 난 사람들이 어렵지 않게 내 연락처를 찾아낼 수 있었다. 내 이메일의 수신함은 나를 '창녀'나 그보다 더 심한 말로 부르는 메일로 가득 찼다. 어떤 메일은 '만약 당신을 길에서 보게 되면…'으로 시작했다. 나는 이런 글들을 바로 지워버렸다. 다른 메일은 '우리는 당신을 묻어버릴 무덤을 파고 있소.'라는 말로, 또 다른 메일은 '당신 스스로 지금 지옥문을 열었어.'라고 시작했다. 나는 최악의 편지들을 아람코 보안부서로 전달하기 시작했다. 몇 글자만 읽어도 사이버공간 너머에서 들끓고 있는 사람들의 분노가 전해졌다. 책상 위의 전화기는 쉬지 않고 울렸다. 어떤 이들은 수화기 저편에서 아무 말 없이 숨소리만 내거나 어떤 이들은 소리를 질러댔다. "차를 운전하다니! 얼굴도 가리지 않고!" 몇몇 사우디 성직자들이 얼굴을 가리지 않을 여성의 권리를 인정했다거나, 여성이 운전하는 것을 명시적으로 금지한 법규가 없다는 사실은 조금도 중요하지 않았다. 나는 내가 우리나라에 혼란(피트나Fitna. 혼돈, 반란, 고난 등의 광범위한 뜻이 있으며 역사적·종교적 의미가 강하다: 역주)을 가져왔다고 불평하는 것을 참았다. 유튜브 영상에 달린 400개의 댓글 중 절반이 악성 댓글이었기 때문에 급기야 댓글 기능을 정지시켰다. 어느 날 점심시간에 낯선 두 사람이 내 사무실 앞에 와서 명패를 보고 있었다. 그들은 아무 말도 없이 노려보기만 하다가 그 자리를 떠났다. 누군가 나를 해치려 할 것 같아 긴장되었다.

나는 오래지 않아 상사에게 찾아가 2주간의 휴가를 냈다. 직장에서는 어떤 분란도 일으키고 싶지 않았다. 휴가 요청은 구두로 수락되었지만, 그날 하루는 아무 일 없다는 듯이 퇴근 시간까지 일하기로 마음먹었다. 곧바로 우리 부서장이 내 사무실로 찾아왔다.

"내 말 좀 들어봐요, 마날. 지금 하는 일에 매우 신중했으면 좋겠어요. 우리는 이런 상황이 마음에 안 들어요. 그리고 어떤 식으로든 회사 이름이 거론되는 걸 바라지 않아요."

그러더니 이렇게 물었다.

"당신이 지금 하는 행동으로 어떻게 뭔가를 바꿀 수 있겠어요?"

나는 그를 바라보며 대답했다.

"지금은 2011년이에요. 이제는 그럴 때가 됐어요."

그는 다시 내게 조심하라고, 아들과 가족을 생각하고, 직장을 포함해서 내가 감수하고 있는 모든 위험에 대해 잘 생각해보라고 당부했다.

"걱정하지 않으셔도 돼요. 제가 책임질 수 있어요."

나 역시 그 누구든 내가 책임지지 못할 것으로 의심하는 것을 원치 않았다.

아침부터 일이 복잡해지는 바람에 그날의 중요한 계획이 어긋나 버렸다. 나는 점심시간에 지역 교통경찰서에 가서 사우디 운전면허증을 신청할 생각이었다. 내가 이미 확인한 바로는 나를 막을 법률은 아무것도 없었다. 아직 유효기간이 남은 미국 운전면허증을 가지고 있었고 사우디 신청서도 모두 작성해두었다. 동생이 내 마흐람으로 함께 가주기만 하면 됐다. 그러나 동생은 일 때문에 자리를 비울 수가 없었고 나는 택시를 잡지 못했다. 게다가 화가 난 사람들이 보낸 이메일과 나를 괴롭히는 전화 때문에 정신이 없었다. 운전면허증 신청서는 고이 접힌 채 내 가방 안에서 제출되기만을 기다리고 있었다.

퇴근 후 나는 아부디를 데리고 택시를 탔다. 우리는 함께 동생 집으로 갔다. 나는 동생에게 영상과 댓글에 관해 이야기해주었다. 그런데 이제 또 다른 걱정거리가 생겼다. 6월 17일에 운전하는 여성들의 안전을 어떻게 보장할 것인가? 1990년에 47명의 여성이 리야드에서 함께 모여 운전을 한 사건 이후 아주 가끔 산발적으로 여성들이 운전을 감행했다. 이런 일이 일어날 때마다 운전한 여성은 교통경찰서로 보내졌고 후견인이 소환되었다고 한다. 여성들은 다시는 운전하지 않겠다는 각서에 강제로 서명해야만 했다.

내가 이틀 전에 운전할 때는 어떤 교통경찰도 마주치지 않았고 차를 세워야 하는 상황도 겪지 않았다. 6월 17일에 여성들의 운전이 제지당하지 않기를 바랐다. 그러나 영상에 대한 반응을 보고 나니 걱정이 앞섰다.

"뭔가 방법을 찾아야겠어."

나는 동생에게 말했다.

"지금 당장 가보자. 교통경찰서에 가서 면허증을 받고 운전해야겠어."

동생은 내 말에 동의하면서 이렇게 말했다.

"내가 끝까지 함께 있어 줄게."

그리고 본인 차인 현대 아제라 세단의 열쇠를 나에게 넘겨줬다. 올케는 근심스러워하며 우리에게 가지 말라고 사정했다. 나는 올케에게 시간이 늦어서 경찰서 직원들도 일찍 퇴근하고 싶을 거라고, 그리고 내가 운전하는 게 불법이란 규정은 어디에도 없다고 말해주었다.

동생은 내게 코바르시에서 가장 큰 도로인 코르니쉬 거리까지 다시 운전해보라고 제안했다. 그 길에는 항상 교통경찰이 있었다. 그래서 나와 동생, 올케, 갓난아기인 조카, 그리고 다섯 살 먹은 아부디까지 다 함께 차에 올랐다. 모두 함께 차를 타고 다니던 평소와 달리, 이번에는 내가 운전석에 앉았다. 나는 신나면서도 한편으로는 두려웠다. 내가 괴롭힘이라도 당하게 되면 가족들이 함께 있는 게 어느 정도 보호막이 되어주기를 바랐다. 내가 운전하는 영상을 올케의 휴대전화로 찍어달라고 부탁했다. 나는 이미 유튜브에 두 번째 영상을 올릴 생각을 하고 있었다.

약 30분 정도 운전하니 코르니쉬 거리가 나왔다. 운전대가 손에 익어 편안하게 느껴졌다. 그 순간 교통경찰이 보였다. 나는 숨죽이며 지나갔다. 경찰은 나를 불러 세우지 않았다. 아무 일도 일어나지 않았다.

"이건 좋은 징조야!"

나는 소리쳤다.

"우리에게 청신호가 뜬 거라고! 됐어!"

도로 반대편에서 다가오는 다른 운전자들의 얼굴을 바라보며 계속 운전했다. 다들 빤히 바라보다가 우리가 지나가면 아예 목을 뒤로 돌리면서까지 쳐다보았다. 몇몇은 건성으로 보거나 눈길을 돌리다가 다시 돌아보았다. 지금 자신이 보고 있는 게 도대체 무엇인지 믿지 못하겠다는 듯이 말이다. 여자가 운전하다니. 나는 그들의 눈을 똑바로 바라보면서 미소까지 지어 보였다. '맞아요, 당신들은 지금 여자가 운전하는 걸 보고 있는 거예요.' 마침내 이러한 현실에 적응해야 할 시대가 온 것이다.

교차로까지 운전을 계속했다. 거기서 도로 중간에 서 있던 다른 교통경찰과 정면으로 마주쳤다. 어쩌면 첫 번째 교통경찰은 미처 나를 보지 못해서 아무런 반응이 없었는지도 모른다는 두려운 깨달음이 일었다. 이번에는 내가 경찰에게 훤히 다 보일 터였다. 교통경찰이 내 차를 바라보는 순간 나는 눈을 감아버렸다. 신호가 바뀌어 좌회전하자 교통경찰 바로 앞에 서게 되었다. 경찰차 확성기에서 울리는 지시를 들었을 때는 반대 차선으로 거의 넘어갈 뻔했다.

"아제라, 멈추세요."

"우리 차예요, 마날. 멈춰요!"

뒷좌석에서 올케가 목소리를 높였다.

"아냐, 잠시만."

어쩌면 다른 아제라를 부른 것일 수도 있다고 스스로 합리화하며 대답했다. 그러나 그때 경찰차 확성기가 한 번 더 울렸다. '아제라, 멈추세요.' 나는 급히 차를 세웠다. 깊은숨을 내쉬며 운전석 차창 쪽으로 성큼성큼 다가오는 경찰을 바라보았다. 경찰이 미소를 지으며 다가오고 있었다.

"사우디 분이신가요?"

경찰은 내게 묻더니 이렇게 덧붙였다.

"사우디에서는 여성이 운전하면 안 된다는 거 모르셨나요?"

그는 아주 흥미롭다는 표정으로 나를 바라보았다.

나도 미소를 지으며 그에게 이름을 물어보았다. 그러고서는 순간적으로 엄청난 실수를 저지르고 말았다. 그에게 내 이름을 말해버린 것이다. 나는 동생의 사우디 면허증과 내 매사추세츠 면허증, 차량 등록증을 넘겨주면서 이렇게 덧붙였다.

"저, 우리나라 교통법에는 제가 운전할 수 없다는 규정이 단 한 줄도 없어요."

교통경찰은 서류를 확인했다. 모두 유효한 서류였다. 그는 놀란 표정으로 활짝 미소 지으며 우리에게 기다리라 하고는 다른 경찰을 불렀다. 우리가 두 번째 경찰을 기다리는 동안 검은 차량이 도로 한가운데에 멈춰 섰다. 차에 탄 남자가 여전히 운전석에 앉아 있는 나를 유심히 바라보다가 물었다.

"이 여자는 누구요?"

교통경찰이 대답했다.

"마날 알 샤리프입니다."

검은 차를 타고 있던 남자는 유튜브 영상에 대해 알고 있는 게 틀림없었다. 왜냐하면, 내 인생을 바꿔놓을 전화를 걸었기 때문이다. 채 10분이 되지 않아 커다란 GMC 차량이 급히 달려왔다. 운전자가 급하게 브레이크를 밟는 바람에 타이어에서 끼익 소리가 났다. 이제 사방이 차량으로 둘러싸였는데 그중에서도 지금 도착한 차가 가장 무서웠다. 차량 옆면에는 무타와^{Mutawa}, 즉 사우디 종교경찰의 휘장이 그려져 있었다. 두 남자가 급히 차에서 내렸는데 한 사람은 매우 육중했고 다른 사람은 마른 체형이었다. 아부 압둘라와 파이잘이라는 이름의 두 남자는 '선의 증진과 악의 방지를 위한 위원회^{Commission for the Promotion of Virtue and the Protection of Vice}'에서 나온 사람들이었다.

동생은 바로 차에서 뛰어내려 그들과 이야기하러 갔다. 나는 정신을 차리려고 애쓰면서 불편한 자세로 몸을 움직여 조수석으로 옮겨 앉았다.

무타와는 위장 군대와 비슷했다. 보이지 않지만 언제 어느 곳이든 있었다. 이들을 가장 잘 표현하는 말은 '잔인함'이다. 이들은 쇼핑몰과 시장을 순찰하면서 상점 주인들이 기도시간에 문을 닫았는지 확인하고 평범한 사우디 사람들이 옷을 잘못 입거나 가릴 곳을 제대로 다 가리지 못했을 경우 소리를 질러댄다고 알려져 있다. 이들이 종교법을 자체 해석하여 임의로 법을 적용하더라도 아무에게도 견제받지 않는다. 무타와는 차를 탄 사람들이 종교적 규율을 어겼다 싶으면 바로 차량을 뒤쫓아 가는데, 그러다 여러 번 큰 사고를 냈다. 2012년에는 그런 사고로 한 남자가 죽고 임신 5개월이던 그의 아내와 두 아이가 크게 다친 일이 있었다. 한 번은 무타와 요원이 한 여성에게 다른 부분을 다 가렸지만 눈동자가 '너무 유혹적'이니 눈까지 모두 가리라고 요구했다는 보도가 몇몇 뉴스매체에 실렸다. 그 여성의 남편이 이들에게 아내를 내버려 두라고 요구하자 한 무타와 요원이 남편 손을 칼로 두 번이나 찔렀다. 무타와는 여성 전용 현금인출기를 사용했다는 이유로 영국 남자와 아내를 가혹하게 구타하기도 했다. 수도 리야드의 어느 슈퍼마켓 안에 있는 현금자동인출기였을 뿐인데 말이다. 이렇게 무타와가 저지르는 모든 일은 하나님의 이름으로 허용된다.

두 명의 무타와 요원이 심한 욕설을 퍼부으며 동생을 모욕하기 시작했다. 시간이 조금 흐르니 지금 벌어지고 있는 이 상황이 그들의 손에 달려있다는 게 명확해졌다. 첫 번째 교통경찰과 나중에 합류한 교통경찰은 무력하게 옆으로 물러서 있었다. 무타와는 남자가 옆에 있는데도 여자가 운전석에 앉아 있는 것은 '남녀가 한 데 뒤섞여 있는 무도한 짓'이라며 이를 절대 용납할 수 없다고 소리를 질러댔다. 동생이 반박했다.

"하지만 제가 그 남자고 저 여성은 제 누나입니다!"

동생을 괴롭히다가 지친 무타와가 이번에는 차 안에 있는 내게 다가왔다. 길 가던 사람들은 멈춰 서서 지켜보고 있었다. 나는 차 문이 잘 잠겼는지 다시 확인했다. 뚱뚱한 무타와가 차창을 툭툭 두드리면서 나를 '빈트Bint'라고 불렀다. '빈트'는 소녀를 경멸하는 호칭이다. 나는 차창을 조금 내리고 그들에게 소리쳤다.

"우선, 예의를 갖추세요. 나를 '음 압달라'라고 불러주세요."

'음 압달라'는 압달라의 엄마라는 뜻으로 사우디 사회에서 아이 엄마를 부를 때 사용하는 적절한 호칭이다. 나는 이어서 말했다.

"그리고 이건 교통에 관한 문제에요, 도덕적인 문제가 아니라고요. 나는 정당한 면허증을 가지고 운전을 하는 것이고, 여기엔 비도덕적이라 할 만한 게 전혀 없어요. 이건 교통경찰과 이야기할 문제에요, 당신들을 따라가지 않겠어요."

나는 차창을 닫아버렸다.

그러자 '선의 증진과 악의 방지를 위한 위원회'에서 나온 아부 압둘라와 파이잘은 격분했다. 덩치 큰 무타와가 내 얼굴 가까이에서 조수석 창문을 쿵쿵 두드렸다. 그는 좌절하고 몹시 화가 난 만화 주인공처럼 잠긴 차의 문 손잡이를 계속 잡아당겼다. 그러다 차 문을 쾅 하고 쳤다. "우리 차를 타! 같이 가자고!" 큰 목소리로 고함을 치는 바람에 그의 침이 차창 유리에 계속 튀었다.

나는 온라인에서 무타와가 울고 있는 여성과 아이들을 괴롭히고 폭행하는 수많은 영상을 보았다. 그들이 여자들의 스카프를 잡아끌며 지금 내 옆에 주차된 GMC와 같은 무타와 차량에 태우는 모습도 보았다. 많은 이들이 구류, 징역, 더 나쁜 수치스러운 일 등 끔찍한 운명과 맞닥뜨렸다.

"내 눈에 흙이 들어가기 전에는 안 가요."

나는 차창을 사이에 두고 말했다.

열기로 데워진 차량의 뒷좌석에서 올케가 울고 있었다. 아이들도 겁에 질려 큰 소리로 울고 있었다. 그 와중에 내 휴대전화 배터리는 거의 소진되어 가고 있었다. 배터리를 조금이라도 아끼기 위해 휴대전화를 끄려다가 급히 두 명의 친구에게 문자를 보냈다.

"지금 운전을 하다가 종교 경찰에게 붙잡혔어. 이 소식을 트위터에 올려줘요."

코바르시에서 가장 큰 도로 위를 오가던 차량들이 꼼짝도 하지 않고 서 있었다. 모든 이들이·우리를 보려고 멈춘 것이다. 사람들은 각자의 휴대전화로 사진이나 영상을 촬영하고 있었다. 나는 사로잡혀 사람들의 끝없는 시선을 받아야 하는 동물원의 동물이 된 느낌이었다. 거의 한 시간에 걸쳐 무타와는 우리를 계속 협박했다. 해가 뉘엿뉘엿 지기 시작할 무렵, 결국 동생과 나는 두 명의 무타와 요원이 우리를 뒷자석에 태워 교통경찰서로 데려가는 데에 합의했다. 그러나 그들은 그것으로 충분하지 않았는지 올케와 두 아이도 함께 데려가려고 했다.

"저 사람들은 이 일과 아무 상관이 없습니다."

동생은 단호하게 말하고는 재빨리 택시를 불러 올케와 조카와 아부디를 태웠다. 순식간에 일어난 일이라 작별인사를 할 틈도 없었다. 정신을 차려보니 무타와가 동생의 차를 직접 운전하고 있었다. 우리 옆에는 올케와 두 아이를 태운 택시가 신호를 기다리느라 서 있었다. 조카는 올케의 무릎 위에 앉아 있었고 아부디는 자리에 혼자 앉아 있었다. 그 모습이 무척 외롭고 겁에 질린 듯 보였다. 그럼에도 나는 아무것도 해줄 수가 없었다. 내 아들을 품에 안고 다 괜찮아질 거라고 속삭이면서 달래 줄 수가 없었다. 그 순간 엄마 생각이 났다. 엄마는 내내 우리를 교육하고 우리에게 더 나은 미래를 만들어주려고 싸워왔다. 그 덕분에 나는 지금 이 자리에 있게 됐다. 하지만, 그런 엄마도 내가 지금 처해있는 상황에 이르게 한 가장 근본적인 원인까지 바꿔줄 수는 없었다. 그러나 내가 용기를 낸다면 내 아들의 상황을 바꿀 수 있을지도 모른다.

'저를 도와주소서, 하나님.' 나는 생각했다. '저는 끝까지 포기하지 않겠습니다.'

나는 할 수 있는 한 똑바로 앉아서 무타와에게 직접 말했다.

"이게 불법인 건 아시죠? 당신들이 우리 차를 운전할 권리가 없다는 것도 알고 있겠죠?"

경찰서로 가는 길에 나는 이렇게 말했다.

"이 일이 끝나면 내가 당신들을 고소할 수도 있어요. 그렇게 할 겁니다."

❖

투크바 교통경찰서에 도착하자 해가 졌다. 이제 기도시간이라는 뜻이었다. 경찰서 단지 안에는 남자들을 위한 기도장소만 있었을 뿐 여자들은 그곳에 들어갈 수 없었다. 나는 기회를 놓치지 않았다.

"차 안에 앉아서 기다려도 될까요?"

내가 묻자 그들이 대답했다.

"그래요."

요원들이 사라지자 나는 휴대전화 전원을 켰다. 배터리가 남아있기를 바라며 숨죽인 채 번호를 눌렀다. 그런 다음 지금 내가 어디 있는지 최대한 빨리 설명했다.

"부탁이에요, 이 이야기를 보도해줘요."

전화를 받은 사람은 알 리야드^{Al Riyadh}의 신문기자였다. 적어도 이제는 내가 흔적도 없이 사라지는 일은 없을 것이다. 무타와 요원들과 동생이 교통경찰들과 함께 돌아왔다. 우리는 교통경찰서 안으로 들어갔다. 교통경찰감이 우리를 기다리고 있는 걸 보고 나는 조금 놀랐다. 이곳에서 나는 여섯 명의 남자와 함께 있는 유일한 여자였다.

업무시간이 끝나서인지 교통경찰서는 텅 비어 있었다. 전화벨은 울리지 않았다. 손가락으로 자판을 두드리거나 책상 위에서 신문을 뒤적거리는 소리도 들리지 않았다. 들리는 소리라고는 오로지 경찰감의 사무실로 향하는 우리의 발소리뿐이었다. 경찰감은 문을 열고 불을 켰다. 모든 이들이 자리에 앉자 경찰감은 무타와들을 바라보며 물었다.

"무슨 일이죠?"

무타와들은 경찰감에게 나의 왈리 알 아므르^{Wali al Amr}, 즉 나의 남성 법정 후견인에게 물어보라고 했다. 그들은 동생이 내 후견인일 거라 짐작한 것이다. 이게 바로 사우디 여성들이 일반적으로 받는 대우다. 사우디 사람들은 남성 후견인이 우리 대신 말하고 행동하고 최종적으로 우리 대신 결정을 내리는 동안 우리는 그저 입을 다문 채 조용히 앉아 있는 게 당연하다고 생각한다. 그러나 나는 조용히 있으려고 여기까지 온 게 아니었다.

"이 사람은 내 동생이에요, 누나인 내가 **동생의** 보호자죠."

내 말에 무타와들은 충격을 받은 모양이었다. 그들은 분명히 내 뺨을 때리고 싶었을 것이다. 나는 경찰감에게 무슨 일이 있었는지 설명한 뒤, 교통문제에 대한 의견 차이일 뿐인 일에 무타와가 개입한 이유를 물어보았다.

"당신이 한 행동이 불법인 건 알고 있어요?"

경찰감이 물었다.

"경찰감님, 저는 어떤 교통법도 위반하지 않았습니다. 교통법규 32항에 따르면 운전면허증을 신청하는 데 성별에 관한 규정은 한 줄도 없습니다. 사실, 여성은 운전할 수 없다는 말 자체가 어떤 법규에도 없습니다."

경찰감은 몸을 뒤로 젖히며 의자에 기대었다.

"법규를 인용할 수 있나요?"

"네, 며칠 동안 법규를 공부했습니다, 경찰감님."

그는 잠시 나를 관찰하다가 이내 말문을 열었다.

"그러니까 여기서 운전하려면 사우디 운전면허증이 필요하죠."

"네, 맞습니다, 경찰감님. 그런데 사우디 운전면허증이 나오기 전까지 3개월 동안은 유효한 외국 운전면허증을 사용할 수 있습니다."

나는 눈 하나 깜짝하지 않고 말했다.

가방에서 이미 작성해 놓은 운전면허증 신청서를 찾아 경찰감에게 건네주었다. 그 서류를 가지고 온 게 다행이었다. 경찰감의 생각이 들리는 듯했다. **이런, 세상에 이 여자는 대체 누구입니까?** 경찰감은 파리를 쫓듯 손을 흔들면서 이렇게 말했다.

"서류를 저리 치워요."

그러더니 이번엔 동생에게 질문했다.

"누나에게 차 열쇠를 줬나요?"

"네, 그랬습니다."

동생은 차분하게 답변했다.

"저는 누나가 운전하는 게 괜찮다고 생각합니다."

"여성이 운전하는 걸 찬성하세요?"

그 순간만큼은 동생은 단순한 형제라기보다 나의 친구이자 동지였다. 그는 경찰감에게 석유 지질학자로 일하다 보면 종종 가족들과 헤어져 멀리 떨어진 지역에서 몇 주 혹은 그 이상을 머물게 된다고 말했다. 올케가 운전할 수 없으니 꼼짝없이 집안에만 갇혀 지내야 한다. 동생네도 운전기사가 없다. 기사를 두려 해도 낯선 사람이 아름답고 젊은 아내와 아이 곁에 머무는 것이 불안하다. 그의 자동차는 쓸모없이 집 바깥에 주차되어 있다. 올케가 매우 아팠을 때도 동생이 집으로 돌아올 때까지 며칠 동안 고통을 받으며 기다려야만 했다.

"네."

동생은 이렇게 대답했다.

"저는 우리나라에서 여성들이 운전하는 것을 전적으로 지지합니다."

주위를 둘러보니 무타와 요원들이 입을 꽉 다물고 있었다.

경찰감은 전화를 하기 위해 잠시 방을 비웠다. 나는 의자에 앉은 채 등을 뒤로 젖혀 동생의 얼굴을 보았다. 그러자 무타와 중 한 명이 사납게 말했다.

"지금 당신이 앉은 꼴을 보시오! 똑바로 앉아요! 반듯하게!"

그렇게 시작해서 나와 동생은 다섯 시간 동안 교통경찰서에 머물러야 했다. 나는 가방을 압수당했다. 우리는 다른 방으로 이동했는데 유선전화가 있었다. 나의 소중한 아부디에게 전화해서 잘 있는지 확인하고 싶었다. 이제 거의 잠자리에 들 시간이었다. 아부디에게 좋은 꿈 꾸라는 엄마의 목소리를 들려주고 싶었다. 그러면 오늘 벌어진 모든 일을 뒤로하고 아이가 편안하게 잠들 수 있지 않을까. 그러나 내가 전화기를 사용해도 되겠냐고 물어보자 그들은 전화기를 벽에서 떼어 치워버렸다.

하루 일정이 오래전에 끝났을 시간이었다. 동생과 내가 저녁 기도를 드리는 동안 여러 관청에서 온 공무원들이 교통경찰서에 도착하고 있었다. 그들의 목소리와 딱딱하고 매끈한 바닥을 걸어가는 구둣발 소리가 들렸다.

"누나, 저 사람들이 뭔가 일을 꾸미고 있는 거 같아."

동생이 낮은 목소리로 말하며 눈짓으로 사복을 입고 있는 몇몇 사람들을 가리켰다. 그들은 서로 약간 떨어진 채 있었고 모든 걸 감시하며 저희끼리만 이야기했다.

"다바비Dababee들이야?"

나는 숨죽이며 물었다.

"응,"

동생이 심각하게 대답했다.

다바비는 사우디 사람들이 마바히스Mabahith, 즉 국내정보기관 또는 비밀경찰을 부르는 별칭이었다. **다바비**는 '압정'이나 '압핀'이란 단어인데 말 그대로 뾰족한 끝으로 순식간에 사람을 찌를 수 있다는 의미다.

내 목소리에 공포가 스며들기 시작했다.

"왜, 왜, 왜, 왜 저 사람들이 여기 있는 거야?"

"나도 모르지, 그 이야기는 하지도 말자."

동생이 대답했다.

잠시 후 경찰감이 다시 나타나 나를 코바르 경찰서장에게 소개했다.

"6월 17일의 마날 아닌가요?"

경찰서장이 물었다. 경찰서장도 위민투드라이브에 대해 이미 알고 있었던 것이다.

"네,"

"왜 그 날까지 기다리지 않았죠? 왜 오늘 운전했나요?"

"교통법규에 여성은 운전하면 안 된다고 금지한 조항이 없습니다."

도대체 이 말을 몇 번이나 반복했나? 그는 아무 대답이 없었다. 그래서 내가 물었다.

"이제 가도 되나요?"

"주지사실에서 지시가 올 때까지는 안 됩니다."

"네?"

"주지사님 승낙을 받기 전까지는 당신을 풀어줄 수가 없어요."

나는 다시 말없이 앉아 있었다. 할 수 있는 말이 아무것도 없었다.

오후 열 시경 주지사 사무실에서 마침내 내가 서명해야 할 각서를 보내왔다. **나 마날 알 샤리프는 사우디 영토에서 두 번 다시 운전하지 않겠으며, 6월 17일 행사를 중단하겠습니다.**

경찰서장이 6월 17일 관련 대목을 삭제해달라고 요청하자 주지사 사무실에서 다시 각서를 보냈다. 이번에는 간단했다. **나 마날 알 샤리프는 사우디 영토에서 두 번 다시 운전하지 않겠습니다.**

나는 각서를 보았다. 나와 동생의 서명을 기다리는 빈칸이 있었다. 나는 먹지도 못했고 잠도 자지 못했다. 목은 쉬었다. 아들이 보고 싶었다. 서명하고 그곳에서 나오면 간단했을 것이다.

"받아들이지 않겠습니다. 저는 법을 위반하지 않았어요."

사람들이 내 말을 놓치지 않도록 또박또박 천천히 말했다.

"당신은, 당신은 여기 서명해야만 합니다."

경찰서장이 부드럽게 권했다.

"만약 안 하면요?"

"그렇게 되면 유감스럽지만 서명하실 때까지 우리가 당신을 구금해야 합니다."

나는 그 순간 경찰서장은 실제로 그런 일이 일어날까 봐 매우 걱정하고 있었다고 생각한다. 나는 다시 말했다.

"서장님, 저는 법을 어기지 않았습니다. 무슨 법규를 어겼는지 지금 말씀해주세요, 그러면 서명하겠습니다. 제가 어떤 법규를 어겼나요?"

잠시 후 서장이 부드럽게 말했다.

"오르프를 어겼습니다."

사우디 사회에서 오르프는 전통이나 풍습, 관습, 관행을 뜻한다. 그것은 공식적인 법규가 아니다. 나는 서장을 향해 매우 의도적으로 말했다.

"두 분이 모두 말씀하시는 걸 듣고 싶네요. 다시 말씀해주시면 좋겠습니다."

"당신은 오르프를 어겼어요."

서장은 분명하게 말했다.

"다시 말씀해주세요."

"오르프. 당신은 오르프를 어겼어요."

"좋아요, 동의합니다. 저는 교통법을 어긴 게 아니네요."

그것이 작은 승리일지라도, 나는 적어도 그 방에 있는 남자들에게 내가 운전한 것이 사우디 법규를 어긴 게 아니라는 걸 증명해 보이고 싶었다.

"그래도 각서에는 서명해야 합니다. 안 하시면 안타깝지만 우리는 당신을 구금해야만 합니다."

경찰서장이 말했다.

동생이 각서에 서명했다. 나도 서명했다. 내 이름을 쓰면서 혼잣말을 했다.

"나는 오르프를 어긴 거지 법을 어긴 게 아냐. 이 사실을 활용할 거야."

오르프는 운전하면 안 되는 사유가 되지 못했다. 서명을 마치고 난 후, 각서를 복사해달라고 부탁했다. 대답은 '안 됩니다'였다.

교통경찰서에서 풀려났을 때는 열한 시가 넘어 있었다.

"일이 이렇게 될 줄 몰랐습니다. 정말 미안해요. 이렇게 늦게까지 붙잡아 둘 생각은 아니었어요."

경찰서장이 말했다.

그의 표정과 말은 진솔해 보였다. 다섯 시간 이상 걸려서 미안하다는 건지 나는 잠시 궁금했다.

경찰서 문을 반쯤 나서는데, 동생 차로 돌아갈 수 없다고 했다. 동생 차는 압수된 상태였다. 차를 돌려받으려면 주지사 사무실에 청원을 넣어야 했다. 가뜩이나 지친 동생과 나는 며칠 안에 다시 와서 차 문제도 해결하고 고소도 하자고 결정했다. 교통경찰서에서 택시를 불러줬다.

택시 바로 뒤쪽으로 남자들이 빽빽하게 타고 있는 낯선 차량 세 대가 보였다. 우리가 택시를 타자 기사는 속도를 높였다. 그러자 뒤에 있던 차량 세 대가 바싹 추격해왔다. 그중 한 대가 우리가 탄 택시 옆으로 가까이 붙었다. 한 남자가 창문 밖으로 몸을 내밀고 길쭉한 탐사 카메라 렌즈를 내게 맞췄다. 셔터 소리는 들리지 않았지만, 플래시가 터졌다. 어둠 속에서 번쩍대는 플래시 불빛에 잠시 앞이 보이지 않았다. 나는 스카프를 두르고 최대한 몸을 낮추며 좌석 깊숙이 앉았다. 사우디 도로에는 검문소가 있어서 정부는 아무 때나 사람들을 불심검문 할 수 있다. 아람코 단지 앞의 검문소에 이르자 차량 두 대가 사라진 게 보였다. 그러나 나머지 한 대가 상향등을 쏘아대며 우리에게 멈춰달라는 신호를 보냈다. 동생은 택시 기사에게 검문소에 세워달라고 말하고는 차에서 내렸다. 우리를 따라온 사람은 알 야움 신문사의 기자였다. 그는 나와 이야기하고 싶다고 동생에게 말했다. 동생은 시계의 시간을 가리키며 안 된다고 했다. 나는 택시 안으로 돌아온 동생 손을 꼭 잡고 고맙다고 말했다.

내가 경찰서에 억류되었던 사건이 전국적인 뉴스가 될 거라고는 생각지도 못했다. 조용한 내 집으로 돌아가는 것이라고 생각했는데, 도착해보니 소규모의 군중이 나를 기다리고 있었다. 동생 차에서 몰래 전화를 한 후, 지역신문에만 보도된 게 아니라 로타나 칼레지아 채널의 저녁 8시 방송 〈야 할라 쇼〉에도 내 소식이 나왔다. 진행자인 알리 알랄야니는 내가 억류되었다는 소식을 전국에 방송하면서 이런 고마운 말을 덧붙였다.

"마날이 무사히 집으로 돌아오기를 기도합니다."

다른 사우디 활동가인 콜라우드는 운전기사와 함께 교통경찰서로 와서 담벼락으로 둘러싸인 경찰서 단지 바깥에서 몇 시간을 기다리며 휴대전화로 계속 소식을 업데이트했다. 올케는 위민투드라이브 트위터 계정을 관리하는 아흐메드에게 연락했다. 아흐메드가 이 사건을 트위터에 올렸는데, 리트윗이 1,000번 이상 되면서 해외 언론매체까지 내 이야기를 실어 주었다. 어떤 이는 '프리마날Free Manal'이라는 페이스북 페이지를 만들고 두세 시간 만에 5,000개 이상의 '좋아요'를 받았다.

친구들은 소리를 지르며 들떠 있었다.

"전 세계가 네 이야기를 하고 있어!"

"사람들이 네가 사우디의 로자 파크스래!"

나는 감동해서 눈물이 핑 돌았지만 웃지 않을 수 없었다.

"내 걱정을 했다니 정말 바보들이로구나!"

나는 경찰서장이 6월 17일 행사 취소에 관한 문장을 삭제했다고 설명했다. 그건 의미심장한 일이라고 생각했다. 우리는 그날 운전해도 된다는 승낙을 암묵적으로 받아낸 것과 다름없었다.

"우리가 이겼어!"

나는 말했다.

"내가 그랬잖아! 얘들아, 두려워할 건 아무것도 없어! 우리가 이겼어!"

피곤한 하루를 보내고 난 뒤였으니 이제 새벽이 가고 새날이 오기 전까지 적어도 몇 시간 동안 쉬면서 보내고 싶었다. 하지만 내가 원하는 대로 되지 않았다. 잠자리에 들기 전에 비밀경찰이 우리 집 문 앞에 찾아왔다.

마침내 내가 잠자리에 든 것은 그로부터 거의 24시간이 지난 후였다. 나는 담맘 여성교도소에 갇혀 있었다.

교도소에서 맞은 첫날 아침, 나를 깨운 것은 바로 냄새였다. 음식 냄새, 퀴퀴한 땀 냄새, 사람들의 분비물 냄새 등 지독한 악취. 그때 내 등 밑으로 딱딱한 바닥이 느껴졌고, 쯧쯧 혀를 차며 굴리는 낯선 모음 소리, 떨리는 자음 소리, 날카롭고 불완전한 여러 가지 소리가 들렸다. 사람들이 잠깐 말을 멈추면 천장에 매달린 조명등에서 나는 윙윙거리는 소리가 더욱 크게 들렸다. 천장의 조명 때문에 창문 하나 없는 방이 항상 대낮처럼 밝았다. 나는 눈을 더욱 질끈 감았다. 인공조명이 한낮에 반짝거리는 사막의 황금 모래보다 더 강렬하게 눈을 자극할 수도 있다는 걸 알게 되었다.

그 날 아침 나는 몇 시간 후면 여기서 나가 집으로 돌아갈 거라는 믿음 하나로

자리를 털고 일어날 수 있었다.

나는 감옥에서도 세상의 다른 모든 곳처럼 위계와 일상이 있다는 걸 금세 알아 차렸다. 움 미샨이란 여성이 우리의 배급표와 아침 식사 주문을 받았다. 형편이 좀 나은 여자들은 교도소 음식을 먹지 않았는데, 움 미샨은 그들에게 신선하게 요리된 팔라펠 샌드위치를 주문해주었다. 그럴 형편이 안되는 다른 이들은 어쩔 수 없이 비위생적인 교도소 주방에서 조리한 끔찍한 음식을 먹어야 했다. 움 미샨 이 배급표와 주문을 모아서 교도관에게 전달하면 교도관이 교도소 정문 옆에 있 는 작은 식료품 가게로 갔다. 교도관은 여성 위생용품부터 샴푸와 치약, 플라스틱 접시와 수저까지 모든 것을 챙겨서 오전 아홉 시 교도소 문이 열리기 전에 돌아 왔다. 아홉 시가 되면 죄수들은 높은 담에 둘러싸인 아주 작은 안마당으로 나갈 수 있었다. 야외였지만 활짝 트인 공간은 아니었다. 안마당 위로 금속 철망이 지 붕처럼 덮여 있었다.

첫날 나는 곧 나갈 사람이니 음식을 주문하지 않겠다고 했다. 내가 한 말이 기 억난다.

"이제 교도소에서 문을 열어주면 변호사에게 물어볼 거예요. 도대체 지금 내가 왜 여기 있는지 모르겠어요. 나는 여기서 나가고 싶어요."

움 미샨이 어깨를 으쓱하며 말했다.

"그냥 앉아서 우리와 같이 아침 먹어요."

나는 그들과 함께 앉았다. 둘째 날에는 나도 팔라펠을 주문했다.

마하라는 다른 여자는 거의 매일 아침 일찌감치 밖에 나와 있었다. 그는 독방에 갇혀 있었지만, 교도관이 매일 감방문을 열어주어 조그만 감옥 안마당으로 나올 수 있었다. 나는 마하가 친딸을 살해했다는 죄목으로 기소되어 감옥에 들어왔다 고 알고 있었다. 그런데 실제로 딸을 죽인 살인범이 이미 감옥에 있었다. 그게 바 로 마하가 독방에 있게 해달라고 요청한 이유였다. 움 미샨과 누와이예는 안마당 에 나가 마하와 함께 땅바닥에 앉아서 팔라펠을 먹곤 했다. 이상하게도 그것은 학 창 시절에 친구들과 같이 앉아서 아침 식사를 하던 기억을 떠올리게 했다. 아침 식사 후 교도소장을 만나게 해달라고 요청했다. 나는 철문이 열릴 때까지 밖에서 기다려야만 했고 노크할 수도 없었다. 사무실에 들어오라고 할 때까지 계속 서서 기다리는 수밖에 없었다.

교도소장인 디나는 아름다운 여성이었다. 머리는 어깨 길이 정도로 짧았다. 디나는 화장한 얼굴로 나에게 따뜻한 미소를 지었다. 의상도 고급스러웠다. 간단히 말해서 디나는 나와 같은 전문직 여성이었다. 작은 사무실이었지만 큰 책상과 소파가 놓여있었고 아바야를 걸어 둘 공간도 있었다. 책상 위에는 컴퓨터와 전화기가 있었다. 여성 수감자들이 바퀴벌레가 들끓는 자신의 공간을 똑같이 바퀴벌레가 들끓는 옆 사람의 공간과 구분하기 위해 작은 옷가지들을 걸어 두는 감방과는 완전히 다른 세상이었다. 나는 굳이 내 소개를 할 필요가 없었다. 교도소장은 실제로 내 말을 가로막았다.

"네, 나도 당신 이야기를 들었어요. 무슨 말을 해야 할지 모르겠네요. 나도 당신 사건에 대해서는 아무런 정보가 없어요. 그저 이렇게 들었을 뿐이에요. '이 사람은 마날 알 샤리프인데, 운전을 한 사람이오. 다음 지시가 있을 때까지 이 감옥에 수감되어야 합니다.'"

"부탁이에요, 가족에게 전화해야 해요. 그런데 제가 전화번호를 몰라요. 가족들의 번호가 전부 제 전화기 안에 저장돼있거든요. 올케 번호만 알고 있어요."

"좋아요, 이 전화기를 쓰세요. 그리고 당신을 면회하러 온 사람이 있어요."

나를 기다리던 여자는 사우디 국가인권위원회Saudi National Human Rights Commission에서 나온 사람이었다. 그는 얼굴을 가리지 않았다. 게다가 눈과 뺨 주위의 어두운 피부에 밝은 색조 화장을 두껍게 한 얼굴은 우중충한 면회실에서 한층 도드라져 보였다. 그는 거의 말을 하지 않았다. 위로의 말을 건네거나 희망적인 말을 해 주지도 않았다. 그는 내 이야기를 요청하며 면회를 시작했다.

"당신 이야기를 해보세요."

"제 이야기는 모든 사람이 알고 있다고 생각해요. 그냥 운전했을 뿐인데 감옥에 보내졌죠. 심문을 받다가 갑자기 감옥에 온 겁니다. 아무도 내가 왜 여기 있는지 설명해주지 않았어요."

그리고 이렇게 말했다.

"당신이 들어야 할 이야기는 저 안에 있는 다른 여성들의 이야기에요. 이 감옥 보셨나요? 얼마나 더러운지 보셨어요?"

그는 나를 바라보았다.

"네네, 알아요. 그런데 우리가 뭘 할 수 있겠어요?"

갑자기 그에게 너무나 화가 났다. 여기 앉아 기계적으로 일하는 시늉이나 하고 있다니 어이없는 일이다.

"여기에서 짐승 취급 받으면서 살고 있는 여성들의 상태를 아신다면서 어떻게 아무 일도 안 하실 수가 있죠? 인권을 위해서 일하시는 분 아닌가요?"

나는 물었다. 그는 그저 같은 말을 반복할 뿐이었다.

"네네, 저도 알아요. 하지만 우리가 뭘 할 수 있겠어요? 고발도 하고 이런저런 발언도 해 보지만 달리 더 뭘 할 수 있겠어요?"

나는 지금 이 상황과 인권위에서 일하는 이 사람에 대해 혼란스러웠고 절망감마저 들었다. 조금은 가시 돋친 말투로 물었다.

"그럼 내가 자원봉사를 하고 싶으면 당신들 그룹에 어떻게 합류할 수 있나요?"

"아뇨, 합류할 수 없습니다. 일단 직장을 그만두서야 해요. 우리는 자원봉사자를 따로 받지 않아요. 우리 조직에 합류하려면 직장을 그만두고 상근직으로 일하셔야 합니다."

그 말을 듣는 순간 나는 포기하게 됐다. 적은 월급에 아무런 권한도 없는 기구에서 일하기 위해 좋은 직장을 떠나는 사람은 없을 것이다. 판에 박힌 보고서를 써내야 하는 이 사람은 내 이야기를 다 듣기 전까지 자리에서 일어나지 않을 것임을 깨달았다. 그래서 나는 일어났던 모든 사건을 되짚어가며 말하기 시작했다. 그는 내 말을 듣긴 했지만 한 글자도 메모하지 않았다. 면회가 끝날 때까지 우리는 각자의 역할에 갇혀 있었다. 이야기들이 알려져도 결국 변하는 것은 아무것도 없을 것을 알면서도 오랫동안 그 많은 이야기를 들어야만 했던 그의 처지를 이제와서야 상상할 수 있을 뿐이다. 사우디아라비아 국내 인권 그룹은 권한이 매우 적거나 아예 없다. '앰네스티 인터내셔널'이나 '휴먼라이츠워치' 같은 주요 국제그룹들은 목소리를 크게 낼 수 있지만, 그렇다 하더라도 정부에서는 선별해서 듣거나 아에 듣지 않는다.

그래도 곧 감옥에서 나갈 수 있으리라 믿었다. 나를 팔로우했던 기자와 블로거들이 나의 석방을 위해 들고일어날 거라 믿었다. 친한 친구 히다야가 면회 올 때까지만 해도 나는 그렇게 믿고 있었다. 면회일은 목요일과 토요일이었다. 그날은 면회일도 아니었는데, 감옥 근무자는 히다야를 들여보내 줬다. 그를 만나다니 고마웠다. 그런데 히다야는 내가 갈아입을 옷과 책 한 권, 아부디 사진을 들고 왔다. 교도관들이 압수해갔던 것들이었다.

"왜 옷이랑 책을 가져왔어? 내가 모르는 뭔가를 알고 있는 거야?"

내가 묻자 히다야가 말했다.

"난 그냥 네가 잊혔다고 느끼지 않길 바란 것뿐이야. 우리가 네 생각을 하고 있다는 걸 네가 알아주길 바랐어."

히다야는 나를 보러 오기 전에 자신의 어머니에게 허락을 구했다. 히다야의 어머니는 매우 보수적인 분인데 면회를 허락해 주면서 이렇게 덧붙였다고 한다.

"당국에 너도 마날이랑 같이 수감해달라고 요청하렴. 네가 마날과 함께 있으면 마날도 혼자가 아니라고 생각할테니."

물론 그런 일은 일어나지 않았지만 어쨌든 나로서는 고마웠다. 여성으로서 감옥에 간다는 건 매우 치욕적인 일이기 때문이다.

히다야는, 아부디는 친할머니가 돌보고 있으며, 올케와 조카는 자신이 아람코 단지에 있는 우리 집에 데려다주었다고 했다. 또한 내가 체포되어 담맘 여성교도소에 수감되었다는 소식을 듣고 온 나라가 충격에 빠졌다고 했다. 아랍 언론들은 내가 체포됐다는 뉴스를 보도했는데, 사우디아라비아 국내 뉴스매체들은 나와 위민투드라이브를 부정적으로 묘사하고 있다고 했다. 아랍세계의 주요 신문인 알하야트[Al-Hayatt]만이 내 행동을 긍정적으로 조명했다고 했다. 사우디 신문들은 내가 눈물을 쏟으며 혐의를 '자백했다'고 헤드라인을 장식했다. 언론에서 내가 체포된 이유로 언급한 다섯 가지 혐의는 다음과 같았다. 1)여론을 선동한 혐의 2)운전면허증 없이 운전한 혐의 3)외국의 적들을 돕기 위해 배신자이자 간첩으로 활동한 혐의 4)내가 운전하는 영상을 유튜브에 올린 혐의 5)해외언론과 접촉한 혐의. 그러나 여전히 누가, 어떤 기관이 나의 체포와 구류를 명령했는지 알 수 없었다.

히다야의 이야기를 들으면서 점점 화가 치밀어 오르다가 결국 폭발하고 말았다.

"거짓말쟁이들! 어떻게 존재하지도 않는 법령을 어겼다고 나를 기소할 수가 있어?"

나는 악담을 퍼부었다.

"내가 변호사를 구하면 두고 보자고!"

면회 도중 교도관이 들어와 우리의 대화를 중단시켰다. 교도관은 내게 종이 한 장을 내밀며 나를 쳐다보지도 않고 말했다.

"여기 서명하세요."

앞으로 운전을 하지 않겠다는 또 다른 각서였다. 이번에는 나도 언쟁하지 않았다. 그냥 서류에 서명하고 돌려주었다. 여기서 나가고 싶었다.

하루하루가 고통스러울 만큼 느리게 흘러갔다. 감방 안에서 우리가 할 수 있는 일은 창살 틈으로 밖을 내다보거나 바퀴벌레 수를 세거나 빨래를 하는 것밖에 없었다. 읽을거리도 볼거리도 마음 붙일 어떤 것도 없었다. 나는 감방 여성들에게 자리 잡은 지루함과 무력함을 볼 수 있었다. 이는 여자들 얼굴에 깊게 팬 주름과 멍하고 텅 빈 눈동자에 새겨져 있었다. 이곳에 갇힌 거의 모든 사람이 그렇듯이 나도 좀처럼 잠을 이루지 못했다. 여기저기서 들리는 소음과 침대를 기어 다니는 바퀴벌레들, 그리고 24시간 내내 켜져 있는 조명 때문에 잠들기가 어려웠다. 갑작스럽게 폭행이 일어나는 걸 계속 경계하다 보면 종종 신경이 곤두서곤 했다. 여자들은 차 마실 물 때문에 싸우고, 화장실을 사용하는 문제를 가지고 싸웠다. 감방에 갇힌 많은 여성 죄수들은 직접 학대를 당해본 만큼 서로를 학대하고 아이들을 학대하고 있었다. 압둘라흐만이라는 여섯 살짜리 남자아이가 우리와 함께 감방 안에서 살았다. 죄수 중 일부는 주기적으로 그 아이를 꼬집고 때리면서 고함을 질러댔다. 나는 아부디가 생각나서 그 아이와 함께 놀아주고 달래주려고 애썼다. 며칠이 지나자 아이는 새끼오리처럼 내 뒤를 졸졸 따라다녔다. 나중에 아이와 아이 엄마가 고향인 인도네시아로 추방되었다는 소식을 들었다. 아이가 감옥에서 나갔다는 말에 안심이 되었다.

나는 가능한 모든 것을 추적하기 시작했다. 교도관실의 화이트보드에는 수감자 통계가 쓰여 있었다. 전체 수감자 168명, 여성 죄수 152명, 어린이 16명. 총 168명이 2층 침대가 있는 일곱 개의 작은 감방에서 살고 있었다. 각각의 감방 크기는 모두 약 3×4.6m였다. 감방을 청소하러 오는 사람은 아무도 없었다. 이 많은 여성이 사용하는 화장실은 일곱 개였는데, 문이 달린 칸은 하나도 없었다. 변기 역시 제대로 작동하는 게 하나도 없다 보니 역겨운 냄새가 진동했다. 식당도 없고 기도실은 항상 잠겨 있었다. 이곳에서는 사생활을 가질 공간이 어디에도 없었다. 어떤 밤에는 여자들끼리 성교하는 소리가 들리기도 했다.

나는 빈곤한 동네에서 가난하게 자랐지만 이렇게 형편없어 본 적은 없었다. 감옥의 상태는 누가 보더라도 비참했다. 이런 공간에서 엄마와 함께 살 수밖에 없는 어린아이들을 보면 눈물이 났다. 거울은 금지된 물품이어서 며칠이 지나면 내가 어떤 모습이었는지 잊어버리게 된다. 자신의 정체성을 잃어버리는 것이다. 인간과 동물의 차이가 너무 미미해진 나머지 어쩌면 그 둘 사이에 차이가 거의 없는 게 아닐까 하는 의심마저 들기 시작한다. 나는 미치지 않기 위해 자신을 지킬 방법을 찾으려 노력했다. 움 미샨을 통해 작은 공책을 하나 사서 감옥에서 함께 생활하고 있는 여성들의 이름과 이야기를 기록하기 시작했다. 가사노동자들이 학대받는 이야기는 이미 어느 정도 알고 있었다. 사우디 사람들은 주로 아시아 국가에서 온 수십만 명의 여성을 고용해서 음식과 세탁과 육아를 맡겼다. 사우디아라비아에는 국내 노동법이 없기 때문에 여성들의 권리는 모두 고용주의 결정에 달려있다. 우리는 부당한 대우를 받거나 임금을 받지 못하거나 자신이 일하는 집에 사실상 죄수처럼 갇혀 지내야 하는 외국인 여성 노동자들 이야기를 종종 듣는다. (반면 같은 아시아 국가에서 온 남성들은 종종 사우디 여성들의 운전기사로 고용되어 대체로 높은 임금과 숙소와 여러 혜택을 받는다.) 감방을 둘러보니 내 주변에 가난하고 겁에 질린 여성들이 많았다. 이들은 철저하게 외톨이였을 뿐 아니라 아랍어도 잘하지 못하고 가진 것도 거의 없었다. 남편과 사별하고 아이가 여섯인 필리핀 여성 마이사라는 8년 동안 자기 나라에 돌아가지 못하고 있었다. 보증인에게 몇 달 동안 임금을 받지 못하다가 달아났다는 이유로 징역형 1년을 선고받은 여성이었다. 그는 몇 개 안 되는 자기 물건을 치워가며 내 자리를 만들어주고 자신의 침대도 내주었다. 투옥된 다른 여성들도 고용주들의 부당한 대우에 맞섰을 뿐이었는데, 고용주들은 이들을 붙잡아서 감옥에 집어넣었다.

수감생활은 어떤 면에서 나에게 가르침을 주었다. 가사노동 노예들에 대한 새로운 사실을 알게 되었다. 이런 처지에 놓인 여성들의 개인사를 기록하고 내가 어떻게 도울 수 있을지를 찾으려고 애쓰면서 임시 치료사 같은 역할을 하게 되었다. 여성들의 문제를 들어주고 이들을 대신해서 편지를 써주었다. 많은 여성이 우리 아버지처럼 문맹이었다. 내가 그들의 삶에 관심을 두자 여성들은 용기를 얻었는데, 나 역시 그들로 인해 용기를 얻었다.

스물여섯 살인 하나는 남편이 아닌 다른 남자의 아이를 가졌다는 이유로 감옥에 왔다. 1년 전에 이미 형을 마쳤지만, 그는 계속 감옥에 남아있었다. 아버지가 그를 받아주지 않았기 때문이다. 후견인이 없는 사우디 여성들은 출소할 수 없다. 교도관들은 하나를 남성교도소 수감자 중 한 사람과 결혼시키려고 했는데, 그렇게 되면 후견인이 생겨서 감옥을 나갈 수 있기 때문이었다.

나를 지켜보던 교도관 한 명이 내게 물었다.

"왜 이런 일을 하고 있어요, 마날? 이 여자들이 아니라 본인 걱정을 하셔야죠."

공격적인 성향의 일부 죄수들은 나를 UN대사라고 부르며 조롱했지만, 그런 건 무시했다. 그곳에 있는 동안만이라도 나는 무슨 일이든 하고 싶었다.

13

아부야와 국왕

대학 시절부터 내 삶은 이메일 도착 신호, 자판 두드리는 소리, 휴대전화 진동과 같은 전자통신의 확실성과 과학을 중심으로 돌아갔다. 가족이나 친구 모임과 같은 개인적 영역에서도 점점 더 이야기를 나누지 않게 되고 유년시절에 항상 배경음악처럼 들리던 경쾌한 대화마저 사라졌다. 이제는 각자 휴대전화 화면의 희미한 불빛에 시선을 고정한 채 침묵할 뿐이다. 우리는 마주하는 얼굴이나 목소리만큼 무선 신호들과도 연결되어 있다. 그러나 담맘 여성교도소에 갇힌 나는 실제로나 비유적으로나 어둠 속에 갇혀버렸다. 나의 세계는 2011년 5월 21일을 기점으로 마치 호박 안에 갇힌 꿀벌처럼 그대로 멈춰버렸다. 사방에서 끊임없이 들려오는 소음도 교도소 담장 밖의 고요함을 깨트리지는 못했다. 모든 것을 알고 싶었으나 내가 알 수 있는 건 거의 없었다. 몇몇 교도관들은 신문에서 읽은 이야기를 공유해주었지만, 그마저도 때로는 여러 단계를 거쳐 전해 들은 이야기였다. 그저 상상으로 짐작할 따름이었다.

수감자가 된 지 둘째 날, 교도소장의 사무실에서 두 통의 전화 통화를 할 수 있었다. 아마도 사우디 인권위에서 나온 이와 면회한 덕분이었는지도 모른다. 첫 번째 통화는 아람코 동료이자 절친한 친구인 압둘라와 했다. 그는 히다야와 함께 감옥 정문까지 왔지만, 가까운 친척이 아닌 남성이었기 때문에 들어올 수가 없었다.

"마날, 무슨 일이에요?"

압둘라가 물었다.

"신문을 보니 어제 당신이 굴복했다고 나오던데요. 당신이 위민투드라이브 배후가 누구인지 실토해서 그 배후 인물들을 심문할 예정이라고 해요."

언론이 왜 그런 거짓말을 퍼뜨리는지, 대체 어디서 그런 이야기가 나왔는지 이해할 수 없었다. 나는 내 머리를 컴퓨터 정보시스템이라 여기고 논리적으로 생각해보았다. 그리고 이렇게 말했다.

"변호사가 필요해요."

압둘라는 아드난이라는 이름과 전화번호를 알려주었다. 다른 친구 두 명이 변호사들에게 연락을 시도하고 있었다. 변호사들은 내 이름만 대면 모두 변호를 거절했지만 아드난은 달랐다. 두 번째 통화는 올케 무니라와 했다. 동생은 24시간 구금되어 있다가 친구들이 보석으로 데리고 나왔다고 했다. 고맙게도 우리 아들은 무슨 일이 일어났는지 모르고 있었다. 내가 잡혀간 날 아침 아부디가 일어나자 올케는 이렇게 말해주었다고 한다.

"엄마가 큰 컴퓨터를 고치려고 출장 가셨어."

나는 캠페인 계정으로 내가 구금된 사실을 트위터에 올렸는지 물었다.

"응,"

올케는 다른 소식을 덧붙였다.

"마날, 우리는 페이스북 이벤트를 닫아야만 했어."

그 말을 들으니 분노와 좌절이 나를 덮쳤다. 그 행사에 참여하겠다고 신청한 사람들만 12만 명 이상이었다. 겨우 이런 결과를 얻을 거라면 내가 왜 감옥에 온 것인가? 어째서 정부가 항상 이기는가?

나는 교도소장이 바로 거기에 앉아 있는데도 가여운 올케에게 소리를 지르기 시작했다.

"어떻게 이럴 수가 있어? 나는 지금 감옥 안에 있잖아. 밖에 있는 올케가 그걸 계속해줘야지."

심문을 받는 동안 나는 캠페인에서 내 이름을 삭제하고 한발 뒤로 물러나 있겠다고 약속했다. 하지만 다른 여성들은 캠페인을 계속해 주기를 바랐다.

"올케는 지금 내가 희생해서 얻은 것들을 모두 내버리고 있는 거야."

나는 전화기에 대고 악담을 퍼부었다.

"그냥 내다 버리고 있다고!"

"낯선 사람들이 전화해서 '이벤트를 그만둬야 합니다, 내리세요.'라고 말했어."

올케가 상황을 설명했다. 캠페인 동료 중 한 명은 유튜브에 올렸던 운전 영상을 암호를 알아야만 접근할 수 있는 비공개로 전환했다. 우리 그룹은 트위터 계정 중 하나를 @위민투드라이브@Women2Drive에서 @프리마날@FreeManal로 바꿨다. 그러나 결국, 바뀐 트위터 계정도 삭제되었다. 나는 배신감을 느꼈다. 올케는 나를 달래려고 애쓰면서 이렇게 말했다.

"아냐, 아냐, 우리는 언니의 안전을 위해서 이러는 거야. 차라리 잘된 일이야. 지금 우리 관심사는 언니가 감옥에서 빨리 나오는 것밖에 없어."

모든 게 사라지고 있었다.

"내가 감옥 안에 있다고 해서 올케가 그 운동을 멈추어선 안 돼. 계속하지 않으면 그 대가를 치르게 될 거야."

이 두 번의 통화가 마지막이 될지도 모른다고 생각했다. 그러나 다른 죄수들과 달리 나는 한 달에 한 번이 아니라 매일 올케와 통화해도 된다는 허락을 받았다. 통화는 항상 교도소장 사무실에서 했다. 내가 매일 통화할 수 있는 게 어떤 공식적인 절차에 따른 것인지는 아무도 말해주지 않았다. 이런 일은 우리가 따르고 있는 다른 많은 일처럼 간단하게 일어났다. 사우디아라비아는 고도로 규칙에 얽매인 사회이지만 대부분 성문화되어 있지 않기 때문에 임의로 규칙이 바뀌기도 한다. 어떤 기관의 지시인지 알려주지도 않은 채 나를 체포하고 투옥한 '시스템'이 나에게 매일 전화를 사용할 수 있도록 허락한 바로 그 '시스템'이었다. 어디선가 누군가가 내게 다른 규칙을 적용하도록 결정했다. 이렇게 생각하면 희망이 생겼다. 어디선가 누군가가 갑자기 이 정도면 충분하다며 나를 석방할지도 모를 일이니 말이다.

내가 무니라에게 다시 전화하자 올케가 울기 시작했다. 아부디가 고열로 병원에 있다고 했다. 전남편의 집에 있다가 병에 걸린 것이다. 무니라는 아부디의 친할머니와 함께 병원에 있었다. 처음에는 그 말을 믿을 수 없었다. 나는 아이가 집에서는 괜찮았었는데 병원에는 왜 검진을 받으러 간 것인지 여러 번 되물었다. 예전 시어머니가 전화를 넘겨 받았는데 목소리가 들리지 않았다. 어머니는 한마디도 잇지 못하고 그냥 울기만 했다. 나는 계속 전화기에 대고 말했다.

"무슨 일이에요? 아부디에게 무슨 일 생겼나요? 우리 아들하고 지금 통화할 수 있어요?"

어머니는 전화기를 아부디 귀에 대주었다. 아무 소리도 들리지 않았다. 나는 계속 아들의 이름을 불렀다.

"아부디,"

마침내 들릴락 말락 하는 목소리로 아이가 겨우 말했다.

"엄마?"

아이의 이런 목소리는 한 번도 들어본 적이 없었다.

"아부디, 강해져야지."

이 말을 하고 또 했다. 아부디와 나는 영어로 대화한다. 내가 영어를 배우느라 오랫동안 고생했기 때문에 아들도 같은 고생을 하지 않기 바랐다. 아이는 간신히 물었다.

"엄마, 어디야?"

나는 아부디 앞에서 한 번도 눈물을 보인 적이 없다. 아이가 넘어지거나 다쳐도 달려가 법석을 떨며 달래지 않는다. 나는 그냥 내 자리에서 이렇게 말한다.

"엄마는 네가 강해졌으면 좋겠어. 울지 않았으면 해."

그러면 아이는 울지 않았다.

"엄마, 어디야?"

아이가 다시 말했다. 나는 아이의 목소리를 들으면서 울지 않았다.

"아부디, 엄마가 뭘 좀 고치고 있거든. 금방 돌아갈 거야, 아가. 엄마는 네가 강해졌으면 좋겠어, 아부디."

몇 마디 말을 주고받은 아이는 탈진했는지 더 말을 잇지 못했다. 전화를 끊은 나는 스스로 정한 규칙을 어기고 흐느끼기 시작했다. 눈물이 마를 때까지 소리 내어 울었다.

둘째 날이 지나고 셋째 날이 되자 감옥에서 빨리 나가지 못할지도 모른다는 자각이 들었다. 그래서 나름대로 규칙적인 일상을 계획했다. 매일 아침 교도관이 문을 여는 아홉 시가 되면 교도소장 사무실에 가서 전화를 사용하게 해달라고 요청했다. 그리고 내 변호사를 만나야 한다고 말했다. 며칠 동안 교도소에서는 후견인이나 마흐람 없이는 변호사와 접견할 수도, 통화할 수도 없다고 했다. 대신 올케와 통화하는 것은 허락해줬다. 돌아보면 그 당시 나는 하나를 받지 못하면 다른 것을 대신 받는 식으로 거래를 하고 있었다는 생각이 든다.

다음 날 아부디가 나아졌다는 소식을 듣게 됐다. 아이는 고양이 기생충 때문에 아팠던 것이다. 우리 집 고양이에게는 백신을 맞혔는데, 이웃집의 다른 동물에게 감염되어 그 기생충을 다시 아부디에게 옮긴 모양이다. 나중에서야 병원에서 의사들이 수건과 얼음으로 아이의 몸을 감쌌을 정도였다는 이야기를 들었다. 아부디의 몸이 펄펄 끓는데 어떤 방법을 써도 열이 내리지 않자 전남편도 바닥에 무릎을 꿇고 앉아 울었다고 한다.

나의 첫 공식 면회일인 목요일이 왔다. 무니라가 교도소 정문에 도착했을 때 마침 엄마도 함께 도착했다. 엄마는 날짜에 맞는 비행기 좌석이 없어 제다에서 버스를 탔다. 열여덟 시간 동안 버스 여행을 한 끝에 담맘에 도착한 엄마는 곧장 교도소로 왔다. 틀림없이 오는 내내 울었을 것이다. 그래서인지 교도소에 도착해서도 계속 흥분한 상태였다. 나는 면회실로 불려갔다. 면회객 공간과 수감자 공간 사이에는 벽 대신 투명한 아크릴판 두 장이 겹쳐져 설치되어 있었다. 아크릴판에는 구멍이 뚫려 있었는데, 두 장의 구멍이 서로 잘 맞지 않았다. 소리를 들으려면 한쪽 구멍에 귀를 갖다 대었다가 말할 때는 고개를 돌려 다른 구멍에 대고 말해야 했다. 면회 온 사람들도 마찬가지였다. 면회실은 사람이 많아 시끄러웠고 에어컨이 없어 무더웠으며 지독한 대소변 냄새까지 났다. 내가 옷을 다 벗은 채 검문을 받았던 바로 그 방이었다. 그때 옷을 벗으면서 내 뒤로 투명한 벽이 있는지도 몰랐다.

나는 엄마가 이런 내 모습을 보지 않길 바랐다. 이렇게 시끄럽고 고약한 냄새가 나는 장소에 오지 않길 바랐다. 이제 와 돌이켜보면 감옥에 갇혀 있는 나를 본 것이 엄마 인생에서 가장 가슴 아픈 일이었을 것이다. 더는 엄마를 속상하게 하지 말자고 결심하고 면회하는 내내 미소를 지었다. 엄마의 얼굴은 빨갛게 달아올랐고 땀에 흠뻑 젖어있었다. 엄마는 너무 울어서 목소리가 나오지 않아 거의 말을 하지 못했다. 엄마는 한쪽 구멍에 귀를 댔고 나는 다른 쪽 구멍에 입을 댄 채로 목청껏 소리를 지르며 엄마를 안심시키려 노력했다. 그 방법 말고는 내 말이 들리게 할 방법이 없었다. 나는 엄마가 이곳에 다시는 이곳에 오지 못하도록 하겠다고 다짐했다. 내 마음도 엄마만큼이나 아팠다. 우리 주변에 있던 면회객들은 엄마와 나를 계속 쳐다보고 있었다. 이들은 자신들이 면회하러 온 죄수들보다 나한테 훨씬 더 관심이 많았다.

전국 모스크에서 금요일 기도회가 열리면 이맘들이 일어나 내가 체포된 것을 손뼉 치며 환호했다. 이들은 격렬한 설교를 하면서 내가 다른 여성들에게 나쁜 영향을 끼친다고 비난했다. 이맘들은 내가 '사회를 타락시킨다'고 비난했고, 신성모독에 이슬람을 파괴하려 했다고 죄를 뒤집어씌웠다. 나를 창녀와 매춘부로 언급했다. 이맘들에 따르면 마날 알 샤리프에게 어울리는 곳은 오직 감옥뿐이었다.

나는 변호사 접견 불허에 대한 공식 항의서를 쓰고 서명했다. 그러자 교도소장은 후견인이나 마흐람 대신 군인이 배석한 상태에서 변호사를 만나도 된다고 했다. 다음 공식 면회일인 토요일이 되자 일전에 아흐메드에게 소개받았던 변호사에게 전화를 걸었다.

"아드난 씨인가요?"

그가 전화를 끊어 당일 내게 허락된 한 통의 전화를 낭비하는 일이 없기를 바라며 조마조마한 심정으로 물었다.

"네, 누구시죠?"

"저는 마날 알 샤리프입니다. 담맘 여성교도소에서 전화하고 있어요. 죄송하지만 오늘 혹시 뵐 시간이 될까요?"

"오, 이런, 이제야 연락이 됐군요. 제가 여러 번 감옥에 가서 당신을 만나보려고 애를 썼어요. 교도소 사람들에게 당신의 자백과 심문에 관련된 서류를 내놓으라고 했죠. 그러나 담당 변호사가 아니라고 아무도 내게 뭘 보여주려 하지 않았어요. 내가 지금 알 하사(담맘에서 약 90분 거리)에 있는데, 당장이라도 그쪽으로 갈 수 있어요. 교도소에서 당신과 만나는 걸 허락해준 게 확실한 거죠?"

"네, 이번에는 만날 수 있어요. 고마워요. 기다릴게요."

오전 열한 시에 마당에 나와 잠깐이나마 햇빛을 볼 수 있는 아침 휴식시간은 끝나면 우리는 양 떼처럼 어둡고 냄새나는 감방으로 돌아갔다. 나는 벽에 있는 시계를 계속 쳐다보았다. 아드난이 운전하는 시간, 사무실을 나서는 시간, 정문에서 자신의 서류를 보여주는 시간을 계산하면서 말이다. 시계에서 눈을 뗄 수가 없었다. 교도관이 '마날 씨, 변호사가 와 있어요.'라고 부르는 소리가 들리기를 기다렸다. 그러나 시간은 느릿느릿 지나가고 찾아오는 사람은 아무도 없었다.

오후 다섯 시가 되어도 변호사는 나타나지 않았다. 마침내 교도관이 내 이름을 부르며 우리 가족이 와 있다고 했다. 갑자기 면회실 유리창 너머에서 엄마가 눈물로 범벅이 된 얼굴로 다시 나를 바라보는 모습이 악몽처럼 떠올랐다. "오, 하나님, 지금은 안 돼요." 나는 기도했다. 엄마가 고통받는 모습을 또다시 봐야 한다니, 통곡하는 엄마 얼굴에 깊이 팬 주름을 지켜봐야 한다니 도저히 견딜 수 없는 일이었다. 그러나 교도관은 나를 유리창이 있는 면회실로 데려가지 않았다. 대신, 첫 번째 문과 두 번째 문을 통과하고 다시 세 번째 문을 걸어 나가도록 했다. '혹시 나를 풀어주는 건가?!' 잠시 그렇게 생각했다. 교도관은 나를 여성 감옥 옆에 있는 건물의 작은 방으로 데려갔다.

"여기서 기다려요."

교도관이 한 말은 이게 전부였다.

나는 작은 책상 옆에 있는 알루미늄 의자에 앉았다. 학교 다닐 때 봤던 선생님 책상과 똑같았다.

한 군인이 손에 서류뭉치와 펜을 들고 들어왔다. 그는 내 이름을 묻더니 심문을 시작했다. 이번에는 새로운 질문을 했다. 사우디 신문 알 야움과 알 와트안에 실린 허위기사들을 보고 하는 질문이었다. 나는 아람코 동료에게 같은 혐의에 대해 들은 적이 있었고 나중에는 교도관에게도 들었다. 그 기사에는 내가 외국의 첩자이며 사우디 왕국을 불안정하게 만들려는 의도로 운전을 한다는 내용이 들어있었다.

군인은 준비해온 질문들을 계속해댔다.

"외국 조직과 어떤 연계가 있나요? 해외 미디어와 인터뷰할 때 누가 도와줬죠? 시위장소는 어디인가요?"

사우디 정보국은 이제 선정적인 언론에 기대어 정보를 얻고 있는 듯했다. 나는 한 마디 해주고 싶었지만, 그냥 입을 다물었다. 인내심을 발휘하여 모든 질문에 답변하고 추가 진술서에 서명했다. 서명을 하고 있는데 무니라가 방으로 들어왔다. 얼굴도 가리고 검은 옷으로 온몸을 감싸서 누군지 드러내지 않았지만, 목소리를 듣고 알 수 있었다. 마음이 놓였다. 그러나 얼굴을 드러낸 무니라는 마치 뛰어온 사람처럼 이마에 땀이 맺혀 있고 뺨이 붉게 달아올라 있었다.

"별일 없는 거야?"

내가 물었다. 무니라는 괜찮다며 나를 안심시켰다.

"어머니가 감옥에 같이 오시겠다잖아. 지난번에 언니가 어머니를 모시고 오지 말라던 게 생각났지만 내가 뭘 할 수 있겠어? 어머니가 흥분해서 울고 소리치시는데. 함께 도착해서 내가 교도관들에게 어머니를 들여보내지 말아 달라고 부탁했어. 이런 언니를 보시는 게 얼마나 고통스러운 일인지 나도 아니까."

무니라는 살짝 몸을 떨며 말했다.

"얼굴을 계속 가려야 했는데, 그렇게 해도 남자 죄수들이 있는 안마당을 지날 때 남자들이 눈으로 잡아먹을 것처럼 내 몸을 훑는 게 느껴져."

"고마워, 마노리."

나는 올케의 별명을 불렀다.

"내가 정말 큰 빚을 진다."

군인이 지켜보는 동안 우리는 조용히 앉아서 일상적인 대화를 나누었다. 가족은 어떻게 지내는지, 동생은 직장으로 돌아갔는지, 아부디는 잘 회복하고 있는지. 그런 이야기를 하면서 나는 몸을 앞으로 기울여 올케의 손을 잡았다. 내 손바닥에는 공책에서 찢어 낸 작은 쪽지가 쥐어져 있었다. 나는 아바야와 스카프의 주름을 펴는 척하면서 진술서에 서명할 때 사용했던 펜으로 얼른 몇 줄을 휘갈겨 썼다. 올케는 종이 감촉을 느끼고는 손을 살짝 모아 쥐면서 자신의 아바야 속으로 쪽지를 슬쩍 집어넣었다. 그러더니 군인이 알아차리지 못하게 옷매무새를 다듬는 척하면서 교묘하게 블라우스 속으로 쪽지를 집어넣었다가 다시 브래지어 속으로 넣었다. 그래도 감옥에서는 군인들이 우리를 빤히 쳐다보지는 않았다.

나는 쪽지에 이렇게 썼다.

'아부야가 국왕을 만나야만 해. 아부야가 국왕께 사면을 청하지 않으면, 나는 영원히 이곳에 있게 될 거야.'

내가 체포되던 날 아부야는 소식을 듣자마자 제다에서 담맘으로 날아왔다. 아버지는 비행기 표를 예약하는 방법을 몰랐다. 평생 한 번도 그런 일을 해 본 적이 없었기 때문이다. 내 친구 이스라가 아버지에게 비행기 표를 구해드리고, 자신의 기사가 공항으로 배웅나가도록 했다. 무니라가 전화로 아버지가 오셨다고 했을 때 나는 이렇게 생각했다. '오 하나님! 아부야가 왔어. 일이 점점 커지고 있어. 보통 문제가 아니야.' 이제는 나와 아들에게 일어난 일뿐 아니라 아버지에게도 무슨 일이 일어날지 몰라 두려워졌다.

아버지는 굳이 감옥까지 와서 기다리지 않았다. 사우디의 관습과 불문법에 따라 수십 년을 살아온 아버지는 누군가에게 직접 호소할 필요가 있다는 걸 알았다. 내가 감각적으로 변호사를 찾았다면 아부야의 감각은 반대로 작동했다. 법률, 법정, 심지어 변호사까지도 아부야에게는 모두 매우 낯선 개념이다. 사우디 왕국에서 정의는 종종 힘 있는 사람에 의해 결정된다. 정의란 상황에 따라 달라지고 부족과 가족관계 그리고 혈통에 의해 좌우될 수 있다. 아버지는 매일 동부지역 주지사인 무하마드 빈 파흐드 왕자의 사무실 문 앞까지 찾아가는 순례를 시작했다. 그는 압둘라 왕의 조카이자 선왕이신 파흐드 왕의 아들이다. 매일 아침 아부야는 이마라Imara, 즉 담맘의 주지사 사무실 정문 앞에 가서 오후 두 시에 문을 닫을 때까지 기다렸다. 아버지는 거기서 가장 마지막에 자리를 뜨는 사람이었다. 그곳에 갈 때마다 아버지는 왕자를 만나게 해달라고 빌었다. 나를 대신해서 용서를 구하고 석방을 간청하기 위해서였다. 그러나 왕자는 아버지를 만나주지 않았다.

대신 아버지는 이마라의 공무원인 가지Ghazi라는 남자와 이야기했다. 가지는 '가족관계 고문'이라는 직함을 가지고 있었다. 수염을 길게 기른 독실한 남자였던 그는 아부야에게 어떻게 이혼한 딸을 미국인과 비이슬람인들이 사는 단지에 혼자 살도록 허락할 수 있느냐고 물었다.

"그 사람들은 술을 마십니다. 여자들은 아바야를 입지 않고 돌아다녀요."

그는 내가 이미 접했거나 함께 저질렀을지도 모를 종교적, 문화적 범죄들을 일일이 나열했다. 그런 후 아버지에게 어떻게 나를 남자 없이 혼자 살게 허락해줬냐고 물었다. 가지는 분쟁해결사이자 가족 문제 치유사 역할을 해야 했지만, 이 문제를 두고는 아부야에게 수치심을 불러일으켰다. 게다가 언론에 거짓 정보까지 흘리고 있었다. 내가 '굴복하고', '배후에 있는 사람들의 이름을 자백했다'고 말한 사람은 바로 가지였다. 운전면허증도 없이 운전하고, 여론을 선동하고, 외국의 적들을 돕기 위해 배신자이자 첩자로 활동한 것을 포함하여 내게 다섯 가지 혐의가 있다고 말한 사람도 가지였다. 그는 내가 해외언론을 통해 우리나라를 난처하게 만들었다면서 재판을 요구했다.

감옥에서 맞은 네 번째 날에 가지가 감옥으로 왔다. 가지가 방문한다는 안내를 들었을 때만 해도 나는 그가 누군지 전혀 몰랐다. 교도관은 내게 가지는 독실한 사람이니 얼굴을 가리라고 말해주었다. 처음에는 이를 거부했지만 결국 베일로 얼굴 전체를 덮었다. 하지만 베일이 매우 얇아서 그는 베일 아래로 비치는 내 얼굴을 볼 수 있었다. 게다가 나는 빨간 구두까지 신고 있었다. 우리가 만났을 때, 가지는 내가 '자기중심적'이며 두 번째 '분노의 날'을 요구하고, 국왕에게 반대하는 데모를 선동했다고 비난했다. (첫 번째 '분노의 날'은 3월에 사우디 민주주의를 지지하는 사람들이 시위하기로 약속했던 날이었다. 대부분 사전에 진압되어 당일 소요는 거의 없었다.) 가지는 300명 이상의 시민들이 이마라에 와서 내 재판을 요구했고, 또 다른 사람들은 사우디 도덕법을 어긴 것을 근거로 고소할 준비를 하고 있다고 주장했다.

"당신은 아람코에서의 삶을 단지 바깥으로 옮기려고 했소."

나는 그가 비난을 퍼붓는 동안 묵묵히 듣고만 있었다. 그러다 말을 꺼냈다.

"당신은 저를 모르시는군요. 우리는 시위를 요구하지 않았어요. 저는 운전면허증이 있어요. 그리고 내 나라를 사랑합니다. 내가 자의식 때문에 이런 일을 하고 있다는 말씀에 동의할 수 없어요. 내가 이 고생을 하는 건 오직 사우디의 젊은 여성들을 위해서입니다."

가지가 예상했던 내 모습은 이런 모습이 아니었다. 그는 결국 인정했다.

"내가 생각했던 모습과 다르군요. 분노에 차서 법을 파괴하고 싶어 하는 사람으로 생각했는데."

그러더니 자신이 본보기가 되도록 공공장소에서 내게 태형을 내리자고 요구했다고 했다. 그 말을 들은 나는 이만 자리에서 일어나겠다고 요청했다.

언론에 대고 나의 태형을 주장한 것이 가지가 실패한 원인이 되었다. 해외언론에 그의 발언이 알려지자 이마라와 사우디 정부 전체가 곤란해졌다. 이후 정부에서는 그의 입을 막았다. 그러나 초기에 그가 한 거짓말에 대한 책임은 한 마디도 묻지 않았다. 슬프지만 이것이 전형적인 전술이다. 사우디아라비아에서는 누군가를 무너뜨리고 싶을 때 그 사람에 대한 거짓말을 퍼트려서 겁쟁이나 배신자로 보이도록 만든다. 프리마날 페이스북 페이지를 만들었던 미국의 사우디 유학생들은 나의 다섯 가지 혐의를 읽고는 페이지를 내렸다. 나는 가지가 유포한 허위사실로 인해 지지자들을 잃었다.

언론과 온라인에서 날마다 기사와 뉴스 보도, 각종 게시물로 모욕하고 내 인격을 말살하고 어떤 소녀나 여성도 운전할 마음이 생기지 않도록 철저하게 나를 망신주는 동안, 아버지는 주지사 사무실 정문 앞에 앉아 있었고 나는 감옥 안에 앉아 있었다. SNS에서 사우디 사람들은 내가 옳은지 그른지를 두고 양분되어 있었다. 1990년 여성 운전 금지에 저항한 운전자들의 사건 이후 한 세대가 더 지났건만 거의 변한 게 없었다.

한 가지만 제외하고 말이다. 내가 체포된 사건은 작은 이야기로 끝나지 않았다. 내 이야기가 전 세계에 방영되자 사우디 정부는 해외언론으로 인해 난처한 상황이 되었다. 태형을 언급한 것이 최후의 결정타가 되었다. 운전한 여성을 감옥에 보냈다고 미국까지 나서서 사우디아라비아를 비판하자 국왕마저 난처해졌다.

무니라가 내 쪽지를 보여드리자마자 아버지는 국왕이 사는 제다로 날아갔다. 나에게 있어 최선의 희망은 왕국의 저편에 있었다. 해마다 뜨거운 코롤라에 순례객들을 태우고 메카로 날랐던 우리 아버지가 가장 깨끗한 로브를 입고, 호화로운 왕궁 앞에 도착하는 모습을 그저 상상해볼 뿐이다. 왕궁은 반짝이는 홍해를 굽어보는 해안가에 자리 잡고 있었다. 약 34만㎡에 달하는 궁전에는 헬리콥터 착륙장과 보트 정박지, 거대한 정원과 많은 텐트가 있다. 야자수들은 거대한 석조 광장의 가장자리마다 뚫려 있는 구멍에서 자란다. 그러나 왕실의 키 큰 야자수마저 초현대적인 웅장한 건축물과 힘차게 뿜어대는 분수들 옆에 있으니 작아 보였다. 우리 가문의 부족 족장님과 아버지의 사촌 두 분이 함께 갔지만, 아부야는 틀림없이 많이 위축됐을 것이다.

사우디 수도인 리야드에 국왕의 궁전이 있지만, 방문객을 받는 왕실 궁전은 제다에 따로 있었다. 현대적 분위기에도 불구하고, 몇몇 전통은 왕이 텐트 안에서 방문객을 받던 시대의 모습 그대로 뿌리깊게 남아있었다. 국왕은 지금도 왕실의 마즐리스Majlis(앉는 장소, 공동체의 구성원들이 모이는 사교 공간:역주)를 열어 방문객과 국민을 맞이하고 공식적인 청원서로 접수된 그들의 고민을 들어준다. 반짝거리는 궁전 입구는 대서사代書士들로 북적였는데, 이들은 100리얄을 받고 왕에게 올릴 청원서를 써주는 사람들이었다. 이는 의심할 여지 없이 왕국의 절대다수가 문맹이던 시절에 행해지던 전통이었다. 그러나 오늘날 교육을 잘 받은 사람들도 여전히 대서사를 찾아가는데, 이는 대서사가 사건을 조리 있게 기술하거나 청원서 작성하는 방법을 가장 잘 알고 있기 때문이다. 우리 아버지처럼 여전히 읽고 쓰지 못 하는 사람에게는 반드시 필요한 사람이었다.

아버지는 부족 사람 세 명과 함께 책상에 앉아 있는 대서사에게 다가갔다. 대서사는 별 관심을 보이지 않다가 아버지가 우리 부족의 이름을 말하자 고개를 들어 아버지를 쳐다보았다. 아부야는 대서사의 깊은 관심을 받았다. 대서사들은 뉴스거리를 챙기도록 교육받는다. 게다가 내가 체포된 이야기는 아무리 건성으로 보는 구경꾼이라 해도 놓칠 수 없는 기사였다. 아부야가 내 이야기를 하면 대서사가 그걸 받아서 정리하고, 그렇게 주고받다가 최종본에 합의하면 대서사는 왕에게 드릴 종이 위에 최고의 필체로 옮겨 적었다. 청원서를 다 적은 후에 마지막으로 아버지에게 큰 소리로 읽어줬다. 아버지는 엄지손가락에 인주를 묻혀 청원서에 지장을 찍었다. 그 지장이 아버지의 서명이었다. 마무리된 청원서는 큰 봉투에 넣어 봉해졌다. 아버지는 100리얄을 건네고 봉투를 받았다. 마침내 거래가 완료되었다. 여전히 이른 아침이었다.

서류를 손에 든 아버지는 왕궁 정문으로 걸어갔다. 정문에 이르니 근위대원이 무슨 일로 왔냐고 물었다. 아부야가 훗날 내게 말해준 바에 의하면 "마치 나를 기다리고 있었다는 듯이 내가 들고 있는 봉투를 얼른 가져가면서 기다리라고 하더니 얼마 동안 안 돌아오더라고. 정문 앞 햇볕 아래 계속 서 있는데, 처음으로 희망이 차오르더라. 얼마 후 근위대원이 돌아와서 이렇게 말했어. '오, 선한이시여, 폐하의 비서께서 오늘 들어오셔도 된다고 합니다. 하지만 차례는 기다리셔야 한다고 합니다.'"

국왕은 제다에 있는 왕궁에서 사람들을 맞이한다. 어떤 군주가 권좌에 있든 마찬가지다. 금요일은 전통적으로 손님을 맞는 날이다. 금요일에는 남자라면 누구든 초대를 받지 않아도 궁전으로 들어갈 수 있다. 수백 명이 정문 앞에서 왕을 만날 차례를 기다리며 줄을 선다. 그러나 아부야가 왕궁에 간 날은 월요일이었는데도 왕이나 왕의 수석고문관 중 한 명에게 볼 일이 있는 사람들이 길게 줄 서 있었다. 아버지와 족장님, 아버지의 사촌 두 명이 그 줄 제일 끝에 섰다.

알 샤리프 부족 대표들이 들어갈 차례가 되자, 네 명의 남자는 한 사람씩 앞으로 나아갔다. 초록색과 황금색으로 꾸며진 회의실은 거대했다. 압둘라 왕이 쿠션에 기댄 채 초록 비단으로 싸인 소파에 앉아 있는 방의 끝까지 한참을 걸어야 했다. 국왕은 가장자리에 비단 금사로 수를 놓은 부드러운 갈색 모직 로브를 입고 있었다. 국왕은 특유의 염소 수염을 단정하게 정리하고 윤기 나는 검은색 머리를 하고 있었다. 그러나 가까이서 직접 본 아버지는 곧 여든일곱 살이 되는 국왕이 지치고 다소 노쇠해 보인다고 생각했다. 압둘라 왕은 우리 부족 사람들을 맞기 위해 자리에서 일어나지 않았다. 왕은 절하면서 손에 키스하는 옛 풍습을 없앴다. 대신 방문객은 왕의 장수와 건강을 기원하면서 그의 이마에 키스하라고 안내를 받았다. 사우디 어린이들이 부모나 조부모께 인사하듯이 말이다.

다른 방문객들이 하던 대로 네 명의 알 샤리프 부족 남자들도 차례로 국왕에게 다가가 그의 이마에 키스하고 장수를 기원했다. 인사를 마친 후 알 샤리프 족장님이 말을 꺼냈다. 우선 하나님과 예언자 무하마드(PBUH)를 찬양한 다음 우리 부족은 국왕과 이 나라에 충성을 다하겠다고 거듭 다짐했다. 이후 족장님이 말하고자하는 본론이자 목적이 나왔는데, 공공질서를 어지럽힌 내 행동에 대한 사죄와 다시는 이런 일이 없을 거라는 약속이었다. 끝으로 내가 운전한 것에 대한 우리 부족의 공식 사죄를 공들여 다듬은 말로 전하면서 마무리 지었다. 족장님의 청원이 끝나자 잠시 침묵이 흘렀고 이내 국왕이 말을 이었다. 아부야는 국왕이 단 두 마디를 했다고 전해주었다.

"잘 타이르시오."

국왕은 오직 이 말만 세 번이나 반복했다고 한다.

그러나 아버지와 족장님, 아버지의 사촌들은 곧 좋은 소식을 듣게 될 거란 희망을 품고 왕궁을 떠났다.

277

같은 날인 2011년 5월 30일 월요일 오후 5시. 감방에 있던 나는 호출을 받고 교도관의 방으로 갔다. 사복을 입은 교도소장이 책상에 앉아 나를 기다리고 있었다. 군복을 입은 한 군인이 서류 몇 장을 쥔 채 그 옆에 서 있었다.

"마날,"

소장이 말했다.

"여기서 우리와 지내는 것 어때요, 괜찮죠? 좀 더 있다 갈래요?"

이 말을 듣자마자 경계심이 들었다. 소장의 말이 농담인지 몰랐던 나는 그래도 나약하거나 비굴한 말은 하지 말자고 마음먹고 이렇게 대답했다.

"소장님께 거슬리는 말을 하고 싶지는 않아요, 하지만 저 안에서 하루라도 우리와 같이 지내보신다면 제가 하고 싶은 대답을 아실 텐데요."

"이 건물들이 너무 오래돼서 허물어지고 있다는 거 알아요, 하지만 우리가 지금 가지고 있는 건 이게 전부예요."

소장은 이어서 말했다.

"약속해요, 몇 달 안에 더 새롭고 깨끗한 시설로 옮길 겁니다. 당신이 운전 캠페인을 몇 달 늦추기를 바랐어요. 하지만 말해야겠네요, 지금부터 당신은 자유입니다. 좀 전에 당신을 석방하라는 지시를 받았어요."

감방에서 매시간 마음속으로 이 순간을 그리며 준비했다. 내가 다시 자유를 찾게 될 순간을 상상하고 기대하면서 기다렸다. 매일 **오늘**이야말로 내가 석방되는 날이라는 믿음을 보여주려고 아바야를 입었다. 하지만 막상 그 순간이 다가오니 모든 게 여느 진부한 관료주의적인 거래처럼 느껴졌다. 마치 관공서에 가서 공식 서류를 제출하려고 30분이나 더 기다리게 되는 일처럼 말이다. 나는 정확하게 들었는지 확인하려고 살짝 미소 지으며 다시 물었다.

"지금 나가도 된다는 말씀이신가요?"

"여기서 하루 더 지내고 싶다면 남아있어도 돼요."

"아닙니다, 소장님."

나는 대답했다. 흥분과 안도가 뒤섞여서인지 몸에서 힘이 빠졌다.

"마날 씨, 가기 전에 하나만 물어봐도 될까요?"

소장이 뒤늦게 생각난 듯이 덧붙였다. 나는 끄덕였다.

"네, 뭐든 말씀하세요. 저한테 잘해주신 분인걸요."

"이곳 교도소 환경에 대해서 교도관들에게 많은 이야기를 했다는 거 알고 있습니다. 수감자들의 생활이 개선되도록 최선을 다하겠다고 내가 약속할게요. 당신 도움이 필요할지도 몰라요. 우리가 처한 이곳의 현실적 한계에 대해서 우리를 비난하시면 안 됩니다. 우리는 가진 자원으로 최선을 다하고 있어요. 감옥에서 나가면 저 여성들에 관해 이야기하고 싶어 한다는 거 알고 있습니다. 그러지 말아 달라고 부탁할게요. 모두에게 부끄러운 일이 될 겁니다."

"고국으로 돌아갈 비행기 표가 필요한 여성들을 제가 도울 수 있도록 허락해주시겠어요?"

내가 물었다.

"저 사람들에게 비행기 표를 사주고 싶어 하는 사람들을 당신이 찾아준다면 비좁은 감옥이 좀 나아질 테니 우리에게 큰 도움이 되겠죠. 최선을 다하겠어요!"

교도소장은 밖에 서 있는 여성 교도관에게 내 소지품을 가져다주라고 지시를 내렸다. 그리고 내게 행운을 빌어주었다.

"골치 아픈 일에는 관여하지 마세요."

교도소장이 내게 건넨 마지막 말이었다.

그가 나가자 기쁨의 눈물이 흘렀다. 나는 알라께 감사드리는 특별기도인 수주드Sujood를 올렸다. 아부디의 얼굴이 떠올랐다. 더럽고 지저분한 내 옷을 벗어 던지고 뜨거운 물로 열 번쯤 샤워한 뒤 아부디를 품에 안고 자야겠다고 생각했다. 기도를 마치고 눈물이 그렁그렁한 채 고개를 들자 교도관도 울고 있었다. 그는 나를 안으며 이렇게 말했다.

"마날, 그리울 거예요."

동생에게 교도소에 와서 내 석방서류에 서명해달라고 전화를 해야 했다. 사우디 여성인 내가 감옥에서 나가려면 후견인의 서명이 필요했지만, 이번 경우는 왕이 직접 명령했기 때문에 마흐람의 서명으로 충분했다. 나는 이제 자유의 몸이라고 말하자 동생은 아무 말이 없었다.

마지막으로 감옥에 돌아가 작별인사를 하지 않고는 차마 떠날 수 없었다. 그때까지 나는 거의 모든 여성의 이야기, 아니 적어도 내게 자신의 이야기를 하고 싶어 했던 여성들의 이야기를 알고 있었다. 그때 나누었던 기쁨과 눈물, 작별인사와 포옹 그리고 내게 했던 부탁을 기억한다.

"부디 우리를 잊지 말아요."

나는 차마 내 옷가지를 들고 나갈 수 없어서 마이사라에게 내 옷을 주었다. 그는 감옥에서 끔찍한 첫날을 맞은 내게 자신의 침대를 내어줬던 사람이었다. 나는 그에게 사용하지 않은 전화카드와 식권도 주었다. 나중에는 고향으로 돌아갈 비행기 표도 보내주었다. 고국으로 돌아간 후 더는 소식을 듣지 못했지만, 그가 보여준 친절함을 잊지 못할 것이다.

감옥에 도착한 동생은 머리에 아무것도 쓰고 있지 않았지만, 하얀 전통 로브를 입고 있었다. 동생이 마지막으로 전통 의상을 입은 게 언제였는지 기억나지 않는다. 아람코에서 일할 때 동생은 항상 서구식 복장이었고 집에서도 그렇게 입었다. 동생은 주변에 있던 남자 교도관들이 놀라건 말건 신경 쓰지 않고 미소 지으며 나를 껴안았다. (사우디 사람들은 감정을 공공연히 드러내지 않는 것으로 유명하다.) 몇 가지 서류에 서명하고 나니 마지막 문이 열렸다. 나는 마지막으로 높은 탑들과 총을 가진 교도관들, 그리고 더러운 안마당을 돌아보았다.

고개를 앞으로 돌리자 모든 것이 사라졌다.

동생에게 전화기를 좀 쓰자고 부탁했다. 돌려받은 내 전화기는 배터리가 소진된 상태였다. 그게 아니더라도 전화를 받을 누군가의 휴대전화 화면에 내 번호가 드러나는 게 신경 쓰였다.

아버지는 전화기가 울릴 틈도 없이 바로 받았다.

"아부야"

아버지의 목소리가 들리자마자 말했다.

"저에요, 마날. 감옥에서 나왔어요."

나는 일장 연설이나 온갖 질책을 기다리며 잠자코 있었다. 그런데 아버지는 기
뻐하는 목소리로 말했다.

"우리 딸! 괜찮니?"

"네, 아부야, 괜찮아요."

"그래, 괜찮으면 됐다. 들어가거라."

그게 다였다. 우리 사이에 오간 말은 그게 전부였다. 정말 짧은 통화였다. 나는
속으로 꾸지람과 비난으로 점철된 일장연설을 들을 각오를 하고 있었다. '어떻게
가족에게 이런 짓을 할 수 있나?' 아버지가 고성을 질러댈 줄 알았다. 내 행동에
대해 어떻게 변호하고 사과드릴지 마음의 준비를 하고 있었다. 그런데 아버지는
"괜찮다."고만 했다.

나는 좌석에 몸을 기대고 아람코 단지로 가는 고속도로와 운전하는 동생을 지
켜보았다. 이 차는 동생의 것이 아니었다. 동생 차는 아직 경찰에 압수된 상태였
다. 동생이 나를 태우고 집으로 가고 있는 이 차는 바로 내 차였다.

14

비는 한 방울의 물로 시작된다

2011년 6월 17일 금요일, 사우디아라비아 왕국에서 36명의 여성이 차를 운전했다. 어떤 이들은 수도인 리야드의 거리를 한 시간이 채 안 되게 운전을 했고, 어떤 이들은 제다와 코바르와 또 다른 곳에서 운전석에 앉았다. 많은 이들이 도로에서 경찰관 옆을 지나쳤지만, 주행 정지를 당하지 않았다. 단속을 받은 이들은 집까지 호송되었고 다시는 운전하면 안 된다는 엄중한 경고를 받았다. 사우디 면허증 없이 운전했다고 교통 딱지를 발부받은 사람도 있었다. 그러나 체포된 사람은 아무도 없었다.

나는 그 날 캠페인에 참여하지 않고 집에 머물렀다.

감옥에서 석방된 다음 날, 나는 아람코의 내 자리로 돌아갔다. 회사 정책에 따르면, 열흘 동안 연속으로 결근할 경우 해고 사유에 해당됐다. 필사적으로 휴가 일수로 대체해서 간신히 해고 위기는 모면했다. 나는 같은 팀의 같은 사무실로 돌아갔지만 어떤 것도 전과 같을 수는 없었다. 외부 사람들과 마찬가지로 직장 사람들도 나에 대한 의견이 분분했다. 어떤 이들은 조심스럽게 지지하고 어떤 이들은 공격적으로 비판했지만, 다수는 침묵했다.

사무실에서 내가 아는 모든 사람이 내 책상으로 다가왔고 나는 한 사람 한 사람에게 똑같은 말을 했다.

"멋진 휴가였어요, 물어봐 주셔서 감사합니다."

그러면서 매번 미소를 지었다. 어떤 여직원은 꽃다발과 함께 '우리는 당신이 자랑스러워요.'라고 쓴 카드를 내 책상 위에 놓아두었다. 새벽 두 시에 우리 집 근처의 덤불 뒤에 숨어서 내가 체포되던 상황을 상세하게 트위터에 올렸던 회사 동료 오마르 알 조하니는 자신의 사서함 번호를 온라인에 올려서 전 세계 사람들이 내게 편지와 카드를 보내도록 독려했다. 그 덕분에 많은 우편물을 받았는데, 그중에서 가장 멋진 선물은 자동차 모양의 컴퓨터 마우스였다.

마침내 이 모든 소동이 끝나자 전무이사는 나를 사무실로 불러 물었다.

"마날, 괜찮아요?"

나는 괜찮다고 대답했다. 그는 지난 11일 동안 매일 아침 눈을 뜨면 뉴스부터 봤다고 했다. 내가 석방되던 날은 그가 '다시 숨을 쉬게 된' 날이었다. 연말이 되자 나는 아람코의 젊은 리더 100인 중 한 명으로 선정되었고 회사자문위원으로도 임명되었다. 나는 이사에게 말했다.

"당신을 위해 일하는 것이 자랑스럽습니다."

그러자 그가 대답했다.

"우리도 당신이 우리를 위해 일하는 것이 자랑스러워요."

그러나 많은 것들이 바뀌었다. 나는 아람코를 공개적으로 언급해서는 안 된다고, 아니 사실은 공개적으로 발언할 수 없다는 말을 들었다. 또한 내 전화기, 이메일, 문자 그리고 우리 집까지 모두 사찰당하고 있다는 말도 들었다. 회사는 내가 행동하고 말하고 쓰는 것까지 모든 것을 지켜보고 있는 게 분명했다.

한 동료는 나를 이란이나 사우디의 다른 적들을 위해 일하는 첩자라고 비난하며 회사에 나를 해고하라는 이메일을 보냈다. 그는 아람코 CEO에게 이메일을 보내면서 우리 부서장과 그룹 부장, 자기 자신뿐만 아니라 회사 부사장과 IT 전무이사에게도 동시에 메일을 보냈다. 그 메일은 나에게도 도착했다.

가장 가슴 아팠던 순간은 사람들이 나를 피할 때였다. 우리 팀의 한 동료는 나와 대화하는 것을 아예 거부했다. 회의시간이나 대화를 나눌 때 그는 마치 내가 존재하지 않는 것처럼 대했다. 아부디와 가장 친한 친구 중 한 명은 아람코 단지에 사는 미국인 여자의 아들이었다. 아이들은 그 집과 우리 집을 오가면서 일주일에 두 번 정도 함께 놀았다. 감옥에서 나온 뒤, 나는 아이들이 만날 날짜를 잡으려고 그에게 이메일을 보냈다. 그는 두 아이가 더는 친구로 지낼 수 없다고 말했다. '우리 아들이 당신 아들 주변에 있으면 불안해요.' 그는 이렇게 답장을 보내왔다.

나는 아부디 앞에서 절대 **감옥**이란 말을 쓰지 않았다. 모든 이들에게 '휴가'나 '하와이'라는 말을 사용하라고 일러두었다. 아이가 감옥에 대해 알기를 원치 않았다. 아이에게 걱정을 끼치고 싶지 않았다. 그러나 어느 날 밤, 목욕을 마친 아이는 양치질을 하면서 갑자기 내게 이렇게 물었다.

"엄마, 우리가 나쁜 사람들이야?"

나는 잠시 숨을 멈추었다가 되물었다.

"왜?"

아이는 학교에서 남자아이 두 명이 자신을 때리고 목을 졸랐다며 이렇게 덧붙였다.

"애들이 내가 페이스북에 올라온 걸 봤다면서 이렇게 말했어. '너랑 너희 엄마는 감옥에 가야 해!'"

아이의 목에 생긴 멍이 보였다. 화가 난 친구들이 남긴 손가락 자국이었다. 나는 아들에게 우리는 좋은 사람들이라고 말해줬다.

"사람들이 때로는 이해하지 못해서 심한 말을 하기도 하는데, 그런 애들 말은 조금도 귀담아듣지 마."

그러나 이렇게 말해주는 것 외에 내가 더 할 수 있는 일은 아무것도 없었다. 남학교는 아람코 단지 바깥에 있었다. 나는 그곳에 들어갈 수 없었다. 내가 버스에 올라 아부디가 괴롭힘당하는 것에 대해 항의하자, 두 아버지가 여자는 이 버스에 탈 수 없다는 규칙을 어겼다고 비난했다. 게다가 남자아이들의 영역에 침범하지 않겠다는 각서에 서명하라고 강요했다.

며칠 후 나는 아람코 친구에게 이 이야기를 들려줬다. 친구의 아들도 같은 학교에 다니고 있었다. 친구는 어색하게 눈길을 돌리더니 이 이야기는 하고 싶지 않았다고 하면서 이렇게 말했다.

"우리 아이 종교 선생님이 수업시간에 그랬대. '마날 알 샤리프는 미쳤어요! 그 여자는 가둬놔야 해요!'"

그러나 아람코에서 가장 고통받은 사람은 동생이었다. 동생은 석 달 동안 동료들에게 지속적인 괴롭힘을 당하다가 회사를 그만두고 가족과 함께 쿠웨이트로 이주했다. 내가 '시스템'에 도전하기로 한 탓에 생긴 첫 번째 희생자였다.

❖

동생과 아버지의 삶은 극단적으로 교차되었다. 금요일 오후에 내가 석방되고 나흘이 지난 후 아버지와 우리 부족 족장님과 아버지의 사촌 두 분은 국왕을 알현하려고 제다의 왕궁으로 다시 찾아가 다른 방문객들과 함께 기다렸다. 그분들은 국왕께 감사 인사를 드리려고 갔다. 아버지는 지금도 따뜻하고 즐거운 만남이었다고 기억한다. 마지막으로 국왕은 네 남자에게 안녕을 기원하며 선물을 주었다. 그리하여 학교 교육도 받지 못한 택시 운전사였던 우리 아버지는 사우디 사회에서 명예를 회복했다. 비록 그의 자녀들은 한 명 한 명 사우디를 떠났지만 말이다.

❖

감옥에서 나온 나는 새로운 소녀와 여성들로 이루어진 모임이 '위민투드라이브'라는 페이스북 페이지를 열었다는 사실을 알게 되었다. 초기 활동은 그저 이벤트였을 뿐 실제로 활성화된 페이지는 아니었다. 나는 이와 관련된 사람을 아무도 몰랐지만, 이 그룹에 연락했다. 우리는 직접 만나지 않고 여러 달에 걸쳐 함께 작업했다. 회원 대부분이 리야드에 살아서 나는 비행기를 타고 리야드로 가 이들을 직접 만나기로 결심했다. 한 소녀는 열네 살이었는데, 그 언니들과 엄마를 함께 만났다. 소녀의 엄마는 남편과 그 형제들에게 학대를 받다가 별거한 상태였다. 그는 딸들을 잃을까 두려워 이혼을 요구하지 못하고 있었다. 완전히 다 가리고 나와서 얼굴을 볼 수는 없었지만, 그 엄마는 내 손을 꼭 잡고 이렇게 호소했다.

"우리 딸들의 권리를 위해 싸우는 걸 포기하지 말아 주세요. 당신이 나타나기 전까지 나에겐 아무런 희망도 없었어요."

그 엄마는 결국 작은 차 한 대를 구입했다. 어떤 수단 여성은 열네 살인 그의 딸에게 운전하는 법을 가르쳐주었다. 딸은 어머니와 여동생을 태우고 어디든 운전해서 다녔다. 그러다가 몇 번 체포된 적도 있지만, 그때마다 어머니가 자비를 빌며 그의 딸이 다시는 운전하지 못하게 하겠다고 약속하고 풀려났다.

내가 서명했던 많은 각서 중에 인터뷰하지 않을 것과 운전한 것에 대해 말하지 않을 것, 그리고 내가 감옥에서 보낸 시간에 대해 언급하지 않겠다는 내용이 있었다. 처음에는 각서의 내용을 지키려고 모든 제안을 거절했다. 다만 내가 풀려난 이후에도 계속 감옥에 남아있는 몇몇의 여성에게 도움을 주려고 애썼다. 나는 하나님께 약속한 대로 한 달 치 월급을 그들에게 나눠주었다. 내게 자신의 침대를 빌려줬던 마이사라에게 고국으로 돌아가는 비행기 표를 사주었고 다시 시작할 수 있도록 돈도 주었다. 돈이 없어 감옥을 떠나지 못하는 다른 여성들에게 비행기 표를 사주기 위해 아람코 동료들에게 모금을 하기도 했다. 그렇게 해서 우리는 열두 명의 수감자들을 고향으로 돌려보낼 수 있었다.

그러나 몇 달이 지나도 운전하는 여성들의 이야기는 사라지지 않았다. 9월에는 제다에 사는 샤이마 자스타니아라는 여성이 도심 거리를 운전하고 다녔다는 죄로 열 대의 채찍형을 선고받았다. 그 판결은 나중에 국왕의 명령으로 번복되었다. 사우디 언론은 나를 그냥 내버려 두지 않았다. 나를 더 이상 참을 수 없게 만든 것은 내가 이란의 첩자임에도 아람코에서 가장 민감한 부서인 정보보안 쪽에서 일하고 있다고 비난한 기사였다. 기사에는 생년월일, 출신학교, 자세한 가족 사항 등 내 정확한 개인정보가 포함되어 있어서 다른 내용마저 모두 진실처럼 보였다.

나는 잠자코 있을 수 없었다. 그래서 알 아라비아 텔레비전 네트워크를 통해 친정부적 성향의 기자인 투르키 알 다크힐과 인터뷰를 했다. 인터뷰를 하기 전에 한 친구는 내게 사실대로만 말하라고 충고해 주었다. 실제로 있었던 일에 대해서만 말하고 누구도 비난하지 말 것이며 희생자인 것처럼 행동하지 말라고 했다. 물론 나는 그렇게 하려고 노력했다. 내 인터뷰는 정부의 개입으로 정규시간 대에 방영되지 못했다. 하지만 정부는 라디오 방송까지 금지하는 것은 잊은 듯했다. 그래서 음성 인터뷰가 사우디 주요 라디오 방송국에서 온전히 방송되었고 이를 수천 명이 들었다. 텔레비전 인터뷰는 정규 방송 시간대에 재방송되어 수만 명 이상이 시청했다. 미용실에서, 자동차 대리점에서, 카페에서 사람들이 내 인터뷰를 보고 있었다. 사람들이 하던 일을 멈추고 텔레비전 주위에 모여 마날 알 샤리프를 보고 있다고 친구들이 문자를 보내왔다.

인터뷰가 방영된 뒤 나는 동부지방 이마라Imara의 부총재인 잘라위 빈 압둘 아지즈 왕자를 만났다. 내 인터뷰를 본 아지즈 왕자는 이렇게 말했다.

"당신이 애국자이자 학식 있는 여성임을 알 수 있었습니다. 당신이 우리 국민 중 한 사람이라는 게 영광입니다."

나는 인터뷰에 응했다는 이유로 아람코에서 구두 경고를 받았다. 또 그런 행동을 한다면 해고될 것이었다.

내가 체포된 사건 이후 몇 주 동안 많은 왕실 칙령이 발포됐다. 6월에 나온 첫 번째 칙령은 여성들이 상점과 쇼핑몰에서 판매원으로 일하는 것을 허용한다는 것이었다. 이는 국왕이 나를 비롯한 수백만 명의 여성이 다른 여성 점원에게 자신의 속옷을 구매할 수 있음을 선언하는 칙령이었다.

10월에 국왕은 슈라 위원회에서 연례연설을 하면서 이렇게 말했다.

"우리는 여성들이 소외당하도록 놔두지 않을 것입니다." 국왕은 여성도 지방선거에 출마하고 왕의 비선출직 자문위원회인 슈라에 참여할 기회도 가질 것이라고 선언했다. 국왕이 슈라를 거론하면서 이러한 맥락으로 여성을 언급한 일은 이것이 처음이자 마지막이었다. 설령 여성이 운전하는 것에 대해 언급하지 않았다 해도 이는 여성이 승리를 거둔 것처럼 보였다.

사우디 왕국 이외의 여러 국가에서 우리의 여성 운전 캠페인은 많은 관심과 지지를 얻었다. 6월에는 뉴욕주의 캐롤린 말로니가 이끄는 여섯 명의 미국 여성의원들이 내게 존경을 표하는 편지를 보내왔다. 힐러리 클린턴 국무장관은 사우디 여성에게 운전을 허용해야 한다고 공개적으로 주장했다. 이탈리아에서는 우리의 운동에 동조하는 캠페인이 일어났고, 미국에서는 '사우디 여성들을 위한 경적소리 Honk for Saudi Women'라는 그룹이 생겨났다.

내가 체포되었던 날로부터 6개월이 지난 11월에 나는 운전면허증 발급을 거부한 정부에 이의를 표하며 사우디 법정에 소송을 제기했다. 12월 초, 사우디아라비아 최고 종교위원회의 학자들은 파흐드 석유광물대학의 퇴임 교수와 함께 슈라위원들에게 여성의 운전을 경고하는 그래픽 보고서를 제출했다. 보고서에 의하면 여성에게 운전을 허용할 경우 매춘, 포르노그래피, 동성애와 이혼이 '급증할' 것이라고 했다. 또한 보고서에는 여성에게 운전을 허용하면 사우디아라비아에서 '10년 안에 더는 처녀를 볼 수 없을 것'이라는 의견뿐 아니라 여성이 운전하는 다른 무슬림 국가들에서 벌어지는 '도덕적 타락'이 인용되어 있었다.

이듬해 1월에는 뉴스매체들이 내가 제다에서 운전을 하다가 자동차 사고로 사망했다고 보도했다. 내 안부를 확인하기 위해 가족과 친구들이 내게 쉴 새 없이 전화를 해댔다. 도무지 믿을 수 없는 일이었다. 내가 도로에서 죽었다는 이야기가 국내외 매체의 헤드라인을 장식했다. 물론 이는 사실이 아니었다. 죽은 여성은 사막커뮤니티의 회원이었다. 그는 운전을 했지만 위민투드라이브의 회원은 아니었다. 이런 거짓 정보를 배포하는 사람들은 여성에게 운전이란 몹시 위험하다는 것을 입증하고 싶어 했고 하나님이 나를 벌한 거라고 사람들이 믿기를 바랐을 것이다.

그러다 나는 큰 실수를 저질렀다. 나는 여전히 운전면허증을 갖기 위해 '시스템' 안에서 싸우고 있었다. 정부는 내 신분을 증명하려면 마흐람이나 후견인이 필요하다고 계속 말했지만, 동생은 쿠웨이트로 이주했고 아버지는 내가 사는 지역 반대편에 살고 있었다. 나는 신분을 보증하기 위해 직장에서 남자 동료 두 명을 데리고 공중 행정사무소에 갔다. 그리고 그곳에서 나눈 대화를 내 휴대전화에 녹음했다. 사우디 법률에 따르면 공무원들의 발언을 녹음하는 것은 불법이다. 그러나 내가 저지른 실수는 그것이 아니었다. 나의 결정적 실수는 바로 아람코 노트북을 사용하여 그 터무니없는 대화를 음성 파일로 유튜브에 올린 것이다. (감옥에서 석방된 후 집에서 보낸 첫날 밤에 내 이름으로 트위터 계정을 열었다. 밤새 팔로워가 1만 명이 되더니 곧 9

288

만 명이 넘어갔다. 그러나 그건 내 개인 컴퓨터로 한 일이었다.)

위민투드라이브 회원 중 한 명이 우리 운동의 공식 유튜브 채널에 내 음성 파일을 '마날 알 샤리프, 사우디 여성에 대한 폭력을 녹음하다'라는 제목으로 다시 올렸다. 반대자들의 눈에 띠자마자 입소문이 난 내 음성 파일은 갑자기 여기저기서 솟아오르는 버섯처럼 사이트마다 그리고 스크린마다 삽시간에 퍼졌다. 나는 곧 파일을 내렸지만, 완전히 사라지게 할 수는 없었다. 회사 측은 격노했다. 아람코 본부에서 내 컴퓨터를 조사하러 왔다. 그들은 내 이메일을 비롯해 모든 것을 뒤졌다. 나는 행동으로 미루어 짐작컨대 전직 CIA 요원이었을지도 모르는 미국인 남자에게 취조를 받기 위해 끌려갔다. 그는 회사 밖에서 누가 나를 도왔는지, 유튜브 외에 음성 파일을 어디에 또 보냈는지 질문하며 나를 추궁했다. 마침내 나는 검사를 만나게 되었다. 그는 누군가 공식적으로 항의를 제기했고 그들이 나를 고소할 준비를 하고 있다고 전해주었다. 재판이 진행된다면 나는 2년 징역형을 선고받을 수도 있었다. 나의 유일한 해법은 왕자님을 찾아가 사과하는 것이었다. 아람코 관리팀은 나를 질책했고, 인사팀은 내게 최종적으로 서면 경고를 하면서 여기서 조금이라도 선을 넘으면 해고될 거라고 말했다.

"조용히 지내세요,"

그들은 이렇게 덧붙였다.

"이번 일은 그냥 지나갔지만, 다음에는 그렇게 안 될 거예요."

그 후 얼마 되지 않아 타임Time지에서 선정하는 '올해의 가장 영향력 있는 인물 100인'에 내 이름이 올랐다. 부상으로 뉴욕의 갈라 디너 초대장을 받았다. 난생처음 가보는 자리였다. 나와 같은 방에 있는 사람들은 모두 유명인이었다. 내 옆자리에 배우 미아 패로우가 있었는데, 그가 나온 영화를 본 적이 없어서 알아보지 못했다. 나와 사진을 찍기 원했던 유명한 음악가들의 곡도 들어본 적이 없었다. 힐러리 클린턴과도 만나 함께 사진을 찍었다. 힐러리는 자신의 비서에게 내 연락처를 받아두라고 하면서 "계속 연락해요, 우리."라고 말했다. 사람들은 나를 로자 파크스에 비유했다. 믿어지지 않을 만큼 멋진 저녁이었다. 그리고 나는 사우디로 돌아왔다.

유튜브 사건과 타임지 시상 이후 아람코는 나를 정보보안에서 조달부서로 발령을 내고 전문가 육성 프로그램에서도 나를 제외했다. 내 업무는 기본적으로 교정 데이터 입력이었다. 그러나 그마저도 오래가지 못했다.

전 세계 인권활동가들의 연례행사인 '오슬로 자유 포럼'에서 초대장이 왔다. 내가 제1회 '창의적인 반대운동을 위한 바츨라프 하벨상Vaclav Havel for Creative Dissent'을 수상하게 됐다면서 연설을 부탁했다. 처음 수상 소식을 들었을 때 '디슨트Dissent'(반대운동)가 무슨 뜻인지 몰라 검색을 해봐야 했다. 나는 미얀마의 노벨상 수상자인 아웅산 수치, 중국 예술가이자 정치활동가인 아이 웨이웨이와 함께 공동 수상자로 지명되었다. 오슬로 여행을 위해 4일간의 휴가를 신청했다. 우리 부장은 승낙했으나 윗선의 아람코 임원들이 승낙하지 않았다. 이들의 답변은 신속하고 확실했다.

"당신은 갈 수 없습니다. 우리는 아람코가 당신과 연관되는 것을 원치 않습니다."

선택은 분명했다. 오슬로에 가겠다고 하면 직장을 잃게 될 것이었다. 나는 오슬로에 가겠다고 말하고 사직했다. 그 말은 직장을 떠나는 것뿐만 아니라 5월 말까지 단지 안에 있는 집도 포기해야 한다는 뜻이었다. 또한 대학 졸업 후 처음으로 실업자가 된다는 뜻이기도 했다. 그러나 이젠 공개적으로 내 의견을 주장해야 할 때가 왔음을 느꼈다. 나는 책상에 있던 물건을 남김없이 모두 챙겨서 짐을 싼 다음, 오슬로로 날아갔다.

자유 포럼에 참석하는 사람들은 모두 연설을 해야 했다. 처음에는 몹시 긴장됐지만, 막상 연설을 시작하니 점점 차분해졌다. 연설하면서 두 번의 기립박수를 받았는데 이는 몇 년 만에 처음 있는 일이라고 했다. 내 연설 영상은 며칠 만에 유튜브에서 25만 명이 시청했다. 오슬로 자유 포럼에서 보낸 시간은 내가 얼마나 갇혀 살았는지 상기시켜주었다. 나는 세계 다른 지역에서 일어났던 많은 투쟁에 대해 아무것도 몰랐다. 내가 받은 상은 중국 대학생들이 천안문 시위 때 만들었던 **자유의 여신상**을 복제한 것이었다. 나는 천안문 광장에 대해 들어본 적이 없었다. 평생 무슬림 세계에서 일어난 사건들만 읽었다. 보스니아, 체첸, 아프가니스탄, 특히 이스라엘과 충돌하고 있는 팔레스타인에 대한 사건들만 읽었다. 내가 배워야 할 게 훨씬 더 많았고, 알아야 할 놀라운 사람들도 정말 많았다.

내가 17분 동안 영어로 연설한 영상은 유튜브에서 입소문을 탔는데, 사우디아라비아 국내에서는 오역한 영상이 퍼졌다. 거기에는 나를 사우디아라비아의 적이자 이슬람 세계의 배신자로 묘사한 허위 자막과 해석이 달려있었다. 나는 곧바로 살해 협박을 받기 시작했다. 사람들은 제다에 있는 아버지 집으로 찾아가 아버지까지 위협했다. 사우디의 한 지도자Sheikh는 율법 해석Fatwa으로 나를 비난했다.

그러던 중 사우디 텔레비전 시청률 1위 채널인 MBC에서 황금시간대인 주마아 기도 이후에 뉴스가 방송되었다. 뉴스는 내가 세르비아에 있는 비영리조직 'CANVAS'에서 훈련을 받았다고 비난했다. CANVAS는 독재에 대한 저항과 비폭력운동을 주장하는 조직이다. 나는 워싱턴 D.C.에서 CANVAS 대표 중 한 명인 세르쟈 포포비치와 함께 패널로 등장한 적이 있었다. 우리가 포린 팔러시Foreign Policy라는 잡지에 '세계 100인의 사상가'로 함께 선정된 것이 그 배경이다. 사우디 텔레비전 뉴스는 그 행사와 포포비치의 인터뷰 영상을 내보내며, 그가 나를 '영감을 주는 사람'이라고 칭찬한 대목을 'CANVAS의 훈련을 받은 첫 번째 증거'로 만들어 버렸다.

이렇게 압박이 점점 심해지자 나는 이제 뭘 해야 하는지에 대한 고민을 안고 이사 갈 짐을 싸면서 아람코 단지의 집 안에만 틀어박혀 있었다. 힐러리 클린턴과 전 미국 국무장관인 매들린 올브라이트가 시작한 미국 NGO '바이탈 보이시즈Vital Voices'는 여성 지도자들을 지원하고 힘을 실어 주는 일을 하는 단체였다. 나는 그곳에서 글로벌 리더십상을 받았다. 그러나 협박과 안전에 대한 두려움 때문에 워싱턴 D.C.로 갈 수 없었다. 선택의 여지가 없다는 것을 깨달았다. 사우디아라비아를 떠나야만 했다.

처음에는 바레인을 생각했다. 바레인은 담맘에서 대로를 따라 곧장 가다 보면 반대편 끝에 있는 곳이었다. 그러나 바레인은 정치적으로 불안정했다. 그래서 나는 결국 두바이에 정착하기로 결정했다. 그러나 혼자 떠나려고 한 것은 아니었다. 2010년에 브라질 출신의 컨설턴트인 라파엘이 아람코의 우리 부서에 합류했다. 2년 동안 서로 인사만 하고 지내던 어느 날, 내가 몇몇 친구들과 바비큐 모임을 계획하고 있는데 근처에 서 있던 라파엘이 끼어들었다.

"브라질식 바비큐를 드셔보셔야 해요."

내가 대답했다.

"좋아요, 같이 오셔서 직접 만들어보세요."

우리는 친구로 지냈지만, 그가 내게 관심이 있다고 생각해본 적은 한 번도 없었다. 나는 거의 매일 단지 내에 있는 산책로에서 아부디와 둘이서 산책했다. 라파엘이 우리 집 현관 앞에 나타나기 시작한 이후로 셋이 함께 산책했다. 그는 2012년 봄까지 아람코에서 일하기로 되어있었다. 내가 아람코를 떠날 무렵, 같이 산책하던 중에 그는 '바비큐 모임에서 처음 본 순간' 나를 사랑하게 됐다고 말했다. 두바이로 가서 사업을 시작할 계획인데 함께 가주기를 원했다. 그리고 이렇게 덧붙였다.

"나는 여성들과 연애하려고 만나지 않아요, 아내를 찾고 있어요."

어차피 나는 그의 아내가 되어야만 두바이로 갈 수 있었다. 라파엘은 나와 결혼하려면 어떻게 해야 하는지 물었다. 내 대답은 간단했다. 무슬림이 되는 것. 그러나 현실은 훨씬 더 복잡했다. 사우디 시민으로서(남성이건 여성이건) 비사우디인과 결혼하려면 내무 장관의 특별 허가를 받아야 한다. 내가 라파엘과의 혼인허가를 요청하자 사우디 정부는 이를 거부했다. 두바이에 함께 간다 해도 우리는 결혼할 수 없었다. 두바이 정부에서 사우디 대사관의 허가가 필요하다고 했기 때문이다. 그러자 라파엘은 나를 고향인 브라질로 데려가서 자신의 가족을 만나게 해줬다. 그는 리우데자네이루 이슬람 센터에서 신앙고백을 하고 이슬람으로 개종했다. 브라질에서도 우리는 법적으로 결혼할 장소를 찾지 못해서 공식적인 결혼식은 할 수 없었다. 대신 몬트리올에서 변호사로 일하는 라파엘의 사촌이 캐나다 법정에서 혼인 증명서를 받을 수 있도록 도와주었다. 라파엘의 가족은 내가 운전을 하다가 체포된 뉴스를 모두 보았기 때문에 이미 나에 대해 알고 있었다. 그들은 나를 따뜻하고 우호적으로 대해주었다. 그러나 우리 가족과 나라를 등졌다는 생각에 고통스럽기도 했다. 게다가 두 번째 결혼은 중매결혼과 놀라울 정도로 비슷한 점이 많았다. 라파엘과 나는 서로에 대해 거의 모르는 상태로 결혼했는데, 법률적인 문제 때문에 도무지 다른 선택의 여지가 없었다.

가장 힘든 일은 아부디와 헤어져야 하는 것이었다. 전남편은 아부디가 두바이로 오는 것을 허락하지 않았다. 그는 처음에는 1년에 두 번 아부디가 두바이에 와서 엄마를 만나는 걸 허락하겠다고 했지만, 금세 그 약속을 어겼다. 아들이 보고 싶으면 내가 직접 비행기 표를 사서 사우디아라비아로 돌아가야 했다. 나는 사우디에 집이 없었기 때문에 사우디를 방문할 때마다 아부디의 친가에 머물면서 아이의 친할머니와 함께 지내야만 했다. 매주, 혹은 2주에 한 번씩 그렇게 사우디에 다녀왔고 지금도 그렇게 하고 있다.

내가 이주한 이후, 전남편은 아부디와 두바이 여행을 다녀갔다. 그러나 두바이에 있는 동안 내게 연락은커녕 아들을 볼 기회도 주지 않았다. 나중에 아부디의 아이패드에서 여행 사진을 발견한 나는 너무 화가 났다. 내가 아들을 두바이에서 데리고 있을 수 없다는 원칙에 대해 법적으로 다퉈보려고 변호사를 고용했다.

나는 2년 동안 사우디의 사법 시스템을 경험하면서 수만 리얄을 지출했다. 아버지는 나 대신 법정에 참석하기 위해 비행기를 타고 제다에서 담맘으로 오셔야 했다. 변호사는 내가 재판에 참석하면 안 된다고 말했다. "당신이 나타나면 말썽이 생길 수 있어요." 아버지는 아부디가 나를 만난 후 사우디로 돌아가지 않으면 본인이 감옥에 가겠다는 서약서에 서명했다. 그럼에도 법정의 판결은 결국 '노우No'였다. '먼 길을 여행하다가 사망할 수 있는 위험' 때문에 아이들이 여행할 권리를 부정하는 10세기의 문서가 판결의 근거였다. 그런 법적 명제는 낙타와 카라반이 뜨거운 사막을 여행하던 시절에 시작된 것이었다. 담맘에서 두바이까지는 비행기로 고작 한 시간 정도 소요된다. 두 곳을 오가는 비행기는 온종일 있었다. 변호사는 고액이 드는 항소를 준비하자고 제안했다. 나는 수하일라 자인 알 압딘이라는 여성에게 연락했다. 알 압딘 박사는 고대의 법적, 종교적 문서를 해석하는 전문가였다. 우리는 코란과 하디스 문구들을 인용하여 아들이 나를 만나러 올 내 권리를 정당화하는 12쪽 분량의 청원서를 쓰느라 일주일을 보냈다. 나는 청원서를 변호사에게 넘기고 기다렸다. 그러나 이번에도 역시 졌다. 사우디아라비아 정부의 시각에서 보면 나는 여전히 법적으로 결혼한 상태가 아니었다. 2014년 내가 둘째 아들 다니엘 함자Daniel Hamza를 낳았을 때, 사우디 정부는 아이에게 비자를 발급해주지 않았다. 그래서 아이를 데리고 사우디에 입국할 수 없었다. 내가 임신 중일 때 아부디는 봉제 동물 인형을 가져와 아기에게 선물로 주었다. 두 아들은 각각 '형'과 '동생'이라고 적힌 똑같은 티셔츠를 가지고 있지만 한 번도 만난 적이 없다. 아부디는 나와 함께 사우디를 떠날 수 없고 함자는 나와 함께 사우디에 들어갈 수 없으니 말이다. 두 아이는 사진을 보거나 인터넷 화면 너머로 서로 손을 흔들며 알고 지낼 뿐이다.

❖

아람코를 그만둔 이후 두바이에서 다시 일자리를 찾기 시작할 때까지 내게 일어난 일들은 이해하기 힘들었다. 나는 2년 동안 47번의 구직 인터뷰를 했고 지원서만 내면 거의 매번 최종심사까지 올라갔다. 그러나 내 서류가 인사부로 넘어간 뒤 담당자들이 조회를 끝내고 나면 고용 되지 않는 일이 반복되었다. 이력서에 기재된 나의 다른 능력들은 내 이름과 개인사로 인해 아무 소용이 없었다. 그러는 동안 나를 초대하는 곳이면 어디든 응했다. 파리에 있는 아랍세계 연구소, TED, UN 행사, 하버드대학 등에서 연설과 강의를 하고 각종 화상 회담을 했다. 나는 내 주장을 공개적으로 발언하기 위해 여행 경비의 상당 부분을 자비로 부담했다. 신문에 글을 기고하고 블로그에 기록했다. 나는 회초리와 전선으로 구타를 당한 다섯 살짜리 어린이 라마에 대한 사건을 거론했다. 아이는 두개골이 깨지고 갈비뼈와 팔이 부러져 고통을 받다가 병원에서 사망했다. 아이의 아버지는 유명한 사우디 설교자였다. 알려진 바로, 그는 다섯 살짜리 딸아이가 처녀성을 잃었다며 '걱정했다'고 한다. 아이가 죽은 후 그는 처벌을 피하려고 부인에게 위자료로 5만 달러를 주었다. 만약 라마가 아들이었다면 위자료는 10만 달러가 되었을 것이다.

나는 '내가 라마다'I Am Lama'라는 캠페인을 시작했다. 이는 사우디 최초의 가정폭력 방지법이 통과되도록 돕는 캠페인이었다. 2008년부터 가정 학대를 범죄로 규정하려는 노력이 물 밑에서 이루어졌지만 4년 동안 아무 일도 일어나지 않았다. 젊은 남자들이 유튜브에 고양이의 꼬리를 자르는 동영상을 올리자 2주 만에 동물 학대

금지법이 통과됐다. 나는 라마가 차라리 고양이였더라면 라마의 아버지가 더 엄한 처벌을 받았을 거라고 썼다. 나는 또한 트위터로 '페라이^{Feral}'를 시작했다. 담맘 여성교도소에 갇혀 있는 사우디아라비아, 필리핀, 인도네시아 등 국적에 상관없이 어려움에 처한 가사도우미 여성들을 석방하자는 캠페인이었다. 이런 활동이 내 직업이 되었다. 아니 직업을 뛰어넘어 내 사명이 되었다.

그 사이에 사우디아라비아에서는 여성들이 운전하려는 시도가 수차례 있었다. 2013년 10월 26일, 수백 명의 여성이 운전을 감행하는 일이 일어났다. 트위터와 페이스북에서 돌았던 온라인 청원서에는 공식적으로 마감되기 전까지 며칠 만에 1만6천 명이 서명했다. 나는 이들의 노력에 지지를 보내면서 연대하는 마음으로 두바이 도로에서 운전을 했다. 그러나 여성들은 운전하는 것에 대해 지속적으로 불이익을 당하고 있다. 2015년 12월, 당시 25세였던 루자인 알 하스로울이 아랍에미리트연방^{UAE} 국경에서 사우디아라비아 쪽으로 운전을 시도하다가 체포되었다. 루자인은 UAE 면허증을 가지고 있었다. 루자인과 함께 마이사도 체포되었다. 마이사는 지난 2011년에 나를 인터뷰하고 도와주었던 언론인이다. 마이사는 국경으로 달려가 루자인을 도왔다. 두 사람은 70일 이상 구금됐으며, 이들의 재판은 테러 사건을 위해 마련된 사우디아라비아의 특별범죄 법정으로 보내졌다. (이들은 영국 찰스 황태자가 사우디 왕을 방문한 지 며칠 만에 석방됐다. 당시 황태자는 사우디 왕에게 '전자채널을 통해 이슬람을 모독'했다는 이유로 채찍질 1,000대와 징역 10년형을 선고받은 남성 블로거, 라피 바다위 사건에 대한 이의를 제기했다) 석방된 루자인과 마이사는 이동이 금지됐으며 새로운 고발 위협에 부딪혔다. 이들은 독일 외무장관이 개입한 이후에야 이동금지령이 해제되고 자동차를 돌려받았다. 사우디 여성들이 운전하는 것을 도우려는 외부의 노력은 이 정도가 전부였다.

나는 사우디아라비아를 벗어나 여행하고 지내면서 비로소 눈을 뜨게 되었다. 내가 몰랐던 사람들과 뉴스뿐 아니라, 더 사소하고 개인적인 것들에 대해서도 알게 되었다. 한 친구가 자신의 딸이 참가하는 농구 경기를 관전하기 위해 스페인까지 날아가는 것을 보았다. 내가 제다의 대학에서 공부하던 내내, 부모님은 내가 농구를 한다는 사실을 전혀 몰랐다. 나는 부모님에게 우리 팀이 받은 메달도 보여주지 않았고 우리가 치른 시합에 대해서도 말하지 않았다. 부모님이 동의하지 않을 거라는 걸 알았기 때문이다. 만약 부모님이 이 사실을 알았다면 당장 그만두라고 하셨을지도 모른다. 우리는 금지된 것들로 인해 삶의 무수한 순간들을 놓친 것이다.

아부디도 만나고 세계 여러 지역을 돌아다니다 보니 부모님을 뵈러 제다에 자주 가보지는 못했다. 둘째 아들이 태어나자 엄마가 두바이로 오셨지만, 사흘 동안만 머물다가 가셨다. 엄마는 도착하자마자 공항직원 몇 사람과 다툼을 벌였다. 우리 아파트에서도 엄마는 계속 누군가와 싸우고 소리를 질러대서 우리를 힘들게 했다. 사흘 후 엄마는 집으로 돌아갔다. 나는 엄마가 정신과 의사에게 검사를 받아야 한다고 주장했다. 의사는 엄마가 조울증이 있는 상태로 조현병일 가능성도 있다고 진단했다. 나이가 들고 스트레스를 받으면서 엄마의 병은 점점 더 깊어지고 있었다. 우리 삼 남매는 자신이 귀신에 흘렸다는 엄마의 말을 내내 듣고 살았다. 엄마는 종종 우리가 마법의 대상이 되었다고 믿거나 낯선 사람들이나 자동차들이 엄마를 따라온다고 주장했다. 그런데 엄마는 치료할 수 있고 통제할 수 있는 정신질환으로 고통받은 것이었다. 우리 중 누구도 엄마가 정신적으로 문제가 있다는 걸 알아차리지 못했다. 그러나 진단을 받은 후에도 엄마는 증상을 완화해줄 약을 먹지 않겠다고 거부했다. 이에 좌절한 나는 필요 이상으로 오랫동안 엄마와 거리를 두었다.

2015년 7월 17일, 이드 알 피트르 축제일에 엄마는 유방암 4기라는 진단을 받았다. 이드 날이라 아부디를 데리고 부모님 댁을 방문했다. 그런데 엄마는 내가 알던 그 모습이 아니었다. 침대에 누워있는 엄마는 체중이 반으로 줄어 있었다. 너무 쇠약해져서 일어나거나 움직이지도 못했다. 게다가 기침을 하면 피가 나오는데도 의사에게 가지 않겠다고 거부했다. 아부야에게 엄마가 이 지경인데 왜 자식들에게 말하지 않았냐고 심하게 화를 냈다. 혼자서 샤워도 할 수 없는 엄마를 욕실로 데려가 난생처음으로 아기처럼 씻겨드렸다. 엄마의 가슴을 보자 눈물이 나기 시작했다. 어느 정도 짐작은 했지만, 엄마의 병에 대해 내게 확실하게 말해준 사람은 병원 응급실 의사였다. 마저 검사를 받자고 엄마를 설득하는 데 한 달이 걸렸다. 엄마는 방안에서 꼼짝도 하지 않고 병원으로 다시 돌아가느니 여기서 죽겠다고 했다. 어떤 날은 우리가 엄마를 해치려 한다고 비난했고 어떤 약도 먹지 않겠다며 거부했다. 엄마 방 앞에서 몇 시간 동안이나 내가 엄마를 병원에 모시고 가겠다고 울며 사정했다. 내 생애 가장 힘들고 감정이 북받치던 시기였다. 엄마의 암은 이미 많이 진행되어 있었다. 그러다 겨우 엄마를 모시고 종양 전문의를 찾아갈 수 있었다. 또한 엄마의 정신질환을 치료하기 위해 주사요법을 시작했다. 주사를 세 번 맞고 나니 엄마가 바뀌었다. 남은 시간은 마지막 몇 달이 전부였지만 비로소 나는 진짜 우리 엄마를 알게 됐다.

엄마는 유쾌하고 따뜻하고 협조적인 사람이었다. 대학을 졸업할 때 나는 엄마가 졸업식장에 와서 혹시라도 소란을 일으킬까 봐 두려웠다. 그런데, 이제는 엄마와 어디든 갈 수 있었다. 엄마는 나와 두바이로 와서 함께 영화관도 가고 레스토랑도 가고 수족관도 갔다. 나는 엄마에게 뉴스를 읽어드렸고 함께 많이 웃었다. 엄마는 함자를 데리고 놀면서 노래를 불러주었다. 동생도 엄마와 함께 앉아서 몇 시간이고 대화할 수 있었다. 우리는 엄마의 과거를 모두 알게 되었다. 엄마는 우리에게 엄마의 부모님, 특히 엄마가 네 살 때 돌아가신 엄마의 친어머니 이야기를 해주었다. 그리고 엄마의 조부모님에 관한 이야기도 들려주었다. 물론 모르고 한 일이었지만 나는 두 아들의 이름을 엄마의 할아버지 두 분의 이름과 똑같이 지었다. 압둘라와 함자.

나는 동생에게 엄마를 두 번 잃어버리는 기분이라고 말했다.

엄마는 집으로 돌아가고 싶어 했다. 메카와 그랜드 모스크가 그립다고 했다. 그러나 암은 두세 달 만에 엄마의 몸속에서 빠르게 퍼지고 있었다. 엄마는 꿈에서 친어머니를 만났는데, 어머니가 "보고 싶구나."라고 말했다고 했다.

"나는 올해가 가기 전에 죽을 거야." 엄마는 말했다. 내 평생 거의 불행하게만 살았던, 항상 죽고 싶다고 했던 여인이, 이제 내게 마지막 소원을 말했다. 우리 아기

함자를 다시 한번 보고 싶다고 했다. 그러나 이제 엄마는 너무 쇠약해져서 두바이로 올 수가 없었다. 이번에는 아버지도 18개월 된 남자아기에게 비자를 발급해주도록 사우디 당국을 설득할 수 없었다.

2016년 2월 28일, 엄마는 숨을 거두었다. 암으로 인해 엄마의 폐가 망가졌다. 그러나 마지막 날까지 엄마는 강인했다. 자리에서 일어나 샤워를 하고 빨래를 하고 심지어 엄마를 보기 위해 방문하겠다는 친구를 위해 손님방을 정리했다. 엄마의 통증이 심해지자 아버지가 구급차를 불렀는데, 엄마는 자신의 침대에서 죽고 싶다며 구급차를 돌려보냈다. 엄마는 아버지의 품속에서 돌아가셨다. 같은 구급차가 이번에는 엄마의 시신을 거두기 위해 다시 집으로 왔다.

무슬림 여성으로서 나에게는 엄마에 대한 마지막 의무가 있었다. 장례를 치르기 전에 마지막으로 엄마의 몸을 씻겨드려야 했다. 나는 아버지에게 내가 제다에 도착할 때까지 엄마의 시신을 잘 보존해달라고 부탁했다. 두바이 공항에 서서 울던 기억이 난다. 여권을 확인하던 사람이 내게 물었다.

"무슨 일이죠, 두바이 여행이 불편하셨나요?"

그래서 나는 우리 엄마가 지금 막 돌아가셨다고 대답했다.

나는 엄마를 씻겨드린 후 마지막으로 검정 꽃무늬가 있는 분홍 드레스를 입은 엄마의 모습을 보았다. 엄마의 어머니는 메카의 그랜드 모스크 옆에 있는 묘지에 묻혀 있었다(외할머니는 엄마가 돌아가시기 62년 전에 하즈 순례 중 일사병으로 돌아가셨다). 이곳은 예언자 무하마드(PBUH)의 아내가 수 세기 전에 묻혔던 곳이다. 엄마의 한 가지 소원은 외할머니 곁에 묻히는 것이었다.

사우디의 이슬람 관습에 따르면 여성은 장사에 참여할 수 없었다. 엄마의 운구차에 탈 수도 없었다. 나는 혼자서 기도를 하기 위해 그랜드 모스크로 향했다. 모스크에는 하루에 2백만 명이 방문하다 보니 기도하려는 인파로 항상 붐빈다. 기도를 마칠 무렵, 동생에게 문자가 왔다. '엄마를 묻어드렸어.' 그 소식을 접하니 마음이 놓였다. 엄마의 관을 묘지에 내리고 있을 때 옆에서 다른 아기의 매장도 진행 중이었다고 한다. 아기의 아버지가 아기를 우리 엄마의 무덤에 함께 묻어도 되겠냐고 물었다. 이슬람에서는 어른들과 달리 아기들은 죄가 없는 존재라고 여긴다. 그래서 아기의 무덤에는 자비가 흘러넘친다. 아기들의 영혼은 하나님께 바로 올라가 부모님의 죄를 용서해달라고 직접 부탁할 수 있다. 큰아들은 리비아에 두고 와야 했고, 아부야와 낳은 두 아기를 잃었고, 마지막으로 작별인사를 하고 싶었던 막냇손자도 볼 수 없었던 엄마는 이 가여운 아기와 함께 묻혔다. 우리는 지금 엄마가 아기의 영혼과 친구처럼 함께 있을 거라 믿는다.

엄마의 장사를 치른 후 사흘에 걸쳐 엄마의 친구들이 조의를 표하러 메카에 왔다. 엄마의 낡은 휴대전화는 슬픔을 전하려는 사람들의 전화로 벨 소리가 멈추지 않았다. 리비아에서 사흘 동안 장례식이 따로 열리고 있었고, 이집트에서도 마찬가지였다. 리비아의 큰 삼촌 댁은 조문객들로 붐볐다. 우리가 엄마와 함께 지내던 동안 엄마는 항상 자신이 가진 모든 것을 사람들에게 나눠주었다. 엄마는 늘 가장 허름한 옷을 입었고 금 장신구를 전혀 하지 않았다. 삼촌들에게 선물 받은 것이나 엄마가 직접 벌었던 모든 것을 나눠주었다. 내가 선물을 드리면, 엄마는 사람들에게 나눠주기 일쑤였다. 이제 모든 사람이 찾아와 엄마가 얼마나 너그러운 분이셨는지 이야기했다. 성인 여성들이 찾아와서 '어머니는 우리의 두 번째 엄마였어요.'라고 말했다. 그들은 엄마가 어떻게 바느질과 요리를 가르쳐주었는지 이야기했다. 어떤 가족은 자신의 어머니가 돌아가셨을 때 우리 엄마가 음식을 보내주었다고 했다. 엄마는 이런 이야기를 아무에게도 하지 않으셨다. 아버지가 허락하지 않을 걸 알았기에 아무에게도 알리고 싶지 않았던 게다.

엄마는 영원히 나에게 영감을 줄 멋진 여성이었다.

사우디아라비아의 어떤 면은 변하지 않는다. 우리나라는 크기가 대략 텍사스주의 세 배 정도 되는 데다가 천연자원이 방대하고 중동지역의 전략적 요충지에 자리하고 있다. 현재 사우디 인구는 약 2천만 명이고 이 중에서 25세 이하가 거의 1천만 명에 달한다. 현재 국왕은 살만 빈 압둘 아지즈인데 왕국을 세운 압둘 아지즈 이븐 사우드의 아들이다. 1876년에 태어난 선왕 압둘 아지즈 이븐 사우드에게는 성인이 된 아들이 30명 넘게 있었다. 왕국이 세워진 이래 지금까지 왕위에 오른 사우디 왕들은 모두 이븐 사우드의 아들이었다. 그러나 현재의 살만 왕을 끝으로 이러한 일도 이제 마지막이 될 것이다. 살만 왕은 2015년에 즉위하면서 동생들을 왕위계승 서열에서 삭제했다. 차기 국왕은 살만 왕의 조카인 1959년생 무하마드 빈 나예프 왕세자가 되거나, 아직은 소문에 불과하지만, 살만 왕의 아들이자 현재 국방장관인 1985년생 무하마드 빈 살만 제2 왕세자가 될 것이라고 한다. 방송해설가, 기자, 평론가들은 만약 지금 권력이 이양된다면 국내에 어떤 변화가 생길지 추측하며 세밀하게 조사하는 중이다. 종교적 통제를 줄인다는 말이 있다. 종교경찰은 2016년 4월부터 체포 권한을 박탈당한 상태다. 아람코는 회사 주식의 5%까지 기업공개(IPO)를 하며 일부 지분을 민영화하는 작업을 진행 중이다. 사우디 남성의 10~20%가 실업 상태이니만큼 정부지원금을 없애고 더 많은 사우디인을 고용하자는 제안들이 있다(여성은 실업통계에서 제외된다. 사우디 왕국의 주요 이슈가 실업 문제인데, 사우디 민간 영역 모든 층위에서 일하는 피고용인들의 최소 85%는 비사우디인으로 외국인 노동자들이다). 그러나 여성의 경우 변화가 일어나고 있다. 네 명의 여성 육상선수들이 2016년 리우 올림픽에 사우디 왕국을 대표하여 출전했다. 소유주가 여성인 법률회사가 2014년 제다에서 문을 열었고, 네 명의 여성 변호사가 '법률고문'으로서만이 아니라 사우디 사법 시스템 안에서 실제로 변호사로 일할 수 있는 자격증을 받았다. 2015년 12월, 비록 전체 2,106석 중에서 1%도 되지 않는 비율이긴 해도 열아홉 명의 여성이 지방의회에 진출했다. 남편과 사별하거나 이혼한 엄마들도 마침내 가족 신분증을 가질 수 있게 됐다.

심지어 머지않은 미래에 언젠가는 여성에게 운전을 허용하자는 논의도 있다.

2016년 11월 29일 알왈리드 빈 탈랄 왕자는 트위터에 이렇게 썼다. '논쟁은 그만 합시다. 이제 여성이 운전할 때입니다.' 그는 또한 개인 웹사이트에 4쪽 분량의 편지를 올려 이렇게 전했다. '지금은 사우디 여성이 자동차 운전을 시작할 적기입니다.' 이러한 주장을 한 것은 무엇보다 경제적인 이유 때문인데, 특히 외국인 운전기사의 고용 비용이 한 달에 약 3,800리얄, 대략 1,000달러 정도가 들어서 가계 경제에 부담이 되기 때문이다. 그는 또한 운전을 금지하는 것 때문에 여성들이 노동인구에 참여하지 못하고 있다고 말한다. 그러나 알왈리드 왕자는 부유하고 상당한 사업적 이권을 가지고 있긴 하지만, 정부의 공식 일원은 아니다. 제2 왕세자 무하마드 빈 살만은 젊은 세대인데도 여성운전 허용 여부를 '확신하지 못한다'고 말한다. 그래서 우리는 기다리고 있다. (두바이로 오면서 배편으로 차를 부쳤는데, 사우디 번호판도 함께 가져왔다. 언젠가는 내 차를 몰고 국경을 건너 조국으로 가보고 싶기 때문이다)"

<hr/>

이 모든 일은 희망적인 발전이다. 그러나 앞으로 사우디 여성이 갈 길은 실제로나 상징적으로나 여전히 멀기만 하다. 사우디아라비아 정부는, 운송회사 우버^{Uber}에 사우디아라비아 공적 투자펀드^{Saudi Arabian Public Investment Fund}로 35억 달러를 투자한 최대 투자자이다. 왕족인 사우디 펀드의 이사는 우버 이사회의 일원이 되었다. 우버가 사우디 여성이 이동하는 것을 돕고 있긴 하지만, 여성이 직접 운전할 수 있게 돕고 있는 것은 아니다. 사우디아라비아는 오랜 금기를 강화하기 위해 스마트폰 앱을 활용하고 있다. 실제로, 사우디 우버 사용자의 약 80%는 사우디 여성이다.

혹은 리야드에 있는 스타벅스에 관한 이야기를 생각해보자. 2016년 초, 리야드 스타벅스 매장은 출입문에 아랍어와 영어로 안내판을 부착했다. '여성은 입장 할 수 없으니 운전기사를 통해 주문해주세요, 감사합니다.' 스타벅스는 공식 답변에서 회사는 '여성과 가족을 포함한 모든 고객을 환영'하지만 리야드 매장은 '성별을 나누는 젠더 벽을 따로 세우지 않은' 특별한 매장이라고 했다. 그 말은 오직 남성들만 수용할 수 있다는 뜻이다. 스타벅스는 지방정부로부터 영구적인 젠더 벽을 세울 수 있도록 승인을 받기 위해 노력하고 있다고 덧붙였다. 한 미국의 여성 라

** 책이 발간된 후, 2017년 6월 21일 무하마드 빈 나예프가 왕세자에서 폐위되고 무하마드 빈 살만이 왕세자에 책봉되었다. 그리고 2017년 6월 26일에는 살만 빈 압둘 아지즈 국왕이 장관급 위원회를 소집해 여성운전 허용에 관한 권고안을 제시하라고 정부에 지시했다. 이 명령은 2018년 6월 24일부터 시행되어 사우디아라비아 여성들이 운전을 할 수 있게 되었다. 또한, 여성운전 외에도 남녀 동반 근무 허가, 상업영화 상영이 허용되는 등 많은 변화가 있었다:역주

디오 토크쇼 진행자가 언급했듯이 이는 1960년에 노스캐롤라이나주의 그린즈버러에서 일어난 일과 유사하다. 당시 울워스는 '우리는 모든 고객을 좋아하지만, 흑인들은 식당 카운터에서 점심을 먹을 수 없다. 왜냐하면, 그게 전통이기 때문'이라고 했다.

마지막으로 내가 친구에게 전화로 들은 이야기다. 결혼한 지 18년이 된 친구는 딸이 둘 있었는데, 남편이 다른 여자와 결혼하기 위해 친구와 이혼하겠다고 통보했다. 남편은 두 딸을 데려갔다. 사우디 이혼법에 따르면 이는 정당한 남편의 권리였다. 또한 집에서 세간까지 빼내 다른 도시로 들고 떠나버렸다. 이제 친구에게는 남편이 친구 이름으로 몰래 빌렸던 빚만 남았다. 서른여섯인 친구는 친정으로 돌아가 13년 동안 얼굴도 보지 않고 대화도 하지 않았던 마약 중독자 아버지를 자신의 후견인으로 두어야 했다. 그리고 여행을 하거나 일을 하거나 은행 계좌를 열거나 집을 구하거나 무슨 일을 하든지 거의 모든 것에 대해 아버지의 허락을 받아야만 한다.

사우디 왕국은 여성이 남성에게 지배받는 한 현대적인 왕국이 될 수 없다. 시간이 오래 걸릴 수도 있겠지만, 언젠가는 현대적인 사우디 왕국이 오리라 믿는다. 제다의 모스크에 앉아서 금요일 설교를 듣던 중에 지도자Sheikh가 이렇게 말하는 것을 들었을 아버지가 생각난다. "마날 알 샤리프는 죄를 지었습니다. 우리가 여성들이 마날처럼 운전하는 것을 허락한다면, 우리는 여성을 통제하지 못하게 됩니다." 그리고 알 샬랄Al Shallal 테마파크가 생각난다. 알 샬랄 테마파크는 일주일에 단 하룻밤을 여성에게만 개방한다. 테마파크에서 가장 인기 있는 놀이기구가 무엇인지 아는가? 바로 5분 동안 여성들이 마음대로 운전할 수 있는 범퍼카다. 비록 그 안에서 빙글빙글 돌기만 한다 해도 말이다.

비는 한 방울의 물로 시작된다.

에필로그

호주 뉴사우스웨일스의 2017년 9월 27일 오전 5시, 사우디아라비아 시각으로는 여전히 9월 26일 저녁이었다. 나는 최근에 귀 수술을 받은 아들에게 약을 챙겨주기 위해 일어났다. 휴대전화로 시간을 확인하는 순간, BBC의 뉴스 속보 알림이 깜빡였다. *사우디아라비아, 여성운전 금지 해제*. 나는 잘못 보았나 싶어 휴대전화 화면을 다시 켜서 또 읽었다. 믿어지지 않아 한 번 더 읽고는 기쁨의 눈물을 흘렸다. 채 1분도 지나지 않아 휴대전화에 불이 나기 시작했고, 전 세계에서 인터뷰를 요청하는 이메일이 쇄도했다. 나를 아는 거의 모든 사람과 내가 모르는 수많은 사람으로부터 연락이 왔다.

그러나 그 순간 내가 대화하고 싶었던 사람은 오직 엄마뿐이었다. 나는 항상 언젠가는 이날이 오리라는 것을 굳게 믿고 있었다. 그러나 엄마가 나와 함께 이 순간을 축하할 수 없으리라고는 미처 예상하지 못했다. 엄마는 딸이 운전을 했다는 이유로 나라가 떠들썩하게 공개적인 망신을 당했다. 그로 인해 너무나 큰 상처를 안고 세상을 떠나셨다. 이제 평생 엄마의 얼굴을 가렸던 베일처럼, 그 수치심도 걷힐 것이다. 그 순간 어느 때보다 엄마가 그리웠다.

1990년 47명의 여성이 '여성운전 금지'에 저항했던 첫날부터 이 역사적인 날까지 무려 27년이 걸렸다. 우리는 투쟁을 계속 이어준 이들에게 경의를 표해야 한다. 이 부당한 관습을 끝내기 위해 운동을 벌였던 여성들은 차를 몰수당하고, 자유와 직업을 잃고, 안전을 위협받았다. 그들은 괴롭힘과 모욕과 악랄한 공격을 당했다. 감옥에 갇혔고, 가족은 공격의 대상이 되었다. 감히 사우디아라비아 거리에서 운전한 것 때문에 목숨을 잃기도 했다.

하지만 이제는 아니다. #위민투드라이브#Women2Drive 운동이 시작된 2011년부터 상황이 바뀌기 시작했다. 이 투쟁은 사우디 블로거 이만 알나프잔 박사가 이끄는 2013년 캠페인을 필두로 계속 이어졌다. 2014년에는 또 다른 활동가 루자인이 자신의 차를 운전해 아랍에미리트에서 사우디 국경을 넘으려 했다. 사우디 기자인 마이사 알라무디가 루자인을 돕기 위해 합류했다가 둘 다 체포되어 72일 동안 징역을 살았다. 다시는 여성이 차를 운전했다는 이유만으로 감옥에 갇히는 일이 없기를 바란다. 여성인권운동가들은 이 법이 어떻게 시행되는지를 계속 관찰하고, 남성 친척의 허락 없이 여성의 여행과 결혼, 심지어 감옥에서 출소하는 것까지 금지하는 남성후견인법 폐지 운동을 계속해야 한다. 우리는 여성의 완전한 평등을 요구해야 한다. 여성운전 금지 해제는 사우디 여성들을 자신의 운명을 결정할 수 없는 미성년자와 같이 취급하고 있는 부당한 법률을 종식시키기 위한 시작일 뿐이다.

공식적으로 사우디아라비아에서 여성운전 금지 규정이 해제된 날짜는 2018년 6월 24일이다. 내가 이끈 위민투드라이브 캠페인에서는 2011년 6월 17일을 여성들이 운전하는 날로 정했었으며, 내 책은 2017년 6월 13일에 출간되었다. 6월은 나에게 멋진 일들이 일어나는 달이다.

나는 기자들로부터 질문을 받거나, 여성운전 금지령이 해제된 이유를 분석한 그들의 기사를 읽는 것이 흥미로웠다. 원인에 대한 많은 의견 중에는 예멘에서 벌어진 내전에 사우디가 주도한 연합군이 개입해 국제전으로 비화된 예멘의 위기와 부도 위험에 처한 사우디 체제에 쏠리는 국제 언론의 관심을 분산시키기 위한 방편이라는 이야기도 있다. 여기에 권력 다툼의 일부라는 내 의견을 덧붙이고 싶다. 운전 금지령을 해제한 현재의 사우디 국왕이, 47명의 여성이 운전 금지령에 항의하던 1990년 당시에는 리야드 주지사였다는 아이러니를 무시할 수 없다. 그는 종교계가 저항하던 여성들의 삶과 존엄을 파괴하고 사회 전반이 이들의 투쟁을 비난할 때 이 여성들을 철저하게 외면했다.

하지만 나는 이번만큼은 사우디가 변하고 있다고 믿는다. 현재 사우디의 권력 실세인 모하메드 빈 살만 왕세자는 세계적으로도 잘 알려진 인물이다. 2017년 봄, 그의 대표적인 정책 추진 조직으로 왕국의 현대화를 담당하는 2030 비전팀 위원들과 만날 기회가 있었다. 처음에는 매우 회의적이었지만, 몇 시간 동안 열띤 토론을 벌인 후 더 많은 시간을 들여 조사하고 연구하면서 나는 이 젊은 왕자가 결국에는 변화를 가져올 것이라 믿고 지지하게 되었다. 그가 왕세자가 되었을 때, 나는 트위터에 '더 나은 사우디가 될 것이란 나의 기대는 지금 그 어느 때보다 크다.'라고 올렸었다. 빈 살만 왕세자는 우리를 옥죄던 종교경찰의 억압행위를 완화했고, 음악, 예술, 영화에 대한 많은 규제를 없앴다. 그리고 여성이 일하거나 스포츠 행사에 참여하는 것에 관련된 많은 제재를 해제하고 심지어 기도를 위해 하루에 다섯 번씩 가게를 닫는 관행까지 없앴다. 사우디 인구의 대다수를 차지하는 삼십 대에서 지도자가 탄생한 것도 처음 있는 일이다.

사우디아라비아의 정치 체제는 매우 복잡하기 때문에 이러한 변화가 영구적이지 않을 수도 있다. 외부 세계에는 절대군주제의 왕이 된다는 것이 무엇이든 결정하고 실행할 수 있는 절대 권력을 얻는 것처럼 보일지도 모르겠다. 그러나 실제 사우디 정치 체제는 각각의 이해관계가 상충하는 다수의 권력 집단들로 이루어져 있다. 그 어느 것도 절대적일 수는 없다.

그러나 여성들에게 운전을 허용한 것은 항구적인 변화가 되리라 믿는다. 사우디아라비아에 있어 여성운전 금지만큼이나 수치스러운 일도 없을 것이다. 게다가 고등 교육을 받은 여성 인력을 활용하지 않는다면 사우디아라비아의 경제발전도 기대할 수 없을 것이다. 나는 이러한 경제 개혁에 정치 개혁까지 더해져 국민이 대표자를 선출하는 입헌군주제로 나아가고, 언젠가는 사우디아라비아에도 완전한 표현의 자유가 실현되기를 바란다.

아주 어렸을 적 엄마는 내가 힘들어할 때마다 이렇게 말하곤 했다.

"얘야, 세상에서 우리를 꼼짝 못 하게 할 수 있는 곳은 무덤뿐이란다. 인생은 길고 삶의 무대는 넓어. 옆에 있는 사람이나 지금 있는 곳이 마음에 들지 않으면 주저하지 말고 떠나면 돼."

두바이에서 5년째 머물던 라파엘과 나는 호주로 이주하기로 결정했다. 사우디 당국이 우리의 혼인 관계를 인정하지 않고 있어서 아랍에미리트에서도 인정받지 못하는 난감한 상황이었다. 우리는 새로운 변화가 더 나은 삶을 만들어줄 것이라 생각했다. 2017년 3월, 우리는 호주 땅에 도착했다. 이후 몇 달 동안 나는 여행하며 책을 준비하느라 새로운 집에서 머무는 시간이 별로 없었다. 여행에서 돌아올 때마다 사우디와 친구들에 대한 그리움은 점점 더 커져만 갔다. 두바이에서 사우디까지는 한 시간밖에 걸리지 않지만, 호주에서는 열 배가 넘는 항공료와 하루를 모조리 투자해야 갈 수 있다. 비자를 발급받을 수 있어 체류 신분이 안정적인 것 외에는 호주에 아무런 연고도 없어 고립감과 외로움을 느꼈다. 그러나 그 외로움은 또 다른 깨달음을 주었다. 라파엘과 나는 서로 맞지 않았고, 이제는 우리가 각자의 길을 가야 할 때였다. 라파엘은 이 책을 작업하는 동안 나를 전적으로 지지해 주었다. 그가 든든한 버팀목이 되어준 덕분에 인생에서 처음으로 안정감과 내가 소중한 존재라는 느낌을 받았다. 나도 옛날에는 우리 사회의 통념을 믿었다. '네가 사랑하는 사람이 아닌 너를 사랑해주는 남자와 결혼하라. 결혼하면 사랑은 자연히 따라온다.' 그러나 사랑은 따라오지 않았다. 나는 그를 나의 동지이자 친구로서 매우 사랑했지만, 우리 사이에서는 내가 첫 번째 남편을 사귀었을 때나 이혼 후 보스턴에서 만났던(이 책에서는 언급하지 않은) 두 번째 사랑에서 느꼈던 불꽃이 결코 일어나지 않았다. 내가 알고 있는 사랑의 감정이 우리의 결혼생활에서는 느껴지지 않았다. 우리는 2년 동안 여러 번 헤어졌다가 다시 만나기를 반복하면서 함께 하려는 노력을 했지만, 사랑하는 마음이 생기지는 않았다. 우리는 더욱 상처받고 비참해졌을 뿐이다.

처음부터 느끼지 못한 사랑과 끌림을 노력으로 만들어낼 수는 없었다. 호주로 오면서 나는 그 진실을 직시했고, 내 인생에서 가장 어려운 결정을 했다. 뉴사우스웨일스의 시골집을 떠나 시드니로 이사하던 날 나는 라파엘에게 눈물을 흘리며 이렇게 말했다. "당신은 내가 살면서 만난 최고의 남자예요. 그래서 당신을 떠나기가 너무 힘드네요. 당신과 사랑하게 되는 사람은 세상에서 가장 운이 좋은 여자일 거예요. 그게 내가 아니어서 미안해요." 나는 그의 마음을 아프게 하고 떠났지만, 시간이 지나면 새로운 사랑이 그를 찾아올 거라고 믿는다.

여성의 권리를 지지하는 것에 자부심을 느끼는 자유의 나라에 살면서 배운 또 하나의 교훈은 이들의 지지에도 한계가 있다는 것이다. 나는 기술이나 정보보안에 관련된 직업으로 돌아갈 수 있다고 생각했다. 채용 담당자들은 나를 채용하는 것에 큰 관심을 보였지만 실제로 이루어지지는 않았다. 기업들은 모두 나의 사회적 활동을 높이 평가했으나 정작 활동가를 고용하고 싶어 하는 곳은 없었다. 처음에는 이런 깨달음이 쓰라렸지만, 결국에는 더 큰 해방감을 느꼈다. 모든 것을 위험에 빠트릴 수 있는 발언을 하기 위해서는 차라리 취업을 하지 않는 편이 나았다. 모든 것에 대가가 있듯이 나는 지금까지 쌓아온 경력을 포기해야 했다. 현실을 받아들이기로 했고, 그것은 나의 새로운 길이 되었다. 활동가가 된 것은 내 선택이 아니었지만, 활동가로 남는 것은 내가 선택한 일이다.

나는 파라마타 강이 내려다보이는 시드니의 새 아파트에서 부에나 비스타 소셜 클럽을 들으며 이 글을 쓰고 있다. 요즘 작은아들의 여행 서류도 준비하고 있는데, 마침내 사우디 관료들이 아들에게 사우디 입국 비자를 발급할 것이라고 약속했기 때문이다. 또한, 나는 시드니 맥쿼리 대학의 훌륭한 교수 및 학생들과 협업하며 개인 사업을 준비하고 있다. 바로 사우디 내의 여성들이 지도자가 되도록 영감을 주는 사회적 기업 위민투핵Women2Hack이다. 이 단체의 임무는 정보보안 분야에서 사우디 여성들이 교육, 훈련, 네트워킹, 취업 기회를 가질 수 있도록 돕는 것이다. 정보보안 분야의 기존 여성 인력이 새로운 여성 인력을 육성한다는 데 그의의가 있다. 이 플랫폼을 통해 드디어 나는 우리나라의 소녀들을 포함한 모든 여성들에게 직접 다가가 이야기를 나눌 수 있을 것이다. 단순히 운동을 하는 것만으로는 절대 할 수 없는 일이다. 나는 아직도 이 책에 쏟아지는 놀라운 반응에 깊이 감동하고 있다. 하지만 나는 서른여덟 해 만에 처음으로 사회와 종교의 제약이나 기대에서 벗어나 온전히 자유로운 나 자신이 되었다는 것에 진정한 행복을 느낀다. 나를 구속하는 것은 아무것도 없다. 꿈과 열정을 추구하는 나를 비난할 수 있는 사람은 아무도 없다. 나는 시드니를 거점으로 호주와 사우디를 오가기로 했다. 그러나 이런 삶이 떠도는 유목민처럼 느껴지기보다는 마침내 진정한 나의 집을 찾은 듯하다. 집이란 누구의 허락도 필요 없이 자유롭게 진정한 내가 될 수 있는 곳이므로.

시드니에서 마날 알 샤리프, 2017년 12월

감사의 말

우선 내가 모든 희망을 잃고 헤맬 때, 이 기록을 완성해서 세상에 알려야 한다고 믿어주었던 라파엘에게 특별한 감사를 전합니다. 그의 믿음이 없었다면 나는 오래전에 포기했을지도 모릅니다. 두 번째로 와제하 알 후와이더에게 감사를 전합니다. 위험을 무릅쓰고 내가 운전하는 모습을 촬영해준 덕분에 유튜브에 영상을 게시할 수 있었습니다. 와제하, 당신은 내가 만난 사람들 중에서 가장 용감한 사우디 여성이에요.

2012년 5월 오슬로 자유포럼에서 연설을 마쳤을 때 객석에서 누군가 내게 물었습니다. "언제쯤 당신의 책을 읽을 수 있을까요?" 나는 어리둥절했고, 농담인지 진담인지 가늠하기 어려웠습니다. '내 이야기가 왜 읽고 싶을까?' 하는 생각도 들었습니다. 그 연설을 위해 나는 10년 동안 일했던 직장을 그만두어야 했고, 그 바람에 주택 대출 자격도 박탈당했다는 사실을 연단에 오르기 직전에 알게 되었습니다. 직장도, 집도 없는 빈털터리였습니다. 그러나 나는 오슬로에 있었고, 제1회 '창의적인 반대운동을 위한 바츨라프 하벨상'을 받는다는 사실이 놀라웠습니다. 나는 'Dissent'가 저항을 의미하는지도 몰랐고, 왜 모두가 나를 '활동가'라고 부르는지도 이해하지 못했습니다. 그저 정보보안 전문가로 일하는 엄마이자 '아랍의 봄' 운동에서 영감을 받아 사우디아라비아 여성들의 이동권이라는 기본적인 권리를 쟁취하기 위한 운동을 막 시작한 사람일 뿐이었습니다. 내게 질문을 던진 이름도 모르는 그 여성 덕분에 이 책을 집필할 생각을 할 수 있었습니다. 그 날의 연설 기회를 준 오슬로 자유포럼의 토르 할보르센, 알렉스 글라드슈테인, 크리스찬 폴에게도 감사를 전합니다.

훌륭하고 다정한 에이전트인 피터와 에이미 베른슈타인의 영감과 끈기와 인도가 아니었다면 이 책은 나오지 못했을 것입니다. 피터와 에이미는 이 출간 프로젝트를 지지하고 지탱해준 놀라운 투사들입니다. 나는 원래 '위민투드라이브 Women2Drive'운동에 대한 책을 쓰려 했으나, 피터와 에이미는 사전 작업한 원고 일부를 보고는 부드럽지만 단호하게 이 책은 개인적인 삶의 이야기가 필요하다고 조언해줬습니다. 집을 지을 때 작은 창문마저 가리고 담을 높게 두르는 사우디의 폐쇄적인 문화에서 자란 나는 삶의 내밀한 부분을 타인과 공유하는 것은 있을 수 없는 일이라 생각했지만, 캘리포니아의 퍼시스 카림은 피터와 에이미의 의견에 동조했습니다. 퍼시스의 제안을 들은 사이먼&슈스터 출판사의 프리실라 페인턴은 책을 계약하자고 제안했습니다. 내 이야기가 책이 될 가치가 있다고 믿어준 프리실라에게 고마움을 전합니다. 비록 이 책을 출간하는 것이 고향 사우디에서의 내삶에 어떤 영향을 끼칠지는 모르지만, 이들이 없었다면 결코 나의 세상을 독자들과 공유할 생각은 하지 못했을 것입니다.

협업을 거의 포기할 무렵 나의 다섯 번째 공동작업자가 되어준 리릭 위닉에게 큰 마음의 빚을 졌습니다. 리릭은 관련 동영상들과 연설문, 많은 분량의 거친 초고뿐 아니라 내가 이전 작업자들과 인터뷰한 1,000장 이상의 녹취록을 정리했습니다. 또한, 추가 인터뷰를 진행하고 수많은 보충자료와 관련 도서들을 읽어가며 끈기 있게 작업하여 두서없는 원고와 자료를 가지고 잘 짜이고 세련되게 다듬어진 한 권의 책으로 변모시켰습니다. 리릭, 당신의 다정함, 직업정신, 헌신에 내가 큰 빚을 졌어요.

놀라운 통찰력을 보여 주고 버팀목이 되어주었던 사이먼&슈스터 출판사의 담당 편집자 프리실라 페인튼에게도 감사를 전합니다. 그는 항상 흔들림 없는 열정으로 이 책의 가치를 믿어주었습니다. 원고를 세심하게 살피고 사려 깊은 질문을 해준 메건 호건과 친절한 말로 제목에 관해 훌륭한 조언을 해준 발행인 조나단

카프의 지원도 고마운 일이었습니다. 이 책을 위해 정말 열심히 일한 사이먼&슈스터 출판사의 재능 있는 팀 전체에게 감사를 전합니다. 특히, 편집자 알 매독, 디자이너 르윌린 폴란코, 표지를 담당한 앨리슨 포너, 제작팀장 베스 메글리오네, 편집주간 크리스틴 르마이어와 아만다 멀홀랜드, 홍보와 마케팅을 담당한 니콜 맥아들과 에린 르벡에게도 감사와 존경을 전합니다.

뛰어난 번역가인 해나 캠벨에게 깊이 감사를 보냅니다. 해나는 아랍어 원고를 영어로 옮기면서 나의 목소리를 잘 포착해서 그대로 전달해줬습니다. 그의 작업과 헌신 그리고 세세한 부분까지 챙기며 개선안을 제안해준 덕분에 나는 작업을 계속할 수 있었습니다.

가족과 친구들에게 특별히 감사합니다. 먼저, 나와 동생을 위해 언제나 가장 좋아하는 닭 다리를 양보하셨고 아침 내내 우리에게 먹일 음식을 만드시고는 우리가 남긴 음식으로 점심을 드셨던 엄마, 우리 옷을 직접 지어 입히고 우리 삼 남매가 이집트에서 여름을 보낼 수 있도록 일 년 내내 알뜰히 돈을 모으셨죠. 언니와 내게 요리할 시간에 물리와 수학을 공부하라고 했던 엄마는 우리 자매가 대학 공부를 마칠 수 있도록 구혼자들을 모두 물리쳐 주었습니다. 이드 명절에 우리에게 입힐 옷을 짓거나, 축제에 데려가기 위해 당신을 위한 많은 것을 포기하셨습니다. 엄마가 삼촌에게 받은 귀중한 진주목걸이를 팔아서 집세에 보탰던 것, 그리고 당연히 여겼던 모든 일을 용서해주세요. 감사합니다. 엄마, 이제 하늘나라에서 편히 쉬세요.

나의 아버지. 유복자로 태어나 부정父情을 모르고 자라셨지만, 아버지는 우리에게 성실한 가장으로서 최선을 다하셨습니다. 어려운 형편에도 단 한 번도 우리의 학비를 거른 적이 없었습니다. 수요일마다 제가 좋아하는 잡지를 사주셨고, 여름이면 좋아하는 책을 살 수 있게 서점에 데려가 주셨습니다. 우리가 꼬마였을 때 축구를 하면서 우리에게 골을 넣을 기회를 주셨던 적도 있었고요. 집에서 멀리 떨어진 곳에서 일할 때도, 제가 선택한 남자와 결혼할 때도 늘 나를 믿어주셨습니다. 고맙습니다, 아버지.

그리고 내가 누나임을 항상 자랑스러워하는 동생 무하마드에게 감사를 전합니다. 내가 운전하던 날에 자동차 열쇠를 건네주면서 조수석에 같이 앉아 있어 준 일, 나를 감옥에서 데리고 나왔던 일, 내 운전기사가 되고 마흐람이 되고 가장 열렬한 팬이 되어준 일, 모두 고맙게 생각합니다.

위민투드라이브 페이스북 이벤트를 처음 시작하고 우리 운동에 영감을 주었던 바히야 알 만수르에게 감사를 전합니다. 에만 알나피얀, 나일라 하리리, 후다, 에만, 아미나, 히다야, 아흐메드, 무니라, 샤키르, 탈랄을 비롯한 모든 초창기 지지자들에게도 감사합니다.

위민투드라이브를 믿고 우리를 유력 미디어 인사들과 연결해주며 운동을 지지해 준 마이사 알 아무디에게도 감사를 전합니다. 위민투드라이브와 라이트투디그너티^{Right2Dignity}의 대부인 압둘라 알 알라미는 지도편달뿐 아니라 직접 자신의 시간과 돈을 투자하고, 관료들과 접촉할 수 있도록 도와주었으며, 심지어 나의 투옥으로 인해 모든 이들이 운동을 포기했을 때조차 나를 포기하지 않았던 사람입니다. 그리고, 위험을 무릅쓰고 새벽 두 시에 내가 체포되는 상황을 용감하게 트위터에 올려서 세상에 알려준 오마르 알 조하니, 다들 겁에 질려 있을 때 용기를 내어 감옥에 있는 나를 만나러 온 압둘라, 무니라, 히다야에게도 다시 한번 고마운 마음을 전합니다. 여러분은 나의 영웅입니다. 그리고 #프리마날^{#FreeManal}을 인기 있는 트위터 계정으로 잘 관리해주는 우리의 트위터 전문가 아흐메드, 고맙습니다. 부디 오해했던 것을 용서해주기 바랍니다.

내가 체포되자마자 온라인에 널리 퍼졌던 그 사진을 촬영했던, 재능 있는 사진사이자 영화제작자인 압둘랄리 알 나세르, 전 세계 수천 명의 사람이 압둘랄리가 찍은 사진으로 사우디 여성인권과 연대한다는 것을 표현했습니다.

탈랄 알 아티크, 타르파 알 가남, 암야드 알 암리, 라샤 알 두와이시, 마디하 알 아이로우쉬, 수아드 알샤마리, 콜라우드 알 파하드, 후툰 알파시, 마드랴 알비쉬르 박사, 칼라프 알하르비, 투르키 알 다크힐, 마이사 알마네, 아이샤 알마네 박사, 아지자 알유세프, 바샤예르 알야미, 기난 알 감디, 라닌 부하리, 그 밖의 우리와 연대해 준 많은 활동가, 언론인, 작가에게 감사를 전합니다. 다른 사람들이 우리 운동을 공격하거나 침묵할 때 우리를 지지해주었습니다. 여러분의 용기 있는 목소리가 다가올 다음 세대를 위한 변화를 만들었습니다.

우리 운동을 세계에 알렸던 블룸버그의 도나 아부 나스르, CNN의 아티카 슈베르트에게도 고마운 마음입니다. 또한, 나의 소중한 친구이자 진정한 페미니스트인 콩스탕스 피예싱어와 페드로 M. 부렐리에게도 감사합니다. 두 사람은 나의 TED 강연을 꼼꼼하게 다듬도록 도와줬습니다. 덕분에 내 삶에 중요한 변화가 일어났어요. 브라질의 카를로스 라투프에게도 감사를 전합니다. 당신이 디자인한 멋진 아이콘은 우리 운동을 전 세계에 알리는 데 큰 도움이 됐어요. 사우디아라비아의 여성 인권 운동을 지지하는 멋진 포스터와 배너를 만들어준 쿠웨이트의 모하마드 샤라프에게도 감사합니다. 만난 적은 없지만, 자신의 소셜미디어 프로필 사진을 내 사진으로 바꿔가면서 나의 석방을 요구했던 전 세계 모든 사람들과 나의 친구들에게 감사를 전합니다. 고마워요!

그리고 근본주의에 대한 의견을 트위터에 정직하게 밝힌 죄로 5년 형기를 복역 중인 자랑스러운 내 친구이자 언론인인 알라 브린지에게도 감사합니다. 많은 사람이 감옥에 있는 나를 중상모략하고 있을 때, 그가 기사로 변호해준 덕분에 우리 가족이 큰 위로를 받았습니다.

이 책을 출간하기까지 5년이 걸렸습니다. 거의 포기하다시피 한 적도 여러 번입니다. 그러나 2015년 6월 엄마가 4기 암 진단을 받은 후 2016년 2월 돌아가실 때까지 여러 달을 엄마와 함께 지내면서, 내가 이 책을 쓰는 데 왜 그렇게 오래 걸렸는지 이해하게 됐습니다. 여전히 엄마와 나 자신의 이야기를 배우고 있었던 겁니다. 나는 내심 늘 자신의 이야기를 하고 싶었습니다. 하지만 2011년 5월 22일 이후에 수백만 명의 사람들이 사우디 여성이 차를 운전했다는 이유로 내 이야기에 이토록 흥미를 느낄 줄은 몰랐으며, 관심을 가져준 모든 이에게 감사를 전합니다.

책을 펴낸 이후

라파엘, 둘째 아들 함자, 나. 이렇게 우리 가족은 호주에 이민을 왔습니다. 호주로 왔을 때 자폐증 진단을 받았던 함자는 지난 7월 23일에 6살이 되었지만 지금도 말을 하지 못합니다.

현재 나는 세상에서 가장 아름다운 도시 중 하나인 시드니에 살면서, 마침내 내가 가장 좋아하는 사이버보안 분야로 돌아와 뉴사우스웨일스 대학과 일하고 있습니다. 사이버보안 여성 아카데미를 개설해 사이버보안 영역으로 진출을 원하는 대학생들의 역량 개발을 돕고 있습니다(현재 사이버보안 전문가 10명 중 1명만 여성입니다). 사우디에서 직장을 그만둔 후 힘들었고, 두바이에서는 다른 직장을 찾기도 힘들었습니다. 그래서 호주로의 이주는 잘한 결정이었다고 봅니다. 직업 없이 자립하기는 어려운 일인데 다행히도 나는 직업을 구했고 안정적인 수입을 가질 수 있었습니다. 다만, 내가 돈을 형편없이 관리하고 있다는 것을 깨달았습니다. 한편으로는 자원봉사도 하고, 6만 년 전까지 거슬러 올라가는 호주 원주민들의 역사도 공부하면서 지역사회에 참여하려고 노력하고 있습니다. 지구에서 가장 오래 지속된 굉장한 인류 문명입니다!

고향에 있는 가족들과도 계속 연락하고 있습니다. 이곳 호주에서 외로움과 고립감을 느끼게 되면서 올해 두 가지 목표를 세웠습니다. 내 삶에서 의미 있는 관계들을 만드는 것과 재정적인 능력을 키우는 것입니다. 가족과 어린 시절의 친구들은 그 어떤 것으로도 대신할 수는 없습니다. 하지만 우리는 새로운 가족을 선택해서 그들과 관계를 새롭게 잘 쌓아갈 수는 있습니다.

사우디아라비아에서 여성운전이 허용된 지 2년이 넘었습니다. 운전할 수 있는 권리를 갖기 위해 싸운 많은 여성이 인신공격을 당하는 일부터 투옥, 출국금지를 당하는 등의 처벌을 받았고, 나의 절친한 친구 루제인 알하스룰과 나지마 알사다 등 몇몇은 지금도 감옥에 있습니다. 나 또한 신변의 안전을 보장받지 못하기 때문에 사우디로 돌아가지 못하고 있습니다. 그래서 큰아들 아부디를 2년 동안 보지 못하고 있지만, 그가 17살이 되면 호주에 와서 고등교육을 마칠 것이라 기대하고 있습니다. 3년만 더 기다리면 됩니다!

작년에는 운전할 권리를 위해 싸운 제 친구들의 석방을 요구하기 위해 미국 전역을 운전하고 다니며 '프리덤 드라이브 캠페인The freedom drive campaign'을 벌였습니다. 뉴스를 찾아보면 이 캠페인 기사를 볼 수 있습니다. 캠페인은 사우디에서 여성 인권활동가들이 처한 상황을 조명하도록 도왔습니다. 다큐멘터리가 나오리라 기대합니다.

지금은 모든 소셜미디어 계정을 닫고, 남성들의 왕국에서 내 목소리를 높이다가 입은 많은 피해를 회복하는 데 집중하기 위해 조용히 움직이려 애쓰고 있습니다.

'어떻게 하면 활동가가 되지 않을 수 있는가'(가제)라는 새 책도 쓸 계획입니다. 내가 운동으로 활동적인 시간을 보낼 때 만났던 여성 활동가들의 이야기를 담은 책이 될 것입니다. 우리가 목소리를 내기로 선택한 후 겪어야 했던 모든 장애물에 대해 재미있고 재치있게 이야기를 할 것입니다.

* 한국에서 위민 투 드라이브(원제 Daring to Drive)가 출간된다는 소식을 알리자 저자가 근황을 알려왔습니다.

『위민 투 드라이브』를 소개하면서

제2차 세계대전 이후 막대한 석유 매장량에 기대어 세계적인 부국이 된 사우디아라비아는 2018년에 부가세를 도입했을 정도로 세금이 거의 없고 교육비나 의료비 전액을 지원하는 등 복지 혜택이 많았던 국가이다. 그러나 한편으로는 사우드 가문이 통치하는 절대군주제와 샤리아Sharia라는 이슬람 율법에 의한 신권 정치를 채택하고 있는 지구상의 몇 안 되는 국가로서 인권만큼은 세계 최하위권에 속한다.

사우디아라비아 사회는 자국의 여성들을 '수백만 명의 여왕'에 비유하면서 여성이 존중과 보호를 받고 있다고 주장한다. 그러나 이슬람 율법을 내세워 여성을 억압하고 주체적인 인격으로 인정하지 않는 것이 현실이다. 여성은 '마흐람'이라는 여성 후견인 제도 아래 철저하게 남성에게 종속되어 살아야 한다. 여성이 직업을 갖거나 은행 계좌를 만들고 여행을 갈 때도, 심지어 생명이 위급한 상황에서도 남성 후견인의 서명 없이는 치료나 긴급 수술이 불가능하다. 여성의 몸이 드러나는 것을 죄악시하기 때문에 외출할 때에는 반드시 검은 천으로 시야를 확보할 정도의 틈만 남기고 온몸을 가려야 한다. 이렇게 사생활뿐만 아니라 거의 모든 사회적 영역에서 여성은 모습을 드러내서는 안 되는 존재로 취급받는다. 사우디 여성은 공공장소에서 배우자나 직계 가족이 아닌 남성과 한 공간에 머물러서는 안 되므로 여성용 시설이 마련되어 있지 않다면 공공장소에도 출입할 수 없다. 또한, 여성의 성적 일탈을 막는다는 이유로 할례를 강행한다거나 가문의 명예를 실추시켰다는 빌미로 명예살인이 자행되고 있다. 이는 법적으로 금지하고 있지만, 여전히 흔

317

치 않게 행해지고 있고 처벌이 이루어지지 않는 경우도 많다.

2005년, 개혁 성향으로 평가되는 압둘라 국왕이 즉위하면서 미약하나마 여성의 지위에 변화가 시작되었다. 우선 여성에게도 개인 신분증을 발급하고 여성의 스포츠 활동이나 공직 진출을 허용했다. 국왕의 자문단인 슈라위원회에 20%에 해당하는 의석을 의무적으로 여성에게 할당했고, 2015년에는 여성 참정권을 인정해 투표와 후보 출마가 가능해졌다. 니캅으로 얼굴을 가린 채 남성이 운전하는 차를 얻어타고 다니며 남녀가 분리된 공간에서 유세하고 투표해야 하는 크나큰 장벽 속에서도 20명의 당선자를 냈다. 제한적으로나마 여성들의 목소리를 낼 수 있게 된 것이다.

또한 사우디아라비아는 2014년 이후 저유가 시대를 맞아 유가 변동에 취약한 경제의 구조적 문제를 개선할 신성장 동력이 필요하다고 판단했다. 30대의 젊은 실권자인 빈 살만 왕세자는 〈비전 2030〉으로 대표되는 개혁안을 마련하는데 그 주요 과제 중 하나가 여성 인력을 활용하는 것이었다. 이에 따라 여성의 고용률을 30%까지 끌어올리는 것을 목표로 여성의 경제활동 기반을 마련하고 다양한 사회 활동을 허용한다.

그 일환으로 전 세계에서 유일하게 여성의 운전을 금지했던 사우디아라비아가 2018년 관습법을 바꿔 여성운전을 허용했다. 그동안에는 철저하게 남녀의 접촉을 금하느라 자신의 결혼 서약식조차 참석하지 못하게 하면서도 이동할 때는 낯선 남자 기사의 도움을 받으라는 모순을 강요해 왔던 것이다.

『위민 투 드라이브』(원제 Daring To Drive)는 Women2Drive라는 동명의 캠페인을 만들고 사우디아라비아의 여성운전 금지를 세계적 이슈로 만든 마날 알 샤리프의 자전적 에세이이다. 이슬람교의 최대 성지인 메카의 빈민가에서 태어난 마날은 성장기 동안 이슬람 근본주의 교육에 경도되어 여성을 억압하고 차별하는 문화를 당연시하고 복종했다. 그러면서도 어머니의 교육열과 지독한 가난에서 벗어나기 위해 학업에 매진했고, 다음 단계로 나아갈수록 자신이 옳다고 믿었던 것들과는 다른 세상을 만나게 된다. 마날은 대학, 직장, 해외 체류라는 이전과는 다른 환경을 경험하면서 점차 주어진 삶의 방식에 의문을 품게 된다. 다른 사회의 여성들에게는 지극히 당연한 것들이 왜 사우디 여성에게는 불가능한 것인가? 왜 사우디 여성들은 아버지나 남자 형제, 심지어 아들의 보호 아래 평생을 미성년자처럼 살아가야 하는가? 『위민 투 드라이브』는 이러한 물음에 대한 해답을 구하며 엄격한 이슬람 근본주의자에서 벗어나 삶의 주도권을 찾기로 결심하기까지의 여정을 담은 책이다.

사우디 사회가 느리지만 조금씩 진전을 보이는 데에는 변화의 흐름을 거역하지 못한 통치자들의 역할도 있지만, 무엇보다도 이러한 시대적 변화를 주도적으로 이끌어낸 여성들의 역할이 매우 컸다. 그들은 어떤 생각으로 사회를 변화시키는데 나서게 된 것일까? 그 중심에 있는 여성 중 한 명인 마날은 자신은 거창한 시대 정신을 갖고 사회 운동을 시작했던 것이 아니라 어쩌다 우발적으로 활동가Accidental Activist가 되었다고 말한다. 누군가 바꿔주기를 기다리지 않고 자신의 삶에서 주인으로 행동하기로 결정한 순간 변화가 시작되었다고 이야기한다. 마치 비가 한 방울의 물에서 시작되는 것처럼 말이다.

아마존에서 이 책을 처음 발견했을 때 폐쇄적인 사우디 사회에 나타난 투쟁적인 여성 인권운동가를 상상하고는 호기심이 발동했다. 그러나 책장을 덮을 즈음에는 예상과는 달랐지만, 종교적 근본주의자였던 마날이 주체적인 인간으로 깨어나고 성장하는 과정에 공감했고 그 과정을 독자들과 나누고 싶어 책을 소개하기로 결정했다.

사우디 사회는 이제 막 균열이 시작되었을 뿐 아직 갈 길이 멀다. 여전히 기본권을 위해 싸우는 사우디의 활동가들이 정치적으로 탄압받고 있다. 엄격한 여성의 복장 규정이나 후견인 제도를 폐지하자는 기본권에 관한 주장조차도 종교적 도전으로 치부되고 살해 위험까지 무릅써야 하는 상황이다.

마날 역시 변화와 개혁의 주역이 될 거라 기대했던 빈 살만 왕세자가 정적들을 제거하고 활동가들을 탄압하는 것을 지켜보면서 사우디아라비아의 진정한 변화에 대한 기대를 내려놓게 된다. 그는 현재 호주에서 생활하고 있으며 신변의 위협을 느껴 아버지와 첫째 아들이 살고 있는 사우디에는 방문할 엄두조차 내지 못하고 있다. 특히 저널리스트 자말 카슈끄지가 암살된 이후 SNS 계정을 삭제하고 극도로 외부 활동을 자제하고 있다. 하지만 지속적으로 사우디아라비아 여성의 인권 향상을 위해 세계의 연대를 이끌어내기 위한 목소리를 내고 있다.

마날의 이야기는 또한 사우디아라비아나 이슬람 문화권에 관한 낯선 이야기 같지만 조금만 시선을 넓혀보면 사람답게 살 권리에 관한 이야기라는 걸 알 수 있다. 어느 사회에서나 전통이나 관습으로 행해지는 무수히 많은 차별과 모순이 있다. 마날이 성장기에 '당연히' 여기고 순응했던 그 많은 '금지'처럼 우리 사회에도 당연히 여겨지는 수많은 차별과 모순이 존재한다. 이 책을 마무리하며 사우디아라비아라는 낯선 문화를 들여다봤듯이 국가, 종교, 성별의 구분을 넘어서 우리 사회를 낯선 눈으로 고요히 들여다본다.

헤윰터 편집팀